FLIEH, SOWEIT DU KANNST

Die Autorin

Carlene Thompson wurde 1952 in Parkersburg, West Virginia geboren. Sie studierte Englische Literatur und unterrichtete von 1983 bis 1989 an der Universität von Rio Grande in Ohio. Carlene Thompson lebt heute als freie Schriftstellerin auf einer Farm in West Virginia. Sie hat zahlreiche herrenlose Hunde und Katzen bei sich aufgenommen, die auch in ihren Büchern vorkommen. In diesem Roman sind es die beiden Katzen Romeo und Christabel.
Mehr über die Autorin erfahren Sie im Internet unter www.carlenethompson.us.

Carlene Thompson

FLIEH, SOWEIT DU KANNST

Roman

Aus dem Amerikanischen
von Sabine Schilasky

Weltbild

Die amerikanische Originalausgabe erschien 2009
unter dem Titel *You Can Run …*
bei St. Martin's Press, New York.

Besuchen Sie uns im Internet:
www.weltbild.de

Dieses Werk wurde im Auftrag von St. Martin's Press LLC durch
die Literarische Agentur Thomas Schlück GmbH,
30827 Garbsen, vermittelt.
Übersetzung: Sabine Schilasky
Projektleitung: usb bücherbüro, Friedberg / Bayern
Redaktion: Gerhild Gerlich, München
Umschlaggestaltung: *zeichenpool, München
Umschlagmotiv: Shutterstock (© RazoomGame)
Satz: Dirk Risch, Berlin
Druck und Bindung: CPI Moravia Books s.r.o., Pohorelice
Printed in the EU
ISBN 978-3-86800-397-0

2014 2013 2012 2011
Die letzte Jahreszahl gibt die aktuelle Ausgabe an.

Für Rebecca Oldfield,
die zarteste englische Rose

Dank

Mein Dank geht an Pamela Ahern, Anne Bensson, Keith Biggs, Patricia Nicolescu und Jennifer Weis.

Und ein besonderes Dankeschön an Phyllis Sabellichi, die mich ermutigte, als ich es am dringendsten brauchte.

Prolog

Das Kind kletterte durchs Fenster hinaus in die drückend schwülheiße Sommernacht. Es hatte den Mund ein kleines bisschen geöffnet und drehte sich im Kreis. Fasziniert blickte die Kleine hinauf in den Himmel und fand, dass die Sterne wie Silberkonfetti auf Mommys schwarzem Samtkleid aussahen. Noch nie hatte sie so viele Sterne um den Mond herum blinken sehen, der dick und weiß wie frischer Schnee war. Vielleicht war der Mond ja sogar aus Schnee, überlegte sie. Vielleicht war es so weit da oben viel zu kalt, dass der Schnee gar niemals schmelzen konnte.

Aber das würde sie Mommy ein andermal fragen, denn jetzt hatte sie etwas Wichtiges zu tun. Sie nahm das Schraubglas von der Fensterbank und vergewisserte sich, dass auch ja genügend Luftlöcher in dem Deckel waren. Dann horchte sie. Aus dem Haus war Musik zu hören. Das Lied kannte sie. Es hieß »In My Room« und wurde von Männern gesungen, die am Strand wohnten. Mommy hörte es immer, wenn sie traurig war, und heute Abend spielte sie es wieder und wieder.

Und Mommy war nicht bloß normal traurig. Die letzten paar Tage, solange das kleine Mädchen sich von einer Operation am Bauch erholen musste, hatte Mommy nicht einmal wie sonst gelacht. Seit sie am Morgen aus dem Krankenhaus zurückgekommen waren, lief Mommy durch ihr kleines Haus, und manchmal weinte sie dabei. Wenn das Kind sie fragte, was sie denn hatte, sagte Mommy jedes Mal: »Nichts. Gar nichts! Alles ist gut, Willow.«

Aber Mommy sah nicht aus, als wäre alles gut. Deshalb hatte Willow beschlossen, ihr eine ganz schöne Überraschung zu bereiten, auch wenn Mommy bestimmt böse wurde, weil Willow doch im Bett liegen sollte. Sie musste sich unbedingt beeilen und zurück sein, bevor Mommy wieder in ihr Zimmer sah, wie sie es so oft heute gemacht hatte. Wenn sie nämlich beim nächsten Mal merkte, dass gar keine Willow im Bett lag …

Nein, daran wollte Willow jetzt lieber nicht denken. Schließlich hatte sie zu tun, und wenn sie ganz schnell war und sich richtig Mühe gab, war sie wieder zurück, ehe Mommy erneut nach ihr guckte.

Willow lief durch den Garten, so schnell es ihre fünfjährigen Beine erlaubten. Sie mochte den Garten hinter dem Haus sehr gern, denn hier hatte sie eine Schaukel und ein Planschbecken aus Gummi. Vage erinnerte sie sich, dass sie mal in einem sehr großen Haus gewohnt hatten, das ganz hoch war und viele, viele Fenster hatte. Da gab es weder einen Garten noch eine Schaukel, aber manchmal ging Mommy mit ihr in einen riesigen Garten, der Central Park hieß. Im Central Park hatte es auch Rasen gegeben, aber Willow mochte ihren Rasen hier viel lieber.

Sie hatte das Gras sogar so gern, dass sie dauernd daran riechen musste. Sie ächzte ein bisschen vor Schmerz, weil ihr zu spät einfiel, dass sie sich nicht bücken durfte, denn das mochte ihr Bauch nicht. Aber nun war es zu spät, und ihr Bauch tat auch gar nicht doll weh. Außerdem hatte sie einen Löwenzahn entdeckt. Willow liebte Löwenzahn sehr, weil die Blumen so leuchtend gelb und weich waren. Diesen Sommer hatte sie oft Löwenzahnsträuße für Mommy gepflückt, und Mommy hatte sie in ein Glas Wasser gestellt.

Willow schob ihr langes, rotblondes Haar nach hinten und steckte sich die Blume hinters Ohr. Dann lief sie weiter zu dem kleinen Wald, der hinten an den Garten grenzte. Der Mond und die Sterne leuchteten hell genug, sodass sie ihre kleine Plastiktaschenlampe überhaupt nicht hätte mitnehmen müssen. Sie hielt ihr kostbares Schraubglas mit beiden Händen. Wenn sie es fallen ließ und es zerbrach, wäre ja die schöne Überraschung ruiniert. Sie musste also vorsichtig sein.

Willow ging nur bis unter die Bäume ganz vorn. Dort schraubte sie den Deckel vom Glas und stand ganz still. Sie traute sich kaum zu atmen und wartete. Und wartete. Und …

Da! Ein winziger gelber Strahl über ihrem Kopf, aber nicht zu hoch! Sie griff hinauf, schloss behutsam die Hand um den Leuchtkäfer, steckte ihn in ihr Glas und schraubte den Deckel wieder auf. Dann hielt sie das Glas in die Höhe und guckte hinein. *Blink, blink, blink!* Ihre Freundin sagte dazu »Glühwürmchen«, was Willow ziemlich dumm fand. Diese Insekten glühten doch nicht, denn das würde ja wehtun, und Würmer waren nicht schön! Und angeblich nannten einige sie »Feuerfliegen«, was ganz falsch war, weil sie doch nichts verbrannten. Nein, diese Käfer waren niedlich und leuchteten in hübschen Farben, die keinem wehtaten. Mommy nannte sie »Johannisfünkchen«, und das sagte Willow auch zu ihnen. Dieses Johannisfünkchen taufte sie »Löwenzahn«.

Willow machte einen Schritt tiefer in den Wald, blieb jedoch gleich wieder stehen. Mommy wollte, dass Willow gar nicht in den Wald ging, weshalb Willow es aufregend fand, hier zu sein. Allerdings war es hier viel dunkler als im Garten, und das war schon ein bisschen unheimlich, vor allem nachts. Und wenn »Löwenzahn« hier herumgeflattert war, gab es bestimmt noch mehr Käfer an dieser Stelle, also musste Willow überhaupt nicht weiter ins Dunkle.

Wieder blieb sie ganz still stehen und versuchte, nur sehr leise zu atmen. Das war nicht einfach, denn es war so heiß, dass Willow sich fühlte, als hätte sie eine Decke auf dem Kopf. Auch der wenige Wind war genauso heiß wie alles andere. Willow hatte schon Schweißtropfen auf der Stirn, und ihr war viel weniger wohl als eben noch beim Rausklettern. Für einen Moment dachte sie, dass sie besser noch eine Nacht nach ihrer OP mit dem Suchen nach Johannisfünkchen gewartet hätte. Aber Mommy war doch *jetzt* so traurig, und Willow wollte sie *jetzt* trösten.

Im selben Augenblick blinkte ein kleines Licht direkt vor

ihrem Gesicht. Willow kicherte, nahm rasch den Deckel vom Glas, fing vorsichtig den Käfer ein und steckte ihn zu »Löwenzahn«. Das Johannisfünkchen blinkte wieder. Es hatte dieselbe Farbe wie die Cantaloupemelonenscheibe, die Mommy mittags für Willow geschnitten hatte. Deshalb nannte Willow das Käferchen »Cantaloupe«, Buttermelone. Cantaloupe und Löwenzahn blinkten zusammen. Sie waren schon Freundinnen!

Willow wollte noch mindestens ein Johannisfünkchen mehr haben. Eigentlich hatte sie sogar fünf fangen wollen, weil Willow fünf war, aber ihr war viel zu heiß, und noch dazu war sie auf einmal sehr müde. Ein Käferchen mehr, ja, das war gut. Dann hatte sie drei Johannisfünkchen, und die würden Mommy bestimmt genauso froh machen wie fünf.

»Willow!«

Fast hätte sie ihr Schraubglas fallen gelassen, als sie ihre Mutter von der Hintertür rufen hörte. Willow drehte sich um und lief eilig aus dem Wald. Sie sah Mommy die drei Stufen der hinteren Veranda herunterkommen, geradewegs auf Willow zu.

Sie ist bestimmt böse auf mich, dachte Willow unglücklich. Mommy würde schimpfen, Willow fühlte sich gar nicht gut, und sie hatte erst zwei Johannisfünkchen. Ihre schöne Überraschung war geplatzt.

»Willow Conley, was machst du hier draußen?« Mommys eigentlich sanfte, hübsche Stimme klang hoch und schrill. »Du weißt doch, dass du im Bett bleiben musst. Willst du etwa wieder ins Krankenhaus kommen? Denn das wird passieren, wenn du …«

Genau in dem Moment, als Willow mit versteinerter Miene wegen Mommys Rüge dastand, bebte die Erde unter ihr. Ihre Mutter stürzte von der untersten Verandastufe in Willows kleines Gummiplanschbecken, und eine Feuersäule schoss durch das Hausdach. Bösartige gelbe Flammen schnellten wie Schlangenzungen aus den zerbrochenen Fenstern und der offenen Hintertür.

Gelähmt vor Schreck und Angst, stand das kleine Mädchen da. Brennende Holzstücke flogen durch die Nacht, von denen einige nur Zentimeter vor der Kleinen landeten. Dennoch lief sie nicht zurück in den Wald. Nein, Willow blieb stehen, ihr Schraubglas fest umklammert und die verängstigten Augen auf Mommy gerichtet, die regungslos im Planschbecken lag. Gieriges Feuer strich über sie hinweg.

1

Zwanzig Minuten zuvor

Diana Sheridan hatte durch die Windschutzscheibe gesehen, wie der Horizont von hellem Blau zu mattem Lavendel und schließlich Violett wechselte, ehe das Sonnenlicht endgültig hinter den bewaldeten Appalachen verschwand. Inzwischen war es später Abend und Diana froh, fast zu Hause zu sein. Ein Unfall mit drei beteiligten Fahrzeugen auf der Interstate hatte sie reichlich Zeit gekostet.

Hinter einem Berg zerquetschten Blechs, Polizei- und Notarztwagen hatte Diana in der Autoschlange gewartet. Die Leute in den anderen Wagen waren zuerst neugierig, dann mitfühlend und am Ende mürrisch gewesen, weil sie über eine Stunde im Stau festhingen – und das an einem Freitagnachmittag im August, der besonders heiß und schwül war. Diana hatte einen vorbeifahrenden Staatspolizisten angehalten und erfahren, dass es bei dem Unfall einen Toten und drei Schwerverletzte gegeben hatte. Die Opfer aus dem zerquetschten Wagen zu bekommen, war eine zeitraubende Arbeit gewesen, für die sowohl mehrere Fachkräfte als auch Jaws of Life, Schneidbrenner und weiteres Bergungsgerät nötig waren.

Nun, beinahe zwei Stunden später, fuhr Diana vom Highway ab, auf dem unangenehm dichter Verkehr herrschte. Als sie ein Fastfoodrestaurant mit Drive-thru sah, verlockte es sie, schnell heranzufahren, um sich Pommes frites zu kaufen. Ihr knurrender Magen erinnerte sie, dass sie seit heute Morgen nichts mehr gegessen hatte.

Aber ein Blick auf die Uhr am Armaturenbrett hielt sie davon ab. Viertel nach neun – fast genau die Zeit, um die Penny sie gestern Abend im Hotel angerufen und ihr mit ängstlich klingender Stimme gesagt hatte, sie müsste sie baldmöglichst persönlich sprechen.

»Geht es Willow schlechter?«, hatte Diana gefragt, denn Pennys fünfjährige Tochter hatte am späten Dienstagnachmittag eine Blinddarmoperation gehabt. Nein, hatte Penny mit einem Anflug von Erleichterung geantwortet, Willows Appendektomie mittels Laparoskopie war ohne Komplikationen verlaufen. Sie sollte heute, am Freitagmorgen, aus dem Krankenhaus entlassen werden.

Penny schien etwas anderes sehr zu belasten. »Diana, bitte, komm kurz auf deinem Nachhauseweg vorbei«, hatte Penny nachgerade gefleht. »Ich kann nicht am Telefon darüber reden, aber ich muss dir was erklären. Ich möchte nicht, dass Simon und du euch wundert, was aus uns geworden ist ...« Hier hatte Pennys hastige, atemlose Stimme eine Pause eingelegt. »Ich bin da in eine Situation geraten, in der es um Leben und Tod geht.«

Höchst beunruhigt hatte Diana sie gebeten, zur Polizei zu gehen, worauf Penny ihr *Nein* fast schrie. Also hatte Diana versprochen, bei ihr vorbeizufahren, sobald sie am Freitagabend nach Huntington fuhr. Sie hatte gesagt, dass sie spätestens gegen acht bei Penny wäre. Die Freundin war den Tränen nahe gewesen, hatte sich bedankt und so schnell aufgelegt, dass Diana sich nicht einmal mehr verabschieden konnte – oder weitere Fragen stellen, wie sie danach verwundert dachte. Wenn es Willow besser ging, was konnte dann in Pennys Leben binnen drei Tagen so furchtbar schiefgegangen sein?

Diana griff nach ihrem Handy, um Penny zu sagen, dass sie leider später kam, aber unterwegs wäre. Als das Display zeigte, dass der Akku so gut wie tot war, fluchte Diana leise. Es war die Pest, dass sie ihr Mobiltelefon ständig verlegte, keinen Empfang hatte oder vergaß, den Akku aufzuladen! Überhaupt wollte sie so ein vermaledeites Ding nie haben. Ihr Großonkel, Simon Van Etton, seines Zeichens Professor der Archäologie im Ruhestand, mit dem sie zurzeit zusammenlebte, war aber so entsetzt gewesen, weil sie kein Mobiltelefon besaß, dass er ihr umgehend eines schenkte. Simon war fünfundsiebzig und für jeden technischen Schnickschnack zu haben, der auf den Markt geschleudert wurde. Folglich blickte Diana nun frustriert auf sein neuestes Geschenk: ein iPhone, das neben ihr auf dem Beifahrersitz lag. Sie hatte noch nicht einmal versucht, sich mit der Bedienung vertraut zu machen. Dianas Techniktalent schien sich auf Kameras zu beschränken.

Seufzend hielt sie an einer roten Ampel. Noch eine Verzögerung. Als Grün kam, trat Diana aufs Gas und konzentrierte sich auf »Layla« von Eric Clapton, das aus ihrem CD-Player erklang. Sicher durfte sie nicht darauf zählen, beim morgigen Tanzabend im Country Club etwas auch nur Ähnliches zu hören, und sie wünschte, sie hätte Glen Austen nicht zugesagt, mit ihm hinzugehen. Glen war Universitätsprofessor, nett anzusehen, intelligent, warmherzig, ausnahmslos höflich und vollkommen berechenbar.

Sogar ihr Großonkel Simon machte keinen Hehl daraus, was er von Dianas Beziehung zu Glen hielt. »Ich habe dich zwar mit Glen bekannt gemacht, aber doch nicht als potenziellem Liebhaber«, sagte er des Öfteren. »Auch wenn er ein netter Bursche ist, du brauchst einen Mann, der ein bisschen Feuer unter dem Frack hat, Mädchen. Mehr so einen wie mich, als ich fünfundzwanzig war!«

Und Diana erwiderte jedes Mal: »Glen ist fünfund*dreißig*, doch selbst in dem Alter dürftest du entschieden zu viel Feuer für meinen Geschmack gehabt haben.« Diese Bemerkung erheiterte Simon immer wieder, streichelte sein robustes Ego und fand selbstverständlich seine Zustimmung.

Diana hatte »Feuer« bereits erlebt. Sie hatte Leidenschaft und Erregung erlebt und für eine Weile das erfahren, was sie für die wahre Liebe hielt. Nach einer kurzen Verlobungszeit und drei Jahren Ehe musste sie erkennen, wie naiv sie gewesen war. Diana hatte sich an einen Mann gekettet, dem ihr Beruf ebenso ein Dorn im Auge war, wie ihre engen Familienbande es waren. Er wollte der einzig wichtige Mensch in ihrem Leben sein. Als er sie wegen einer Achtzehnjährigen verließ, für die sich die Sonne ausschließlich um ihn drehte, war Diana fast erleichtert gewesen. Fast.

Verärgert, dass sie einen unglücklichen Teil ihrer Vergangenheit hervorkramte, drängte sie die ernüchternden Erinnerungen energisch beiseite und konzentrierte sich aufs Fahren. Penny wohnte in Rosewood, einem Wohnviertel, das wie hundert andere nach dem Zweiten Weltkrieg aus dem Boden gestampft worden war, als die heimkehrenden Soldaten dringend Häuser brauchten. In den späten Vierzigern, den Fünfzigern und noch bis in die frühen 1960er hinein waren die Häuser gepflegt gewesen und galten als hübsch, wenn auch nicht sonderlich modern. Heute hingegen verfielen Viertel wie Rosewood nach und nach. Die Häuser wirkten nicht mehr frisch und einladend, und annähernd ein Drittel von ihnen war mit »Zu verkaufen«-Schildern versehen. An den Fassaden blätterte die Farbe ab, und Schindeln lösten sich von vernachlässigten Dächern.

Aus diesem Grunde hatte Penny sich Rosewood ausgesucht. »Ich möchte nicht in einer Wohnung eingepfercht sein«, hatte sie Diana gesagt. »Willow soll einen Garten mit Platz für eine Schaukel haben, und Rosewood bietet die einzigen Häuser, die mein Budget erlaubt.«

Penny hatte Diana erzählt, dass ihr Ehemann sofort tot gewesen war, als sein Wagen auf nasser Straße ins Schlingern geriet und gegen einen Telefonmasten prallte. Er hatte ihr lediglich eine Lebensversicherung über fünfundzwanzigtausend Dollar und ein paar Ersparnisse hinterlassen; entsprechend wurde Geld zu einem Problem für eine Frau, die praktisch keine vermögende Verwandtschaft hatte und keine Collegeausbildung. Penny hatte als Teilzeitkellnerin in einem Diner gearbeitet, bis sie beschloss, einen Collegeabschluss zu machen, und anfing, an der Marshall University Sommerkurse in Textkomposition zu belegen. Dort hatte sie Simons Angebot für eine Redaktionsassistentenstelle am Schwarzen Brett gesehen. Sie bewarb sich für den Job, weil sie ihn interessant fand und hoffte, dass er ihr einen geregelten Alltag mit ihrem Kind erlaubte.

Penny Conley war Diana auf Anhieb sympathisch gewesen, als sie zum Vorstellungsgespräch erschien, auch wenn Diana nach einem flüchtigen Blick auf den Lebenslauf nicht glaubte, dass Penny eine Chance hätte, den Job zu bekommen. Der Textkompositionskurs war ihre erste Berührung mit der Wissenschaft, sie hatte keinerlei Erfahrung mit Sekretariats- oder Recherchearbeiten, und sie hatte noch nie etwas anderes gemacht als Kellnern. Diana bezweifelte, dass Penny die Fähigkeiten besaß, die Simon von jemandem verlangte, der ihm beim Schreiben seines vierten Buchs über altägyptische Kultur und seine archäologischen Expeditionen helfen sollte.

Diana hatte den Atem angehalten, als Simon Pennys Lebenslauf las, und befürchtet, er würde sie gleich abweisen. Hinterher schalt sie sich, dass sie so wenig Vertrauen in ihren Großonkel gehabt hatte. Der Mann fällte keine vorschnellen Urteile, was ein Segen für Penny war, denn nachdem sie seine ersten, oberflächlichen Fragen beantwortet hatte, hatte Simon nett mit ihr geplaudert; und eine halbe Stunde später hatte Penny das Haus mit der Weisung verlassen, am Montagmorgen ihren Job bei ihm anzutreten. Das war inzwischen über ein Jahr her, und es hatte sich längst erwiesen, dass Penny nicht bloß gut aussehend und charmant war, sondern auch die gewissenhafteste und klügste Assistentin, die Simon jemals gehabt hatte. Sie und ihre kleine Tochter gehörten mittlerweile quasi zur Familie.

Endlich erreichte Diana Pennys Viertel. Sie streckte sich hinter dem Lenkrad. Ihr kam es vor, als wäre sie schon seit dem frühen Morgen unterwegs, nicht erst seit dem frühen Nachmittag. Der Fotoauftrag war anstrengender gewesen als erwartet. Sie hatte geglaubt, es wäre eine Kleinigkeit, ein paar Fotos für eine Städtetourismusbroschüre. Doch fast jedes Mal, wenn sie ihre Kamera eingestellt hatte und zu knipsen begann, hatte der lästige Boss des Tourismuscenters »Stop!« gebrüllt, weil er irgendwo eine Wolke entdeckt hatte, die an eine ungünstige Stelle wanderte, oder eine welke Petunie in einer Blumenrabatte. Nach dem ersten Tag war Diana drauf und dran gewesen, den Kerl zu erwürgen.

Als sie am dritten Tag schließlich fertig war, floh sie buchstäblich aus der Stadt, denn vor lauter unterdrückter Wut waren ihre Muskeln schmerzlich verspannt. Sie schwor sich, dass sie im nächsten Jahr nur noch solche bezahlten Aufträge annehmen würde, die ihr Spaß machten. Einige Galerien in New York City, Chicago und San Francisco zeigten bereits ihre Arbeiten, und im letzten Jahr hatten die Verkäufe deutlich Dianas Erwartungen überstiegen, wenn nicht gar ihre kühnsten Träume. Seitdem musste sie nicht mehr hinter jedem Cent herjagen.

Sie bog in Pennys Straße ein, die dunkel war, da keine Straßenlaternen brannten, und ein kalter Schauer lief Diana den Rücken hinunter. Für einen kurzen Moment erstarrte sie und hörte die versonnene Stimme ihrer Großmutter von vor langer Zeit: »Mir ist, als würde jemand auf mein Grab treten«, hatte sie bisweilen gesagt, worauf Simon, allzeit pragmatisch und bodenständig, ihr liebevoll bedeutete, solche Bemerkungen ließen sie einfältig wirken. Diana indes wusste genau, was ihre Großmutter gemeint hatte. Auf einmal fühlte sie sich schwach, ängstlich, verloren und fror, als flüsterte ihr der Tod selbst ins Ohr.

Als flüsterte ihr der Tod selbst ins Ohr? Was war denn in sie gefahren? Diana schüttelte den Kopf und befand, dass sie wohl hoffnungslos übermüdet war.

Sobald Pennys Haus in Sicht war, atmete Diana auf. Penny hatte ihre Außenbeleuchtung angeschaltet, in deren Schein ein hoher Topf mit roten Geranien und die Hollywoodschaukel standen, die sie auf Willows Wunsch hellblau gestrichen hatte.

Diana entsann sich, wie sie hier vorbeikam, als Penny beim Streichen gewesen war und über und über voller Farbspritzer. Penny hatte gelacht und verraten, dass sie zum ersten Mal den Pinsel schwang und wahrscheinlich auch zum letzten Mal.

Diana parkte vorn an der Straße, denn in Pennys Auffahrt hockte ein Stinktier, das sie lieber meiden wollte. Sie schaltete die Wageninnenbeleuchtung an, blickte in den Rückspiegel, zupfte an ihren langen honigbraunen Locken, die sich bei der hohen Luftfeuchtigkeit heftig kräuselten, und wischte sich etwas verschmierten Mascara unter einem ihrer heidegrünen Augen weg. Selbst im matten Licht sah sie eindeutig müde und älter als achtundzwanzig aus.

Später konnte Diana sich nicht mehr erinnern, ob sie die Explosion zuerst gesehen oder gehört hatte. Sie stellte den Motor ab und griff nach ihrer Tasche, als Pennys kleines weißes Haus plötzlich zu einem blendend hellen Feuerball wurde. Diana schrie, als ihr Wagen durchgerüttelt wurde und brennende Trümmer auf Glas und Metall niederregneten. Zuerst duckte sie sich, dann hob sie vorsichtig den Kopf und sah gelbrote Flammen, die das Haus verschlangen, auf die Büsche und Sträucher übergriffen und über den Rasen züngelten. Mit tödlicher Ausgelassenheit reckten sie sich dem ruhigen, pechschwarzen Himmel entgegen. Es war ein loderndes, gieriges Inferno, von dem Diana sicher war, dass es niemand überlebt haben konnte.

***

Dicker, grauschwarzer Rauch schlug aus den riesigen aufschießenden Flammen und bauschte sich auf. Der Wind teilte die Wolke in Lagen, trieb die Schichten auf Dianas Auto zu, die sich wie ein Leichentuch aus Gaze auf den Wagen legten. Diana hörte ein klägliches Wimmern und brauchte einen Moment, ehe sie begriff, dass das Geräusch von ihr kam, die zitternd dasaß, das Lenkrad umklammernd und wartend …

Worauf? Auf Penny, die mit Willow an der Hand zu ihr gerannt kam?

Diana machte sich an der Wagentür zu schaffen. Als sie die Tür endlich offen hatte und ausstieg, stellte sie fest, dass ihre Beine zu wacklig waren, um ihr Gewicht zu tragen, und sank auf den Sitz zurück. Sie fühlte nicht einmal den Schlag, den die zufallende Tür ihren aus dem Auto hängenden Beinen versetzte. *Ich muss etwas tun,* dachte sie. *Ich muss dringend etwas tun.* Sie sah zu dem iPhone mit dem leeren Akku, das sie sowieso nicht besonders sicher bedienen konnte, dann wieder zu dem kleinen Haus, das immer noch lichterloh brannte. Diana hatte für einen Moment die Augen geschlossen, als jemand ihre Tür aufriss und brüllte: »Alles in Ordnung mit Ihnen?« Sie zuckte erschrocken zusammen.

Vor ihr stand ein Mann mit sonnengebleichtem blonden Haar, das nach hinten gekämmt war und eine breite Stirn freigab … und stahlblauen Augen. Vom Rauch waren sie ein bisschen wässrig. »Miss, alles in Ordnung?«, fragte er noch einmal. Seine Stimme war rau und klang ein wenig nach Südstaaten.

Diana schluckte. »Meine Freundin Penny. Das ist ihr Haus. Ich kam gerade und …« Ihre Kehle war wie zugeschnürt.

»Penny«, wiederholte der Mann.

»Penny C-Conley«, stammelte Diana.

»Ich bin nicht von hier. Ich bog gerade in die Straße ein, als ich die Explosion sah.« Der Mann sprach schnell. »Haben Sie die 911 angerufen?«

Was? Diana war wie betäubt.

»Lady, haben Sie 911 angerufen?«, schrie er fast.

»N-Nein. Mein Mobiltelefon ist tot.« Sie erkannte sich kaum selbst wieder, denn ihre Stimme klang so zittrig, hell und tonlos. Ja, sie hörte sich an, als wäre die Explosion weder furchtbar noch überraschend für sie gewesen. Aber der Mann nickte und verschwand. Erst jetzt bemerkte Diana, dass sie weinte. Tränen liefen ihr über die Wangen, die bebenden Lippen und das Kinn, von dem sie auf ihre Bluse tropften. Sie wischte sich das Gesicht, doch es kamen immer neue Tränen nach, und schließlich gab Diana es auf, ließ ihre Hände in den Schoß sinken und saß stumm schluchzend da. Gleichzeitig hasste sie sich für ihre Hilflosigkeit.

Kurz darauf kehrte der Mann zurück. »Hilfe ist unterwegs. Wir müssen Ihren Wagen wegfahren, damit die Rettungskräfte Platz haben«, rief er. Diana nickte und griff nach der Zündung. Kein Schlüssel. Sie hatte ihr Schlüsselbund fallen lassen, als das Haus explodierte.

»Rutschen Sie rüber.«

Diana folgte prompt seinem Befehl. Der Mann sprang auf den Fahrersitz, bückte sich hinunter und angelte die Schlüssel aus dem Fußraum. »Ich habe sie gesehen, als Ihre Innenbeleuchtung anging.« Ohne sie anzusehen, sagte er: »Ich heiße übrigens Tyler Raines.«

»Diana … Sheridan.«

Er ließ den Motor an und fuhr drei Häuser weiter. Wieder wischte Diana sich das tränennasse Gesicht, dann fuhr sie ihr Fenster herunter und sah hinaus. Ein übergewichtiger Mann in den Vierzigern mit ausgeleierter Trainingshose und einer Bierdose in der Hand stand auf seiner Veranda und glotzte auf das Feuer.

»Wo sind alle anderen?«, rief Tyler Raines ihm zu, während er aus Dianas umgeparktem Wagen sprang. »Wo sind die Nachbarn?«

Die Trainingshose glotzte noch einen Moment verständnislos. »Das Haus rechts ist leer, und links wohnt nur eine alte Frau, Miss Hanson. Die hat chronische Polyarthritis.«

Mrs Hanson, korrigierte Diana im Geist. *Clarice Hanson.* Pennys Freundin und häufige Babysitterin für Willow.

Tyler Raines rannte auf Mrs Hansons Haus zu. Die Trainingshose blinzelte zu Diana. »Was 'n los? Kann das Feuer bis zu mir kommen?«

Inzwischen hatte Diana sich aus dem Auto gekämpft, hielt

sich aber noch an der Tür fest, ihr Magen krampfte. Wenigstens hatte sie aufgehört zu weinen.

»He!«, brüllte der Mann ihr zu, und Diana fiel auf, dass er lallte. »Ich hab Sie was gefragt!«

»Ich weiß es nicht«, fuhr Diana ihn an. Das Bier in seiner Hand war eindeutig nicht sein erstes heute – wahrscheinlich nicht mal sein viertes oder fünftes. »Wenn Sie Familie haben, schaffen Sie sie raus!«

»Aber mein Haus …«

Diana musste sich nicht weiter mit ihm abgeben, denn eine Frau und ein junges Mädchen kamen an ihm vorbei auf die Veranda gelaufen und rempelten ihn um ein Haar um. Er schwankte bedrohlich, während seine Frau kreischte: »Clyde, verflucht noch mal! Zum Henker mit der Bruchbude. Wir sind ja wohl wichtiger, oder?«

Der Mann runzelte die Stirn, als müsste er überlegen, wobei er immer noch schwankte und zu Pennys lichterloh brennendem Haus blickte. Diana sah ebenfalls hin, und ihr wurde schlecht bei dem Gedanken an Penny und Willow inmitten des Infernos. Irgendetwas drinnen war in Brand geraten, eine weitere Rauchsäule stieg in den Nachthimmel, sprühte Funken. Zugleich frischte der Wind auf, und eine Böe ergriff ein brennendes Bruchstück und schleuderte es in Richtung von Mrs Hansons Haus.

Die Flammen, die über Mrs Hansons Dach züngelten, begannen, die alten Schindeln zu fressen. Wie schnell konnte aus so einer kleinen Feuerspur ein gefährlicher Brand werden? Dianas Herz pochte wie verrückt, bis sie Tyler Raines sah, der eine Frau aus dem Haus trug. Er kam auf Dianas Auto zu, und sie riss die Tür ganz auf, sodass er Mrs Hanson auf den Beifahrersitz setzen konnte, wo sie das Feuer aus ihrem Blickfeld verlor. Penny hatte erzählt, dass Clarice Hanson gerade über siebzig war. Sie war zierlich, hatte zarte Züge und erstaunlich klare, veilchenblaue Augen, die in ihrem entsetzten Gesicht riesig wirkten. »Mein Gott, was ist geschehen?«, hauchte sie.

Diana hockte sich hin und ergriff behutsam die zerbrechlichen Hände mit den geschwollenen Knöcheln. »Mrs Hanson?« Die Frau nickte. »Wir wissen nicht, was passiert ist. Pennys Haus geriet auf einmal in Brand.«

»Nein, Pennys Haus ist *explodiert!*« Mrs Hansons Kinn bebte. »Ich hatte meine Vorhänge noch nicht zugezogen. Ich habe es gesehen!«

»Die Feuerwehr wird jeden Moment hier sein.« Diana blickte über das Wagendach zu Tyler Raines und sagte stumm: »Ihr Haus?« Seine blauen Augen huschten in die Richtung des Hauses, aus dem er eben gekommen war, dann wieder zu Diana, und er nickte.

Plötzlich hörte Diana das Heulen von Sirenen. Sie musste daran denken, wie oft sie sich geärgert hatte, wenn das Geheul sie nachts weckte. Das würde sie nie wieder. Blaulichter zuckten durch die Nacht, als ein Löschfahrzeug um die Ecke bog.

»Du meine Güte.« Mrs Hansons Stimme kippte, und Tränen glänzten in ihren Augen. Zitternd nestelte sie an der Tasche ihres verwaschenen geblümten Baumwollkleids und holte ein kleines weißes Stofftaschentuch hervor. »So etwas habe ich noch nie erlebt.«

»Ich auch nicht.« Diana entging nicht, wie dünn und alt ihre eigene Stimme klang. Sie legte die Arme um Clarice Hansons schmale, zitternde Schultern und hielt die Frau so, dass sie das Feuer nicht sehen konnte. »Alles wird wieder gut, Mrs Hanson.«

»Wie können Sie das sagen, wo doch Penny und ihre Kleine …«

»Schhh.« Diana umarmte die Frau fester. »Wir wissen noch gar nicht, was mit ihnen ist. Vielleicht waren sie nicht zu Hause.«

»Doch, waren sie.« Mrs Hanson hörte auf, sich die Augen zu tupfen, und wurde ungleich resoluter. »Willows Fenster geht auf mein Haus hinaus. Bei ihr brannte Licht, und ich sah, wie Penny hineinging und ihr einen Gutenachtkuss gab. Willow ist heute erst aus dem Krankenhaus gekommen, Penny würde sie nie allein lassen. Penny ist eine gute Mutter!«

Penny würde sie nie allein lassen. Penny ist eine gute Mutter. Die Worte hallten in Dianas Kopf wider.

Natürlich waren Penny und Willow zu Hause gewesen. Wo sollten sie sonst sein, wenn Willow sich von einer Operation erholte? Während Penny ängstlich auf Diana wartete? Diana versuchte, tief einzuatmen, doch es gelang ihr nicht. Mechanisch tätschelte sie Mr Hansons Schulter. Die Frau vergrub das Gesicht in ihrem Taschentuch, und Diana drehte sich um. Die Feuerwehrleute sprangen gerade aus dem Fahrzeug, brüllten Befehle und schlossen den Schlauch am nächsten Hydranten an, richteten die Spritze auf die Flammen. Ein kräftiger Wasserstrahl schoss heraus.

Ein Notarztwagen parkte direkt vor dem Feuerwehrfahrzeug. Mrs Hanson hob den Kopf und jammerte: »Ob die Penny und Willow finden?«

»Ich weiß es nicht«, antwortete Diana matt. »Ich wünschte, Mr Raines würde zurückkommen und uns erzählen, was los ist. Aber er scheint den Feuerwehrmännern helfen zu wollen. Was denkt er sich bloß? Er hat doch nicht mal einen Schutzanzug an!«

»Ach du liebe Güte, nein, hat er nicht.« Mrs Hanson hörte sich zugleich resigniert und bewundernd an. »Es ist unvorsichtig von ihm, helfen zu wollen, aber Männer sind so mutig.«

»Manche.« Dianas Blick wanderte unweigerlich zu der Trainingshose. Torkelnd verließ der Kerl nun endlich sein Haus, die Bierdose in der Hand. Seine Frau und die Tochter waren längst fort. Als er an Dianas Wagen vorbeikam, ergänzte sie: »Andere wissen nicht mal, was das Wort bedeutet.«

Mrs Hanson sah ebenfalls zu der Trainingshose. »Ah, den meinen Sie«, sagte sie verächtlich. »Ich bin so froh, dass der Blonde zufällig kam und uns geholfen hat. Mr Buckner, dieser Trunkenbold, verschwendet nur Platz im Universum, wie mein Henry gesagt hätte.«

Mr Buckner, der sich mehr um sein Haus als seine Familie sorgte. Diana wunderte es, dass er nicht hineingelaufen war, um sich noch eine Bierdose zu holen, damit er die Zeit durchstand, bis er wieder in sein Haus durfte. Der Mann war fürwahr eine Vergeudung von Raum im Universum, dachte Diana und erinnerte sich jetzt, dass Penny erzählte, er wäre der faulste Kerl, dem sie je begegnet wäre. Allerdings hatte er genug Energie für eklige Annäherungsversuche aufgebracht. Tyler Raines war ein ganz anderer Typ. Diana fragte sich, womit Mrs Hanson und sie das Glück verdienten, dass er ausgerechnet in dem Augenblick auftauchte, in dem sie ihn dringend brauchten.

Mrs Hanson sagte schwach: »Sie sind Pennys Freundin Diana, nicht?«

»Ja. Ich wollte sie besuchen.« Dianas Kehle wurde erneut schmerzlich eng. »Ich war spät dran.«

»Dann danken Sie Gott, Kind. Sonst wären Sie in dem Haus gewesen.«

Ich wäre in dem Haus gewesen. Die Erkenntnis erwischte Diana mit voller Wucht. Ihr wurde übel vor Entsetzen. Wäre sie eine Minute früher aus dem Wagen gestiegen …

Mrs Hanson sah zu ihr auf und bemerkte offenbar Dianas Elend, denn sie drückte ihre Hand fest und wechselte rasch das Thema. »Entschuldigen Sie meine Neugier, aber ist der blonde Mann, der uns hilft, Ihr … Verehrer?«

»Sie … Meinen Sie, ob er mein Freund ist?«, fragte Diana benommen, die Mühe hatte, sich wieder auf Mrs Hanson zu konzentrieren. »Nein. Ich habe ihn noch nie gesehen. Er meinte, er wäre gerade in die Straße eingebogen, um zu wenden, als das Haus explodierte. Sein Name ist Tyler Raines.«

»Tyler Raines. Nie gehört, dabei kam er mir irgendwie bekannt vor. Na, jedenfalls dachte ich das zuerst. Mein Gedächtnis ist nicht mehr das, was es mal war. Gott sei Dank war er hier. Meine Arthritis setzt mir diese Woche wieder schlimm zu, sodass ich ohne Rollator keinen Schritt machen kann. Ich war so zittrig, dass ich den Gehwagen umgekippt habe, und da stand ich, schwankte und wäre wohl jeden Moment auf dieses verdammte Ding gekippt. Aber dann kommt auf einmal dieser Mann rein, hebt mich hoch, als wäre ich so leicht wie ein Vögelchen, und trägt mich hier raus zu Ihnen. Wäre er doch bloß rechtzeitig bei Penny und Willow …«

Mrs Hanson brach mitten im Satz ab. Ihre Hände zitterten heftig. »Oh gütiger Himmel, das kleine Haus ist einfach in die Luft geflogen! Wir haben ja beide eine Gasheizung. Kann Pennys Gasbrenner explodiert sein?«

»Mitten im Sommer hatte Penny ihre Heizung sicher nicht an. Vielleicht war es der Boiler. Er wird auch mit Gas beheizt, und er steht im Keller, wenn ich mich nicht irre. Ein Gasleck im Keller würde Penny nicht gleich bemerken. Und ein Funke genügt, um das Gas zu entzünden.«

»Woher soll der Funke gekommen sein?«

»Von einer ausgefransten Kabelummantelung vielleicht, oder der Boiler wurde angestellt, oder der Rohrdruck war falsch, oder …« Diana sah Mrs Hanson hilflos an, die sie erwartungsvoll anschaute. »Ich bin kein Experte und kann nur raten.«

Mrs Hanson ließ die Schultern sinken. »Ach, die Ursache hilft Penny und Willow eh nicht mehr. Oh mein Gott, diese armen Dinger!« Mrs Hansons Stimme bebte. »Bei der Explosion hat sogar *mein* Haus gewackelt. Meine Tochter macht sehr schöne Kunstkeramik, müssen Sie wissen, und sie hat mir eine Figur gemacht, die genauso aussieht wie Willow. Sie meinte, es ist das Beste, was sie je zustande gebracht hat. Die fiel von meiner Vitrine, und ich weiß, dass die Figur kaputt ist. Es ist wie ein Zeichen.«

Nun schluchzte Mrs Hanson richtig und hielt sich ihr Taschentuch vors Gesicht. Diana, die noch vor ihr hockte, beugte sich in den Wagen und nahm die alte Frau in ihre Arme. Dabei gab sie tröstende Laute von sich, als würde sie ein Kind beruhigen.

Gedankenverloren wiegte sie Pennys Nachbarin und sprach weiter tröstend auf sie ein, während sie zu dem Betrieb rund um Pennys Haus sah. Die Feuerwehrleute hatten riesige Strahler aufgestellt, die alles grell beleuchteten, sodass die Szene wie ein Filmset anmutete, künstlich und fremd, nicht mehr wie Pennys vertrautes und sehr reales Zuhause – oder die brüchige Hülle von ihm. Die rechte Hälfte war komplett zerstört, und von der linken standen nur noch zwei Drittel, die das Wasser aus den gigantischen Schläuchen hinreichend getränkt hatte, dass sie nicht mehr brannten. Aus Dianas Warte nahm sich das Hausinnere schwarz und glitzernd aus. Der hintere Teil indes war vollkommen dunkel.

Ein paar kleinere Feuer schwelten drinnen noch. Drei Feuerwehrleute gingen hinein und löschten die letzten Flammen. Diana konnte die Männer sehen, wie sie sich in kleinen Schritten in dem erhaltenen Teil vorwärtsbewegten und immer wieder hinunterschauten. Vermutlich war ein Großteil des Wohnzimmerfußbodens eingebrochen, und die Männer blickten in den Keller. Zwischendurch sahen sie auch nach oben und wichen herabstürzenden Balken und Schindeln aus. Offensichtlich suchten sie in der Ruine nach Überlebenden. Bei dem Gedanken schloss Diana die Augen. Wie gern würde sie einen von ihnen rufen hören: »Wir haben eine Frau und ein kleines Kind gefunden, unverletzt!«

Aber keiner sagte etwas von einer Frau und einem kleinen Mädchen. Die Männer bewegten sich bloß langsam und schweigend durch die verkohlten Reste dessen, was eine halbe Stunde zuvor noch Pennys gemütliches kleines Haus gewesen war, in dem Willow gelegen hatte, die sich von ihrer Operation erholte – bewacht und beschützt von ihrer Mutter.

Das Feuer von Mrs Hansons Haus war gelöscht, auch wenn Diana nicht beurteilen konnte, wie sehr es gelitten hatte. Bisher wusste die arme Frau noch nicht einmal, dass die Feuersbrunst auf ihr Haus übergegriffen hatte, und Diana graute davor, es ihr sagen zu müssen oder sie auch nur sehen zu lassen, egal, wie nichtig der Schaden sein mochte. Mrs Hanson machte nicht den Eindruck, als könnte sie noch mehr schlechte Nachrichten verkraften. Dennoch musste es ihr irgendjemand sagen.

Also holte Diana tief Luft und bemühte sich, so ruhig wie möglich zu sprechen. »Mrs Hanson, ich fürchte, das Feuer hat auf Ihr Haus übergegriffen beziehungsweise auf einen kleinen Teil.« Die Frau hielt hörbar den Atem an, aber Diana lächelte ermutigend. »Ein herumfliegendes brennendes Bruchstück traf Ihr Dach. Die Feuerwehr hat die Spritze sofort darauf gerichtet, und ich bin sicher, dass die Männer das Feuer zum Erlöschen gebracht haben«, sagte sie rasch. »Aber wenn es Ihnen nichts ausmacht, ein paar Minuten hier im Wagen zu warten, würde ich gern nachsehen, wie groß der Schaden ist.«

Mrs Hanson umklammerte Dianas Arm. »Oh nein, Diana! Sie müssen unbedingt hier beim Wagen bleiben, wo Sie geschützt sind! Dort ist es gefährlich. Mein Haus ist bloß ein altes kleines Ding, nichts, wofür Sie riskieren dürfen, verletzt zu werden.«

»Ich werde sehr vorsichtig sein. Mr Raines ist schon eine Weile weg. Vielleicht haben sie … etwas gefunden.«

»Sie meinen, *jemanden*«, sagte Mrs Hanson traurig. »Wenn sie Penny und Willow gefunden hätten, bin ich sicher, dass der junge Mann gleich zurückgekommen wäre, um es uns zu sagen.« Sie schluckte angestrengt, als müsste sie ein Schluchzen unterdrücken. »Oh, ich halte das nicht aus!«, platzte es aus ihr heraus.

»Vielleicht hilft Tyler Raines noch und kann nicht zurückkommen. Ich *muss* wissen, was los ist, Mrs Hanson! Deshalb möchte ich hingehen und selbst nachfragen. Ist es okay, wenn ich Sie kurz allein lasse?«

Mrs Hanson holte tief Luft und sagte mit vorgetäuschter Stärke: »Natürlich ist das okay, meine Liebe. Meine Gelenke mögen geschwollen sein, aber mein Herz ist noch in bestem Zustand.« Sie klopfte auf Dianas Hand. »Gehen Sie nur und sehen Sie nach. Ich bleibe still hier sitzen.«

Und weine, fügte Diana in Gedanken hinzu, als sie aufstand. Ihre Beine krampften leicht, weil sie zu lange in der Hocke gesessen hatte. Sie schloss die Wagentür und hoffte inständig, Mrs Hanson bliebe auf die Weise ein Großteil des Lärms und Rauchs erspart. Und insgeheim wünschte sie sich, sie könnte den Anblick des zerstörten Hauses ebenso leicht aussperren.

Sie schaute sich um und sah, dass sie sich keine Sorgen zu machen brauchte. Mrs Hanson saß erhobenen Hauptes da, und Diana war sicher, dass ihre hübschen Augen stur geradeaus blickten – Augen, die anscheinend keine Brille benötigten, obgleich sie in ihren Siebzigern waren. Diana schob sich das dicke, windzerzauste Haar hinter die Ohren und versuchte, möglichst festen Schrittes auf die betroffenen Häuser zuzugehen.

»Was haben Sie vor?«

Diana erschrak beim Klang von Tyler Raines' scharfer Stimme. Sie hatte sich bemüht, ihre Gedanken von Penny und Willow fernzuhalten, indem sie sich auf Mrs Hanson konzentrierte. Dabei hatte sie nicht einmal bemerkt, dass Raines auf sie zugeschritten kam. Nun richtete sie sich zu ihren vollen eins siebenundsechzig auf, musste aber mindestens zwanzig Zentimeter höher blicken, um ihn wütend anzufunkeln. »Ich will Pennys Haus sehen.«

Tyler Raines stand wie eine Mauer vor ihr. Schweißspuren zogen sich über sein schmutziges Gesicht, und Ruß saß in seinen Stirnfalten. Sein hellblaues T-Shirt hatte einen schwer zu beschreibenden Grauton angenommen und klebte ihm an der breiten Brust. Das feuchte, eher längere Haar hatte sich zu einem wirren Scheitel geteilt und hing ihm bis über die hohen Wangenknochen, fast bis zu den Ohrläppchen.

Der Mann sah erschöpft aus und für Dianas Wahrnehmung erstaunlich besorgt um Menschen, die er nicht einmal kannte. Aber das Schlimmste war, dass er zweifellos mit ihr streiten wollte. Sie verengte ihre Augen ein wenig und biss die Zähne zusammen.

Beide musterten einander abschätzend. Dann glaubte Diana, Verständnis in Raines' Augen aufflackern zu sehen, bevor er seufzend beiseiteging. »Okay, na gut, verdammt. Nur zu. Aber seien Sie vorsichtig. Überall liegen Schläuche, ist es glitschig und ...«

»Was ich auch selbst sehen kann. Ich bin kein Kind. Und ich habe ganz sicher nicht vor, wie eine Bekloppte kreuz und quer ...«

»Mich sorgt weniger, dass Sie sich wie eine ›Bekloppte‹ aufführen, als dass Sie in Ohnmacht fallen könnten.«

Trotz der Situation, die eine derartige Reaktion durchaus naheliegend erscheinen ließ, war Diana empört. »Ich zähle nicht zu den albernen Frauen, die ohnmächtig werden! In meinen ganzen Leben bin ich noch nie in Ohnmacht gefallen, und ich war schon auf archäologischen Expeditionen in Ägypten!«

»Ägypten, ja? Nun, das ist beeindruckend, aber vergessen wir nicht, dass Sie einer Ohnmacht ziemlich nahe waren, als Sie versuchten, aus Ihrem Wagen zu steigen, nachdem das Haus explodierte.« Raines bedachte sie mit einem harten Blick aus seinen stahlblauen Augen, und Diana errötete bei der Erinnerung. »Falls Sie dennoch darauf bestehen, die Katastrophe von Nahem zu besichtigen, kann ich Sie wohl nicht davon abhalten.«

»Nein, das können Sie nicht«, zischte Diana, die sich an ihren schwindenden Mut klammerte. »Und ich bin nicht nur irgendeine Fremde, die eine Katastrophe von Nahem besichtigen will, wie Sie es formulieren. Meine Freundin Penny und ihre fünfjährige Tochter waren in dem Haus!« Dianas Stimme kippte, aber sie fuhr fort. »Erwarten Sie, dass ich weiter artig Stunde um Stunde im Auto hocken bleibe, bis irgendwer die Zeit findet, mir zu erzählen, ob sie noch leben oder nicht?«

Diana war fast sicher, dass er zusammenfuhr. Dann wurde sein Blick eine Nuance weicher. »Verzeihen Sie meine Wortwahl. Selbstverständlich möchten Sie erfahren, was aus Ihren

Freunden geworden ist, Miss … Entschuldigung, ich habe Ihren Namen vergessen.«

»Diana Sheridan«, fauchte sie gereizt. Sie war so wütend, dass sie drohte erneut in hemmungsloses Schluchzen auszubrechen, womit er wohl rechnete. »Würden Sie mich jetzt bitte vorbeilassen?«

»Okay, aber ich komme mit Ihnen. Ich will nicht, dass Sie womöglich irgendwo einstürzen und sich einen Arm oder ein Bein brechen. Damit würden Sie die Leute von der Arbeit abhalten.«

»Ich kann sehr wohl aufpassen, wo ich hintrete, Mr Raines.«

»Sagen Sie Tyler. Und ich bezweifle nicht, dass Sie gewöhnlich vorsichtig sind. Aber heute Abend sind Sie aufgewühlt, und der Bereich um das Haus ist gefährlich.« Er schloss eine Hand fest um ihren Unterarm, worauf Diana erstarrte und ihn wütend ansah. »Keine Widerrede«, warnte er sie eisern. »Falls es Ihnen noch nicht aufgefallen ist, Sie zittern wie Espenlaub. Sogar Ihre Lippen zucken. Sie sind mitgenommener, als Ihnen bewusst ist.«

Diana stieß einen Laut aus, von dem sie hoffte, dass er pure Verachtung ausdrückte, auch wenn sie insgeheim dankbar war, dass die große, kräftige Hand sie hielt, als sie weitergingen. Alles in ihr schien zu vibrieren, und ihre Beine waren ziemlich wacklig. Sie war immer so stark gewesen, emotional und physisch, weshalb Großonkel Simon ihr erlaubt hatte, ihn erstmals auf seine Ägypten-Expedition zu begleiten, als sie achtzehn war. Jetzt aber fühlte sie sich schwach und verletzlich, auch wenn sie ihr Bestes gab, diese ungekannte Zerbrechlichkeit zu verbergen.

Diana richtete den Blick auf den Boden, damit sie ja über nichts stolperte, wie Tyler Raines prophezeit hatte. Sie wollte ihm beweisen, dass sie alles unter Kontrolle hatte. Was nicht der Fall war. Sie blieb abrupt stehen, als sie sich dem Haus näherten und Diana Holz knacken hörte. Ein Mann schrie drinnen auf, bevor ein Krachen Diana sagte, dass der Holzfußboden unter einem der drei Feuerwehrmänner drinnen nachgegeben hatte.

Ein allgemeiner Verzweiflungsschrei stieg in die Nacht auf; Männer rannten auf das kleine Haus zu, die nicht wagten, hineinzugehen und noch mehr Gewicht auf den Rest des Wohnzimmerbodens zu bringen. Die zwei anderen Feuerwehrleute, die sich im Schein der Strahler unwirklich ausnahmen, standen wie angeklebt an der Wand. Beide blickten hinunter in den Keller, und einer rief: »Davis, alles okay?«

Jeder schien für mindestens zehn endlose Sekunden den Atem anzuhalten. »Davis! Alles in Ordnung?«, brüllte der Mann noch mals.

Nach einem Moment kam eine schwache, atemlose Stimme aus den Tiefen des Hauses. »Ich lebe noch. Bin auf die Seite geknallt.« Eine Pause folgte, dann ein matter Schmerzenslaut. »Ich hab mir … wohl … ein paar Rippen gebrochen.«

»Beweg dich nicht! Du könntest dir die Lunge perforieren.« Pause. »Sanitäter!«

Niemand kam, und jemand anders rief. Einmal. Zweimal. Dann kamen zwei Männer und eine Frau um die Ecke des Hauses, die eine Rolltragbahre schoben. Ein Feuerwehrmann rannte zu ihnen und brüllte sie an, als stünden die drei mindestens einen Kilometer entfernt von ihm. »Einer unserer Jungs ist durch den Boden gekracht! Er glaubt, dass er sich Rippen gebrochen hat. Ihr müsst ihm helfen!«

Die Sanitäterin sah ihn ungerührt an. »Ich fürchte, Ihr Mann muss noch ein paar Minuten warten, bis das zweite Rettungsteam hier ist. Wir haben eine Frau im Garten hinten gefunden.«

»Penny!« Diana riss sich von Tyler los und rannte auf die Tragbahre mit der reglosen Gestalt zu. Dort angekommen, starrte sie auf die regungslose Frau, die mit einem weißen Tuch bedeckt war, das einzig ihren Kopf frei ließ. Der Anblick traf Diana wie ein Hammerschlag. Ein Sanitäter hatte das, was von Pennys kurzem mahagonibraunen Haar noch übrig war, nach hinten gestrichen, um ihr ehedem schönes Gesicht freizugeben, von dem die linke Hälfte nun voller Brandblasen war, die Haut ihrer Stirn abgehoben, die ihrer Wange total zerstört, ebenso die ihrer Nase und ihres Augenlids.

Diana trat vor Entsetzen schaudernd zurück. Der Anblick ließ ihr das Blut in den Adern gefrieren. Nach einer halben Ewigkeit, wie es ihr vorkam, flüsterte sie verzweifelt: »Mein Gott, Penny.«

Die Sanitäterin sah Diana mitfühlend an. »Sie lag in einem Gummiplanschbecken mit ein paar Zentimetern Wasser drin. Die rechte Seite ihres Gesichts war im Wasser, aber ihre Nase ragte natürlich raus, sonst wäre sie ertrunken.«

»Penny?« Diana beugte sich über ihre schwer brandverletzte Freundin, und auch wenn es nutzlos war, sagte sie: »Penny, ich bin's, Diana.«

»Sie ist bewusstlos, dem Himmel sei Dank«, sagte die Sanitäterin leise mit einem leicht irischen Akzent. »Sie kann Sie nicht hören, Ma'am. Und sehen Sie sie nicht mehr an. Sie würde nicht wollen, dass Sie sie in diesem Zustand sehen, und Sie möchten sich so nicht an sie erinnern.«

»Erinnern?«, wiederholte Diana entgeistert. »Sie ist doch nicht tot, oder?«

»Nein, aber …« Die Frau verstummte und blickte auf die Reste von Pennys Gesicht.

Einer ihrer Kollegen meldete sich zu Wort. »Sie ist nicht tot, Miss, aber sie hat ein paar schwerste Verbrennungen.«

»Nicht nur im Gesicht?«, fragte Diana unglücklich.

»Die ganze linke Hälfte ihres Körpers war dem Feuer ausgesetzt.« Der Mann sah Diana mitfühlend und zugleich bestimmt an. »Die Verbrennungen sind sehr schlimm. Belassen wir es dabei. Im Moment ist nur wichtig, dass wir sie so schnell wie möglich in ein Krankenhaus schaffen. Die Ärzte können Ihnen später mehr sagen.«

Während sie die Tragbahre weiterrollten, merkte Diana, dass ihr jedwede Kraft aus den Knochen wich. Inzwischen stand allerdings Tyler Raines neben ihr, der ihren einen Ellbogen stützte, und sie sank einfach gegen den Mann, denn ihr war vollkommen egal, wer sie hielt oder wie schwach sie wirken mochte.

Die Sanitäter schoben Penny in die alles verschluckende Dunkelheit, als Diana Luft holte, sich aufrichtete und rief: »Penny hat eine kleine Tochter. Sie ist fünf. Haben Sie sie gefunden?«

Die Sanitäterin blickte über die Schulter zu ihr. Ihre Blicke begegneten sich, und Diana kannte die Antwort, ehe die junge Frau rief: »Wir haben keine Spuren von einem Kind gefunden. Vielleicht drinnen …«

Vielleicht drinnen, wo das Feuer in ungebremster Ekstase gewütet und alles verschlungen hatte, dachte Diana, einschließlich eines niedlichen, unschuldigen fünfjährigen Mädchens.

Und zum ersten Mal in ihren achtundzwanzig Jahren wurde Diana ohnmächtig.

2

Diana kam zu sich, als ihr kaltes Wasser ins Gesicht gespritzt wurde – und nicht nur in ihr Gesicht, sondern auch in ihre Ohren und quer über den Hals. Sie öffnete die Augen und sah Tyler Raines, der einen großen leeren Styroporbecher in der rechten Hand hielt und zwischen dessen Brauen sich eine vertikale Linie abzeichnete. Sie starrten einander an, bis er schließlich fragte: »Geht es Ihnen gut, Miss Ich-werde-nie-ohnmächtig?«

»Ja, okay. Wagen Sie ja nicht, mich mit noch mehr Wasser zu bewerfen! Und ich bin auch nie zuvor ohnmächtig geworden!« Diana stellte fest, dass sie flach auf dem Boden lag, ihre Arme und Beine weit von sich gestreckt. Sie zog alle vier Gliedmaßen an, setzte sich rasch auf und wischte sich das Gesicht. »Wo ist Penny?«

»Der Notarztwagen ist gerade mit ihr weggefahren.«

Diana drehte sich um und sah den Wagen um die Ecke biegen. »Ich hätte mit ihr fahren müssen.«

»Nein, hätten Sie nicht.« Tyler nahm ihre Hand und half ihr aufzustehen. Dann strich sie sich das lange, tropfnasse Haar zurück und blickte sich um. »Haben sie Willow gefunden?«

»Nein, aber …«

»Oh mein Gott!« Diana hatte das Gefühl, ihr Brustkorb würde sich zusammenziehen und alle Luft aus ihrer Lunge drücken. »Sie haben sie immer noch nicht gefunden?«

»Können Sie kurz aufhören herumzuschreien und mich ausreden lassen? Ich wollte sagen, dass sie erst seit wenigen Minuten draußen suchen.«

»Sie glauben nicht, dass Willow …« Diana zeigte auf die Hausruine, konnte jedoch weder hinsehen noch die Frage beenden.

Bei Tylers Zögern glaubte Diana zu erkennen, dass seine Selbstbeherrschung mehr Fassade war, als er preisgeben wollte. »Ich weiß nichts von dem kleinen Mädchen«, sagte er schließlich. »Die Mutter war draußen, also war es das Kind vielleicht auch.«

»Nein, sie hatte eben erst eine Operation. Sie ist auf keinen Fall …«

»Weisen Sie die Möglichkeit nicht gleich von der Hand. Wir wissen gar nichts mit Sicherheit. Die Feuerwehrleute haben bisher nicht alles abgesucht. Noch helfen sie dem Mann, der in den Keller gestürzt ist, als der Fußboden nachgab. Sie können nirgends eine Leiter anlehnen, weil der verbliebene Baukörper zu instabil ist. Ich glaube, sie versuchen, ihn mit Seilen hochzuziehen.« Tyler berührte Dianas Arm. »Sie sehen reichlich erledigt aus. Fahren Sie nach Hause.«

»Nach Hause fahren? Ich fahre nirgends hin, ehe ich nicht weiß, was mit Willow ist! Und wenn überhaupt, fahre ich ins Krankenhaus zu Penny.«

»Beruhigen Sie sich und atmen Sie«, sagte Tyler streng. Sein Blick hielt sie förmlich fest. »Jetzt hören Sie mir zu. Es kann eine halbe Stunde oder länger dauern, bis sie das Kind finden, und im Krankenhaus können Sie rein gar nichts für Penny tun, außer dazusitzen und zu warten, dass man Ihnen erzählt, ihr Zustand wäre kritisch.«

Diana war den Tränen nahe, als seine Stimme sanfter wurde. »Sie sind erschöpft, Sie sind verängstigt, und Sie haben einen furchtbaren Schock hinter sich. Nicht zu vergessen, dass Sie bereits einmal umgekippt sind. Falls Sie also nicht im Krankenhaus enden wollen, fahren Sie nach Hause. Sie sind nicht in der Verfassung hierzubleiben, genauso wenig wie Mrs Hanson. Mrs Hanson ganz besonders nicht. Das Feuer hat ein großes Loch in ihr Dach gebrannt und die Küchen- und Wohnzimmerwand teils zerstört. Außerdem könnten noch kleine Schwelbrände unter der Dachverkleidung sein, die ein neues Feuer entfachen.«

»Oh nein«, stöhnte Diana.

»Oh doch. Heute Nacht kann sie nicht mehr in ihr Haus zurück. Hat sie jemanden, der sie aufnehmen könnte?«

»Weiß ich nicht. Ich kenne sie ja nicht weiter. Ich wohne in Ritter Park«, sagte sie. Ritter Park war eine dreißig Quadratkilometer große Grünfläche am südöstlichen Rand der Stadt, die sich bis hinauf in die südöstlichen Hügel von Huntington erstreckte. »Sie kann mit zu mir kommen.«

»Ritter Park, ja? Die Nobelgegend. Hätte ich mir denken können.«

»Das Haus gehört meinem Großonkel«, entgegnete Diana gereizt. »Nicht mir. Ich wohne nur vorübergehend bei ihm. Wie dem auch sei, es ist ein großes Haus, mit reichlich Platz für Gäste.«

»Prima. Ich kenne die Gegend. Führen Sie mich einfach nur zum Haus.«

»Mr Raines, ich bin durchaus imstande, selbst zu fahren.«

»Ich sagte Ihnen schon, dass mein Name Tyler ist, und ich bin sicher, dass Sie normalerweise eine erstklassige Fahrerin sind, aber nicht heute Abend. Jetzt gehen wir und sagen Mrs Hanson, dass sie heute bei ihrer neuen Freundin übernachtet.«

Wenige Minuten später informierten sie Mrs Hanson, dass Penny lebte. »Wie schlimm ist sie verletzt?«, fragte sie. »Sie muss doch furchtbare Verbrennungen haben.«

»Näheres wissen wir nicht«, antwortete Tyler schnell, und ehe sie weitere Fragen stellen konnte, erklärte er ihr, dass sie die Nacht bei Diana verbringen würde. Mrs Hanson machte erst große Augen, dann schüttelte sie energisch den Kopf. »Ich darf mein Haus nicht verlassen. Es könnte doch jemand einbrechen!«

Freundlich und ruhig sagte Tyler: »Mrs Hanson, die Feuerwehrleute und wahrscheinlich auch die Polizei werden eine Weile hierbleiben, denn sie haben das kleine Mädchen noch nicht gefunden.«

Mrs Hansons schmale Hand wanderte zu ihrer Kehle. »Sie haben Willow nicht gefunden? Ich hatte angenommen …«

Mrs Hanson wirkte auf einmal, als wäre sie in Gedanken weit weg. Diana und Tyler wechselten einen Blick über den Kopf der alten Dame hinweg. *Mit dieser Tragödie wird sie nicht fertig,* dachte Diana. *Womöglich kriegt sie noch einen Herzinfarkt. Wir sollten sie wohl vorsichtshalber ins Krankenhaus bringen.*

Abrupt unterbrach Mrs Hanson Dianas Gedanken, indem sie mit fester Stimme sagte: »Mir fiel es wieder ein, als Sie beide bei Pennys Haus waren, und dann hatte ich es vergessen, als Sie mir erzählten, dass ich woanders übernachten muss.« Sie holte tief Luft und konzentrierte sich. »Vorhin guckte ich nach draußen, und ich bin mir ziemlich sicher, dass ich sah, wie Willow aus ihrem Fenster geklettert ist. Penny hatte Willows Nachttischlampe angelassen, deshalb konnte ich in ihr Zimmer sehen.«

»Willow ist aus ihrem Fenster geklettert?«, wiederholte Diana ungläubig. »Aber sie ist frisch operiert.«

»Ich weiß. Penny hat mir allerdings erzählt, dass sie so eine neue Methode haben, bei der man hinterher weniger Schmerzen hat als nach altmodischen Operationen. Die Leute erholen sich danach viel schneller. Ich schätze, Willow fühlte sich nicht mehr krank.«

»Wohin ist sie gegangen?«, fragte Tyler.

»In den Garten. Penny hat hinten keine Außenbeleuchtung, also konnte ich Willow nur kurz sehen. Außerdem war sie sehr schnell, ist fast gelaufen. Vielleicht zum Wald. Auf dieser Straßenseite grenzen unsere Gärten hinterm Haus an den Wald. Jedenfalls bin ich zu meinem Sessel, dem, neben dem der kleine Tisch mit dem Telefon steht, und wollte Penny anrufen, als … als …«

Tränen stiegen ihr in die Augen. *Als das Haus zu einem Feuerball explodierte,* ergänzte Diana im Geist. Sie legte eine Hand auf Mrs Hansons Schulter. Leider fiel ihr nichts ein, womit sie die alte Dame trösten könnte. »Weinen Sie nicht. Alles wird gut.«

»Wie können Sie das sagen?«, fragte Mrs Hanson schluchzend. »Ich sah doch, wie sie jemanden aus dem Haus trugen, das muss Penny gewesen sein, und in den Krankenwagen schoben. Und jetzt erzählen Sie mir, dass sie Willow nicht finden! Ich mag alt sein, aber ich bin nicht senil! Ich weiß, dass nicht alles wieder gut wird!«

Tyler beugte sich hinunter und blickte Mrs Hanson in die Augen. »Sie sind nicht alt, sondern lediglich älter als wir, und Sie haben recht. Wir haben Sie behandelt, als wären Sie senil. Meine Großmutter würde mir gewaltig den Marsch blasen, sollte ich jemals einen solchen Ton bei ihr anschlagen.«

Mrs Hanson lächelte matt, und Tyler fuhr fort. »Ich will ehrlich zu Ihnen sein. Nichts ist gut, nicht annähernd. Aber die Ärzte kümmern sich um Penny, und nach dem, was Sie uns erzählt haben, denke ich, dass Willow sich im Wald verstecken könnte. Wahrscheinlich hat sie Angst herauszukommen, doch ich wette hundert Dollar, dass sie nicht verletzt ist. Wenn sie im Wald war, war sie zu weit weg, um verletzt zu werden.«

Er richtete sich wieder auf. »Sie und Diana sind ziemlich mitgenommen. Sie zittern am ganzen Leib, und Diana kriegt kaum Luft, obwohl sie sich alle Mühe gibt, sich nichts anmerken zu lassen. Deshalb sollten Sie beide nicht länger hierbleiben. Sie brauchen Ruhe, und ich würde sagen, ein anständiger Drink kann Ihnen auch nicht schaden.«

»Also, ich trinke nie!«, protestierte Mrs Hanson.

»Dann machen Sie heute eine Ausnahme. Ein Drink macht Sie nicht gleich zur Alkoholikerin. Ich fahre Sie zu Diana.«

Mrs Hanson sah ihn entsetzt an. »Oh nein, ich möchte mich nicht aufdrängen. Ich kann zu meiner Freundin Ella … Ach, du liebe Güte, sie ist ja in Vermont bei ihrer Tochter. Und mein Sohn und meine Tochter machen mit ihren Familien Ferien in Disney World. Na schön, dann muss mir jemand meine Handtasche mit meinem Portemonnaie holen, und ich gehe in ein Motel.«

»Wo Sie keine der Annehmlichkeiten eines richtigen Zuhauses haben?«, fragte Diana. »Nein, kommen Sie mit zu mir.

Sie brauchen Schlaf, und nach dem Schreck heute Abend sollten Sie nicht allein in einem Motelzimmer sitzen.«

»Ich kann sowieso nicht schlafen. Und im Motel haben sie Fernseher.«

»Sie müssen sich ausruhen«, sagte Tyler. »Ich fahre Sie beide zu Diana und komme dann wieder her. Sobald ich etwas über das kleine Mädchen erfahre, rufe ich Sie an.«

»Ich sagte Ihnen schon, dass ich selbst fahren kann«, erwiderte Diana spitz.

»Und ich würde sagen, dass wir für eine Nacht genug Katastrophen hatten«, knurrte Tyler beinahe. »Ihre eigene Sicherheit mag Ihnen egal sein, aber denken Sie an Mrs Hanson. Im Moment sind meine Nerven stabiler als Ihre. Und jetzt steigen Sie ein.«

Diana wurde wütend, obgleich sie nicht abstritt, dass Tyler recht hatte. Sie fühlte ja, wie sie innerlich zitterte. Ihr Reaktionsvermögen dürfte durch den Schock beeinträchtigt sein, und einzig ihr Wille, keine Schwäche zu zeigen, hielt sie davon ab, Tylers Angebot sang- und klanglos anzunehmen. Seufzend stieg sie in den Wagen und fragte sich, wie Tyler Raines es schaffte, so gefasst zu bleiben.

Als sie losfuhren, sah Diana zu ihm. Tylers Kinn war sichtlich angespannt, und unter dem Ruß war seine sonnengebräunte Haut aschfahl. Er blickte in den Rückspiegel, zur Ruine von Pennys Haus, und Diana bemerkte, wie er für einen winzigen Moment die Augen schloss, als könnte er den Anblick nicht ertragen. Nein, sie irrte sich, was Tyler Raines' Gefasstheit anging. Er mochte ihr und Mrs Hanson eine überzeugende Show bieten, aber das Unglück von Penny und Willow ließ ihn keineswegs so kalt, wie er vorgab – auch wenn er die beiden gar nicht kannte.

Diana erwärmte sich allmählich für ihn. »Woher kommen Sie, Tyler?«

Im ersten Moment schien er erschrocken. »Wie? Ach so, aus New York City. Ich bin hier nur zu Besuch."

»Aha, und bei wem?«, fragte Clarice Hanson. »Oh, Verzeihung, das ist eine aufdringliche Frage, aber vielleicht kenne ich die Leute.«

»Ähm, bei dem Mann, dem Al's Barbecue gehört.«

»Albert Meeks?«, sagte Clarice überrascht. »Aber der ist ja noch älter als ich!«

»Er war eigentlich mit meinem Großvater befreundet. Seit Grandpas Tod versuche ich, Al hin und wieder zu besuchen. Ihm scheint es zu gefallen. Die beiden gingen früher mehrmals im Jahr zusammen zur Jagd. Al ist ein exzellenter Jäger. Als ich noch ein Junge war, haben sie mich manchmal mitgenommen.«

Diana kannte Al Meeks seit Jahren. Penny, Willow und sie aßen oft in seinem einfachen Restaurant, in dem es die besten Grillrippchen der ganzen Stadt gab. Tylers Bemerkung indes rief ein Stirnrunzeln bei ihr hervor. »Al ein exzellenter Jäger?«, fragte sie misstrauisch. »Wie kann das sein? Er ist seit über dreißig Jahren auf dem rechten Auge blind.«

Tyler warf ihr einen Seitenblick zu. Er begriff eindeutig, dass sie versuchte, ihm auf den Zahn zu fühlen, und ihm seine Geschichte nicht abnahm. Dann sagte er gelassen: »Man muss nicht mit beiden Augen sehen können, um durch ein Zielfernrohr zu gucken, Diana. Ich schätze, Sie jagen nicht besonders viel.«

»Nein, ich jage überhaupt nicht«, antwortete sie. »Meiner Meinung nach ist Jagen, sofern man nicht dringend Essen braucht, bloß ein Vorwand fürs Töten.«

»Es ist ein Sport«, parierte Tyler.

»Mord ist kein Sport!«

Tyler sah sie an. »Sie denken, dass Sie alles durchschauen, was? Sogar mich.«

Diana starrte stur geradeaus. »Noch nicht ganz«, konterte sie langsam. »Aber ich werde. Seien Sie es versichert, Mr Raines.«

***

»Onkel Simon? Ich bin wieder da!«

Eine Stimme rief aus dem Zimmer links: »Na endlich, Gott sei Dank! Ich werde hier ganz irre, tagelang ohne dich *und* ohne Penny. Ach, übrigens, sie hat heute Abend angerufen, um mir zu sagen, wie es Willow geht, und sie hat versprochen …«

Simon Van Etton kam in die Eingangshalle und blieb verwundert stehen, sobald er sich den drei ramponierten Ankömmlingen gegenüberfand. Clarice und Tyler hielten sich ein gutes Stück hinter Diana, als erwarteten sie, dass Simon sie mit dem eleganten Gehstock, den er vor allem aus Eitelkeit benutzte, aus dem Haus prügelte. Sein dichtes Silberhaar schimmerte im Licht des Kronleuchters. »Großer Gott«, fragte er und zog eine Braue hoch. »Was ist passiert?«

Ohne nachzudenken, lief Diana auf ihn zu, schlang die Arme um ihn und vergrub das Gesicht in seiner Hausjacke. Im ersten Moment schien Simon verdutzt und wurde stocksteif, dann aber umarmte er Diana. Seine Wange berührte ihren Kopf, und er murmelte ihr ins Haar: »Diana?«

»Es geht um Penny, Simon.« Plötzlich hatte Diana das Gefühl, einzig Simon würde sie noch aufrecht halten, während die Worte unkontrolliert aus ihr heraussprudelten. »Ich fuhr vorhin zu ihr, und da ist ihr Haus … *explodiert!*«

Simon Van Etton schob Diana ein wenig zurück und sah sie an. Ausnahmsweise war er sprachlos. Mit seinen dunkelgrünen Augen betrachtete er sie erst zögernd, dann zweifelnd und schließlich entsetzt. Er öffnete den Mund und schloss ihn gleich wieder.

Als er ihn zum zweiten Mal aufmachte, fragte er unheimlich ruhig: »Das Haus ist explodiert?« Diana nickte. »Bist du sicher, dass es explodiert ist?«

»Ja, Simon! Um Gottes willen, ich habe mir das nicht eingebildet!«

»Nein, nein, natürlich nicht.« Er drückte sie wieder fest an sich. »Und Penny? Und Willow?«

»Ich habe Penny gesehen.« Diana blickte zu ihm auf. »Sie war bewusstlos, und sie hat so schwere Verbrennungen, dass sie wahrscheinlich nicht überlebt.«

Simon wurde kreidebleich. »Penny hat schwere Verbrennungen erlitten?«

»Ja.« Diana schwankte. »Ihr Gesicht …«

»Nein, beschreib es nicht«, fiel Simon ihr ins Wort. »Ich will das nicht hören.« *Er erträgt es nicht,* dachte Diana. »Was ist mit Willow?«

Diana hatte abermals angefangen zu zittern. »Sie können sie nicht finden!«

Simon hielt sie fester, und Tyler sagte: »Wir glauben, dass sich das Kind im Wald hinterm Haus versteckt haben könnte, Sir.«

»Wer sind Sie?«, fragte Simon, der zu ihm sah und schluckte. »Entschuldigen Sie meine schlechten Manieren, junger Mann. Falls ich Sie kenne, bin ich zu perplex von der Nachricht, als dass ich mich an Ihren Namen erinnere.«

»Sie kennen mich nicht, Sir. Mein Name ist Tyler Raines.« Er legte einen Arm um Mrs Hansons Schultern und schob die alte Dame behutsam vor. »Und dies ist Mrs Clarice Hanson. Sie wohnt neben Penny.«

Diana bemerkte, wie Simon versuchte, der Frau freundlich zuzulächeln, doch Mrs Hanson blickte staunend zu dem glitzernden georgianischen Kronleuchter, der auf einen großen runden Orientteppich und die zweieinhalb Meter hohe alte Standuhr in der Ecke hinabschien. Ihrer Miene nach zu urteilen, war Mrs Hanson kurz davor, durch die schwere geschnitzte Flügeltür wieder nach draußen zu flüchten. »Natürlich, Mrs Hanson. Wir sind uns bei Willows Kindergeburtstag im Juni begegnet, aber dort wuselten so viele Kinder herum, dass ich leider keine Gelegenheit hatte, mich richtig mit Ihnen zu unterhalten«, sagte Simon charmant.

Clarice blickte zu ihm und versuchte zu lächeln, doch ihr kamen die Tränen.

Simon sah zu Tyler. »Mr Raines, Sie scheinen mir momentan der Gefassteste. Würden Sie mir bitte erzählen, was geschehen ist?«

Tyler gab ihm eine kurze Zusammenfassung, ohne Einzelheiten, ohne Abschweifungen, genau wie Simon es am liebsten hatte.

Am Ende fügte Tyler hinzu: »Mrs Hanson kann heute Nacht nicht in ihr Haus zurück, und Ihre Nichte sagte, sie wäre hier willkommen.«

»Selbstverständlich ist Mrs Hanson uns willkommen«, beteuerte Simon. Würde Diana ihn nicht so gut kennen, wäre ihr die betonte Ruhe in seiner Stimme nicht aufgefallen. Er gab sich alle Mühe, sein Entsetzen nicht zu zeigen. Trotz allem entging ihm nicht, wie angegriffen Mrs Hanson war. »Wir haben ein hübsches Gästezimmer gleich hier unten im Erdgeschoss, Mrs Hanson. Diana fand, es sähe aus, als hätte dort seit dem Mittelalter niemand mehr etwas angerührt, deshalb hat sie es im letzten Jahr komplett renoviert. Es hat ein eigenes angrenzendes Bad und eine schöne Aussicht auf den Garten. Ich denke, dort werden Sie es bequem haben.«

»Ach, das klingt wunderbar!«, sagte Mrs Hanson, die nach wie vor sehr eingeschüchtert von der Größe und Eleganz des Hauses war. »Es ist mir sehr unangenehm, mich Ihnen aufzudrängen.«

»Sie drängen sich uns keineswegs auf«, widersprach Simon, der ein aufmunterndes Lächeln zustande brachte. »Ich würde vorschlagen, dass wir alle in die Bibliothek gehen und einen Brandy trinken, nach dem furchtbaren Schock.«

»Danke, Sir, aber ich fahre wieder zurück, an die Unglücksstelle«, sagte Tyler. »Sie haben das kleine Mädchen noch nicht gefunden.«

Simon betrachtete ihn prüfend. »Und Sie glauben, Ihnen gelingt, was niemand sonst kann?«

»Ich würde es gern versuchen«, antwortete Tyler gleichermaßen selbstsicher wie bescheiden.

Diana löste sich von Simon und sah Tyler an. »Ich komme mit.«

»Nein, tun Sie nicht«, sagte Tyler streng. »Sie müssen Ihre Nerven beruhigen.«

»Meinen Nerven geht es bestens«, entgegnete Diana alles andere als überzeugend. »Falls Willow sich im Wald versteckt, kann ich sie eher finden als Sie. Sie *kennt* mich.«

Tyler neigte den Kopf, als wollte er sie zur Vernunft bringen, ohne sie zu beleidigen. »Ihnen mag es vielleicht nicht bewusst sein, aber Sie sind emotional wie physisch am Boden. Ich bin sicher, Ihr Onkel stimmt mir zu, dass Sie hierbleiben sollten.«

»Und ob ich dem zustimme«, bestätigte Simon, dessen Ton keine Widerrede duldete. »Diana, Mr Raines hat recht. Du bleibst hier bei Mrs Hanson und mir.«

»Oh, *Männer!*«, rief Diana aus, die mittels Wut überspielte, dass sie am liebsten heulend auf den Boden sinken wollte. »Ihr haltet doch alle zusammen.«

»Wenn wir klarer sehen als das Weibervolk, durchaus.«

»Weibervolk!«, empörte sich Diana. »Onkel Simon, ich habe noch nie gehört, dass du so …«

»So was?« Simons strenger Ton und sein ermahnender Blick nahmen der ohnehin völlig erschöpften Diana endgültig den Wind aus den Segeln.

»So redest«, murmelte sie zerknirscht.

»Wir sind in Dianas Wagen hergefahren«, wechselte Tyler das Thema. »Meiner ist noch … am Brandort. Ich rufe mir ein Taxi.«

Simon sah zu ihm. »Ach, Unsinn. Es ist Freitagabend, da warten Sie hier ewig auf ein Taxi. In unserer Stadt gibt es viel zu wenige. Ich habe zwei Autos, die ich heute Nacht beide nicht brauche. Nehmen Sie eines von denen.« Diana starrte ihn verblüfft an. Ihr Großonkel wollte einem vollkommen Fremden einen seiner Wagen geben? Offensichtlich.

»Wir überlegen morgen, wie wir das Auto wieder herholen«,

fuhr Simon fort, ohne Diana anzusehen. »Ehrlich gesagt, ist mir im Moment egal, ob ich es jemals wiedersehe.«

»Sehr freundlich von Ihnen«, sagte Tyler. »Und ich sorge dafür, dass Sie den Wagen unversehrt zurückbekommen.«

»Ja, da bin ich mir sicher.« Simon musterte Tyler nachdenklich. »Und ich habe das seltsame Gefühl, dass Sie uns auch Willow unversehrt herbringen werden.«

***

Tyler Raines staunte, als Simon Van Etton die Garagenbeleuchtung einschaltete. Ein wuchtiger, etwas schmutziger Geländewagen beherrschte das Bild, doch daneben stand ein blitzblanker schwarzer Porsche. Simon, dem anscheinend nicht entgangen war, dass Tylers Blick an dem Porsche haftete, lächelte.

»Ich habe ihn letztes Jahr gekauft. Diana war außer sich und meinte, ich würde mich noch umbringen. Aber ich sagte ihr, dass das in meinem Alter unerheblich wäre, und wenn ich mich schon umbrächte, dann wollte ich es wenigstens richtig stilvoll tun.«

Tyler grinste. »Mir ist klar, warum Sie nicht widerstehen konnten. Das ist ein wunderschönes Auto, Dr. Van Etton.«

»Suchen Sie sich eins aus, Tyler.«

»Der SUV wäre am praktischsten.«

»Ja, wäre er wohl, aber ich weiß, dass Sie gern eine Probefahrt mit dem Porsche machen würden.« Simon ging zum Schlüsselbrett etwa einen Meter neben dem Garagentor. »Hier sind die Schlüssel für das Ungetüm. Wir sparen Ihnen den Porsche für ein andermal auf.«

Tyler zögerte, ehe er sagte: »Das wäre super, aber ich wohne nicht hier, Dr. Van Etton. Wie gesagt, ich wendete nur zufällig in der Straße, als ich sah, wie das Haus in die Luft flog.«

»Sie haben die Explosion tatsächlich gesehen?«

»Ja, Sir.«

»Was glauben Sie, was da passiert ist, Tyler?«

»Ich habe keine Ahnung.« Tyler blickte in Simon Van Ettons wache, dunkelgrüne Augen. »Es könnte eine fehlerhafte Stromleitung oder ein defektes Haushaltsgerät gewesen sein.«

Simon betrachtete ihn nachdenklich. »Wie ich sehe, bleiben Sie bei der Geschichte, ob Sie sie glauben oder nicht. Nun, Gott sei Dank waren Sie dort. Diana ist eine starke Frau, aber jeder von uns stößt mal an die Grenzen seiner Belastbarkeit. Und die arme Mrs Hanson – ich möchte mir gar nicht vorstellen, was ihr hätte zustoßen können. Sie wirkt so zerbrechlich.« Er legte eine Hand auf Tylers Schulter. »Ich danke Ihnen, dass Sie sich um Diana gekümmert haben. Sie ist der wichtigste Mensch in meinem Leben. Und es war ausgesprochen mutig von Ihnen, in das Haus zu laufen und Mrs Hanson herauszuholen.«

»Das hätte jeder getan.«

»Oh nein, ganz gewiss nicht, und das wissen Sie auch.« Simon runzelte die Stirn. »Ist Pennys Zustand so schlimm, wie Diana sagt?«

»Ich habe nur ihr Gesicht gesehen, und ich will ehrlich sein: Die eine Hälfte ist total verbrannt.«

Simon wurde sehr blass und straffte sich, als müsste er all seine Kraft zusammenraffen.

»Die Sanitäter, besonders die Frau unter ihnen, machten den Eindruck, als gäbe es nicht viel Hoffnung«, ergänzte Tyler finster.

»Tja, vielleicht verstehen Sie es nicht, aber ich möchte lieber glauben, dass es immer Hoffnung gibt, und Penny ist ein zähes Mädchen, genau wie Diana. Außerdem wirkt die plastische Chirurgie heute wahre Wunder. Penny wird überleben, und sie wird wieder so hübsch wie vorher. Dessen bin ich mir absolut sicher.« Simons Stimme wurde beständig lauter. Offenbar wollte er sich selbst überzeugen. Dann reichte er Tyler die Schlüssel. »Und nun fahren Sie los und finden Sie das kleine Mädchen.«

»Ich garantiere Ihnen, dass ich den Wagen zurückbringe, Sir, aber ich kann nicht garantieren, dass ich Willow finde.«

»Sie werden Ihr Bestes tun«, sagte Simon ernst. »Mehr kann keiner.«

***

Rauch. Verbranntes Holz. Nasse Erde.

Willow Conley kniff die Augen fest zu. Sie musste nicht hinsehen, aber sie musste Luft holen. Sie versuchte, nur ganz kleine Atemzüge zu machen, damit nicht so viel von dem Brandgeruch in ihre Nase kam, aber er war überall, und sie konnte sich gar nicht gegen ihn wehren.

Sie seufzte und rückte näher an einen großen Baumstamm. Der Baum war ganz tief im Wald, wo Willow nicht hindurfte. Über ihr schwankten die Äste im Wind, und die Blätter raschelten. Sonst horchte Willow nie genau hin, wenn Blätter raschelten, aber heute Nacht machte ihr das Gemurmel über ihr noch mehr Angst, als sie sowieso schon hatte. Sie zog die Knie eng an und wollte ihr Gesicht in dem sauber riechenden rosa Baumwollpyjama vergraben, nur tat ihr bei der Haltung der Bauch rechts weh. Außerdem war ihr rosa Pyjama schmutzig und roch nicht so gut wie vorhin, als Mommy ihn ihr angezogen hatte …

Wie lange hatte sie ihn schon an? Willow wusste es nicht. Sie wusste nur, dass es noch nachts war, denn weit oben waren noch der Mond und die Sterne zu sehen. Die sahen weiß und klar aus wie beim Rausklettern aus ihrem Fenster. Wenn Willow nur dort hinaufsah, war nicht zu erkennen, dass etwas passiert war. Aber wenn sie dahin guckte, wo ihr und Mommys Haus gewesen war, wo jetzt alles ganz hässlich war …

Willow kniff die Augen schnell wieder zu. Trotzdem sah sie gelb-rote Flammen tanzen, brennende Holzstücke, die herumflogen, und die arme Mommy, die von der untersten Verandastufe stürzte und ins Planschbecken fiel …

Das Planschbecken hatte sie nicht vor dem Feuer beschützt, das über Mommys Körper strich, ihr Haar erfasste und das Gesicht verbrannte. Mommys wunderschönes Gesicht. Willow hatte schreckliche Angst, dass sie Mommy nie wieder lachen sehen würde.

Willow tat die Brust weh, und das hatte nichts mit der Operation zu tun. Bestimmt war ihr das Herz gebrochen, dachte Willow und hielt die Luft an, als der Schmerz wiederkam. Wie lange dauerte es, bis ein gebrochenes Herz aufhörte wehzutun? Sehr, sehr lange wahrscheinlich.

Als das Feuer Mommy ganz erfasst hatte, war Willow ein paar Schritte rückwärts in den Wald gegangen. Kurz danach hatte sie Sirenen heulen gehört und wirbelnde rote und blaue Lichter gesehen. Dann hatten Männer geschrien, bevor Wasser in riesigen Bögen auf das brennende Haus niederging. Eigentlich fand Willow solche Sachen – Feuer, bunte Lichter und Kaskaden am Nachthimmel wie beim Feuerwerk am 4. Juli – richtig aufregend, aber heute Nacht war das alles kein bisschen aufregend oder toll gewesen. Dies war nicht der 4. Juli, und Willow wusste, dass all die Farben und der Krach nichts Gutes verhießen.

Schließlich wurden die Flammen immer kleiner, bis sie ganz aus waren und es nur noch Rauch und Brandgeruch gab. Willow hatte Leute gesehen, die sich über ihre Mom in dem Planschbecken beugten. Sie schüttelten die Köpfe, und dann hoben sie Mommy ganz, ganz vorsichtig auf ein schmales Bett mit Rädern und rollten sie weg.

Später waren andere Leute mit riesigen Taschenlampen in den Garten gekommen. Sie hatten überall herumgeleuchtet und waren immer dichter an den Wald herangekommen. Dabei hatten sie laut gerufen: »Willow! Willow! Komm raus, Kleine! Willow!« Willow zog sich immer weiter in den Schutz der Bäume zurück, denn sie wusste, dass die Leute sie wegbringen wollten. Sie wollten, dass Willow an dem Gummiplanschbecken vorbeiging, wo das Feuer Mommy erfasst hatte, und an ihrem Haus, wo Willow sich sicher gefühlt hatte wie nirgends auf der Welt, das jetzt so hässlich aussah und ihr schreckliche Angst machte und nichts mehr mit Willows und Mommys hübschem kleinen Haus zu tun hatte. Willow wusste, was die Leute wollten, und sie wollte das nicht. Aber solange die sie nicht fanden, konnten sie Willow zu nichts zwingen!

Jetzt war sie sehr tief im Wald. Mommy hatte gesagt, im Wald können böse Dinge sein – Schlangen, vielleicht sogar ein Wolf. Und Willow hatte wirklich das Gefühl, dass hier noch etwas war, denn es knackte in der Nähe, und Willow meinte etwas zu hören, das sich in dem Gewirr von Gewächsen und Kletterpflanzen unter den Bäumen bewegte. Vielleicht war das ein Wolf oder eine Giftschlange. Doch Willow hatte keine Angst mehr vor dem Wolf oder einer Giftschlange, weil die nicht so schrecklich waren wie das, was sie eben gesehen hatte. Fast wünschte sie sich, dass eine Giftschlange sie beißen oder ein Wolf sie auffressen würde.

Jetzt würden nur noch Diana und Onkel Simon sie vermissen, und die vergaßen sie bestimmt auch bald, weil Willow ja nicht richtig zu ihrer Familie gehörte. Und Willow wollte nicht mehr leben, wenn Mommy nicht bei ihr war. Mommy hatte nur manchmal geschimpft, wenn Willow etwas Verbotenes gemacht hatte, aber meistens hatte sie gelacht, mit Willow »Candyland« gespielt und ihr sogar abends manchmal erlaubt, Lippenstift zu tragen und sich wie ein großes Mädchen anzuziehen.

Was Willow an ihrer Mom am liebsten mochte, war, wenn sie Musik anstellte und tanzte wie ein Engel. Dabei berührten ihre nackten Füßen den Boden nur ganz wenig, und ihr Gesicht hatte ausgesehen, als wäre sie in einem sehr schönen Wunderland, das weit weg war.

Von dem vielen Rauch brannten Willow die Augen, und sie musste weinen. Sie wollte gar nicht, weil sie ja keinen Lärm machen durfte, denn sonst fanden die Leute mit den großen

Taschenlampen sie. Am liebsten wollte sie für immer hierbleiben, aber für immer war sehr lange, und eigentlich war sie überhaupt nicht gerne so alleine, erst recht nicht im Dunkeln.

Willow lehnte ihren Kopf an den Baumstamm. Die Rufe der Leute wurden leiser, und die Lichtkegel gingen in eine andere Richtung. Schließlich verschwanden die Leute in den Uniformen, die Mommy hatten wegtragen lassen und Willow auch wegbringen wollten, ganz aus dem Garten und dem Wald.

Willow rieb den Kopf am Baumstamm, um eine bessere Stelle zu finden, die nicht zu sehr drückte. Wenn sie einfach einschlief, würde sie gewiss keiner finden.

Sie war schon sehr schläfrig, als sie die Stimme von einem Mann hörte. Das war eine nette Stimme, tief und leise, nicht laut und grob wie die vorher, die ihren Namen so gebrüllt hatten, dass Willow Angst bekam. Nein, diese Stimme hörte sich freundlich an. *Sicher.* Und vor allem sagte der Mann einen Reim auf – einen lustigen, hübschen Reim. Willow neigte den Kopf und horchte.

Den fetten weißen Mond, den finge ich zu gern.
Ich zög' ihn auf die Erde, zusammen mit 'nem Stern.
Ich bände eine Schleife drum, die hielte alle zwo,
und brächte sie dann blitzgeschwind zu meinem
Schatz Willow.

Den fetten weißen Mond, den finge ich zu gern.
Ich zög' ihn auf die Erde, zusammen mit 'nem …

Plötzlich stand der Mann vor ihr. Er sah wie ein Riese aus, so groß und düster. Für einen Moment bekam Willow schreckliche Angst. Aber dann hockte er sich vor ihr hin, und im Mondlicht konnte Willow sehen, dass er helles Haar und leuchtend blaue Augen hatte. Und er lächelte ganz freundlich, als er sehr leise sagte: »Willow.«

Zitternd reichte sie ihm das Glas mit den Johannisfünkchen. Er nahm es, sah die blinkenden Käfer an und lächelte wieder.

Dann stellte er das Glas vorsichtig hin und streckte ihr die Arme entgegen.

Willow sah ihn an, leckte sich die trockenen Lippen und flüsterte: »Du bist das!«

3

Als er aus der Garage zurückkehrte, entdeckte Simon Clarice, die stocksteif auf einem kleinen, harten Stuhl in der Eingangshalle saß. »Mrs Hanson, kommen Sie doch bitte mit in die Bibliothek und nehmen Sie einen Drink.« Er ergriff bereits ihren Arm, half ihr behutsam auf und führte sie in das Zimmer zur Linken. »Mögen Sie Brandy?«

»Ich hätte gern nur ein Glas Wasser«, sagte Clarice scheu, ohne ihn anzusehen.

»*Wasser!*« Simon klang, als hätte sie ihn um einen Schierlingsbecher gebeten. »Das ist absurd. Wasser hilft Ihren Nerven nicht, und die brauchen dringend etwas Stärkung. Wie meine übrigens auch. Sie tun Diana und mir einen Gefallen, wenn Sie ein Glas mit uns trinken, nicht wahr, Diana?«

»Ja«, antwortete Diana matt, die bezweifelte, dass Hochprozentiges ihre Nerven beruhigen könnte.

Dennoch folgte sie den beiden in Simons Bibliothek, die der eigentliche Mittelpunkt des Hauses war, verbrachte ihr Onkel hier doch die meiste Zeit. Mrs Hanson blieb nach zwei Schritten ins Zimmer stehen. Ihr Blick wanderte zu der gewölbten Decke des Raumes, der sich über die gesamte Hausbreite erstreckte, und zu dem großen Kronleuchter aus Bronze und Bernstein, der über einem langen, polierten Walnusstisch hing, auf dem sich zahlreiche Bücherstapel und kleine Messingschreibtischlampen mit schimmernden Glasschirmen befanden.

Weiter vorn im Raum leuchtete eine kleinere Version des bronzenen Kronleuchters auf einen Flügel herab, der an einem vom Boden bis zur Decke hochgezogenen Erkerfenster stand, dessen cremefarbene Vorhänge aufgezogen waren. Wertvolle antike und moderne Sessel und Sofas beherrschten die Mitte des Zimmers. Der Mix von Stilen und Farben hätte sich beißen können, doch stattdessen sah es gemütlich und einladend aus. Am anderen Ende der Bibliothek gab es noch ein Erkerfenster. Von draußen schien eine Lampe durch den mittleren Flügel, den eine Glasmalerei schmückte, die eine leuchtend saphirblaue Seerose mit einem goldenen Stempel darstellte. Unter dem Fenster in der Nische befand sich eine gepolsterte Bank, bezogen mit dunkelblauem Samt.

»Du liebe Güte«, hauchte Mrs Hanson. »Dieses Zimmer ist … stark, würde mein Enkel sagen.«

Simon lachte. »Überladen trifft es wohl eher. Mein Großvater hat das Haus gebaut. Er verlangte, dass sein Sohn und dessen Frau, meine Eltern, mit ihm zusammenlebten. Ich bin hier geboren und aufgewachsen, daher achte ich gar nicht mehr auf den ganzen Protz – nicht einmal auf dieses Ungetüm von Bibliothek.«

»Hier haben Sie mit Penny gearbeitet, nicht?«, fragte Mrs Hanson. Simon nickte. »Sie hat mir erzählt, dass die Bibliothek wunderschön ist, aber ich hatte sie mir nicht so prächtig vorgestellt.«

Simon lächelte. »Mrs Hanson, Sie haben keine Blaublüter vor sich. Ich war ein einfacher Universitätsprofessor und habe nie genug Geld verdient, um mir ein solches Haus zu bauen. Ich habe es schlicht geerbt. Mein Vater fand, der männliche Nachfahre sollte das Haus bekommen. Ich wollte es verkaufen und den Erlös mit meiner Schwester teilen, doch sie war strikt dagegen. Sie meinte, es wäre schließlich der Familiensitz.«

»Ich verstehe gut, dass sie gegen einen Verkauf war. Das Haus ist bezaubernd.«

»Danke. Und nun machen Sie es sich bitte bequem, Mrs Hanson.« Simon führte sie zu einem großen Lehnsessel und reichte ihr den Arm, an dem sie sich festhielt, während sie langsam ihre arthritischen Knie beugte und sich niederließ.

Als sie saß, stieß sie einen erleichterten Seufzer aus und

wurde sofort rot. »Ich fürchte, ich bin doch sehr erschöpft. Ach, und bitte nennen Sie mich Clarice.«

»Clarice ist ein sehr schöner Name. Ich heiße Simon.«

Clarice lächelte ihn schüchtern an, doch als er sich abwandte, machte sie wieder ein trauiges Gesicht, wie Diana bemerkte. Clarice versuchte nach Kräften, freundlich und stark zu sein, nicht vor Fremden zusammenzubrechen, dachte Diana, aber die Arme hatte den Schreck ihres Lebens hinter sich, von der Trauer um Penny ganz zu schweigen.

Während Clarice sich wieder im Zimmer umsah, ging Diana zu Simon, der hinter der Bar stand. »Sie braucht einen Rollator«, flüsterte sie ihm zu. »Wir haben ihn nicht aus ihrem Haus holen können.«

Simon antwortete leise: »Zum Glück habe ich so ein Ding gekauft, als der närrische Arzt darauf bestand, dass ich mit Rollator gehe, nachdem ich mir auf der letzten Expedition das Bein verdreht hatte.«

»Du hattest dir nicht das Bein *verdreht,* sondern den Oberschenkel gebrochen!«

»Eine Haarrissfraktur ist praktisch nichts!«, zischte Simon unwirsch. »Das Ding steht auf dem Dachboden. Ich wollte es nie wiedersehen.« Dann hob er die Stimme. »Clarice, möchten Sie lieber Cognac oder Armagnac?«

Clarice zuckte zusammen und gab erschrocken ein »Oh!« von sich, ehe sie zu den beiden blickte. »Ich würde den Unterschied gar nicht merken. Wie gesagt, Wasser wäre nett.«

»Also Cognac. Armagnac wird zwar zusehends beliebter, aber ich selbst habe immer schon die leichtere Note des Cognacs …«

Diana wurde unruhig, weil Simon weiter über Cognac redete – nichtiges Gerede, bedachte man die Umstände. Sie schalt sich jedoch sofort im Geist, als sie bemerkte, wie seine Hände beim Einschenken zitterten. Einige Spritzer Cognac gingen daneben. Diana hatte erlebt, dass ihr Großonkel in dunkle, Furcht einflößende Pyramidentunnel stieg – Gänge, vor denen sich manch erfahrener Wissenschaftler ängstigte –, und nie hatte er gezögert oder auch bloß einen Anflug von Nervosität gezeigt. Nun hingegen redete er ohne Unterlass und zitterte.

Er hatte Penny und Willow sehr gern, also war er gewiss nicht minder entsetzt und unter Schock als Diana und Mrs Hanson. Aber natürlich weigerte er sich, seinen Gefühlen nachzugeben, verbarg sie lieber mittels banalem Small Talk vor der zarten, erschütterten Clarice Hanson. Dianas Ärger verflog, und stattdessen wurde ihre Liebe zu ihm an diesem Abend des Grauens noch größer.

Simon reichte Diana ein Glas, die sofort einen Schluck nahm, den sie nicht hinunterbekam. Von dem Rauch fühlte sich ihr Hals wie Sandpapier an, und ihre Kehle war eng von den Tränen, die sie zurückhielt. Sie schloss die Augen und rollte die Flüssigkeit im Mund hin und her, bevor sie langsam ihren Rachen hinunterlief. Ihr war durch und durch kalt gewesen, aber binnen Minuten breitete sich die Wärme des Cognacs in ihr aus. Das Zittern in ihrem Innern wurde weniger, und zum ersten Mal, seit Pennys Haus explodiert war, konnte Diana wieder tief durchatmen.

»Wie ist Ihr Cognac, Clarice?«, fragte Simon.

»Köstlich«, antwortete sie lächelnd. »Der letzte Drink, den ich hatte, war ein Glas Champagner an meinem Siebzigsten vor zwei Jahren. Das heißt, mein Henry, Gott habe ihn selig, behauptete, es wären drei Gläser gewesen. Ich erinnere mich nicht.« Clarice wurde ernst. »Aber es war ein vergnügter Abend. Nicht wie …«

»Heute Abend.« Simon nickte und sah die zierliche Frau an. »Ich weiß, dass es falsch erscheint, nach dem, was passiert ist, Drinks auszuschenken, doch wir feiern ja keine Party. Wir versuchen lediglich, die Fassung zu wahren. Schließlich können wir nichts tun, um Penny zu helfen, und wir haben den jungen Tyler, der nach Willow sucht.« Er runzelte die Stirn. »Ach, Diana, wer ist dieser Tyler Raines eigentlich?«

Diana bemühte sich, ihr Glas ruhig zu halten, aber leider zuckte ihre Hand merklich bei der Erwähnung von Tyler Raines. Trotzdem gab sie sich gelassen. »Alles, was ich über ihn weiß, ist das, was er mir erzählt hat. Er ist nicht von hier.« Sie sah ihren Großonkel an. »Ich weiß gar nichts über ihn, bis auf den Namen, den er mir genannt hat.«

»Und dass er mutig ist«, ergänzte Clarice, der die Skepsis in Dianas Worten entgangen sein musste. »Er hat mich aus meinem Haus und in Sicherheit gebracht, danach ist er zurück und hat den Feuerwehrleuten geholfen, so gut er konnte. Und jetzt sucht er nach Willow. Ich würde sagen, das alles ist weit mehr, als man erwarten darf, vor allem, wo er es doch für Menschen tut, die ihm vollkommen fremd sind.«

»Ja, das stimmt«, sagte Simon nachdenklich, nahm seinen Cognacschwenker auf und blickte abwechselnd Clarice und Diana an. »Das ist es gewiss.«

***

Zwanzig Minuten später saß Simon in einem Sessel Clarice gegenüber und trank seinen zweiten Cognac. »Ja, Diana war tatsächlich erst achtzehn, als sie mich zu einer Ausgrabung nach Ägypten begleitete. Ihre Eltern starben bei einem Autounfall, als sie vierzehn war. Danach lebte sie bei ihrer Großmutter – meiner gutmütigen Schwester, die sich von mir um den kleinen Finger wickeln ließ –, und ich überredete sie, Diana mit mir reisen zu lassen. Meine Nichte war außergewöhnlich reif und selbstständig für ihr Alter, was auch ihrer Großmutter bewusst war, aber sogar ich staunte über Dianas Durchhaltevermögen. Kein einziges Mal hat sie sich beklagt, ganz gleich, wie rau die Bedingungen waren. Und die Fotos, die sie schoss, waren grandios! Ich habe drei von ihnen in ein Buch …«

»Mrs Hanson, ist Ihnen aufgefallen, ob Penny sich in dieser Woche anders verhielt?«, unterbrach Diana ihn, die keine Sekunde länger still bleiben konnte und erst recht nicht die Geduld aufbrachte, Simons Geschichten zu lauschen. Simon blickte sie überrascht an, während Mrs Hanson verwirrt blinzelte. »Ich meine, wirkte Penny beunruhigt?«, fragte sie. Zugleich wurde sie wütend auf sich selbst, weil sie die arme Frau zwang, sich wieder mit dem furchtbaren Feuer zu befassen. Aber Diana konnte nun einmal nicht so tun, als wäre alles bestens. »Hatte Penny … Angst?«

Mrs Hansons zarte Hand zitterte sichtlich, und Simon nahm ihr rasch den Cognacschwenker ab, bevor er Diana einen strengen Blick zuwarf.

»Ob Penny Angst hatte?«, wiederholte Clarice matt. »Na ja, sie hat sich natürlich wegen Willow gesorgt. An dem Abend, als Willow ins Krankenhaus kam, war Penny nach der Besuchszeit noch bei mir. Sie machte sich schreckliche Sorgen, da habe ich ihr von meiner Enkeltochter erzählt, die auch eine Appendektomie gehabt und glänzend überstanden hatte. Ich sah ihr an, dass es sie wenig beruhigte. Sie blieb ungefähr eine Viertelstunde, aber in ihrem Haus drüben brannte noch bis nach ein Uhr morgens Licht.« Clarice machte eine Pause und senkte verlegen den Kopf. »Manchmal kann ich nicht schlafen. Ich beobachte Pennys Haus nicht rund um die Uhr, falls Sie das denken.«

»Nein, das denken wir selbstverständlich nicht«, beruhigte Simon sie. »Ich kenne diese Schlafprobleme ebenfalls, und es ist nur normal, dass man aus dem Fenster sieht, wenn man schon auf ist und das Gefühl hat, die gesamte Nachbarschaft würde süß und selig schlafen.«

Diana wusste, dass Simon wie ein Bär schlief. Er sagte das nur, um Clarice zu trösten, was Diana ausgesprochen nett von ihm fand. Dennoch hatte sie einige Fragen.

»Aber gab es noch etwas, außer Willow, worum sie sich Sorgen machte? Hatten Sie das Gefühl, Penny fürchtete sich, dass ihr etwas zustoßen könnte?«

»Diana!«, sagte Simon entsetzt. »Was für eine Frage!«

Clarice Hanson hob eine Hand. »Nein, nein, Dr. Van ... Simon, ist schon gut. Ich hätte es längst erwähnen müssen. Penny war wirklich nicht wie sonst, abgesehen von ihrer Angst um Willow.«

»Inwiefern benahm sie sich anders?«, fragte Diana.

Simon beugte sich vor. Seine Miene verriet Diana, dass er gleichfalls eine Veränderung an Penny bemerkt hatte. Und dass, ohne von Pennys Anruf bei Diana zu wissen.

»Also, genau genommen fand ich Penny die letzten drei Wochen, wenn nicht sogar ein bisschen länger, anders«, sagte Clarice. Obwohl Diana überrascht war, wollte sie den Gedankenfluss der alten Dame nicht stören. »Ich glaube, vorletzte Woche fiel mir erstmals auf, dass sie viel mehr im Haus blieb als vorher. Das passte nicht zu ihr, denn sie war immer so gern draußen, bei jedem Wetter. Wenn sie gerade nicht für Dr. Van Etton arbeitete oder in der Uni war, hielt sie sich viel im Garten auf, spielte mit Willow oder kümmerte sich um ihre Pflanzen. Aber auf einmal welkten die Blumen in ihrem kleinen Beet, das sie so liebevoll angelegt hatte, weil sie nicht einmal mehr goss.«

Clarice fuhr fort: »Diese Woche war sie fast gar nicht vor der Tür und ließ nachts alle Lichter an. Ich sah sie bloß, wenn sie ins Krankenhaus fuhr oder zurückkam. Sonst sieht sie immer so gepflegt und hübsch aus, aber plötzlich hatte sie nur noch eine verwaschene Jeans und eine weite, ungebügelte Bluse an.«

Gedankenverloren kräuselte sie die Stirn. »Sie kam am Donnerstagabend zu mir, als sie aus dem Krankenhaus zurück war. Willow war am Dienstag operiert worden, und alles war gut gegangen. Am Freitagmorgen durfte Penny sie nach Hause holen. Ich hätte gedacht, dass sie außer sich vor Freude wäre, aber das war sie nicht. Sie fragte mich, ob sie wohl am Sonntag mit Willow verreisen könnte. Ich muss ziemlich verwundert ausgesehen haben, denn sie sagte schnell, dass Willow sich langweilen würde und sie überlegte, einen Ausflug mit dem Kind zu machen.

Penny war furchtbar blass, und ihre Jeans schlackerte an ihren schmalen Hüften. Sie hatte eindeutig viel zu wenig gegessen und getrunken. Ihre Haut und ihre Lippen wirkten ausgetrocknet. Ich bot ihr Eistee oder eine Limonade an, doch sie wollte nichts. Sie sagte, ihr wäre nicht gut – zu viel schlechter Krankenhauskaffee, behauptete sie. Und dann sagte sie etwas ganz Komisches. Sie sagte: ›Sie sind eine wunderbare Nachbarin, Clarice. Ich hoffe, Sie werden sich immer gern an uns erinnern.‹«

»An uns erinnern?«, wiederholte Simon entgeistert. »Was sollte das heißen?«

Clarice erschrak, weil er so laut war, und hielt beide Hände in die Höhe. »Ich sagte: ›Du liebe Güte, Kind, ziehen Sie und Willow um?‹ Da wurde Penny rot, lachte seltsam und meinte, sie wäre bloß sentimental. Und dann fing sie an zu weinen. Ehe ich etwas fragen konnte, sprang sie auf und lief zur Tür. Ich überlegte noch, ob ich sie anrufen sollte, ob alles in Ordnung war, aber ich dachte mir, sie muss sich wohl erst einmal beruhigen und ein bisschen schlafen, damit sie Kraft sammelte, bevor Willow am Freitag wieder nach Hause kam.«

»Das war ganz richtig von Ihnen«, sagte Diana. Es musste kurz vor Pennys Anruf bei ihr gewesen sein – als sie Diana anflehte, am Freitagabend zu ihr zu kommen.

Für einen Moment hörte sie gar nicht hin, erst wieder, als Clarice sagte: »Niemand kam in der Woche vorbei, um Penny zu besuchen oder bei ihr zu bleiben, also keine Großeltern oder so. Da war nur …« Clarice verstummte abrupt.

»Wer?«, hakte Diana nach.

»Ach … niemand.«

»Das war es nicht, was Sie sagen wollten.«

»Doch, war es.« Clarices Blick wanderte zu dem Kristallaschenbecher auf dem Beistelltisch neben Diana. »Sonst war da nichts … Wichtiges.«

»Clarice, Sie müssen nicht denken, dass Sie mich beschützen sollten«, sagte Simon. »*Ich* war bei Penny, Diana. Ich dachte, sie wäre zu erschöpft und besorgt, als dass sie noch zum Einkaufen käme. Also habe ich unsere Küche geplündert, zwei Flaschen guten Wein eingepackt und bin bei einer Bäckerei vorbeigefahren, wo ich Baklava gekauft habe. Penny liebt Baklava.«

»Ich weiß«, murmelte Diana ein bisschen verwundert. Simon war ein freundlicher Mann, doch es war nicht sein Ding, für jemanden in Lebensmittelläden herumzulaufen. »War Penny zu Hause?«

»Nein. Ich habe die Sachen in die Küche gestellt.«

»Du hast sie in die Küche gestellt? Hast du einen Schlüssel von Penny?«

»*Wir* haben einen Schlüssel, Diana. Hast du vergessen, dass Penny uns einen gab, falls sie sich mal versehentlich aussperren oder ihren verlieren sollte?«

»Doch, stimmt. Ich schätze, dir ist nichts Komisches aufgefallen, als du in dem Haus warst.«

Im ersten Moment schien Simon nicht gewillt, etwas zu antworten. Dann gab er auf. »Vorweg sollte ich wohl sagen, dass auch mir in den letzten zwei Wochen, die Penny hier war, eine Veränderung an ihr aufgefallen ist. Sie war so still und nicht recht bei der Sache. Und am Montag zitterte sie so sehr, dass sie kaum am Computer arbeiten konnte. Ich nahm mir vor, sie am Dienstag zu fragen, ob etwas nicht in Ordnung wäre, aber an dem Tag wurde Willow krank.«

Simon atmete tief durch. »Als ich ihr das Essen und den Wein brachte, stellte ich die frischen Sachen in den Kühlschrank, alles andere auf den Küchentisch und schrieb ihr eine Nachricht. Ich war schon wieder auf dem Weg nach draußen, als mir vier oder fünf große gepackte Kartons im Wohnzimmer auffielen. Dann sah ich zu dem scheußlichen Ruhesessel, den Penny sich auf einem Garagenflohmarkt gekauft hatte. In zwei Monaten ist ihr Geburtstag, und ich hatte vorgehabt, ihr einen neuen Sessel zu kaufen – einen stabilen, bequemen …« Simons Stimme verlor sich, und er schluckte angestrengt.

»Ich erinnere mich an den Sessel«, sagte Diana rasch, denn

sie wusste, dass es ihrem Onkel unsagbar peinlich wäre, sollte er vor Clarice die Fassung verlieren.

Simon fing sich sofort wieder. »Neben diesem schrecklichen Ding jedenfalls steht ein kleiner Tisch, und auf dem lag etwas.« Simon atmete noch mals tief ein und sprach leiser weiter: »Eine sehr hübsche Glock 23, frisch poliert und geladen.«

***

Als das Telefon neben Clarice' Sessel läutete, zuckten alle drei zusammen, und Simon rief: »Großer Gott!« Dann errötete er, weil er seine Nervosität so offen gezeigt hatte.

»Ich habe Tyler Raines diese Nummer gegeben«, murmelte er, ehe er den schnurlosen Apparat aufnahm und »Hallo!« hineinbrüllte. Diana beobachtete seine strengen, klassischen Züge, die sich ein wenig entspannten. Er schloss die Augen und sagte: »Gott sei Dank. Wo ist sie?« Diana war drauf und dran, ungeduldig an seinem Ärmel zu zupfen, bis er »Danke, Tyler. Sie müssen erledigt sein. Vergessen Sie den Wagen. Um den kümmern wir uns morgen« sagte und auflegte.

»Hat er Willow gefunden?« – »Ist Willow verletzt?« Clarice und Diana sprachen gleichzeitig.

Simon seufzte. »Clarice, Sie hatten recht. Willow war im Wald. Leider hat sie die Explosion mit angesehen, und sie sah ihre Mutter … brennend.« Er machte eine kurze Pause. »Hinterher ist sie tiefer in den Wald gelaufen, zu Tode verängstigt, und weigerte sich, auf die Rufe der Polizisten und Sanitäter zu reagieren. Aber Tyler hat sie gefunden. Wie, hat er mir nicht verraten. Er sagte, sie wurde von den Sanitätern untersucht und scheint unversehrt zu sein – körperlich zumindest. Trotzdem wollen sie das Kind über Nacht zur Beobachtung ins Krankenhaus bringen.«

»Ich fahre zu ihr«, sagte Diana und stand auf. »Sie braucht sicher jemanden, den sie kennt.« – »Sie werden dich vor morgen früh sicher nicht zu ihr lassen«, wandte Simon ein.

»Das ist mir egal. Ich bitte jemanden, ihr zu sagen, dass ich die Nacht über dort bin. Vielleicht tröstet sie das ein wenig.«

Clarice versuchte, aus ihrem Sessel aufzustehen. Dabei fiel Diana auf, wie erschöpft sie aussah. Zudem wirkte sie sehr unsicher. »Clarice, ich bringe Sie zu Ihrem Zimmer und hole Ihnen ein Nachthemd.«

Clarice lächelte Simon und Diana matt an. »Ich danke Ihnen vielmals für Ihre Gastfreundschaft.«

»Nicht der Rede wert.« Simon bot ihr seinen Arm an, an dem sie sich aus dem Sessel zog. »Diana und ich haben Sie in null Komma nichts in Ihrem Zimmer untergebracht. Wir haben eine Haushälterin, eine junge Frau namens Nan Murphy. Ihre Mutter arbeitet seit Jahren für mich, aber sie hatte unlängst einen leichten Herzinfarkt, deshalb springt Nan vorerst für sie ein. Ihr Auftreten ist ein bisschen schroff, aber sie ist zuverlässig und pünktlich. Sie ist morgen früh hier.«

»Stehen Sie auf, wann immer Sie wollen«, fügte Diana hinzu. »Wir haben keinen festen Rhythmus. Wenn du Clarice zu ihrem Zimmer bringst, Onkel Simon, laufe ich schnell nach oben und hole ihr ein Nachthemd von mir.«

Zehn Minuten später saß Clarice auf dem Bett in einem großen, hellgrau und hellblau eingerichteten Gästezimmer. »Wie bezaubernd, Diana! Und Simon sagt, Sie haben das Zimmer gestaltet?«

»Ja. Sie hätten es vorher sehen sollen – überall Samt, Troddeln, Volants und Trockenblumen hinter Glas. Es war das Zimmer meiner Urgroßmutter während ihrer letzten Monate. Ich kannte sie nicht, aber soweit ich hörte, war sie ziemlich steif und förmlich, ganz anders als ihre Tochter, meine Großmutter, die mich nach dem Tod meiner Eltern aufzog.«

»Ihre Großmutter war die Schwester, die Dr. Van Etton so sehr geliebt hat, nicht wahr?«

Diana lächelte. »Oh ja. Sie haben sich immerzu gekabbelt und es weidlich genossen. Die beiden waren so verschieden wie Tag und Nacht, sich im Grunde ihres Herzens aber doch sehr ähnlich. Simon brach es das Herz, als sie vor vier Jahren starb. Er war nie verheiratet, und leider bin ich seine letzte Angehörige. Auch deshalb bin ich zu ihm gezogen. Er hätte niemals zugegeben, dass er einsam war, aber das war er. Man merkte es ihm deutlich an. Simon hat gern Leute um sich. Früher gab er bei jeder sich bietenden Gelegenheit große Partys. Seit Großmutters Tod jedoch fand hier nicht einmal mehr eine kleine Dinnerparty statt.

Vor zwei Jahren war ich frisch geschieden, wohnte in einer kleinen Wohnung und hatte mein winziges Schlafzimmer in eine Dunkelkammer umfunktioniert. Simon tat mir einen Riesengefallen, indem er mich einlud, zu ihm zu ziehen, auch wenn er anscheinend denkt, er wäre der einzige Nutznießer dieses Arrangements. Er versprach mir hoch und heilig, sich nicht als Vaterfigur aufzuspielen, und versicherte mir, dass dies ein großes Haus und er mir bestimmt nicht im Weg wäre.« Sie lächelte. »Nicht allzu lange nach meinem Einzug fragte ich Simon, ob ich dieses Zimmer renovieren darf.«

»Was Sie ganz wundervoll gemacht haben. Das Grau und Blau passen sehr schön zu den gelben und rostroten Akzenten. Sie haben einen vorzüglichen Geschmack, Diana.« Dann fiel Clarice' unsicherer Blick auf die Nachtwäsche, die Diana ihr gebracht hatte. Diana selbst schlief immer in einem ihrer vielen übergroßen T-Shirts, die ihr bis zum Oberschenkel reichten. Das einzige richtige Nachthemd, das sie finden konnte, war ein hellrosa Negligé mit passendem Mantel, geschmückt mit Chiffon- und Satinrüschen an Ausschnitt und Säumen und von oben bis unten mit Kirschen bestickt.

»Als ich geheiratet habe, wünschte meine Schwiegermutter sich sehnlichst Enkel«, erklärte Diana. »Sie hat mir dieses Negligé zum letzten Weihnachten während unserer Ehe geschenkt. Ich schätze, sie war sicher, dass es meinen Mann zu wilder Leidenschaft hinreißen würde. Tja, es dürfte eines der letzten Male gewesen sein, die wir gemeinsam lachten, als seine Mutter weg war und ich es für ihn anprobierte. Er meinte, nun bräuchte ich bloß noch eine Krone und einen Zauberstab, und schon sähe ich aus wie Glenda, die gute Hexe aus dem *Zauberer von Oz.* Wir haben beide geschrien vor Lachen.«

Clarice hielt das Ungetüm von Chiffon und Satin in die Höhe und schmunzelte. »Nun ja, ich würde wirklich gern etwas Nettes darüber sagen, aber mir fällt leider nichts ein.«

Diana musste kichern. »Ihre Ehrlichkeit gefällt mir. Ich besorge Ihnen gleich morgen richtige Nachtwäsche. Was ist Ihnen lieber, ein Pyjama oder noch mehr Nachthemden mit Rüschen und aufgesticktem Obst?«

Clarice schaute sie verwundert an. »Ich trage kurze Nachthemden, über die ich nicht stolpern kann, aber morgen bin ich wieder bei mir zu Hause.«

»Ihr Haus hat leider einiges abbekommen«, sagte Diana behutsam. »Bleiben Sie besser noch ein paar Tage. Onkel Simon und ich freuen uns, Sie bei uns zu haben.« Angesichts Clarice' zweifelnder Miene fügte Diana hinzu: »Ganz ehrlich, Clarice, ich glaube, es wäre im Moment gut für Simon, Sie hierzuhaben. Er und ich stehen uns sehr nahe, aber in Zeiten wie diesen jemanden zum Reden zu haben, der ungefähr im gleichen Alter ist, wäre ein Segen für ihn. Deshalb wäre ich Ihnen dankbar, wenn Sie blieben.«

»In dem Fall nehme ich das Angebot mit Freuden an.« Clarice lächelte, wurde jedoch gleich wieder besorgt. »Diana, Sie müssen mich aber nicht umsorgen. Sie wollen doch dringend in die Klinik und Willow sehen. Bitte, lassen Sie sich nicht von mir aufhalten. Fahren Sie nur. Ich komme bestens zurecht.«

Diana, die auf einem zierlichen Sessel gesessen hatte, sprang beinahe auf. »Ja, ich muss zu Willow, und Sie brauchen ein bisschen Ruhe. Versprechen Sie mir, nicht in den Spiegel zu sehen, wenn Sie das Nachthemd angezogen haben. Sonst bekommen Sie heute Nacht garantiert keinen Schlaf!«

***

Diana verließ Clarice und stellte fest, dass Simon nicht mehr in der Bibliothek saß. Vielleicht war er auf dem Dachboden, um nach dem Rollator zu sehen. Oder aber er hatte beschlossen, den Gehwagen gleich morgen früh zu holen, und sich in sein Schlafzimmer zurückgezogen. Er hatte sich redliche Mühe gegeben, Clarice' Gedanken von Penny abzulenken, doch Diana wusste, dass seine eigenen immer wieder zu der jungen Frau abgeschweift waren. Für alle drei waren das Plaudern und der Cognac in der Bibliothek nur eine kleine Unterbrechung gewesen, in der sie sich nicht dem Wissen stellen mussten, dass Penny unbeschreibliche Verletzungen erlitten hatte und sie wahrscheinlich nicht überlebte.

Diana hatte sich die Hände und das rußverschmierte Gesicht gleich bei ihrer Ankunft zu Hause gewaschen und tat es nun abermals, ehe sie sich eine frische Bluse anzog und sich das lange Haar – das nach Rauch roch – zum Pferdeschwanz band, ihre Zähne putzte, etwas Gloss auf die trockenen Lippen strich und sich ein paar harmlose Augentropfen ins Unterlid träufelte. Ihre Augen waren blutunterlaufen vom Qualm.

Als sie aus dem Haus ging und sich hinter das Lenkrad ihres Wagens setzte, legte sich eine bleierne Schwere auf ihre Brust. Könnte sie doch einfach losheulen! Das wäre vielleicht eine Erleichterung – eine kleine, bestenfalls, aber immerhin. Nur konnte sie es nicht. Ihre Tränen hatte sie sämtlichst vor Pennys Haus geweint, und nun fühlte sie sich innerlich ausgedörrt und leer wie die weite ägyptische Wüste.

Der Verkehr um diese nächtliche oder besser gesagt: frühmorgendliche Stunde war ruhig, sodass Diana Gelegenheit hatte, über alles nachzudenken. Die Pistole. Seit Simon von der geladenen Glock 23 auf dem Tischchen neben Pennys Sessel erzählt hatte, konnte sich Diana kaum mehr auf etwas anderes konzentrieren. Sie war sicher, dass Penny die Pistole nie hätte herumliegen lassen, wäre Willow im Haus gewesen, aber die hatte ja im Krankenhaus gelegen. Diana stellte sich vor, wie Penny nachts in dem alten Sessel saß, angespannt, sämtliche Lichter eingeschaltet, die Waffe neben sich, und wartete … *Worauf?*

Penny hatte nie den Eindruck gemacht, es würde sie ängstigen, allein mit Willow in dem Haus zu wohnen. Diana hatte sie nie gefragt, ob sie eine Schusswaffe besaß, aber Penny hatte gewusst, dass Simon eine Schusswaffensammlung hatte und eine Waffe in seinem Zimmer aufbewahrte. Er bestand sogar darauf, dass Diana ebenfalls eine in Reichweite hatte. Simon war der Ansicht, dass man sein Heim selbst beschützen musste, statt sich auf eine Sicherheitsfirma oder die Polizei zu verlassen.

Sicher und geschickt lenkte Diana ihren Wagen die schmalen, kurvigen Straßen der Hügel von Huntingtons großem Erholungs- und Wohngebiet Ritter Park hinunter. In Rekordzeit schaffte sie es zum Krankenhaus, wo sie auf den gut beleuchteten Besucherparkplatz einbog. Von dort lief sie nach vorn zur Notaufnahme hinter der Glasfront und stürmte durch die Schiebetür. In welchem Zustand würde sie Willow vorfinden? Fast hätte sie zu spät gebremst und den Empfangstisch gerammt.

»Willow Conley«, sagte sie. »Ich möchte zu Willow Conley.«

Eine Schwester mit braunem Haar nickte abwesend und las weiter die mit krakeliger Schrift eingetragenen Daten in einer Tabelle. Schließlich legte sie die Tabelle in ein Regal und blickte zu Diana auf. Die blauen Augen in ihrem länglichen Gesicht wirkten müde. »Entschuldigen Sie, aber ich wollte das schnell fertig machen. Was kann ich für Sie tun?«

»Willow Conley.« Diana lehnte sich auf die Theke und hielt lässig zwei Finger vor ihren Mund. Sie wollte nicht riskieren, der Schwester Cognacatem entgegenzuhauchen. »Sie ist ein kleines Mädchen, fünf Jahre alt, das eine Explosion eines Einfamilienhauses beobachtet hat und seine Mutter brennen sah. Die Mutter ist Penny Conley. Sie sind beide hier. Oder waren.« Diana bemerkte, dass die Schwester die Brauen hochzog. Sicher sprach sie wieder viel zu schnell, wie sie es immer tat, wenn sie aufgeregt war. Sich beruhigen zu wollen war allerdings aussichtslos.

»Penny liegt sicher schon auf der Station für schwere Brandverletzungen, aber Willow hatte sich im Wald versteckt und wurde, Gott sei Dank, nicht verletzt. Jemand hat sie gefunden und zu den Sanitätern gebracht. Er hat uns angerufen, der Mann, der sie gefunden hat, nicht ein Sanitäter, und gesagt, ihr scheint es gut zu gehen, aber die Sanitäter wollten sie ins Krankenhaus bringen. Demnach muss sie ungefähr vor einer halben Stunde eingeliefert worden sein«, endete Diana atemlos.

Die Schwester blickte geschlagene fünf Sekunden stumm in Dianas blutunterlaufene Augen, dann fragte sie: »Sind Sie eine Angehörige?«

»Nein. Penny und Willow haben keine Familie.« Diana zwang sich, tief einzuatmen und ruhiger zu sprechen, damit sie nicht wie eine Irre klang. »Ich meine, Penny und Willow haben keine Angehörigen in der Nähe. Penny arbeitet für meinen Großonkel, Dr. Simon Van Etton. Er ist emeritierter Professor für Archäologie. Ich wohne bei ihm. Mein Name ist Diana Sheridan. Simon und ich sind wohl die Menschen, die Penny und Willow am nächsten stehen.«

Diana hatte keine Ahnung, ob das wahr war, aber sie tat ihr Bestes, vertrauenswürdig auszusehen. Als die Schwester sie musterte, blinzelte sie bewusst nicht. Ihr war klar, dass sie schrecklich aussah: wirres Haar, blass und die Haut ausgetrocknet von dem Schrubben mit extrastarker Handseife und die Unterlippe geschwollen, weil sie nervös auf ihr kaute.

Schließlich schien sich die Frau zugunsten Dianas zu entscheiden. »Willow Conley wird noch untersucht, Miss Sheridan.«

»Ah, verstehe. Welches Untersuchungszimmer?«, fragte Diana so gefasst wie möglich.

»Bedaure, aber ich darf Sie nicht da reinlassen. Wie Sie sagten, sind Sie keine Verwandte.«

Dianas künstliche Beherrschung verpuffte. »Aber Willow

hat niemanden, der ihr näher steht als ich!« Sie hasste den schrillen Klang ihrer Stimme, gegen den sie rein gar nichts machen konnte. »Ich meine, abgesehen von ihrer Mutter. Sie braucht mich! Bitte!«

»Es tut mir sehr leid.«

»Ja, aber …«

»Das sind die Vorschriften, Miss Sheridan. Sie können nicht zu Willow Conley.« Diana wollte wütend widersprechen, was die Schwester offenbar ahnte, denn sie kam ihr zuvor. »Jetzt beruhigen Sie sich bitte, denn der Arzt hat gleich noch einige Fragen an Sie. Bisher wissen wir über Willow nur, was die Sanitäter uns erzählt haben.«

Diana ermahnte sich, die Fassung zu wahren, und sagte sich, dass die Schwester ganz gewiss nicht so gefühllos war, wie sie schien. Die Frau musste gefasst bleiben, selbst wenn Diana es nicht konnte. Würde sie merklich verstört oder mitfühlend auf jeden reagieren, der in die Notaufnahme kam, wäre das weder für die Patienten noch die Angehörigen gut, von der Schwester selbst ganz zu schweigen. Eine Schwester mit Neigung zur Hysterie würde sich in dem Job nicht lange halten.

Diana merkte, wie ihre Wut abebbte, und sagte deutlich ruhiger: »Verzeihen Sie, ich wollte nicht unwirsch sein. Natürlich können Sie nichts über Willow wissen, denn Tyler Raines kennt sie ja nicht. Oder Penny.«

Die Schwester zog wieder ihre Brauen hoch. »Tyler Raines?«

»Der Mann, der Willow herbrachte. Er hat doch sicher gleich nach Willows Einlieferung mit Ihnen gesprochen.« Die Schwester wirkte immer noch verwundert, und Diana spürte, wie ihre Reizschwelle sank. »Er ist ungefähr Anfang dreißig, mindestens eins dreiundneunzig groß, blondes Haar, stahlblaue Augen. Er trug Jeans und ein T-Shirt, was beides ziemlich schmutzig gewesen sein dürfte, weil er den Feuerwehrleuten …« Diana verstummte, als eine steile Falte über der Nasenwurzel der Schwester erschien. »Vielleicht hat er seinen Namen nicht genannt …«

»Miss Sheridan, es kam niemand mit mit Willow Conley. Die Sanitäter, die sie brachten, sagten, dass ein Mann sie ihnen übergeben hat und dann weggefahren ist.«

»Weggefahren?«, fragte Diana matt. »Er ist einfach vom Brandort weggefahren?«

»Soweit ich weiß, ja, zumindest wenn das der Ort ist, an dem Willow gefunden wurde. Die Sanitäter sagten, er hätte ihnen nicht einmal gesagt, wie er heißt.« Diana starrte sie sprachlos an, und die Schwester fuhr fort: »Setzen Sie sich doch bitte in den Warteraum. Ich gebe Ihnen Bescheid, wenn der Arzt, der Willow untersucht, mit Ihnen sprechen kann.« Immer noch blickte Diana die Schwester entsetzt an, unfähig, ihren Mund zuzumachen. »Ma'am, wenn Sie nun *bitte* in den Warteraum gehen wollen.«

»Ja, okay, ich setze mich, mach ich«, murmelte Diana, drehte sich um und schlurfte auf den ziemlich vollen Warteraum zu. Derweil überschlugen sich ihre Gedanken. Tyler Raines hatte angerufen, Simon erzählt, dass er Willow gefunden hatte und die Sanitäter meinten, es ginge ihr körperlich gut. Vorher hatte er so besorgt um Willow gewirkt, dass Diana sicher gewesen war, er würde ins Krankenhaus kommen und wissen wollen, was die Ärzte über ihren Zustand sagten.

Doch das tat er nicht. Tyler Raines hatte das kleine Mädchen einfach am Brandort übergeben und war in die Nacht entschwunden.

4

Diana kannte Tyler Raines nicht, aber er war ihr nicht wie jemand vorgekommen, der eine traumatisierte Fünfjährige Fremden übergab, selbst wenn es Sanitäter waren, und sich dann davonmachte. In Simons Wagen. Er hätte abwarten können, ob mit dem Kind, für dessen Verbleib er sich durchaus interessiert hatte, wirklich alles in Ordnung war. Stattdessen war er ebenso unvermittelt verschwunden, wie er gekommen war. Warum?

Weil er nichts für Willow tun konnte? Weil er nicht mit hineingezogen werden wollte? Diana überlegte. Nein, so hatte er sich nicht benommen, als er am Brandort half, als er darauf bestand, Diana und Clarice nach Hause zu bringen, als er zu Pennys Haus zurückfuhr, um nach dem kleinen Mädchen zu suchen. Wieso war er wild entschlossen gewesen, Willow zu finden, wollte dann aber nicht abwarten, was die Ärzte über die Verfassung des Kindes sagten? Warum …

»Miss Sheridan?« Diana zuckte vor Schreck zusammen. Ein schlanker Mann in einem weißen Kittel und mit Brille stand vor ihr. Er hatte ein jugendliches Gesicht, aber graue Strähnen im braunen Haar und feine Fältchen um die freundlichen, dunkelgrauen Augen. »Schwester Trenton vorn sagte, Sie sind wegen Willow Conley hier.«

»Ja. Wie geht es ihr?«

»Zunächst einmal, ich bin Dr. Evans.« Mit ernster Miene nahm er neben Diana Platz. »Miss Sheridan, ich möchte nicht unhöflich sein, aber sind Sie mit Willow Conley verwandt?«

»Nein.« Er blinzelte. »Ich meine, ich bin keine Blutsverwandte, aber ich bin die engste Freundin ihrer Mutter. Ich kenne die Krankenhausregeln – an die Schwester Trenton mich nochmals erinnerte –, aber ich bin die Einzige, die heute Nacht bei Willow sein kann.«

Der Doktor lächelte. »Gewöhnlich halten wir uns strikt an die Regeln, doch es gibt immer wieder Situationen, die nach einer Ausnahme verlangen. Ich denke, dies ist eine Ausnahme von der Regel.« Er wirkte sehr kühl und sachlich. »Willow zeigt keinerlei Symptome eines physischen Traumas, keine Verbrennungen, Abschürfungen oder Hämatome. Trotzdem habe ich mehrere Tests angeordnet, um innere Verletzungen auszuschließen, vor allem, weil ich bei der Untersuchung sah, dass sie am Dienstag eine Appendektomie hatte.«

»Sie kam erst heute Morgen nach Hause«, sagte Diana, der einfiel, dass es weit nach Mitternacht war. »Ich meine, gestern Morgen.«

»Willows Inzision sieht gut aus – kein Einriss, keine Anzeichen für eine Wundinfektion. Dennoch möchten wir sichergehen, dass mit ihr alles in Ordnung ist, besonders nach solch einer frischen Operation.« Dr. Evans machte eine Pause. »Vor der Appendektomie gab Mrs Conley Simon Van Etton als die Person an, die im Notfall zu benachrichtigen wäre, falls sie selbst nicht erreichbar ist. Ich weiß, dass Mrs Conley auf der Station für Brandverletzungen liegt. Bei ihrer Einlieferung habe ich sie gesehen, sie allerdings nicht selbst behandelt.«

»Sie wird nicht überleben«, hauchte Diana.

»Das wissen wir noch nicht. Heutzutage überleben sogar Patienten mit schwersten Verbrennungen dank all der neuen Breitbandantibiotika.« Es gelang ihm nicht, aufmunternd zu lächeln, weshalb er bei seinem distanzierten, professionellen Ton blieb. »Miss Sheridan, wir wissen nichts über Mrs Conley, außer dass sie verwitwet und Willow ihr einziges Kind ist. Ihr Arzt wird mehr Informationen brauchen. Kennen Sie Simon Van Etton?«

»Er ist mein Großonkel. Ich wohne bei ihm. Früher war er Professor an der Marshall University, er ist Archäologe, heute schreibt er Bücher. Er hat Penny als Assistentin eingestellt.

Mein Onkel ist fünfundsiebzig, Dr. Evans, und was geschehen ist, nimmt ihn sehr mit. Deshalb bin ich allein hergekommen. Ich war nicht sicher, ob er der Belastung gewachsen ist, hier zu sein.«

»Verstehe. Kann er uns nähere Informationen über Mrs Conley und Willow geben?«

»Mag sein, aber ich denke nicht, dass er Ihnen mehr sagen könnte als ich. Wir wissen beide so gut wie nichts über Pennys und Willows Vergangenheit. Onkel Simon wird nicht einmal gewusst haben, dass Penny ihn als Notfallkontakt angegeben hatte.«

Der Arzt sah verwirrt aus. »Sie sagten, Sie wären Mrs Conleys engste Freundin.«

»Soweit ich weiß, bin ich das, wenn auch nicht in dem Sinne, wie es die Leute normalerweise definieren. Ich meine, ich verstehe, warum Penny meinen Onkel als ihren Notfallkontakt eingetragen hat, denn er steht ihr genauso nahe wie ich. Allerdings arbeitet sie erst seit einem guten Jahr bei ihm, länger kennen wir uns noch nicht. Wir haben uns sofort mit Penny und Willow angefreundet, aber Penny hat nie viel über ihre Vergangenheit erzählt, außer dass sie verwitwet ist. Sie sagte mir, dass sie in Philadelphia gelebt hätte, ehe sie nach dem Tod ihres Mannes hierher kam, aber sie sprach nie über ihre Eltern. Ich weiß nicht einmal, ob sie noch leben. Dasselbe gilt für ihre Schwiegereltern.« Diana überlegte. »Mein Gott, ich weiß nicht einmal ihren Mädchennamen …«

Hatte Dr. Evans sie eben noch mitfühlend angesehen, wurde seine Miene nun merklich reservierter. Kein Wunder, dachte Diana. *Ich höre mich an, als würde ich Penny und Willow praktisch gar nicht kennen!* Sie wünschte, Onkel Simon wäre doch hier, denn seine bloße Gegenwart strahlte schon Autorität aus.

Diana hatte das Gefühl, sie wäre seit drei Tagen ununterbrochen auf. Sie war erschöpft, schmutzig, verwirrt und fast zu erschlagen zum Sprechen. Aber Penny brauchte ihre Hilfe.

Diana holte tief Luft und sah den Arzt ernst an. »Doktor Evans, mein Großonkel und ich haben Penny und Willow sehr gern, und ich betrachte Penny als eine gute Freundin. Aber ich bin Fotografin und beruflich viel unterwegs. Ich sehe Penny nicht täglich, nicht einmal jede Woche. Diesen Dienstag bin ich morgens zu einem dreitägigen Auftrag gefahren. Willow wurde zwei Stunden nach meiner Abfahrt ins Krankenhaus gebracht. Ich bin sicher, deshalb hatte Penny meinen Onkel als Kontakt genannt und nicht mich, denn ich war ja gar nicht da.«

Der Arzt nickte, wendete keinen Blick von ihr. Als sie fertig war, sagte er ruhig: »Miss Sheridan, Sie sagten, Mrs Conley ist seit über einem Jahr bei Ihrem Onkel beschäftigt und mit Ihnen befreundet. Haben Sie in der ganzen Zeit nichts sonst über sie erfahren?«

»Mir ist klar, wie komisch das klingt.« Diana war bewusst, dass sie sich anhörte, als würde sie übertreiben oder lügen. Der Arzt hatte allen Grund, ihr zu misstrauen, was sie jedoch nicht abhielt, es weiter zu versuchen. »Penny sprach sehr ungern über ihre Vergangenheit, und ich dachte mir, wenn sie bereit ist, mehr über ihr Leben zu erzählen, wird sie es schon tun. Sie ist eine wunderbare Mutter, meinem Großonkel eine hervorragende wissenschaftliche Hilfskraft und eine sehr gute, warmherzige Freundin. Was Einzelheiten aus ihrer Vergangenheit betrifft …« Diana zuckte mit den Schultern. »Leider werde ich Ihnen keine große Hilfe sein können. Andererseits hätte sie meinen Onkel nicht als Notfallkontakt für ihre Tochter angegeben, wenn sie ihm nicht vertraute, und ich bin seine Nichte. Falls Sie mir nicht glauben, können wir ihn anrufen.«

Dr. Evans zögerte zunächst. »Ihren Onkel anzurufen wird nicht nötig sein. Ich glaube Ihnen. Ich verstehe auch, dass Sie Ihre Freundin nicht aushorchen wollten, aber wir müssen dringend mehr über Mrs Conley und Willow wissen. Für die richtige Behandlung bräuchten wir die Krankengeschichte.«

»Ich weiß ja, dass Pennys Zustand kritisch ist, aber stimmt mit Willow etwas nicht?«, fragte Diana besorgt.

»Willow geht es gut, es sei denn, die Tests ergeben etwas, das wir bei der Routineuntersuchung nicht festgestellt haben. Das Kind kann uns nicht viel sagen. Genau genommen sagt die Kleine bisher nur ›Ja‹ oder ›Nein‹ auf meine Fragen. Sie murmelt außerdem immer etwas von ›Johannisfünkchen‹.«

Diana schmunzelte. »So nennt Willow Glühwürmchen. Manchmal sammelt sie welche in einem Glas und schenkt sie ihrer Mutter.«

»Ja, sie hat gesagt, ihre Mommy würde Johannisfünkchen brauchen. Natürlich hat sie nach ihrer Mutter gefragt. Und ein paarmal sagte sie ›bad‹, ›böse‹, oder ›badge‹. Verstehen Sie, was sie damit meint?«

Diana dachte nach. »Nein. Was passiert ist, war grauenhaft, aber ein fünfjähriges Kind könnte es als ›böse‹ bezeichnen. Oder aber sie meint ›Badge‹, das Emblem der Polizisten, die am Brandort erschienen.«

»Ja, so etwas Ähnliches dachte ich mir auch.« Er grübelte. »Ich habe eine Idee, Miss Sheridan. Da wir so wenig über Willows familiären Hintergrund wissen, denke ich, sollten wir Fingerabdrücke von Willow und ihrer Mutter nehmen. Ich glaube, eine von Mrs Conleys Händen ist unverletzt.« Diana krümmte sich innerlich. Nur eine von Pennys kleinen, erstaunlich geschickten Händen war unversehrt. »Falls die Polizei ihre Abdrücke in der Datenbank hat, können sie uns vielleicht etwas sagen oder uns helfen, Verwandte zu finden. Wäre das okay für Sie?«

Diana empfand Erleichterung. »Ich weiß, dass Sie nur höflich sind. Sie brauchen meine Erlaubnis nicht, aber ich halte es für eine gute Idee. Auch wenn Penny nie Verwandte erwähnt hat, kann ich mir nicht vorstellen, dass Willow und sie ganz allein auf der Welt sind, abgesehen von meinem Großonkel und mir. Zumindest hoffe ich, dass sie es nicht sind, weil es einfach zu traurig wäre.« Diana wurde die Kehle merklich enger. »Tun Sie bitte alles, was Sie können, um ihnen zu helfen, Dr. Evans. Alles …«

»Das werde ich«, sagte er und legte seine Hand auf ihre. »Genau wie alle anderen hier im Krankenhaus.«

Als der Arzt aufstand, platzte Diana heraus: »Ich möchte Willow sehen!« Sofort wurde sie rot und senkte die Stimme. »Ich meine, darf ich Willow sehen? Sie ist so klein und allein ohne ihre Mutter. Ich weiß, dass Sie sich gut um sie kümmern, trotzdem möchte ich sie dringend sehen. Danach kann ich meinen Onkel anrufen und ihn ein wenig beruhigen. Er ist schrecklich in Sorge. Wie ich auch.«

Diana blickte dem Arzt in die Augen, der sichtlich mit sich rang. Schließlich nickte er. »Ich schätze, es könnte dem Kind helfen. Sie haben recht, Willow ist noch sehr klein und verängstigt. Ein vertrautes Gesicht zu sehen gibt ihr wohl ein Gefühl der Sicherheit.«

»Das hoffe ich«, sagte Diana, die allerdings befürchtete, dass Willow sich nie wieder vollkommen sicher fühlen würde.

***

Die Erde bebte. Der Feuersturm toste. Jemand schrie ohne Unterlass. Obwohl sie die Augen schloss, sah sie weiter die gelb-roten Flammen in den samtschwarzen Himmel steigen, die friedliche Nacht in ein Inferno verwandeln. Das Feuer kam näher, grausam, unnatürlich, zerstörerisch. Sie wollte fliehen, doch sie war gefangen, und die gierigen Flammen versengten ihr Haar, fraßen sich durch ihre Kleidung und ließen ihre Haut in Blasen aufplatzen. Sie fraßen sie auf: geschwind, unnachgiebig und munter tanzend.

Diana wachte keuchend auf, beide Hände vor ihrem Gesicht und die Beine bis zum Bauch angezogen. Dabei trat sie wild auf etwas klebendes Weißes ein – ein Leichentuch, dachte sie panisch. Sobald sie sich davon befreit hatte, strich kühle Luft sanft über ihre schweißnasse Haut.

Langsam nahm sie die Hände herunter und blickte sich in dem kleinen fremden Raum um. Durch nicht vollständig geschlossene Jalousien fiel der matte Schein einer Natriumdampflampe herein, und im Halbdunkel konnte Diana einen winzigen Nachtschrank neben sich ausmachen sowie ein dunkles Viereck an der Wand, das ein Fernseher sein musste.

Sie strich mit einer Hand über das grobe, klamme Laken auf der harten Matratze unter ihr. Die Decke lag auf dem Boden, wo Diana sie hingetreten hatte. Sie drehte sich auf die rechte Seite und sah ein weiteres Bett. Selbst im schattigen Raum erkannte sie die kleine, reglose Gestalt unter der Decke und das lange wellige Haar auf dem Kissen.

Willow.

Diana atmete tief durch. Es war nur ein schrecklicher Traum, dachte sie beinahe froh. *Ich verbrenne nicht bei lebendigem Leib wie Penny. Ich bin im Krankenhaus bei Willow.*

Vor wenigen Stunden hatten sich Dr. Evans' Zweifel hinsichtlich Dianas Beziehung zu Willow Conley verflüchtigt, als sie den Untersuchungsraum betrat, in dem Willow steif auf einem schmalen Tisch lag, die Augen so fest zugekniffen, dass sich ihre Porzellanhaut kräuselte. Diana war vorsichtig auf sie zugegangen, hatte sich hinuntergebeugt und leise gesagt: »Willow, Süße, ich bin's, Diana. Ich bin hier.« Binnen Sekunden hatte das Kind die Augen geöffnet, sich aufgesetzt und die Arme um Diana geschlungen, um seinen Kopf an Dianas Hals zu vergraben. Gleichzeitig redete die Kleine hektisch über das Feuer und ihre Mommy und flehte Diana an, nicht wegzugehen.

Dr. Evans hatte sie beide nachdenklich betrachtet, ehe er Diana zuflüsterte, falls sie wolle, könne er alles arrangieren, damit sie die Nacht in Willows Zimmer bleiben konnte. Diana hatte mit einem lebhaften Nicken geantwortet und stumm *Vielen Dank* gesagt. Für sein Mitgefühl hätte Diana ihn küssen wollen! In dem Moment wurde ihr klar, dass die Freundlichkeit, die sie zuvor in seinen Augen zu sehen glaubte, echt war.

Nun strich sie sich pochenden Herzens das Kliniknachthemd glatt, das man ihr gegeben hatte. Sie hätte auch in ihren Sachen geschlafen, aber sie fühlte sich in ihnen beengt, und sie rochen nach beißendem Rauch. Sie wünschte, sie hätte sich wenigstens vollständig umgezogen, möglichst geduscht, ehe sie herkam, aber die Ereignisse der Nacht hatten sie derart durcheinandergebracht, dass sie keinen Gedanken an ihre Hose und Bluse verschwendet hatte.

Bevor sie in das schmale Bett in Willows Zimmer gestiegen war, hatte sie das Klinikhemd als weit und bequem empfunden. Jetzt nach ihrem Albtraum war es feucht und klebte. Für einen Augenblick überlegte sie, es auszuziehen und nur in ihrem Slip weiterzuschlafen, bis ihr die durchgeschwitzte Decke wieder einfiel, die sie auf den Boden geworfen hatte. Unter der wollte sie nicht liegen, und sie konnte sich wohl schlecht praktisch nackt vorfinden lassen, wenn eine Schwester hereinkam.

Klimpernd schlug Metall gegen Keramik.

Das Geräusch kam aus dem Bad. Diana drängte sämtliche Gedanken beiseite und konzentrierte sich. Nicht einmal zu atmen wagte sie. Dann vernahm sie ein schwaches Schaben und noch ein einzelnes Klimpern.

Hob jemand sehr vorsichtig ein Metallobjekt aus der gekachelten Dusche? Dem Waschbecken? Vom Waschtisch? War der Badezimmerboden gefliest? Diana erinnerte sich nicht. Die Tür war geschlossen, dabei wusste Diana noch genau, dass sie sie einen breiten Spalt weit offen gelassen hatte. Willow hatte Angst, im Dunkeln zu schlafen, und Diana hatte ihr gesagt, sie bräuchte sich nicht zu fürchten. Diana ermahnte sich, nicht in Panik zu geraten. Vielleicht war nur eine Schwester ins Bad gegangen, um …

Um was zu tun? Bei geschlossener Tür im Dunkeln zu stehen?

Das Geräusch mutete harmlos an, dachte Diana. Wieso fühlte sie sich trotzdem wie ein winziges Wesen, das einem Angreifer ausweichen musste? Was machte sie so sicher, dass jemand bereute, diese kaum wahrnehmbaren Geräusche verursacht zu haben?

Diana stieg leise aus dem Bett und hielt wieder den Atem an. Hier stimmte etwas nicht. Verdammt, sosehr ihr Onkel sie auch schelten mochte, dass sie sich auf ihr Gefühl verließ statt auf hieb- und stichfeste Beweise, wusste sie einfach, dass Böses lauerte.

Die Tür zum Bad begann, sich ganz langsam zu öffnen. Diana widerstand dem Impuls zu schreien, sprang aus ihrem Bett hinüber zu Willows und riss das schlafende Kind in ihre Arme. Diana glaubte, ein Geräusch hinter sich zu hören, gerade als Willow einen schläfrigen Laut der Verwunderung ausstieß. Ohne ein Wort zu Willow und ohne sich umzudrehen, steuerte sie auf die Tür zu, drehte hektisch den Knauf und riss die schwere Holztür auf.

Diana stürmte in den Klinikflur, eine halb verschlafene, halb verängstigte Willow in ihren Armen, da hallten Schüsse vom anderen Ende durch den Korridor. Diana war in solcher Hast aus dem Zimmer gerannt, dass sie mindestens acht Schritte weiterrannte, ehe sie stoppen konnte. Eine Schwester hockte unweit von ihr und kreischte in einem absurden Stakkatorhythmus. Ein dürrer Krankenpfleger stand wie angewurzelt an der Wand und schrie: »Was ist los? Was ist los hier?« Zwei andere Frauen an der Schwesternstation waren ein paar Sekunden wie erstarrt, ehe sie sich hinter die Theke duckten. Eine dritte Schwester, die davor gestanden hatte, verschränkte beide Arme über dem Kopf und hielt ihn nach unten.

Diana erstarrte ratlos. Mittlerweile war Willow in ihren Armen hellwach und zitterte vor Angst. Trotz ihrer eigenen Angst war sich Diana jedes Details in dem sie umgebenden Chaos gewahr – einschließlich der Tatsache, dass niemand im Flur stand und eine Waffe abfeuerte. Die Schüsse mussten aus einem der Zimmer kommen, dachte sie, aber warum sollte jemand in ein Krankenzimmer gehen und dort aus allen Rohren feuern?

Es sei denn, es waren keine Schüsse. Sobald Diana wieder Atem geschöpft und ihre aufsteigende Angst gebändigt hatte, begriff sie, dass das, was sie gehört hatte, keine Waffe gewesen war, sondern Knallkörper. Seit sie ein Kind war, hatte sie dieses Knallen an jedem 4. Juli gehört. Simon hatte sogar immer jemanden für das Feuerwerk am Unabhängigkeitstag engagiert.

Ein korpulenter Krankenpfleger rannte auf die Tür mit der Aufschrift »WC« zu, die am anderen Ende des Korridors war. Als er sie aufriss, wurden die Knaller lauter und metallischer. Der Pfleger blieb stehen, als sähe er sich erst richtig um, dann ging er langsam hinein. Diana hatte jedwedes Zeitgefühl verloren, und erst als sie auf die große Wanduhr sah, erkannte sie, dass zwei Minuten vergingen, ehe das Geknalle endete.

Der dürre Krankenpfleger an der Wand brüllte: »Was ist denn los?« Die kreischende Krankenschwester kreischte weiter.

So hielt das Chaos an, bis der andere Pfleger seinen Kopf durch die WC-Tür steckte und brüllte: »Ruhe jetzt!« Sofort legte sich eine nachgerade beklemmende Stille über den Gang, die allerdings nur Sekunden anhielt. Dann setzte allgemeines Murmeln ein.

Willow fing an Dianas Schulter zu schluchzen an, dass ihr kleiner Körper bebte. Diana drückte das Kind fester an sich und küsste Willow auf die Stirn. »Alles okay, Süße. Ich halte dich. Du bist sicher.«

Sicher. Diana wünschte inständig, sie könnte das ehrlich meinen. Sie sehnte sich nach der friedlichen Welt, in der sie vor Stunden noch gelebt hatte. Schwankend ging sie auf die Wand zu und lehnte sich an. Ihr Herz wummerte so heftig, dass sie fürchtete, es könnte ihr die Rippen brechen. Willows Weinen wurde zu einem monotonen, hoffnungslosen Wimmern. Bei dem Klang dachte Diana unwillkürlich: *Kein Wunder.* Wie sollte Willow sich beruhigen, wenn nicht einmal Diana es schaffte, ihre wachsende Panik einzudämmen?

»Das sind Black Cats!«, rief der Pfleger aus dem WC den Gang hinunter. »Es sind nur Schwarze Katzen. Jemand hat sie in den Blechmülleimer geschmissen und angezündet. Alles klar? Die sind *harmlos!* Jetzt kriegt euch alle wieder ein. Keiner ist in Gefahr!«

Willow hob den Kopf von Dianas Schulter und heulte: »Einer hat Katzen erschossen? Hat einer auf Kätzchen geschossen?«

Diana atmete nochmals tief ein und mühte sich, ihre Stimme ruhig klingen zu lassen. »Nein, Süße, das sind nur Böller, die Schwarze Katzen heißen. Du hast sie letzten Monat bei Onkel Simons Party zum 4. Juli gehört. Sie tun kleinen Katzen nichts. Irgendwer hat den Böllern einen dummen Namen gegeben. Aber das waren bloß Knaller.«

»Böller?« Willow schien unschlüssig. »Keine Gewehre?«

»Keine Gewehre. Keine verletzten Kätzchen. Versprochen. Du musst nicht weinen.«

Willow schniefelte und mühte sich sichtlich, ihren Tränenfluss aufzuhalten. Unterdessen blickte sich Diana, die nicht wusste, was sie als Nächstes tun sollte, auf dem Korridor um. Sie fühlte sich unsichtbar, als die Schwestern, Pfleger und einige Patienten zu dem WC mit den Black Cats gingen, und sah zurück zu der Tür, aus der sie mit Willow hinausgestürmt war. Sie würde Willow nicht in das Zimmer zurückbringen, von dem sie sicher war, dass dort jemand im Dunkeln lauerte, um bei nächster Gelegenheit auf sie oder Willow oder sie beide loszugehen.

Also schritt Diana langsam los, die bibbernde Willow fest in den Armen. Plötzlich erschien eine Schwester vor ihnen. Ihre Hände zitterten leicht, und Stress spiegelte sich in ihren Zügen, aber auch Sorge um Diana und Willow. »Alles in Ordnung«, sagte sie und sah auf die schniefende Willow. »Es waren …«

»Knallkörper, ich weiß«, ergänzte Diana für sie.

»Genau, und jetzt können Sie in Ihr Zimmer zurückgehen. Wir haben alles unter Kontrolle.«

Diana schüttelte den Kopf. »Wir können nicht in unser Zimmer zurück.«

»Aber natürlich können Sie.« Die Schwester versuchte, Diana sanft in die Richtung zu schieben. »Das war nichts als ein alberner Streich, der mich auch ziemlich erschreckt hat, gebe ich zu, aber alles ist bestens. Du musst nicht mehr weinen, meine Kleine«, sagte sie zu Willow. »Es besteht kein Grund, sich zu fürchten. Überhaupt kein ...«

»Wir können nicht in unser Zimmer zurück, weil dort jemand ist. Oder war. Jemand hatte sich im Bad versteckt«, fiel Diana der Schwester mit dem aschfahlen Gesicht entschieden ins Wort.

Die Frau blinzelte einige Male und versuchte zu lächeln. »Ich glaube, Sie haben geträumt, meine Liebe. Warum sollte sich jemand in Ihrem Bad verstecken?«

»Das weiß ich nicht, aber es war jemand dort«, sagte Diana möglichst streng. »Ich habe *nicht* geträumt, dass jemand etwas Metallenes fallen ließ. Ich war hellwach. Dann öffnete sich die Badezimmertür, also schnappte ich mir Willow und rannte auf den Flur, als die Black Cats losgingen.«

Die Schwester bekam wieder Farbe im Gesicht, und ihr einer Mundwinkel bog sich nach oben, weil sie zu lächeln versuchte. »Sie haben gehört, dass jemand im Bad etwas fallen ließ?«

»Ja, habe ich.« Diana sah die Frau eisern an, denn sie wusste, sollte sie auch nur einen Sekundenbruchteil den Blick abwenden, würde die Frau sie für bescheuert halten. »Es war jemand in unserem Bad. Sie sollten den Sicherheitsdienst rufen oder zumindest das Zimmer von ein paar Pflegern überprüfen lassen.«

»Es kommt sowieso gleich einer vom Sicherheitsdienst wegen der Knallkörper, aber ...«

»Gut, der kann dann auch unser Zimmer überprüfen. 501. Ich will, dass sofort jemand dort nachsieht.«

Diana hatte den Eindruck, die Schwester wäre viel zu sehr erpicht, den normalen Ablauf wiederherzustellen, dass sie ihr überhaupt nicht zuhörte. »Ich weiß, welches Ihre Zimmernummer ist. Sie müssen nicht schnippisch werden. Ich glaube, Ihre Nerven gehen mit Ihnen durch.«

Diana war im Begriff, ihre Bitte zu wiederholen, als zwei jüngere Schwestern an ihnen vorbeirauschten und sich laut unterhielten. »Wer schmeißt denn Knallkörper in das Besucherklo?«, fragte eine von ihnen, deren Gesicht vor Aufregung gerötet war. »Ich habe niemanden gesehen.«

Die andere zuckte träge mit einer Schulter. »War ja auch einiges los. Die Frau aus 508 hat mindestens zwanzigmal geklingelt. Alle Patienten sind irgendwie aufgeregt heute Nacht und wollen dauernd was. Da kriegt doch gar keiner mit, wer hier rein- oder rausgeht.« Sie seufzte. »Wir haben weder 4. Juli noch Halloween. Wieso startet irgendwer den Zauber ausgerechnet heute Nacht?«

Ein kalter Schauer lief Diana den Rücken hinunter. Sie drückte Willow fester an sich, während ihr die Worte der jungen Schwester durch den Kopf hallten. *Wieso startet irgendwer den Zauber ausgerechnet heute Nacht?* Diana blickte sich zu Zimmer 501 um, in dem sie mit Willow gelegen hatte, angeblich schlafend. In dem Zimmer hatte sich jemand versteckt, und plötzlich wusste Willow, warum die Black Cats losgegangen waren.

Sie sollten für Chaos sorgen, während in Zimmer 501 ein Mord begangen wurde und der Mörder unbemerkt über die Hintertreppe entkam.

5

Leider müssen wir gegen das Gesetz verstoßen, um dich heute noch nach Hause bringen zu können«, sagte Diana, als Willow auf die Rückbank kletterte und Diana ihr den Sitzgurt anlegte. »Du musst eigentlich in einem Kindersitz sitzen, aber ich habe keinen.«

»Kindersitze finde ich sowieso doof. Die sind was für Babys!«

»Tja, der Staat West Virginia schreibt sie trotzdem für alle Kinder unter acht Jahren vor.«

Willow, die bisher ziemlich betrübt gewesen war, lebte ein wenig auf. »Wie lange bleibe ich denn bei dir und Onkel Simon?«

»Ach, bloß ein paar Tage.« Diana schlug rasch die Wagentür zu. Sie hoffte, ihre vage Antwort stellte Willow vorerst zufrieden, obgleich sie wusste, dass »vage« bei Willow nie funktionierte. Wie versessen das Kind stets auf exakte Antworten war, hatte Diana schon manches Mal verblüfft.

»Wie lange ist ein *paar* Tage?«, fragte die Kleine auch prompt, sowie Diana einstieg. In ihrer Hilflosigkeit machte Diana ein richtiges Theater daraus, ihre Tür zuzuschlagen, den Gurt anzulegen und den Schlüssel ins Zündschloss zu stecken, auf dass sie ein bisschen Zeit schindete, während sie sich eine Antwort ausdachte. »Bis Romeo und Christable dich leid sind.«

Willow kicherte glucksend, worauf Diana Erleichterung und Zuversicht empfand. Seit Dianas Ankunft in der Notaufnahme hatte die Kleine nicht einmal gelächelt. »Romeo und Christabel mögen mich fast genauso gerne, wie sie sich gegenseitig mögen«, sagte Willow. Gemeint waren Simons »reifer« Kater und Dianas junge Schönheit, die Katze Christabel. »Die wollen bestimmt, dass ich gar nicht wieder weggeh.«

»Tja, und da die beiden bei uns zu Hause das Sagen haben, musst du wohl lange bleiben, junge Lady. Außerdem möchten Onkel Simon und ich auch, dass du bei uns bist. Ach ja, und was ich dir noch gar nicht erzählt habe, deine Nachbarin, Mrs Hanson, ist ebenfalls bei uns zu Besuch.«

»Clarice!«, rief das Kind. »Sie hat gesagt, ich soll Clarice zu ihr sagen, nicht Mrs Hanson, so wie ich zu Onkel Simon Onkel Simon sagen soll. Clarice ist sooo nett. Mommy mag sie auch. Aber wieso ist sie bei euch zu Hause?«

»Weil ihr Haus etwas von dem Feuer abbekommen hat.« Diana setzte aus der Parklücke zurück und fuhr sehr schnell zur Parkplatzausfahrt. Sie konnte es gar nicht erwarten, nach Hause zu kommen. »Clarice hat sich gestern Abend noch mit Onkel Simon und mir unterhalten. Sie scheint wirklich sehr nett zu sein. Und witzig.«

»Oh ja, die ist immer lustig. Und sie kann ganz toll kochen. Weißt du, dass sie richtig viele Verwandte hat? Sie hat eine Enkelin, Sue, die ist meine Freundin. Sues große Schwester, Katy, ist schon *richtig* alt, schon dreizehn. Die ist eigentlich auch nett, aber sie will nie mit uns spielen, weil sie sich immer so mit ihrer Frisur hat. Und dabei sieht die immer wie ein Vogelnest aus.« Willow seufzte. »Aber so sind Teenager wohl«, ergänzte sie mit der reifen Weltverdrossenheit einer Fünfjährigen.

Diana bemühte sich, nicht zu grinsen. »Hat Clarice das gesagt?«

»Ja, hat sie.« Die Kleine machte eine Pause. »Wann darf Mommy aus dem Krankenhaus?«

Diana blickte in den Rückspiegel und sah die traurigen Augen des kleinen Mädchens. Doch sie erkannte auch einen winzigen Hoffnungsschimmer, den Diana ihr nicht nehmen konnte, selbst wenn sie beinahe sicher war, dass sie log.

»Deine Mommy kommt nach Hause, sobald es ihr besser geht. Die Ärzte helfen ihr, so gut sie können, wieder gesund zu werden. Wir müssen fest daran glauben, dass sie es schaffen,

Willow. Und wir helfen deiner Mutter, indem wir glauben, dass sie wieder gesund wird.«

Für einen Moment sah Diana Zweifel bei Willow aufflackern, sah, wie die Kleine tief Luft holte, bevor sie voller Entschlossenheit sagte: »Dann glauben wir das auch. Wir glauben das richtig doll, genau, wie wir glauben, dass Tinker Bell in *Peter Pan* lebt, und dann tut sie es.«

»Genau so!« Ein Erwachsener hätte Dianas übertriebene Beteuerung durchschaut, doch Willow schien beruhigt. Die deutliche Zuversicht der Kleinen war jede Lüge wert, dachte Diana. Und vielleicht, ja, vielleicht war es die Wahrheit.

Die drückende Schwüle von gestern hatte sich gelegt, und nun war die Luft warm und weich, fast wie ein Streicheln. Diana blickte zu dem wolkenlosen, blauen Himmel mit der blass zitronengelben Sonne. Die Welt war schön geworden, als wollte sie auf die Weise das Inferno von gestern Abend wiedergutmachen. Doch weder angenehme Temperaturen noch ein hübscher Himmel konnten Penny heilen. Diana sah das verbrannte, von Blasen übersäte Gesicht vor sich und fühlte einen stechenden Schmerz im Bauch. Fast hätte sie einen Schrei ausgestoßen, fing sich aber gerade noch und schaute nach hinten zu Willow.

Willow war auf einmal sehr still geworden, und wie sie dort saß, so klein, mit dem schönen langen Haar und den großen, umwölkten Augen, hatte sie etwas Ätherisches. Sie hatte den Kopf gesenkt und starrte auf ihre gefalteten Hände. Diana wusste nicht, ob sie betete. Sie wusste ja nicht einmal, ob Penny und Willow religiös waren, was Diana geradezu beschämte. Wie konnte sie so wenig über die zwei Menschen wissen, die ihr neben Simon die liebsten waren? War sie derart auf sich selbst fixiert, dass sie nicht einmal versucht hatte zu erfahren, wer Penny und Willow *wirklich* waren, ihre Gedanken, Überzeugungen und Wünsche kennenzulernen?

Offensichtlich, dachte Diana, die vor lauter Scham heulen wollte. *Und jetzt bemitleide ich mich noch selbst für mein Ver-*

sagen!, schalt sie sich. *Denke ich denn immer nur an mich? Tränen können die Vergangenheit nicht ändern, und sie helfen dem kleinen Kind nicht, das anscheinend niemanden auf der Welt außer Simon und mir hat. Aber wir werden für sie sorgen,* sagte Diana sich. *Wir werden unser Bestes geben, dass Pennys kleines Mädchen es gut hat.*

»Magst du das Kleid?«, fragte Willow und riss Diana aus ihren Gedanken.

»Ja, das ist hübsch. Es war nett von der Schwester, dass sie dir ein paar Sachen von ihrer Tochter geliehen hat.«

Willow zupfte an dem blauen Karoträgerkleid. »Ja, die war nett. Und sie hat gut gerochen, nach Vanille.« Sie schien zu überlegen. »Muss ich das jetzt anbehalten, bis es Mommy wieder gut geht?«

Diana lachte. »Nein, natürlich nicht, Willow! Das Kleid ist niedlich, aber es eignet sich gar nicht, um mit Katzen auf dem Boden herumzukrabbeln oder im Garten zu spielen. Außerdem möchte die Tochter der Krankenschwester es sicher wiederhaben, also bringe ich es ihr bald zurück. Ich gehe heute Nachmittag ein paar neue Sachen für dich einkaufen – Jeans, Shorts und T-Shirts. Fällt dir sonst noch etwas ein, was du gebrauchen könntest?«

»Turnschuhe. Und ich möchte bitte ein Krone, für wenn ich Königin spiele. Zu Hause habe ich auch eine.«

»Dann sollst du selbstverständlich eine Krone bekommen. Wissen Euer Hoheit noch, wo Eure Mommy sie gekauft hat?«

Willow kicherte und antwortete: »In einem Geschäft.« Sehr hilfreich.

»Tja, dann rufe ich wohl besser bei ein paar Geschäften an und erkundige mich, ob sie Kronen führen, bevor ich losfahre. Und du brauchst Strümpfe und Unterwäsche.«

»Und Pyjamas«, sagte Willow. »Die Leute in dem Krankenhaus haben mir meinen rosa Pyjama nicht wiedergegeben, und der war mein Lieblingspyjama.«

»Wir kaufen dir einen schönen neuen rosa Pyjama. Vielleicht auch einen blauen. Ich muss auch ein paar Sachen für Clarice kaufen. Obwohl das Feuer vielleicht ihr Schlafzimmer …« Diana wollte sich auf die Zunge beißen, dass sie den Brand schon wieder erwähnte, und sagte rasch: »Du hättest sehen sollen, was sie letzte Nacht zum Schlafen anziehen musste, Willow! Das war das witzigste Nachthemd, das jemals genäht wurde!«

Diana schaffte es, ihre maßlos übertriebene Schilderung des Negligés durchzuhalten, bis sie begannen, die schmalen, kurvigen Hügelstraßen von Ritter Park hinaufzufahren. Endlich sah sie die große, weiße Van-Etton-Villa mit dem rotem Dach vor sich, die auf einer Erhebung inmitten von sechzehntausend Quadratmetern Grund thronte. Haus und Rasen waren ausnehmend gepflegt und badeten im Sonnenschein. Nie im Leben war Diana so froh gewesen, das Anwesen wiederzusehen. Sie fuhr die lange, gewundene Zufahrt hinauf und parkte vorm Haus. Ehe sie Willow aus dem Gurt befreit hatte, kam Simon schon herausgelaufen, um sie zu begrüßen. Er gab Diana einen flüchtigen Wangenkuss und nahm Willow hoch.

»Wie geht es dem hübschesten kleinen Mädchen der Welt?«, rief er.

Die Kleine kicherte. »Gut. Ich bin froh, nicht mehr im Krankenhaus zu sein. Ich bin viel lieber hier bei dir!«

Willow drückte ihm einen lauten Schmatzer auf die Wange und lachte, als Simon sie im Kreis schwenkte. »Weißt du schon, wer noch bei uns ist?«

»Clarice! Das hat Diana mir erzählt.«

»Diana, du kannst aber auch nie etwas für dich behalten«, schimpfte Simon scherzhaft und zwinkerte ihr zu. »Clarice und ich sind sie seit dem Morgengrauen auf und warten auf euch.«

Clarice erschien an der Haustür, auf den Rollator gelehnt, den Simon ihr inzwischen vom Dachboden geholt haben musste. Sie trug das Kleid von gestern Abend und hatte sich das silberweiße Haar zu einem French Twist frisiert. Zwar wirkte sie blass und müde, aber sie lächelte strahlend.

»Willow, Darling!«, rief sie, während sie langsam auf den Wagen zuging. »Ich bin so froh, dass du hier bist! Ich habe dich ja noch gar nicht gesehen seit letzten Montag, als du ins Krankenhaus kamst.«

»Das ist wirklich lange. Aber ist das nicht toll, dass wir jetzt beide bei Diana und Onkel Simon wohnen dürfen?«

Was ohne Simons Einfluss nicht geschehen wäre, dachte Diana. In Fällen wie Willows schaltete sich gewöhnlich die Kinderschutzbehörde ein und nahm das elternlose Kind in ihre Obhut. Doch Simon hatte Diana morgens im Krankenhaus angerufen und ihr gesagt, dass er mit einem früheren Studenten gesprochen hätte, der heute in leitender Position bei der Behörde arbeitete. Der Exstudent hatte für Simon und Diana gebürgt, und so erhielten sie die Erlaubnis, Willow bei sich aufzunehmen, solange die Behörde nach Verwandten suchte. Für das bereits traumatisierte Kind wäre es entsetzlich gewesen, von Fremden abgeholt zu werden.

»Clarice, Sie und Simon sehen erstaunlich gut aus, bedenkt man, dass Sie die halbe Nacht auf waren und heute Morgen schon wieder vor Tau und Tag aus dem Bett sind«, sagte Diana.

Clarice machte große Augen. »Wie kommen Sie darauf, dass wir so früh aufgestanden sind?«

Diana sah fragend zu Simon, der schnell einwarf: »Na ja, halb acht ist ziemlich früh. Und ich stimme zu, dass Clarice sehr frisch aussieht, wohingegen du, Diana, offensichtlich nicht allzu viel geschlafen hast.«

»Das ist eine lange Geschichte«, murmelte Diana. Als Simon die Brauen hochzog, ergänzte sie: »Ich erkläre es dir später. Lasst uns jetzt reingehen. Ich brauche dringend einen anständigen Kaffee, sonst breche ich gleich zusammen.«

Nan Murphy, die vorübergehende Haushälterin, wartete in der Eingangshalle. Wie immer versetzte die Neunzehnjährige mit der Figur eines Las-Vegas-Showgirls und dem Gesicht eines Pferdes Diana in Staunen. Bei ihrem Anblick musste sie unwillkürlich an eine furchtbare genetische Verwechslung denken, bei der der Kopf eines Mädchens versehentlich auf den Körper eines anderen gesetzt worden war. Natürlich schämte Diana sich für diesen Gedanken, wurde ihn aber einfach nicht los, egal, wie sehr sie sich bemühte.

Nan trug einen knapp knielangen Jeansrock, der ihre langen, schön gebräunten Beine in den weißen Leinentennisschuhen gut zur Geltung brachte. Ihre kurzärmelige weiße Bluse sah frisch gebügelt aus, war jedoch eindeutig eine Nummer zu groß. Wahrscheinlich hatte ihre Mutter ihr die Bluse gekauft, damit Nans üppige Kurven etwas kaschiert wurden. Das dicke hellbraune Haar wellte sich hübsch um ihr Gesicht mit der sehr langen Nase, den großen Nasenlöchern und der breiten flachen Stirn. Ihre großen dunklen Augen hätten das Schöne in ihrem Gesicht sein können, stünden sie nicht zu weit auseinander und wären ein klein wenig ausdrucksvoller. Nan indes blickte stets in die Welt hinaus, als könnte sie nichts darin auch nur marginal berühren.

»Unser zweiter Gast ist eingetroffen«, verkündete Simon munter, als er mit Willow ins Haus kam.

Nan starrte Willow an, bis die Kleine schüchtern Hallo sagte, womit sie lediglich ein Nicken und weiteres Starren erntete.

Spürbar verärgert fragte Simon barsch: »Ist noch genug frischer Kaffee für Diana da? Und ich meine von Penny zu wissen, dass Willow morgens gern Apfelsaft trinkt. Möchtest du Apfelsaft, Süße?« Willow nickte. Nan stand wie angewurzelt auf dem Orientteppich, bis Simon schärfer wurde. »Also, was ist nun, Nan? Bekommen wir Kaffee und Apfelsaft?«

»Ja, wenn Sie es wünschen«, brachte Nan tonlos heraus. Dabei öffnete sie den Mund gerade weit genug, dass man ihre großen, vorstehenden Zähne sah. »Ich schätze, Sie wollen, dass ich das serviere?«

»Ja, das wäre sehr freundlich. In der Bibliothek, wenn möglich«, antwortete Simon, dessen Geduld sichtlich strapaziert war. »Und bringen Sie uns auch ein paar Zimtbrötchen und die Blaubeer-Kopenhagener, die ich gestern gekauft habe.«

Nan drehte sich wortlos um und schlurfte Richtung Küche.

»Strahlend wie eh und je«, raunte Diana.

Simon rollte die Augen. »Ich kann es gar nicht erwarten, bis ihre Mutter wiederkommt. Ehrlich, mir ist unbegreiflich, wie eine energiegeladene und freundliche Frau wie Martha Murphy eine solche Tochter haben kann. Das Mädchen muss nach dem Vater schlagen, den ich nie kennengelernt habe.«

»Falls Nan nach ihm kommt, bist du gewiss froh, ihn nie kennengelernt zu haben«, sagte Diana schmunzelnd, als sie in die Bibliothek gingen. Dann wandte sie sich an Clarice. »Haben Sie nach all der Aufregung schlafen können?«

»Oh ja, habe ich, obwohl ich überzeugt war, dass ich kein Auge zumachen könnte. Aber Sie sehen sehr müde aus, Diana. Krankenhausbetten sind scheußlich unbequem, nicht? Ich hatte ein ganz schlechtes Gewissen, weil ich in Ihrem luxuriösen Gästezimmer lag, während Sie und Willow die Nacht in einem Krankenzimmer verbringen mussten.«

Nun meldete sich Willow zu Wort. »Wo sind Romeo und Christabel?«

Simon sah zu Willow. »Du weißt doch, dass die beiden erst mal weglaufen, wenn jemand kommt. Sobald sie deine Stimme hören, kommen sie zurückgeflitzt.«

»Und wenn sie mich vergessen haben?«, jammerte Willow. »Ich hab sie doch schon sooo lange nicht mehr gesehen.«

»Nun ja, du hast sie seit acht Tagen nicht mehr gesehen«, korrigerte Simon sie sanft. »Und die beiden vergessen ihr Lieblingsmädchen ganz sicher nicht in so kurzer Zeit.«

Wie aufs Stichwort erschienen die zwei Katzen in der Bibliothek. Christabel, Dianas Katze mit dem frisch gekämmten schwarz-weißen Fell, tänzelte leichtfüßig und mit steil aufgerichtetem Schwanz auf Willow zu. Romeo trottete wie immer hinter ihr her. Er war grau, ungefähr dreimal so groß wie Christabel und hatte nur drei Beine, was ihn allerdings wenig langsamer machte. Er folgte Christabel zu Willow, die sich sofort auf den Boden hockte und beide Katzen auf ihren Schoß zog.

»Ich hab euch ja so vermisst!«, rief die Kleine verzückt und herzte die Stubentiger. Christabel quittierte es mit einem sanften Schnurren, und Romeo äußerte seinen üblichen Begrüßungslaut, der verblüffend an ein lautes Entenquaken erinnerte. Clarice, die offenbar noch nie einen solchen Laut bei einem Kater gehört hatte, sah ihn erschrocken an.

»Siehst du, Clarice, ich hab ja gesagt, dass er quaken kann!«, kicherte Willow.

»Ja, hast du, aber ich … na ja, ich dachte …«

»Sie haben gedacht, die Kleine übertreibt, nicht wahr?« Simon lachte. »Als ich es zum ersten Mal hörte, war ich ebenfalls baff. Es klingt, als hätte er gerade eine sehr große Ente am Stück verschluckt.«

»Romeo frisst doch keine Ente!«, verteidigte Willow den Kater. »Er mag Enten gern.«

»Eigentlich glaube ich eher, dass er keine Enten kennt.« Simon blickte zu Clarice. »Vor Jahren, als Diana mal übers Wochenende hier war, tauchte er auf. Sein Hinterbein war fachgerecht amputiert worden und die Wunde komplett verheilt, also hatte sich jemand gut um ihn gekümmert. Sein Fell aber war verfilzt, und er war voller Flöhe, ausgehungert, und er maunzte oder vielmehr: quakte sich die Seele aus dem Leib. Ehe ich begriff, was los war, hatte Diana ihn schon in die Küche geholt, wo er gierig alles runterschlang, was sie ihm gab.«

Simon zwinkerte Diana zu. »Meine Nichte war damals noch verheiratet, und ihr Ehemann behauptete, allergisch gegen Katzen zu sein, sodass sie Romeo nicht mit nach Hause nehmen konnte. Ich setzte eine Annonce in die Zeitung und hängte Zettel in der Gegend auf, doch es meldete sich niemand, der ihn vermisste. Also rief ich Diana eine Woche später an und erzählte ihr, dass er fortan hier wohnen würde. *Sie* hat ihn Romeo getauft.«

»Weil ich wusste, dass du ihm einen unaussprechlichen Namen von irgendeinem ägyptischen Pharao geben würdest«, sagte Diana lachend.

»Ja, hätte ich wohl. Tja, und nachdem er sich bis über die Schnurrhaare in Christabel verliebt hat, erweist sich der Name als die richtige Wahl.«

Nan kam in die Bibliothek und brachte ein Tablett mit Kaffee, Apfelsaft und Gebäck. Ihr ausdrucksloser Blick fiel auf die beiden Katzen.

»Ist etwas, Nan?«, fragte Simon unschuldig. Diana musste sich ein Grinsen verkneifen, denn Simon wusste, dass Nan die Katzen nicht ausstehen konnte.

Nan nickte zu Romeo. »Diese Graue verteilt ihr Fell überall auf den Teppichen, so wie die im Haus herumhumpelt.«

»Dann ist es ja ein Glück, dass wir so einen guten Staubsauger haben«, entgegnete Simon ungerührt und griff nach der Glaskanne aus der Kaffeemaschine, die statt der edlen Silberkanne auf dem Tablett stand, die er vorzuziehen pflegte. »Ich sehe keinen Zucker, Nan. Wie ich Ihnen bereits sagte, nimmt Mrs Hanson Zucker in ihren Kaffee. Und Sie haben nur einen Kopenhagener gebracht.«

»Weil Sie bis auf den einen alle aufgefuttert haben«, erwiderte Nan schnippisch.

Simon wurde rot, worauf Clarice rasch einsprang, um die angespannte Atmosphäre zu entkrampfen. »Ich fürchte, ich habe mindestens drei gegessen.«

»Sie hatten *einen*«, sagte Nan. »*Er* hat die meisten gegessen.«

Simon wurde noch röter. »Nan, ich habe *nicht* …«

»Doch, Sie haben«, fiel Nan ihm ins Wort.

»Schon gut. Ich mag sie sowieso nicht«, log Diana, die sich in Blaubeer-Plunder aufwiegen lassen könnte. »Danke, Nan.«

Sowie Nan wieder draußen war, knurrte Simon: »Ich halte dieses Mädchen keinen Tag länger aus!«

»Du musst«, sagte Diana betont ruhig. »Ihre Mutter ist für zwei Wochen zur Erholung bei ihrer Schwester in Portland. Also kommt sie in genau sechzehn Tagen wieder zur Arbeit. Und die Zeit wirst du überleben.«

»Mommy sagt, Nan hat keinen Charme«, flötete Willow.

»Deine Mutter hat vollkommen recht.« Simons Gesichtsfarbe normalisierte sich wieder, als er zu dem Kind sah, das sanft die beiden schnurrenden Katzen streichelte. »Wie wär's mit Apfelsaft, Willow?«

***

Nachdem Willow ihren Saft getrunken und den Blaubeer-Kopenhagener gegessen hatte, fielen ihr beinahe die Augen zu.

»Du hast letzte Nacht wenig Schlaf bekommen«, sagte Diana. »Leg dich lieber ein bisschen hin.«

»Ich mach nie so früh Mittagsschlaf«, wandte Willow mit schläfrig schleppender Stimme ein.

»Dann kannst du vielleicht nur deine Augen ein bisschen zumachen«, schlug Diana vor und gab sich nachdenklich, obwohl sie mit Simon längst besprochen hatte, wo Willow untergebracht würde. »Wie würde es dir gefallen, das Zimmer neben meinem zu bekommen?«

Willow schien unglücklich. »Ist das nicht oben?«

»Doch. Hast du Angst, oben zu schlafen?«

»Nee, das doch nicht, aber du hast gesagt, die Katzen dürfen bei mir schlafen, und Romeo kann die Treppe nicht raufgehen.«

»Romeo schläft sonst in Onkel Simons Zimmer. Das ist auch oben. Simon trägt ihn nach oben.«

»Onkel Simon will ihn bestimmt nicht dauernd nach oben tragen, wenn ich Mittagsschlaf machen muss oder spielen will. Und Romeo ist ein bisschen schwer, da habe ich Angst, ich lass ihn fallen, wenn ich ihn selbst nach oben trage.«

Diana lächelte. »Weißt du was? Ich trage ihn für dich. Und

in Zukunft nimmst du einfach den Fahrstuhl, den mein Urgroßvater einbauen ließ, als er die letzten Jahre seines Lebens im Rollstuhl verbringen musste. Romeo kann den Fahrstuhl nehmen, wenn er runterwill – oder wieder zu dir rauf.«

Dass der Kater nicht selbsttätig einen Fahrstuhl bedienen könnte, kam der hoffnungslos übermüdeten Willow gar nicht in den Sinn. Sie war zufrieden damit, dass Romeo in den ersten Stock fahren könnte, wann immer er wollte, und folgte Diana, die das fünfzehn Pfund schwere Tier die Treppe hinauftrug. Christabel war zweimal die Stufen hinauf- und wieder hinuntergesprungen, ehe sie sich beruhigte und dem kleinen Trupp elegant vorausstolzierte, den breiten Puschelschwanz wie ein Banner schwenkend.

Diana brachte Willow zu dem Gästezimmer weiter hinten im Flur. Sonnenschein flutete den von zartrosa, blassgrünem und hellblauem Chintz beherrschten Raum, den Dianas Großmutter gestaltet und eingerichtet hatte. »Gefällt es dir hier?«, fragte sie.

Willows Augen wurden ein bisschen größer, als sie sich umsah. »Und wie! Betten mit Deckel finde ich ganz toll!«

»Das nennt man einen Himmel.«

»Stimmt, ja, das hat Mommy mir erzählt. Und sie sagt, ich kriege auch mal ein Bett mit Himmel.«

Prompt schwand Willows Lächeln. Sie schaute sich wieder um. »Mein Zimmer zu Hause ist viel, viel kleiner als das hier. Hoffentlich fürchte ich mich nicht, wenn ich hier drinnen ganz allein bin.«

»Weißt du, was das Besondere an diesem Zimmer ist?«, fragte Diana, setzte Romeo ab und öffnete die Tür zum großen, gelb-weißen Badezimmer. »Das Bad grenzt direkt an mein Zimmer.« Willow kräuselte die Stirn, denn sie konnte anscheinend nichts mit dieser Information anfangen.

Diana nahm ihre Hand, führte Willow durchs Bad und öffnete die andere Tür zu ihrem Zimmer. »Hui, du hast aber auch ein hübsches Zimmer!«, hauchte Willow beeindruckt.

»Ich habe es in lauter Wüstenfarben gestrichen – Hellbraun für den Sand und Bernstein für die Sonne. Und nachts können wir die Badezimmertüren offen lassen, dann ist es, als würden wir in einem Zimmer schlafen. Du hast auch ein Nachtlicht und die Katzen, und von unseren Betten aus sehen wir uns. Meinst du, dass du so schlafen kannst?«

»Hmm …«, machte Willow, die überlegte. »Ja, da habe ich bestimmt keine Angst.«

»Super!« Diana strahlte. »Das wird lustig, Willow.«

Als die Kleine lächelte, löste sich die Spannung in Dianas Bauch ein wenig. Sie hatte befürchtet, Willow könnte entweder sehr verschlossen oder halb hysterisch reagieren. Ihr war klar, dass dem Mädchen das volle Ausmaß der Katastrophe erst noch bewusst werden würde – vor allem, falls Penny starb; aber vorerst hielt Willow sich weit besser, als Diana erwartet hätte. Sie schien genauso stark zu sein wie ihre Mutter, die vollkommen allein auf der Welt gewesen war und es geschafft hatte, dem Kind ein gutes, glückliches Heim zu geben, mit jeder Menge Liebe, Sicherheit und, nicht zu vergessen, Spaß.

Es läutete an der Haustür, und binnen fünf Minuten tauchte Simon im ersten Stock auf. »Glen ist da, Diana.« Er sah zu Willow. »Was hältst du davon, wenn du jetzt ins Bett steigst, junge Lady, und ich erzähle dir eine Geschichte? Ich kenne Dutzende Geschichten. Als Diana klein war, ist sie von denen immer eingeschlafen.«

Willow kuschelte sich ins Bett, und Diana legte Romeo neben sie, während Christabel sich auf der anderen Seite von Willow einrollte. Simon setzte sich auf die Bettkante und begann eine seiner unendlichen Erzählungen über das alte Ägypten. Ja, seine Geschichten hatten Diana als Kind verlässlich zum Schlafen gebracht, weil sie sich mehr nach Vorlesungen anhörten als nach Gutenachtgeschichten. Natürlich hatte Diana es nie übers Herz gebracht, ihm das zu sagen. Und außerdem waren sie nun einmal unfehlbare Einschlafhilfen.

In nicht mal fünf Minuten wird Willow im Tiefschlaf sein,

dachte Diana auf dem Weg die Treppe hinunter. Glen Austen, der Mann, mit dem Diana seit März ausging, saß in der Bibliothek und unterhielt sich mit Clarice. Er war schlank mit aschblondem Haar und gleichmäßigen Gesichtszügen. Die meisten Frauen würden ihn als unscheinbar bezeichnen, bis sie seinen eigenen, ruhigen Charme kennenlernten. Der gewöhnlich verhaltene Glen sprang auf, sowie er Diana erblickte, kam auf sie zu und nahm sie fest in die Arme.

»Mein Gott, Diana! Ich hatte gestern Abend mein Telefon abgestellt und bin früh ins Bett gegangen. Erst heute Morgen erfuhr ich von Penny. Es heißt, ihre Überlebenschancen stehen schlecht!«

Diana bemerkte die Sorge in seinen großen braunen Augen und die steile Falte zwischen den Brauen, die sich stets zeigte, wenn er sich sorgte. Er kannte Penny von seinen Besuchen bei Simon oder Diana, und sie alle verstanden sich gut. Im Mai hatte er Penny eingeladen, sie zu einem Dinner im Country Club zu begleiten, und es war ein sehr vergnüglicher Abend gewesen. Als sie Penny jedoch fragten, ob sie mit ihnen zum Tanzabend kommen wolle, lehnte Penny mit der Begründung ab, sie wäre ungern das fünfte Rad am Wagen.

»Sie ist so grausam verbrannt, Glen. Als ich heute Morgen mit Willow das Krankenhaus verließ, sagten sie mir, dass sich ihr Zustand seit gestern Abend nicht verändert hat.« Dianas Stimme bebte, und sie fühlte, wie ihr Tränen in die Augen stiegen. »Sie ist immer noch bewusstlos und …«

Weiter kam sie nicht. Glen drückte sie an sich. »Ich weiß, wie furchtbar es gewesen sein muss, und es klingt sicher gefühllos, aber versuch, erst einmal nicht an Penny zu denken. Du kannst nichts für sie tun, und du musst um Willows willen stark sein.« Er hob den Kopf und sah Diana an. »Geht es dir gut?«, fragte er sorgenvoll. »Als wir gestern Vormittag telefonierten, sagtest du mir, dass du abends bei Penny vorbeifahren wolltest. Und dann hörte ich von der Explosion und dachte, du warst womöglich in dem Haus!«

»Wäre ich auch beinahe gewesen. Ich war spät dran und hatte gerade vor dem Haus angehalten, als es plötzlich in die Luft flog. Es war ein Riesenschock. In meinem Leben habe ich noch nie etwas so Schreckliches gesehen. Und die arme Penny ...«

Glen reichte ihr ein Papiertuch, das Clarice ihm seit mindestens zwei Minuten hinhielt. Dann huschte Clarice aus dem Zimmer, und Diana wischte sich die Tränen ab.

»Bitte, Liebling, du darfst dir nicht zumuten, das immer wieder zu durchleben.« Glen brachte sie zu dem kleinen S-förmigen Sofa in der Mitte der Bibliothek, wo er zuvor mit Clarice gesessen hatte. »Du bist sehr blass und wirkst erschöpft, als könntest du jeden Moment zusammenbrechen. Versuch, dich auf etwas Positives zu konzentrieren. Mrs Hanson erzählte mir, dass mit Willow alles in Ordnung ist.«

»Ja. Sie war hinten im Wald, als es ... passierte.«

»Wieso war sie im Wald, so kurz nach ihrer OP?«

»Ich weiß nicht genau, es hatte irgendwas mit Glühwürmchen zu tun.«

»Ich bin froh, dass mit ihr alles okay ist.« Glen nahm ihr das feuchte Papiertuch ab und streichelte ihre Wange. »Und ich bin noch froher, dass du nicht verletzt wurdest.«

»Ach, Glen, ich hatte ihr gesagt, dass ich gegen acht bei ihr wäre. Hätte ich mich nicht verspätet ...« Sie erschauderte. »Ich weiß, dass ich schlicht Glück hatte; trotzdem fühle ich mich schuldig, wenn ich das sage oder auch bloß denke.«

»Ja, du hast Glück gehabt. Penny ist eine sympathische Frau, und mir ist klar, dass ihr gut befreundet seid. Wir alle sind betroffen, dass ihr so etwas Furchtbares zugestoßen ist, aber du hast keinen Grund, ein schlechtes Gewissen zu haben, weil du nicht verletzt wurdest, Schatz«, sagte Glen und küsste sie auf die Stirn.

Nan kam in die Bibliothek, und Diana fiel auf, dass sie bereits eine Weile an der Tür gestanden haben musste. Das Mädchen fixierte Glen ausdruckslos. »Möchten Sie Kaffee oder etwas anderes?«, fragte sie.

Glen schüttelte den Kopf, und Diana sagte: »Für mich auch nichts, aber danke, dass Sie fragen, Nan.«

»Das ist mein Job«, konterte Nan spitz, machte auf dem Absatz kehrt und schritt in einer kerzengeraden Haltung hinaus, die keinen Zweifel an ihrem Unmut ließ.

»Ich schätze, das ist ihr erster und letzter Ausflug in die Welt des Hauspersonals«, bemerkte Diana mit einem matten Schmunzeln. »Sie hasst die Arbeit.«

»Ist vielleicht besser so. Es könnte gut sein, dass sie sich künftig mehr Mühe mit ihrem Studium gibt als in ihrem letzten Jahr, nachdem sie jetzt erlebt hat, welche Alternativen ihr ohne Collegeabschluss blühen. Sie war in meinem Kurs für europäische Geschichte, und ich muss sagen, dass sie intelligenter ist, als sie aussieht.«

Diana bezweifelte es stark, widersprach Glen jedoch nicht, der sie freundlich anlächelte. Welpenaugen, ging es ihr mal wieder durch den Kopf. Was sie ihm selbstverständlich niemals sagen würde. Glen sah sich gern als eleganten, scharfzüngigen Verführer, und zu einem solchen passten keine Welpenaugen, die um Zuneigung bettelten und bisweilen Verletztheit und Zurückweisung widerspiegelten.

Diana streckte eine Hand aus und berührte sein aschblondes Haar. Ihr fielen die kurzen Bartstoppeln in seinem netten Gesicht auf, was ihm offenbar nicht entging, denn sofort griff er sich ans Kinn.

»Ich hatte nur geduscht, mir aber nicht mehr die Zeit zum Rasieren genommen, nachdem ich von dem Brand hörte. So erschrocken, wie ich war, hätte ich mich wohl sowieso nur geschnitten.«

»Du musst nicht immerzu perfekt gepflegt sein, Glen. Heute ist Samstag.«

»Wir wollten heute Abend auf den Country-Club-Ball gehen.«

Diana seufzte. »Ja, schon, aber wir haben uns beide nicht übermäßig darauf gefreut, oder?«

»Ich schon. Ich dachte, es wäre mal etwas anderes als die üblichen Abendessen und Kinobesuche. Ich habe sogar meinen besten Anzug reinigen lassen.« Diana mied seinen Blick. Sie hatte noch keinen Gedanken daran verschwendet, was sie anziehen würde. »Soll ich Penny Blumen schicken?«, fragte Glen unvermittelt.

»Nein. Sie liegt auf der Station für schwere Brandverletzungen, dort erlauben sie sicher keine Blumen.« Diana schluckte. »Ich habe sie gestern Abend gesehen, bevor sie Penny wegbrachten. Sie sah schrecklich aus. Heute Morgen habe ich nicht einmal gefragt, ob ich sie sehen darf, und mich nur nach ihr erkundigt. Sie ist noch nicht bei Bewusstsein, und ihr Zustand ist nach wie vor kritisch. Oh Gott, Glen, ich bin mir fast sicher, dass sie nicht überlebt.«

»Wie entsetzlich.« Glens Stimme bebte ein wenig, und Diana wusste, dass er wirklich erschüttert war. Er hatte Penny zwar nicht besonders gut gekannt, aber eindeutig fühlte er mit der hübschen jungen Frau und deren Kind. »Weiß man, was die Explosion ausgelöst hat? Eine fehlerhafte Stromleitung kann es nicht gewesen sein, denn die verursacht Schwelbrände, aber keine Explosion.«

»Nein, tut sie nicht.« Diana überlegte, ihm von der Schusswaffe zu erzählen, die Simon in Pennys Haus gesehen hatte. Dann aber bemerkte sie aus dem Augenwinkel weiße Leinentennisschuhe. Nan stand direkt vor der offenen Bibliothekstür. Sie lauschte mal wieder! Es war nicht das erste Mal, dass Diana die junge Frau ertappte, wie sie private Unterhaltungen belauschte. Und jetzt war sie froh, dass sie Glen gegenüber weder die Schusswaffe noch die Vorkommnisse im Krankenhaus erwähnt hatte. Sie wusste nicht, was Nan Murphy mit solchen Informationen anfangen würde, doch sie traute ihr zu, dass sie versuchte, sie an die Presse zu verkaufen. »Sicher suchen sie heute alles auf die Brandursache ab«, fuhr sie fort.

»Ja, sicher«, sagte Glen, der einen Arm um Diana legte und ihr in die Augen blickte. »Ich bin so dankbar, dass du nicht in dem Haus warst, Diana! Du ahnst ja nicht, wie viel du mir bedeutest.«

Diana bekam ein schlechtes Gewissen, als Glen sie sanft küsste.

Bei seinen letzten Worten, mit denen er seine tiefen Gefühle für sie äußerte, hatte seine Stimme belegt geklungen. Nur empfand Diana nicht dasselbe für ihn.

6

Der Geländewagen stand einfach in der Auffahrt? Keine Nachricht? Nichts?«

»Die Schlüssel steckten, was ja schon mal erfreulich ist.« Simon lächelte Diana an, die neben ihm auf dem Sofa in der Bibliothek saß. Glen war gerade gegangen. »Ich habe keine Ahnung, wann Tyler Raines den Wagen zurückbrachte. Ich weiß nicht einmal, ob er zu Fuß von hier wegging oder ein Taxi bestellt hatte.«

»Ehrlich gesagt, wundert es mich fast nicht mehr, nachdem er gestern ebenfalls verschwand, sobald er Willow den Sanitätern übergeben hatte. Aber seltsam ist es trotzdem. Er schien so besorgt um die Kleine und ist gleich wieder zurückfahren, um sie zu suchen«, sagte Diana und zuckte mit den Schultern. »Ich verstehe ihn nicht, und, ehrlich gesagt, Simon, traue ich ihm auch nicht. Sein Verhalten ergibt überhaupt keinen Sinn.«

»Mir kam er vertrauenswürdig vor, und ich kann durchaus nachvollziehen, wieso er nicht hinter dem Rettungswagen her ins Krankenhaus fuhr. Er hatte uns schon benachrichtigt, er ist kein Verwandter, und er muss vollkommen erledigt gewesen sein. Was nicht heißen soll, dass ich deine weibliche Intuition infrage stelle.«

»Ach, Simon! Du willst jetzt hoffentlich nicht meine Gefühle erklären, indem du sie weiblichen Attributen zuordnest. Das ist sexistischer Unsinn.«

»Nicht im Traum käme ich auf die Idee, deine Gefühle abtun zu wollen, meine Liebe, auch wenn ich ein winziges bisschen an solchen Unsinn glaube«, sagte er grinsend. »Deine Großmutter hatte eben einigen Einfluss auf mich, und manchmal, nicht oft, denke ich, dass wir mittels Intuition eher die richtigen Antworten finden als mit beweisbaren Daten. Solltest du das allerdings gegenüber irgendjemandem erwähnen, werde ich es bis zum letzten Atemzug leugnen.«

Diana kicherte. »Okay, ich behalte es für mich, versprochen. Ich gestehe, dass kaum ein Tag vergeht, ohne dass du mich überraschst. Allmählich denke ich, dass keiner dich je ganz und gar kennen kann, Simon Van Etton.«

»Niemand kennt einen anderen Menschen je ganz und gar«, erwiderte er und wurde ernst. »Aber es gibt einen Menschen auf der Welt, dem ich vollkommen vertraue, Diana, und der bist du.« Sie spürte, wie sie vor Überraschung und Freude errötete. »Deshalb weiß ich, dass du recht hast, wenn du mir sagst, dass letzte Nacht jemand in dem Krankenzimmer war. Du lieber Himmel, noch weiß keiner, ob die Explosion in Pennys Haus ein Unglück war! Haben die Leute im Krankenhaus denn nicht den Zusammenhang zwischen der Explosion der Knallkörper und deiner Aussage, dass jemand zur selben Zeit in Willows Zimmer war, kapiert?«

»Offenbar nicht«, sagte Diana. »Sie meinten, die Knallkörper wären ein alberner Scherz und ich so hysterisch, dass meine Fantasie mit mir durchging. Der Fairness halber muss ich erwähnen, dass ich mir nicht die Zeit nahm, ihnen zu erklären, dass Penny anscheinend in Schwierigkeiten steckt und jemand ihr und Willow gefährlich werden könnte.«

»Nein, sie wussten lediglich, dass das Zuhause der Kleinen abgebrannt war. Aber wenn Knallkörper auf einer Station zur Explosion gebracht werden, auf der ein Kind liegt, das eben einem Brand entkommen war, würde ich es nicht einmal dann für puren Zufall halten, wenn ich nicht die ganze Geschichte kenne.«

»Leider denkt nicht jeder, dass Zufälle, die ein bisschen zu zufällig eintreten, eigentlich keine sind, Onkel Simon. Die meisten Leute auf der Station waren weder an dem Vorgang noch an der Art und Weise, wie die Knaller explodiert waren, interessiert. Der Pfleger, der sie gefunden hat, entdeckte eine

Zigarettenaschespur auf dem Fußboden neben dem Mülleimer. Er meinte, dass wohl jemand die Filter von extralangen Zigaretten abgeknipst, die Zigaretten miteinander verbunden und die Zündschnur an ihnen befestigt hatte, um die Explosion der Knallkörper um sechs oder sieben Minuten zu verzögern, und das war's dann auch«, erklärte Diana.

»Als ich das hörte«, fuhr sie fort, »war mir sofort klar, dass die Zeit ausreichte, damit jemand von dem WC in Willows Zimmer rennen und sich im Badezimmer verstecken konnte, ehe die Knallerei losging. Ein unbekannter Mann oder eine unbekannte Frau in einem weißen Kittel wären auf dem belebten Flur nicht aufgefallen.«

»Aber du konntest niemanden von deiner These überzeugen.«

»Ich habe es nicht einmal versucht«, gestand Diana finster. »Was ich sehr wohl gemacht habe, war, darauf zu bestehen, dass ein Sicherheitsmann das Zimmer überprüfte. Aber wer immer sich da im Bad versteckt hatte, war weg. Im Grunde wusste ich schon, dass er verschwinden würde, als ich mit Willow in den Flur rannte. Das Klinikpersonal benahm sich, als wäre ich irre, und das kann ich ihnen nicht verdenken. Es klingt ja auch ziemlich weit hergeholt, vor allem, da ich gar nicht sagen konnte, warum jemand Willow und mich würde umbringen wollen. Das weiß ich immer noch nicht. Jedenfalls habe ich den Rest der Nacht nicht mehr geschlafen. Ich saß die ganze Zeit auf einem Stuhl und habe Willow bewacht.«

Simon ergriff Dianas Hand und drückte sie. »Natürlich hast du Willow bewacht, wenn du sie in Gefahr wähntest. Ich hätte nichts anderes von dir erwartet. Aber du hättest mich ruhig anrufen können.«

»Damit du was tust? Mit mir die Nacht bei ihr wachst? Nein, ich brauchte dich heute ausgeruht. Du musst dich um Willow und Clarice kümmern.«

»Clarice braucht mich nicht. Sie ist sehr eigenständig.«

»In ihrem eigenen Zuhause. Hier ist ihr alles fremd. Ich bin übrigens froh, dass sie hier ist, um ihret- und Willows willen. Selbst wenn ihr Haus bewohnbar wäre, finde ich die Vorstellung schrecklich, dass sie dort sitzt und auf die Ruine von Pennys Haus sieht, bei deren Anblick sie zwangsläufig alles wieder und wieder in Gedanken durchlebt. Wo ist Clarice eigentlich?«

»In ihrem Zimmer. Sie liest.« Simon konnte sich ein stolzes Schmunzeln nicht verkneifen. »Sie liest eines meiner Bücher, das ich ihr NICHT aufgedrängt habe. Es lag auf einem Tisch, sie nahm es, blätterte es flüchtig durch und sagte, es sähe interessant aus und sie würde es gern lesen, falls es mir nichts ausmachte. Mir was ausmachte! Ich fühlte mich geradezu peinlich geschmeichelt!«

»Deine Bücher *sind* interessant«, sagte Diana ernst. Sie war stets verblüfft gewesen, wie lebhaft und temporeich Simon schrieb: derselbe Simon, der es nicht einmal fertigbrächte, ein Kindermärchen halbwegs unterhaltsam zu erzählen, wenn sein Leben daran hinge.

Simon betrachtete sie prüfend. »Kind, warum legst du dich nicht hin und ruhst dich aus? Ich sehe doch, wie erschöpft du bist.«

»Ich bin erschöpft, aber nicht müde. Außerdem muss ich ein paar Sachen für Willow kaufen und bei Clarice vorbeifahren und nachsehen, ob von ihren Sachen und ihren Medikamenten noch etwas zu retten ist. Ja, ich sollte mich gleich ans Werk machen, ehe die restliche Energie, die ich noch besitze, verpufft ist, und ich will keine zwei Stunden warten, bis Nan eine neue Kanne Kaffee gekocht hat.«

***

Dianas erster Einkauf war ein Kindersitz, den sie gleich in ihr Auto einbauen ließ. Sie verstand Willows Abneigung sehr gut. Mit fünf Jahren hätte sie sich auch mit Händen und Füßen dagegen gesträubt, in einem »Babysitz« transportiert zu werden, aber selbst wenn das Gesetz es nicht vorschrieb, leuchtete Diana ein, dass in einem solchen Sitz Kinder sicherer waren.

Bevor sie weggefahren war, hatte Diana nach der Größe des Kleides gesehen, das die Schwester Willow geliehen hatte. Eine erfahrene Verkäuferin konnte ihr gewiss helfen, passende Jeans, T-Shirts und Schuhe für das Kind zu finden. Clarice hatte darauf bestanden, dass sie, sollte das Feuer ihre Kleidung vernichtet haben, selbst mit dem Taxi in die Stadt fahren und sich neue Kleider aussuchen würde. »Mir ist es sehr unangenehm, eine solche Last zu sein«, hatte sie zu Diana gesagt, die nicht vorhatte, sie in einem Taxi auf eine ausgiebige Einkaufstour zu schicken, zumal es ein heißer Tag war. Also beteuerte sie zum fünften Mal, dass Clarice überhaupt keine Last wäre.

Bevor sie allerdings für Clarice einkaufen fuhr, musste Diana nachsehen, ob etwas von deren Kleidung noch brauchbar war. Wohnzimmer und Küche von Clarice' Haus lagen Pennys gegenüber, was bedeutete, dass das Schlafzimmer nach hinten hinausging und vom Feuer verschont geblieben sein musste. Sie hatte ihr erklärt, dass ihre Medikamente im Bad neben ihrem Schlafzimmer waren.

Nach dem Einbau des Kindersitzes war Diana in die Rosewood-Wohnsiedlung gefahren und hatte gehofft, sie müsste vielleicht doch nicht für Clarice einkaufen. Sie wusste, dass Willow alles gefallen würde, was sie aussuchte, hingegen könnte eine Zweiundsiebzigjährige ungleich wählerischer sein, und je weniger Zeit Diana aufwenden musste, umso besser. Diana brauchte dringend ein bisschen Schlaf, und morgen musste sie beizeiten mit dem Entwickeln der Bilder anfangen, die sie für dieses nervige Tourismuscenter gemacht hatte. War das erst vor zwei Tagen gewesen? Ihr kam es vor, als wären seitdem Wochen vergangen.

Diana hatte sich geschworen, ihre Erinnerungen wegzusperren, doch kaum bog sie in Pennys Straße ein, packte sie kaltes Entsetzen. In ihrer Wahrnehmung verwandelte sich der ruhige, klare Nachmittag in dunkle Nacht, und zuckende, wütende Flammen schossen in den Himmel, höher, höher ...

Rasch fuhr Diana an den Straßenrand, hielt an und schloss die Augen. Sie atmete dreimal tief ein und aus, um sich zu wappnen, ehe sie die Augen wieder öffnete. Da waren der kornblumenblaue, klare Himmel, die sanftgelbe Sonne, wenige Baiserwölkchen – ein ungewöhnlich schöner Sommertag präsentierte sich wie ein Geschenk, das für den Horror der vorherigen Nacht entschädigen wollte.

»So viel zu Geschenken«, murmelte Diana verbittert. Nichts auf dieser Welt könnte aufheben, was letzte Nacht geschehen war.

Ich kann nicht an Pennys Haus vorbeifahren, dachte sie fast panisch, obwohl sie das Bremspedal losließ und der Wagen schon vorwärtsrollte. *Ich sage Clarice einfach, die Polizei oder die Feuerwehr hat mich nicht ins Haus gelassen. Soll sie ihren Arzt anrufen und sich neue Rezepte ausstellen lassen. Falls sie meine Geschichte überprüft oder einen Nachbarn anruft und ihn fragt und herausfindet, dass ich lüge ... Tja, das wäre eben das Ende einer beginnenden Freundschaft.*

Dianas Gedanken jagten weiter, bis sie sich den hässlichen, verkohlten Überresten von Pennys kleinem Haus näherte. Sie hatte mit Absperrungen gegen Schaulustige oder neugierige Kinder, die in der Ruine herumklettern und sich verletzen könnten, gerechnet. Aber nicht mit Einsatzwagen in der Einfahrt und am Straßenrand vor dem Haus. Ebenso wenig mit einem TV-Nachrichten-Van und einer langbeinigen Brünetten, die sich jedes einzelne Haar in Form gesprayt hatte und einen streng dreinblickenden Polizeibeamten befragte.

Vor allem aber hatte Diana nicht damit gerechnet, Tyler Raines anzutreffen, der lässig an einem Einsatzwagen lehnte und ihr zulächelte, als wäre es selbstverständlich, dass sie sich hier wiedertrafen.

***

Diana riss das Lenkrad herum, stellte den Motor ab, sprang aus dem Auto und marschierte auf Tyler zu. »Was zum Teufel tun *Sie* hier?«, fragte sie unwirsch.

Tyler zog lächelnd eine Braue hoch. »Ich genieße die Aussicht«, antwortete er mit einem übertrieben schleppenden Südstaatenakzent. »Warum? Habe ich Ihnen gefehlt?«

Ein unglaublich junger Polizist, der neben Tyler stand, wandte schmunzelnd das Gesicht ab.

Diana hätte nicht übel Lust gehabt, ihn zu ohrfeigen. Nein, eigentlich wollte sie Tyler Raines ohrfeigen. Stattdessen ließ sie einen Wortschwall auf ihn niederprasseln. »Wo sind Sie letzte Nacht hin? Sie haben Willow gefunden, sie den Sanitätern übergeben und einfach im Stich gelassen!«

Das Funkeln in seinen Augen schwand. »Von Im-Stich-Lassen kann wohl keine Rede sein, wenn ich sie den Sanitätern übergab. Ich bin kein Arzt, also konnte ich nichts für sie tun. Und ich bin kein Angehöriger. Ins Krankenhaus zu fahren wäre folglich reine Zeitverschwendung gewesen. Sie hätten mich nicht zu ihr gelassen.« Nun lächelte er wieder. »Aber ich bin sicher, dass Sie in die Klinik gefahren sind. Sind Sie wütend, weil ich nicht dort war und auf *Sie* gewartet habe?«

Diana platzte fast. »Sind Sie wahnsinnig? Wieso sollte ich *Sie* sehen wollen?«

Der junge Polizist hatte sich ganz weggedreht, während Tyler nach wie vor an der Kühlerhaube lehnte, die sonnengebräunten Arme vor dem Oberkörper verschränkt. Sein blondes Haar schimmerte im Licht, und Grübchen zeigten sich rechts und links von seinem einen wütend machenden Grinsen. »Ich bin sauer, weil alle sich wunderten. Die Leute im Krankenhaus hatten Fragen an Sie ...«

»Zu einem Kind, das ich nicht kenne?«

»Die dachten, dass Sie die Kleine kennen. Und Sie hatten Onkel Simons Wagen ...«

»Sie wollen mich doch jetzt nicht wegen Autodiebstahls verhaften lassen, oder? Daraus wird eh nichts. Falls es Ihnen noch nicht aufgefallen ist, ich habe den Wagen zurückgebracht.«

»Ich *weiß*, dass Sie ihn zurückgebracht haben! Aber Sie haben nicht einmal angerufen und sich nach Willow erkundigt.«

»Wie geht es ihr?«

Diana bedachte ihn mit einem vernichtenden Blick. »Ihr geht es so weit gut, was Sie wüssten, hätten Sie im Krankenhaus gewartet, bis man sie untersucht hatte. Sie hat die Nacht dort verbracht – wo ich bei ihr war – und ist heute Morgen entlassen worden. Momentan ist sie bei meinem Onkel. Penny ist immer noch bewusstlos, Gott sei Dank. Und ich habe mich auch nach dem Feuerwehrmann Davis erkundigt, der letzte Nacht in den Keller stürzte. Er hat zwei gebrochene Rippen und eine Handgelenksfraktur, aber ansonsten geht es ihm gut. Was Sie ja aber offensichtlich nicht interessiert.«

»Es ist keine vierundzwanzig Stunden her, dass Sie mir zum ersten Mal begegnet sind, und schon wissen Sie alles über mich«, entgegnete Tyler hörbar angestrengt. »Natürlich sind mir die Leute alle vollkommen egal – wenn Diana Sheridan es sagt.«

»Tja, zumindest verhalten Sie sich so, als wären sie es.« Diana begriff selbst, wie idiotisch sie sich anhörte. Hatte sie allen Ernstes erwartet, dass er mit Blumensträußen in der Hand vor Willows Krankenzimmer ausharrte? Sie beschloss, lieber ein paar Fragen zu stellen. »Wer sind Sie? Was tun Sie in New York City?«

»Ich bin Tyler Raines, wie ich, glaube ich, bereits sagte. Was die zweite Frage betrifft, ich bin ein internationaler Spion.«

»Verdammt, das ist nicht der Zeitpunkt für Scherze! Was ist Ihr Beruf?«

»Ich beantworte keine persönlichen Fragen.«

»Das ist persönlich?«

»Für mich durchaus, ja.«

»Wieso tauchen Sie hier dauernd auf?«

»Ich tauche nicht *dauernd* auf. Ich bin vor zwanzig Minuten gekommen, wie Ihnen unser Officer Patterson hier gewiss gern bestätigt. Officer?«

»Vor zwanzig Minuten, Ma'am.«

»Tausend Dank für die Information!«, zischte Diana sarkastisch und sah Tyler an. »Das beantwortet nicht, warum Sie gestern Abend auch schon hier waren.«

Tyler neigte den Kopf zur Seite. »Ich bin gestern Abend zufällig in die Situation hineingeraten, genau wie Sie. Darüber hinaus half ich der Feuerwehr und fand das Kind. Ich schätze, unter diesen Umständen ist es nicht absonderlich, dass ich heute Nachmittag vorbeischaue und mich erkundige, ob man inzwischen weiß, was das Inferno auslöste. Deshalb bin ich hier.« Dann wurde er ernster. »Okay, wie wäre es, wenn Sie mir die Wahrheit sagen? Warum sind Sie so wütend auf mich?«

»Weil … weil …« Diana spürte, wie ihr die Tränen kamen. »Weil das, was gestern Abend passiert ist, so furchtbar war, und Sie waren mittendrin. Sie haben alles mit angesehen. Sie schienen sich wirklich für diese Leute zu interessieren. Und trotzdem haben Sie Willow einfach abgegeben und nicht einmal nach Penny gefragt, die wahrscheinlich stirbt! Deshalb bin ich so wütend. Sie sorgen sich nicht einmal um die Leute!«

Dianas Erschöpfung, die Nachwirkungen des Schocks und der Schrecken, den sie im Krankenhaus erlebte, sowie ihre überwältigende Trauer um Penny: Alles schien über sie hereinzubrechen und sie fast zu erdrücken. Plötzlich fing sie an zu weinen, was ihr sehr peinlich war, nur konnte sie leider nichts dagegen tun. Die Tränen strömten ihr übers Gesicht wie ein Regenfall.

Vage bekam sie mit, wie der junge Polizist sich entfernte. Tyler kam auf sie zu, stand einen Moment unentschlossen vor ihr und nahm sie dann in seine starken Arme. Diana wusste, dass sie sich von ihm losreißen sollte. Schließlich kannte sie den Mann nicht, und sie war sich ziemlich sicher, dass sie ihn weder mochte noch ihm traute. Trotzdem wollte sie hier und jetzt nichts anderes, als sich an seiner Brust ausheulen, während er sein Kinn auf ihren Kopf stützte und murmelte: »Schhh, nicht weinen, Darling, nicht weinen.«

»Ich kann nicht anders«, schluchzte sie in sein T-Shirt. »Und ich bin verdammt noch mal nicht Ihr Darling!«

»Vielleicht doch, und Sie wissen es bloß nicht. Wunder geschehen.«

Diana lehnte sich zurück und sah ihn streng an. »Und was war dann mit Penny? Was war *ihr* Wunder? Warum konnte sie nicht weiter vom Haus weg und näher bei Willow sein? Willow hat mir erzählt, dass sie am Waldrand war und Johannisfünkchen fangen wollte, als Penny sie sah und zu ihr laufen wollte.«

»Wozu wollte sie Johannisfünkchen fangen?«

»Weil Penny gestern Abend so traurig war.«

»Penny war traurig? Weshalb?«

»Weiß ich nicht. Ich hatte am Abend vorher kurz mit ihr telefoniert. Sie war sehr besorgt, aber sie hat mir nicht gesagt, was ihr solche Angst machte.«

Tylers Hände wanderten an ihre Taille, und er rückte ein wenig von ihr ab. »Sie müssen doch eine Ahnung haben.«

Diana fing sich langsam wieder, sodass ihre Schluchzer und die Tränen verebbten. »Warum stellen Sie mir solche Fragen?«

»Nennen wir es Neugier.«

Diana blickte in seine leuchtend blauen Augen, die sich misstrauisch verengten. Sie fühlte die Anspannung in seinen Armen und sah, wie sich seine Wangenmuskeln ebenfalls anspannten. »Sie sind anders neugierig als andere Leute. Ihre Neugierde ist nicht beiläufig. Sie wollen unbedingt wissen, warum Penny so besorgt war.«

»Nein, das will ich nicht. Weshalb sollte ich? Ich kenne die Frau ja nicht einmal.«

»Tun Sie nicht?«

Das Schweigen, das nun eintrat, hatte etwas von einem stummen Zweikampf. Tylers Augen verengten sich noch mehr, sodass sein Blick Diana buchstäblich durchbohrte. »Was soll das heißen?«

»Es soll heißen, dass selbst der mitfühlendste Mensch nicht so erpicht wäre, den Grund herauszufinden, aus dem eine Frau, die er nicht kennt, Angst hat.«

»Ich war hier. Ich habe der Feuerwehr geholfen – nicht sehr, aber ich habe es versucht. Und die Mutter eines kleinen Kindes hat so böse Brandverletzungen erlitten, dass sie voraussichtlich nicht überlebt. Ich weiß, dass Sie mich für herzlos halten und denken, ich kann nicht mit ihr fühlen, weil ich die Frau nicht kenne, aber da irren Sie. Sie sind nicht so schlau, wie Sie meinen.«

Er hielt Dianas Arme fest, und sie wich nicht zurück. Beide beäugten sich argwöhnisch, und die Luft zwischen ihnen vibrierte vor Verdruss und Misstrauen.

Dianas Herz pochte, aber sie war fest entschlossen, diesem Mann zu zeigen, dass er sie nicht einschüchterte. Auf keinen Fall würde sie sich ihm entwinden und zu ihrem Wagen rennen. Nein, sie blieb, wo sie war, und wenn es eine Stunde dauerte. Oder länger.

Nach und nach wurde sein Atem ruhiger, und der Zorn in seinen Augen schwand, bis er langsam sagte: »Ich wollte Ihnen keine Angst einjagen.«

»Sie machen mir keine Angst. Und es kommt Ihnen nicht zu, von mir wissen zu wollen, was Penny mir erzählt hat. Sie haben hier überhaupt keine Rechte!«

»Ich ...« Tyler senkte den Blick, atmete tief ein und sah sie wieder an. Diana erkannte, dass er um Fassung rang und seinen Instinkt zügelte, die Informationen zu verlangen, die er wollte, egal, mit welchen Mitteln. Er war eine unbekannte Größe für sie, und sie hegte keine Zweifel, dass er gefährlich war. Nicht den geringsten Zweifel.

Dennoch betrachtete er sie mit einer Spur trauriger Sanftmut. »Ich schätze, mein Benehmen ließ einiges zu wünschen übrig, doch dafür gibt es einen Grund. Falls Sie irgendetwas wissen, weshalb Ihre Freundin Angst hatte, müssen Sie es der Polizei sagen. Ich meine es ernst, Diana, denn …«

»Ja?«, fragte sie bemüht überheblich.

Er blickte sich um, ob jemand in der Nähe stand, der sie hören könnte. »Weil der Fire Marshal festgestellt hat, dass die Brandursache weder ein Gasleck noch ein sonstiger Unfall war«, sagte er leise. »Die Explosion gestern Abend wurde durch eine Bombe verursacht, Diana.«

***

Eine Bombe. Das Wort war wie ein Schwerthieb. Diana starrte Tyler an, ohne ihn zu sehen. Stattdessen sah sie Pennys verbranntes, von schwarzen Blasen bedecktes Gesicht vor einem Hintergrund aus gelb-rot leuchtenden Flammen und schwarzem Nachthimmel.

»Verstehen Sie mich, Diana?«, fragte Tyler.

»Ja«, sagte sie matt und bemühte sich, das Bild zu verdrängen. »Sie haben gesagt, dass es eine Bombe war.« Sie konzentrierte sich mit aller Kraft auf Tyler. »Aber woher wissen Sie von der Bombe? Ich nehme kaum an, dass der Brandermittler seine Ergebnisse mit Ihnen bespricht.«

»Ich hörte, wie er es zu einem seiner Männer sagte.«

»Sie könnten sich verhört haben.«

»Habe ich nicht. Sehen Sie den Mann dort drüben?« Tyler nickte zu einem Mann mittleren Alters mit dichtem graubraunen Haar und strenger Miene. »Er ist vom ATF, dem Amt für Alkohol, Tabak, Schusswaffen und Sprengstoffe.«

»Ich weiß, was das ATF ist, Tyler!«

»Dann wissen Sie sicher auch, dass seine Agenten nicht bei gewöhnlichen Hausbränden aufkreuzen. Sie werden hinzugerufen, wenn die Feuerwehr und die Polizei etwas Verdächtiges finden – in diesem Fall eine Bombe.«

»Aber woher wissen die das? Worauf fußt ihre Bombentheorie?«

Tyler sprach weiterhin betont leise. »Sie haben ein großes, schartiges Loch im Kellerboden gefunden. Eine Bombe hat einen festen Punkt, über dem sie explodiert, und hinterlässt einen Krater im Zement. Eine Explosion durch ein Gasleck …«

»Wäre diffuser«, fiel Diana ihm ins Wort. »Ich habe einmal ein Haus gesehen, dessen Keller sich wegen eines Lecks mit Gas füllte, das durch etwas entzündet wurde. Da gab es keinen ›Ground Zero‹, wie Sie es genannt haben, keinen Punkt wie den Krater im Zement, über dem eine Bombe zur Explosion gebracht wurde.« Sie überlegte, was recht zähe ging, weil sich ihre Gedanken nicht sortieren wollten. »Erzählen Sie mir nicht, Sie haben auch gehört, wie der Fire Marshal über einen Krater im Kellerboden sprach.«

»Nein, habe ich nicht, aber der junge Beamte, Patterson, hat es gehört, und manchmal sind Cops, die neu in dem Job sind, sehr gesprächig, wenn sie etwas aufregend finden.«

»Woher wissen Sie das nun wieder?«

Tyler zögerte, ehe er widerwillig antwortete: »Ich hatte einen Onkel bei der Polizei. Der hat für seinen Beruf gelebt. Er ist schon lange tot …« Tyler schien sich in Erinnerungen zu verlieren, wie Diana an seinem Blick erkannte. »Dieses Haus wurde in die Luft gesprengt, Diana. Ich hatte es gestern Abend bereits vermutet, weil die Wucht der Explosion auffällig war. Deshalb bin ich heute noch einmal hergekommen. Ich wollte es genau wissen. Wahrscheinlich hätte ich es Ihnen nicht erzählen sollen. Die Polizei will nicht, dass die Information an die Öffentlichkeit gelangt.«

»Ich renne ganz sicher nicht zur Presse«, sagte Diana verärgert. »Aber was ist mit dem Polizisten da hinten, der sich mit der Nachrichtentante unterhält? Verrät er es ihr?«

»Nicht, wenn er seinen Job behalten will. Gewiss erzählt er ihr das Übliche über laufende Ermittlungen und verweist auf eine Presseerklärung, sowie sie mehr wissen.«

Diana beobachtete, wie die Reporterin frustriert zu ihrem

Van zurückging und der Polizist in die Überreste von Pennys Haus. »Stimmt, sie macht nicht den Eindruck, als hätte sie eine Topinfo bekommen.«

»Was habe ich Ihnen gesagt? Man wird in den Abendnachrichten nichts von einer Bombe hören. Vielleicht morgen …« Tyler zuckte mit den Schultern. »Lange können sie den Deckel nicht draufhalten. Und Sie müssen mir versprechen, dass Sie es niemandem erzählen. Ich hätte es Ihnen wohl gar nicht sagen dürfen.«

»Wieso? Weil Sie denken, ich kann nichts für mich behalten?« Diana wurde wütend. »Tja, ich kann! Ich bin vollkommen vertrauenswürdig, Mr Raines.«

Tyler schenkte ihr ein zufriedenes Lächeln, und schlagartig kam Diana sich kindisch vor, weil sie glaubte, ihre Vertrauenswürdigkeit beteuern zu müssen. Was war denn mit ihr los? Schließlich traute sie *ihm* nicht!

Er lächelte immer noch, wohingegen Diana vor Verlegenheit verbal um sich schlug. »Sie haben der Feuerwehr geholfen und Willow gefunden, aber das erklärt nicht, wieso Sie wieder hergekommen sind. Sie kennen Penny und Willow nicht einmal. Was interessiert es Sie, ob in ihrem Haus eine Bombe gelegt wurde?«

Tylers Lächeln wich einem Ausdruck echter Verärgerung. »Verdammt, Diana, sind Bombenanschläge in dieser Stadt etwa an der Tagesordnung? Ich glaube kaum. Würde es Sie nicht interessieren, wenn in dem Haus von jemandem eine Bombe gezündet wird, selbst wenn Sie die Leute nicht kennen? Außerdem bin ich vielleicht nicht mit Penny und dem kleinen Mädchen bekannt, aber ich kenne Al Meeks, den Freund meines Großvaters, *meinen* Freund, der nicht weit von hier wohnt. Ich habe letzte Nacht erfahren, dass er Penny kennt. Und dann sind da noch Sie, Clarice Hanson und Ihr Onkel. Sie alle kennen Penny.«

Diana sah ihn verständnislos an. »Okay, wir alle kennen Penny. Na und?«

Er seufzte und sprach extra langsam, als würde er mit einem Kleinkind reden. »Sie sind doch nicht auf den Kopf gefallen, also benutzen Sie ihn. Offensichtlich hat jemand versucht, Penny umzubringen – jemand, der so bösartig ist, dass es ihn nicht kümmerte, ob dabei auch ihre kleine Tochter ums Leben kommt. Diese Person will Penny womöglich umbringen, weil sie etwas weiß, das ihrem Mörder gefährlich werden kann. Und falls dem so ist, könnte der Täter denken, sie hat es eventuell Al Meeks, Clarice, Ihrem Onkel oder vor allem Ihnen erzählt. Außerdem ist da noch Willow. Auch wenn sie erst fünf oder sechs Jahre alt ist, könnte sie etwas wissen. Diana, jeder von Ihnen kann in Gefahr sein.«

***

Diana stand in der großen Wandelhalle des Einkaufszentrums. Ihre Hände zitterten, sie hatte Kopfschmerzen, und ihre Gedanken huschten hin und her wie verängstigte Mäuse. Normalerweise herrschte samstagnachmittags reger Betrieb im Einkaufszentrum, aber an einem so schönen Tag wie heute blieben die Leute lieber im Freien. Doch obwohl sie sich nicht durchs Gedränge kämpfen musste, schien Diana orientierungslos.

Sie sah blind in Schaufenster und versuchte, sich zu erinnern, was sie für Willow brauchte und welches die richtigen Größen wären.

Eine Bombe. Bombe. *Bombe!*

Das Wort hallte in ihrem Kopf wider, dass sie sich nicht konzentrieren konnte. Diana kannte die Zeitungsmeldungen über Bombenanschläge im Nahen Osten oder in Europa. Forderten Menschenleben in Gegenden, die Diana noch nie gesehen hatte. Gelegentlich aber auch in der Nähe ihres Zuhauses. Obwohl sie damals noch sehr jung gewesen war, erinnerte sie sich an die sprachlose Traurigkeit, die sie nach dem Anschlag auf das Federal Building in Oklahoma City 1995 empfand – ein Bombenattentat, bei dem 168 Menschen starben und über 800 verletzt wurden.

Dennoch hatte sie nie gedacht, dass ein solcher Anschlag *sie* jemals direkt betreffen könnte. *Wie naiv von mir,* dachte sie jetzt. Nicht bloß war die Bombe in ihrer unmittelbaren Nähe explodiert, sie wäre sogar fast dabei ums Leben gekommen, und ihre engste Freundin würde wahrscheinlich den schweren Verletzungen erliegen.

Was mit Pennys Haus geschehen war, schien unvorstellbar. Und doch war es passiert. Dianas Schritte verlangsamten sich. Am liebsten wollte sie sich nur hinsetzen und weinen. Der Anschlag war geschehen, und ihr einziger Trost war, dass Willow der Explosion entkommen war – zumindest physisch. Wer konnte wissen, welche psychischen Folgen die grausame Tragödie für sie haben würde?

Und was war mit Tylers Behauptung, jeder, der Penny kannte, könnte sich im Visier des Täters befinden? Beinahe hätte sie ihm von der Nacht im Krankenhaus erzählt, als sie sicher gewesen war, dass sich jemand im Bad versteckte. Sie hatte es bloß deshalb nicht getan, weil ihre Geschichte so fadenscheinig anmutete. Wieso sollte jemand in ein Krankenhaus voller Menschen gehen, sich in einem Bad verstecken und auf den richtigen Moment warten, um Diana oder Willow oder beide umzubringen?

Auch ihre Vermutung, die Knallkörper wären ein Ablenkungsmanöver gewesen, das dem Mörder zur Flucht verhelfen sollte, nahm sich an diesem sonnigen Nachmittag reichlich abstrus aus. Bedachte man überdies, dass zwei Pfleger und zwei Sicherheitsleute das Zimmer durchsuchten, ohne die kleinste Spur von einem Eindringling zu entdecken, ließ es Diana gewiss wie eine Hysterikerin erscheinen. Was jedoch nichts an ihrer Überzeugung änderte. Sie wusste, dass sie nicht geträumt hatte. Doch sie wollte nicht riskieren, dass Tyler Raines sie auslachte. Aus Gründen, die ihr gänzlich schleierhaft waren, wollte sie von ihm respektiert werden.

Dianas iPhone summte in ihrer Tasche, und sie zuckte zusammen. Natürlich hatte Simon den Akku aufgeladen, dachte sie milde amüsiert, während sie in ihrer Tasche wühlte, bis sie das Telefon gefunden hatte.

»Hi, Onkel Simon«, sagte sie. »Dir ist der Gedanke zuwider, dass ich ein Mobiltelefon mit leerem Akku herumtrage, was?«

»Entschuldige, dass ich mich erdreistete, in das Heiligtum von Satteltasche, das du Handtasche nennst, einzudringen. Aber ein iPhone mit leerem Akku ist nutzlos. Ich wollte mich nur vergewissern, dass es dir gut geht.« Seine Stimme klang angespannt, so sehr bemühte er sich, gelassen zu wirken, obgleich er besorgt war. »Du bist schon länger fort, als wir dachten.«

»Mir geht es gut«, sagte Diana, die sich nicht minder anstrengte, einen gelassenen Eindruck zu vermitteln. »Ich hätte fast einen Präsidentenschrieb vorlegen müssen, um in Clarice' Haus zu kommen. Im Wohnzimmer und der Küche sind einige Reparaturen nötig, aber die beiden Schlafzimmer und das Bad sind unversehrt. Der Fire Marshal war mit mir drinnen, und ich habe alles mitgenommen, von dem ich glaube, dass Clarice es braucht.«

»Das ist prima. Ich bin sicher, Clarice freut sich, dass du ihre Sachen rausgeholt hast.« Er machte eine Pause, ehe er beiläufig fragte: »Hat der Marshal etwas gesagt, wie es zu der Explosion bei Penny kam?«

»Nein«, sagte Diana wahrheitsgemäß. Der Mann hatte ihr nichts über die Bombe gesagt. Das war Tyler gewesen. »Sie ermitteln noch.«

»Die müssen doch schon irgendwas wissen! Es ist nach fünf Uhr.« Simon klang entrüstet.

»Vielleicht wissen sie ja inzwischen was«, entgegnete Diana ruhig. »Seit ich weg bin, sind ein paar Stunden vergangen. Die Straßen sind dicht, und das Einkaufszentrum ist überfüllt«, log sie. »Aber ich komme bald nach Hause.«

»Gut. Ich hätte nicht anrufen sollen. Immerhin hatte ich dir versprochen, mich nicht wie ein überbesorgter Vater aufzuführen.«

»Tust du auch nicht. Meine Eltern haben nie bemerkt, wie lange ich weg war.«

»Tja, die waren ein bisschen zu sehr mit sich selbst beschäftigt. Wie dem auch sei, tut mir leid, dass ich dich kontrolliere. Nach dem, was gestern Abend passiert ist, verhalte ich mich wie eine Glucke.«

Zum ersten Mal an diesem Tag lachte Diana. »Onkel Simon, das Letzte, was ich mir vorstellen kann, bist du als Glucke!« Er lachte ebenfalls. »Wie geht es Willow?«

»Bestens. Meine Geschichte hat sie prompt in den Tiefschlaf katapultiert.«

Diana grinste bei dem Gedanken an das Kind, das aus Selbstschutz sofort abtauchte, als Simon zu erzählen begann.

»Übernimm dich nicht mit dem Einkaufen, mein Mädchen. Du sahst schon todmüde aus, als du losgefahren bist.«

Diana war tatsächlich todmüde, bis sie endlich ein Geschäft mit Kostümen und Kostümzubehör entdeckte. Eine Verkäuferin zeigte ihr rasch Strasskronen, und Diana kaufte eine, von der sie sicher war, dass sie Willow passte. Normalerweise wäre sie von ihrem Fund begeistert gewesen. Aber heute empfand sie nur dumpfe Erleichterung. Willow hatte so viel verloren! Wenigstens konnte Diana ihr die Lieblingsspielsachen ersetzen.

Um Viertel vor sieben fuhr Diana in Simons Auffahrt und hielt neben einem fremden Lincoln Town Car. Ihres Wissens fuhr keiner von Simons Freunden einen blauen Lincoln, es sei denn, einer hatte sich einen neuen Wagen gekauft.

Als sie ins Haus kam, rief Simon sie aus der Bibliothek. Er klang angespannt und gebieterisch. Diana eilte mit ihren zwei riesigen Einkaufstüten hinein und erstarrte, als sie einen muskulösen Mann mittleren Alters mit leicht ergrautem rötlich braunen Haar und stahlgrauen Augen sah, der aufstand und sie mit einer beängstigenden Mischung aus Neugierde und Wut musterte.

Während sich Dianas und der Blick des Fremden begegneten, schritt Simon rasch an ihre Seite, als wollte er sie beschützen, legte eine starke Hand auf ihren Arm und sagte: »Diana, das ist Jeffrey Cavanaugh. Wie es scheint, ist Mr Cavanaugh Pennys Ehemann.«

7

Ihr Ehemann?«, fragte Diana tonlos.

»Ja.«

Die Stimme des Mannes war wie ein Peitschenknall. »Ich bin Pennys *Ehemann*, Mrs Van Etton.«

»Mr Cavanaugh, ich erklärte Ihnen bereits, dass wir auf meine Nichte warten«, sagte Simon unterkühlt. »Dies ist Miss Diana Sheridan.«

»Und Pennys Mann ist tot«, fügte Diana hinzu.

»Sehe ich tot aus?«, erwiderte Jeffrey Cavanaugh aggressiv. »Wir waren sieben Jahre verheiratet. Und wir wurden nie geschieden.«

»Aber … Aber das ist nicht möglich«, beharrte Diana.

Jeffrey Cavanaugh machte zwei Schritte auf sie zu. »Vor exakt achtzehn Monaten, als ich auf Geschäftsreise war, verschwand Penny mit unserer Tochter. Sie ließ nicht mal einen Abschiedsbrief da, sondern war einfach weg.«

Diana war sprachlos. Dann stieg Wut in ihr auf. »Nein. So etwas würde Penny nie tun. Wieso lügen Sie?«

Der Mann funkelte sie zornig an. »Ich lüge nicht. Seit anderthalb Jahren suche ich nach den beiden. Wissen Sie, wie ich wegen der Frau gelitten habe? Sie hat mir mein Kind weggenommen. Mein *Kind!* Ihr Onkel sagt, Sie sind eine enge Freundin von Penny, also erzählen Sie mir nicht, dass Sie keine Ahnung hatten, was sie getan hat!«

»Ich weiß wirklich nicht, wovon Sie reden, Mr … Cavanaugh, richtig?«

Seine stahlgrauen Augen blitzten. »Sie wissen sehr wohl, wer ich bin.«

»Ich höre Ihren Namen heute zum ersten Mal. Ich weiß verdammt noch mal *nicht,* wer Sie sind!«, sagte Diana wütend. »Woher kommen Sie? Wie haben Sie von Penny erfahren?«

»Ich bin aus New York City. Manhattan.«

»Sie benehmen sich, als würde das alles erklären. Ich habe gefragt, wie Sie von Penny erfahren haben.«

»Heute Vormittag rief mich die Polizei an und sagte mir, sie hätten eine Übereinstimmung mit den Fingerabdrücken meiner Frau. Die Betreffende würde in Huntington, West Virginia, unter dem Namen Penny Conley leben. Und sie haben mir erzählt, dass Penny bei einem Hausbrand schwer verletzt wurde, Cornelia aber unverletzt ist und bei Pennys Arbeitgeber wohnt.«

»Cornelia?«, wiederholte Diana.

»Meine Tochter.«

»Willow«, raunte Simon ihr zu, ehe er sich an Jeffrey Cavanaugh wandte. »Ich denke, wir sollten uns setzen und die Situation in Ruhe besprechen. Ich würde behaupten, dass keiner von uns genau weiß, was vor sich geht, und gegenseitige Anfeindungen bringen uns nicht weiter.«

»Dem stimme ich zu. Jeff, reg dich bitte nicht auf.«

Erst jetzt bemerkte Diana die Frau, die auf einem der Sofas saß. Sie war eine weibliche und jüngere Version von Jeffrey Cavanaugh, abgesehen von ihren großen dunkelblauen Augen, die so ganz anders als Jeffreys schmale, meist unheimlich blickende graue wirkten. Neben ihr saß ein elegant gekleideter, gut aussehender schwarzhaariger Mann, der den Blick von Diana abgewandt hatte und dem die Spannung zwischen ihr und Cavanaugh eindeutig Unbehagen bereitete.

Simon, wieder ganz der selbstbewusste Hausherr, hatte die Situation sofort im Griff. In seinen Worten schwang eine Note altmodischer Höflichkeit mit, als er sagte: »Diana, darf ich vorstellen, Lenore Wentworth, Mr Cavanaughs Schwester.«

Bei aller Ähnlichkeit mit ihrem Bruder verwandelten ihre ausdrucksvollen blauen Augen ihr eher farbloses Gesicht in ein fast hübsches. »Freut mich, Miss Sheridan«, sagte sie sanft und lächelte mädchenhaft wie ein kleines Kind auf einer Geburtstagsfeier.

»Guten Tag«, erwiderte Diana kühl.

Simon fuhr fort und wies auf den Mann neben Lenore. »Und das ist Mrs Wentworth' Ehemann, Blake Wentworth.«

Der Mann stand vom Sofa auf. Seine aristokratischen Züge mit den hohen Wangenknochen und der leicht römischen Nase passten sehr gut in das förmliche Ambiente der Bibliothek. Sein pechschwarzes, welliges Haar schimmerte im schwindenden Sonnenlicht, das durch die Erkerfenster hereinfiel. In seinen ebenholzfarbenen Augen erkannte Diana ein beinahe intimes Mitgefühl mit ihr in dieser bizarren Situation. Als sie sich die Hände schüttelten, lächelte er und entblößte dabei Zähne, die annähernd vollkommen waren. Zudem fiel ihr ein winziges Grübchen an seinem Kinn auf. Blake Wentworth war fraglos ein klassisch schöner Mann. *Er sollte Lord Wentworth heißen,* dachte Diana benommen, *und ein gigantisches englisches Anwesen besitzen.* Als er sagte: »Sehr erfreut, Sie kennenzulernen, Miss Sheridan«, brachte sie lediglich ein Nicken zustande.

Jeffrey Cavanaugh blieb stehen – drohend und schwer atmend. Abwechselnd ballte und streckte er seine großen Hände.

Simon, der immer noch schützend Dianas Arm hielt, musterte ihn eisig. »Mr Cavanaugh, wie ich schon sagte, würde ich vorschlagen, dass wir uns setzen und versuchen, dieses Dilemma zu lösen.«

»Es gibt kein Dilemma«, knurrte Cavanaugh.

Simon holte tief Luft und richtete sich zu seiner vollen Größe auf. »Sir, mir ist bewusst, dass Sie sehr unglücklich über die Situation sind, aber Sie befinden sich in meinem Haus, und sollte es Ihnen unmöglich sein, sich angemessen zu benehmen, muss ich Sie bitten zu gehen. Also, möchten Sie die Angelegenheit in Ruhe besprechen, oder entscheiden Sie sich für die genannte Alternative?«

Jeffrey Cavanaugh stand da, steif vor Wut, und fixierte Diana. Seine Schwester Lenore sah ihn ängstlich an. Blake Wentworth indes gab sich dem intensiven Studium einer kleinen Alabasterskulptur der Sphinx von Giseh hin, die vor ihm auf dem Tisch stand. Als Diana gerade spürte, wie ihr Onkel drauf und dran war, den drei so unerwarteten wie unerwünschten Besuchern die Tür zu weisen, seufzte Jeffrey, machte zwei Schritte rückwärts und plumpste buchstäblich in einen großen Sessel hinter ihm.

»Nan!«, rief Simon. »Als unsere Gäste eintrafen, bot Nan an, eine Stunde länger zu bleiben«, murmelte er Diana zu, ehe er noch einmal rief: »Nan!«

Die junge Frau stolperte über einen Schnürsenkel in die Bibliothek und wurde rot. »Ja … Sir.«

Nan sagte niemals »Sir«, weshalb Simon sie verwundert ansah. »Würden Sie uns bitte Tee bringen?«

Jeffreys Miene verfinsterte sich. »Für mich keinen. Ich trinke keinen Tee.«

»Ich schon«, sagte Lenore Wentworth mit verhaltenem Trotz und blickte lächelnd zu ihrem Ehemann. Ihr Lächeln hatte etwas Einstudiertes, wie Diana bemerkte. »Sicher hättest du auch gern welchen, nicht wahr, Schatz?«

Blake sah von der Sphinx auf, vermied es jedoch, Diana oder Simon anzublicken. Diana hatte den Eindruck, dass ihm die ganze Szene äußerst peinlich war. Er schaute seine Frau an, die ihm liebevoll den Arm tätschelte, und versuchte ein Lächeln. »Ja, Tee wäre … nett.«

»Ich muss spätestens um halb acht weg«, krachte Nans laute, intonationslose Stimme durch den Raum wie ein Ziegel durch Glas. »Das ist in einer halben Stunde.«

Simon würdigte das Mädchen keines Blickes. »Dann sollten Sie den Tee jetzt gleich zubereiten. So können Sie ihn weit vor Ihrem Feierabend servieren. Worauf warten Sie, Nan?«

Lenore und Jeffrey sahen zu Diana, die allerdings nicht gewillt war, sich für Nans unmögliches Benehmen zu entschuldigen. Sie trug die beiden Einkaufstaschen noch wie Schilde vor sich und war dankbar, als Simon sie ihr nun abnahm.

»Hast du alles gefunden?«, fragte er freundlich.

»Ja. Das hier sind Clarice' Sachen. Willows sind noch im Auto.«

Jeffrey Cavanaugh kniff die Augen zusammen. »Meine Tochter heißt *Cornelia.* Und wer ist Clarice?«

»Verzeihen Sie, wenn wir Sie beleidigt haben, Mr Cavanaugh, aber wir sind es gewohnt, ihre Tochter Willow zu nennen«, erwiderte Simon würdevoll. »Mrs Clarice Hanson ist Pennys Nachbarin und gute Freundin. Das Feuer hat auch ihr Haus schwer beschädigt, deshalb wohnt sie vorerst bei uns. Sie und Willow – Cornelia – verstehen sich sehr gut. Ich glaube, Mrs Hansons Anwesenheit gibt Will… Cornelia ein Gefühl der Sicherheit.«

»Ich möchte meine Tochter sehen«, sagte Jeffrey.

Simon blieb vollkommen ruhig. »Clarice spielt gerade oben mit ihr. Halten Sie es nicht für besser, das Kind in Ruhe zu lassen, statt es hierherzubeordern, solange alle noch so aufgebracht sind?«

»Nein!«

»Doch«, sagte Lenore bestimmt, die von sich selbst überrascht schien und hastig hinzufügte: »Jeff, ich weiß, dass du es nicht erwarten kannst, Cornelia zu sehen, aber Mr Van Etton hat recht. Wir wollen Corny doch keine Angst einjagen.«

Diana zuckte zusammen. Corny? Nannten die Cavanaughs das niedliche kleine Mädchen tatsächlich *Corny?* Fast hätte Diana gekichert.

»Ich stimme Lenore zu.« Zum ersten Mal mischte sich Blake Wentworth ein. »Das Kind hat ein furchtbares Erlebnis hinter sich, Jeff. Auch wenn sie, Gott sei Dank, keine physischen Verletzungen davontrug, können wir nicht sicher sein, in welcher emotionalen Verfassung sie ist.« Seine tiefe, weiche Stimme klang nach kultiviertem Zuhause und Privatschulen, ohne überheblich zu sein. »Warum lassen wir sie nicht erst einmal bei ihrer Freundin? Ich bin sicher, die Van Ettons haben nichts dagegen, dass du sie später siehst.«

»Natürlich nicht«, bestätigte Simon.

Diana rechnete damit, dass Jeffrey donnernd widersprach, aber stattdessen sah er Blake einen Moment lang schweigend an und nickte. »Du hast recht, wie immer.«

Ein Ausdruck von Verärgerung erschien auf Lenores Gesicht. »Er sagt nichts, was ich nicht auch gesagt habe.« Sie seufzte und wirkte auf einmal um fünf Jahre älter. »Aber wenn du dich schon mal zur Vernunft bringen lässt, ist es wohl gleich, von wem, ob von Blake oder mir.«

Ist es nicht, dachte Diana. *Du liebst deinen Mann, aber dich stört es mächtig, dass dein Bruder auf ihn hört und nicht auf dich.*

»Lenore, Jeff achtet meine Meinung keineswegs höher als deine. Er ist lediglich daran gewöhnt, meinen Rat anzunehmen.« Blake sah von seiner Frau zu Simon. »Jeffrey und ich sind Geschäftspartner.«

»Und was für ein Geschäft ist das?«, fragte Diana.

»Cavanaugh and Wentworth. Eine Grundstückserschließungsgesellschaft. Jeff ist der Unternehmenschef und Präsident, und ich bin der Chef des operativen Geschäfts, Jeff regelt das Geamtgefüge, ich bin fürs Tagesgeschäft zuständig.«

Diana starrte ihn an. »Sie sind die ›Cavanaugh and Wentworth‹?«, hauchte sie entgeistert, als Nan mit einem großen Silbertablett hereinkam. »Sie behaupten, Penny wäre mit dem CEO von Cavanaugh and Wentworth verheiratet gewesen?«

»Ich *behaupte* nicht, mit ihr verheiratet zu sein«, konterte Jeffrey gereizt. »Ich *bin* es.«

»Also … Also, das ist doch nicht möglich!«

Dianas schrille, ungläubige Äußerung ging in dem Knall unter, mit dem Nan das Tablett auf den antiken Tisch vor Simon donnerte. Porzellan klirrte, Milch schwappte über, Zucker rieselte aus dem Schälchen.

»Sehen Sie's? Ich kann keinen Tee servieren«, verkündete

Nan laut, die feuerrot im Gesicht war. »Ich richte nur Chaos an.«

»Ich glaube, das haben Sie schon«, murmelte Simon. Dann lächelte er sie an. »Ich denke, den Rest schaffen wir allein. Sie haben doch gewiss spannende Pläne für heute Abend.«

Simons Sarkasmus stieß bei Nan auf taube Ohren. Lenore hingegen nahm ihn sehr wohl wahr und warf Diana ein winziges Grinsen zu.

Erstaunlicherweise sagte Nan: »Ich kann noch ein bisschen länger bleiben, falls Sie noch was brauchen.«

»Als da wäre?«, fragte Simon höflich.

»Na, das kann ich doch nicht wissen, ehe Sie es sagen, oder?«

Simon schaffte es, keine Miene zu verziehen. »Dann ziehen Sie sich bitte in die Küche zurück, Nan, bis wir entschieden haben, was wir brauchen.«

»Ich schätze, ich schenke ein.« Diana griff nach einer Untertasse und Tasse, nachdem Nan mürrisch zu Simon gesehen hatte und eingeschnappt aus dem Zimmer gestapft war. »Ich weiß nicht, welchen Tee Nan ausgesucht hat.«

»Das macht nichts«, sagte Lenore freundlich. »Meine Mutter ist süchtig nach Tee und hat mich die letzten zwei Wochen, die ich bei ihr verbrachte, neu infiziert. Sie lebt in Connecticut, und da sie sich nicht wohlfühlte, schickte sie nach mir, wie immer, obwohl sie eine ständige Pflegerin hat. Ich war bei ihr, als Blake anrief und mir die Neuigkeiten von Penny mitteilte.« Diana bemerkte, wie Blake seine Frau unauffällig antippte. »Ach du liebe Güte!« Sie wurde ein wenig rot. »Ich plappere vor mich hin, wenn ich müde oder nervös oder unsicher bin … Also, wirklich, nun tue ich es schon wieder!« Sie kicherte und seufzte. »Ich nehme meinen Tee bitte nur mit etwas Süßstoff.«

Diana schenkte Lenore und Blake ein. Lenore blickte zu ihrem Bruder und fragte: »Jeff, möchtest du nicht doch etwas Tee?«

»Ich *mag* keinen Tee!«

»Ja, das hatten wir bereits geklärt«, sagte Simon gelassen, der ihm nichts anderes zu trinken anbot. »Diana, nimm du dir als Nächste. Du siehst aus, als würdest du jeden Moment umkippen. Ich kann mir selbst einschenken.«

Das Teeservieren war derart zeremoniell, dass Diana sich vorkam wie im Buckingham Palace. Als das Umrührgeklimper aufgehört hatte, wirkte Jeffrey noch steifer und sein Gesicht wie gemeißelt.

»Können wir jetzt, nachdem alle ihren verfluchten Tee haben, über meine Tochter sprechen?«, fragte er mit zusammengebissenen Zähnen.

»Willow ist körperlich wohlauf«, antwortete Simon ruhig. »Wir bräuchten nur noch einen überzeugenden Beleg, dass sie wirklich Ihre Tochter und Penny Conley wirklich Ihre Ehefrau ist.«

Jeffrey wurde dunkelrot. »Das habe ich längst dem FBI gegenüber belegen können. Ich würde meinen, das dürfte für Sie ausreichen.«

»Jeff, es ist offensichtlich, dass diesen Leuten viel an Cornelia liegt. Sie sind bloß vorsichtig.« Lenore sah ihren Bruder flehend an. »Können wir nicht ein kleines bisschen weniger feindselig sein? Warum zeigst du ihnen nicht Cornys Geburtsurkunde? Und ein Bild von ihr?«

»Eine Geburtsurkunde und ein Bild von Cornelia beweisen ihnen nichts.«

»Trotzdem …«

Jeffrey bedachte sie alle mit einem Blick, der ihnen das Blut in den Adern gefrieren lassen sollte, hob eine schöne Aktentasche hoch, öffnete sie und zog eine Mappe hervor. Die reichte er Simon, der ihr eine Heiratsurkunde von Jeffrey William Cavanaugh und Penelope Ann O'Keefe entnahm. Als Nächstes nahm Simon eine Geburtsurkunde für Cornelia Ruth Cavanaugh auf, und schließlich holte er ein großes Studiofoto von einem Mädchen um die drei Jahre mit rotblondem Haar und dunkelblauen Augen heraus. Mit ihrem hübschen Babygesicht ähnelte das Kind Willow wie vielen anderen kleinen Mädchen.

Diana und Simon schauten sich die drei »Beweisstücke« ungerührt an. Dann sah Diana auf und ertappte Blake Wentworth dabei, wie er sie mit seinen unglaublich ausdrucksstarken, dunklen Augen fixierte. »Jeff, diese Unterlagen beweisen Dr. Van Etton und Diana gar nichts«, sagte er sanft. »Zeig ihnen das Bild von dir, Penny und Cornelia vom letzten gemeinsamen Weihnachten.« Jeffrey spannte sich an, und Blakes Blick wanderte zu ihm. »Das Foto dürfte überzeugender sein als ein Haufen Dokumente. Bitte.«

Jeffrey stöhnte und zog langsam ein Foto aus seiner Aktentasche, sah es einen Moment lang an und schleuderte es Simon förmlich entgegen. Diana beugte sich zu ihrem Onkel, und beide starrten wie gebannt auf das Bild.

»Ich habe es gemacht. Ich bin die Amateurfotografin in der Familie, und Blake sagt, ich werde mit jedem Tag besser!«, flötete Lenore voller Stolz. Natürlich erkannte Diana sofort, dass Lenore den Hintergrund zu scharf eingestellt hatte, was die Aufmerksamkeit von den drei Personen ablenkte, die eigentlich im Mittelpunkt stehen sollten.

Sie posierten vor einem lichterstrahlenden Weihnachtsbaum. Jeffrey war stämmiger, sein Haar dunkler und sein Kinn energischer. Er trug einen roten Rundhalspullover mit einem weißen Rentier auf der Brust. Sein Blick mied die Kamera, und sein steifes Halblächeln verriet Unsicherheit. *Kein Wunder,* dachte Diana amüsiert. Jeffrey Cavanaugh sah in dem Aufzug lächerlich aus.

Er stand neben einem Kind – einem kleinen Mädchen von drei oder vier Jahren – mit schulterlangem, rotblonden Haar, funkelnden blauen Augen und einem vollkommen verzückten Lächeln. Eine Frau umfasste das Kind. Eine Frau mit langem, bronzefarbenen Haar, nur wenige Nuancen dunkler als das des Kindes, und genauso blauen Augen, die mit schimmerndem Bronzelidschatten und kastanienbraunem Eyeliner betont wurden, was ihr etwas Katzenhaftes verlieh. Ihr Pfirsich-Rouge passte perfekt zum pfirsichgoldenen Lippenstift, der unter einer Schicht Gloss glänzte. Mit der linken Hand umschlang sie die Taille des Kindes – an der Hand prangten ein Verlobungsring mit einem mehrkarätigen Stein und ein diamantenbesetzter Ehering.

Sie war strahlend. Sie war glamourös. Sie war der Inbegriff zuversichtlichen Glücks.

Sie war Penny.

***

Glen Austen sah auf den Digitalwecker neben seinem Bett. Sieben Uhr fünfunddreißig abends. Dann blickte er zu seinem Schlafzimmerfenster. Tageslicht schien an den Rändern seiner geschlossenen Jalousien vorbei. Gott, wie er die Sommerzeit hasste! Er mochte es, wenn die Dunkelheit gegen sieben Uhr langsam einsetzte. Seit er fünfzehn war, fand er die Nacht romantisch, auch wenn er eine solch »mädchenhafte« Empfindung niemals laut zugegeben hätte. Das war zwanzig Jahre her, doch immer noch störte ihn, dass die Sonne halbwegs bis Mitternacht schien.

Er wollte heute Abend nicht zu Hause vor sich hin brüten, aber ebenso wenig war ihm danach, in ein Restaurant oder eine Bar zu gehen und mit unzähligen Fragen über Penny Conley behelligt zu werden. Glen ertrug es nicht, von Penny Conley zu hören. Hätte er Diana bloß nichts über Pennys Zustand erzählen lassen, denn nun konnte er nicht aufhören, sich die furchtbaren Verbrennungen vorzustellen. Er hoffte, Penny würde sterben. Wer wäre sie sonst? Eine einst liebreizende, lebensfrohe Frau, bei deren Anblick die Leute sich rasch abwandten, weil sie es nicht fertigbrachten, in ihr scheußlich vernarbtes Gesicht zu sehen.

Glen wurde speiübel. Nach ein paar Minuten aber beruhigte sich sein Magen wieder. Er stöhnte, nahm noch einen

Schluck von dem teuren Single-Malt-Scotch, den er für keinen besonderen Anlass aufgespart hatte – erst recht nicht für einen wie diesen. Als wäre Pennys Desaster nicht genug, hatte Diana ihn auch noch höflich, aber bestimmt aus ihrem Leben gestrichen. Nicht für immer, oh nein. Sie hatte ihm nicht explizit gesagt, dass sie nicht mehr mit ihm ausgehen wollte, aber wenn sie an einem Abend wie diesem nicht mit ihm zusammen sein wollte – einem Abend, an dem sie seine Liebe und seinen Trost brauchen sollte –, dann musste sie nicht deutlicher werden.

Glen leerte sein drittes Glas Scotch. Er verstand einen Wink. Schließlich besaß er einen Doktortitel, verdammt! Ja, er kapierte es sehr wohl!

Nachdem er sich noch einen Scotch eingeschenkt hatte, versuchte er, sich auf den Film in seinem kleinen tragbaren Schlafzimmerfernseher zu konzentrieren. Die Hauptrolle spielte der junge Sean Connery, und Glen hatte den Film schon mindestens fünfmal gesehen. Normalerweise genoss er es, sich auszumalen, er wäre der umwerfende Sean; heute Abend leider nicht. Heute Abend hätte er sich in Schale werfen und in den Country Club gehen sollen – *zum Ball des Country Clubs.* Das klang nach Fünfzigern oder Sechzigern. Leute mit Klasse in den alten Spielfilmen, mit denen er aufwuchs, gingen immerzu zu Bällen in Country Clubs. Das war der Gipfel von kultiviertem Glamour und Vornehmheit. Vor langer Zeit hatte Glen sich geschworen, eines Tages auch ein angesehenes, bedeutendes Mitglied des Country Clubs zu sein: der gut aussehende Kerl mit jeder Menge Ausstrahlung, der die Atmosphäre elektrisierte, wenn er durch die Tür trat.

Glen war bewusst, dass die Mitgliedschaft in einem Country Club heutzutage nicht mehr das Flair von einst besaß. Aber Simon Van Etton, den Glen über die Maßen bewunderte, gehörte einem an und hatte Glen mit den wichtigsten Mitgliedern bekannt gemacht. Binnen Wochen konnte Glen sich damit brüsten, ebenfalls Mitglied zu sein. Später, als er begann, mit Diana auszugehen, war er überglücklich gewesen, dass er den Jahresbeitrag bezahlt hatte, der ziemlich hoch war, obwohl Glen weder Golf noch Tennis spielte – und schwimmen oder tanzen konnte er ohnedies nicht.

Er hatte Tanzstunden genommen und Diana an ihrem Geburtstag im Februar zum Dinner mit anschließendem Tanz eingeladen. In ihrem lavendelfarbenen Chiffonkleid hatte sie wunderschön ausgesehen, das lockige braune Haar halb über den Rücken fallend. Ihre heidegrünen Augen hatten gestrahlt, als Glen von den Kellnern einen kleinen Kirsch-Käse-Kuchen bringen ließ – ihr Lieblingskuchen, wie ihm Simon verraten hatte – und sie »Happy Birthday« sangen.

Das Telefon klingelte. Glen fluchte leise und war froh, dass er den Apparat im Schlafzimmer ausgestöpselt hatte. Er wollte sich heute Abend ganz gewiss nicht unterhalten, es sei denn mit Diana, und ob er jetzt gerade von ihr hören wollte, wusste er nicht recht. Er fürchtete, dass sie sagen könnte, was sie letztendlich sowieso sagen würde, denn einem solchen Gespräch fühlte er sich heute Abend nicht unbedingt gewachsen.

Die beiden Telefone im Erdgeschoss seines kleinen Hauses bimmelten weiter. Hartnäckig. Zweifellos war es jemand, der behaupten würde anzurufen, »um zu hören, wie es dir geht«; und in Wahrheit wollte der- oder diejenige doch nur Informationen über die Explosion und Pennys schrecklichen Zustand. Der gute Glen würde schon was wissen, dachte der Anrufer gewiss, in der irrigen Annahme, Glen wäre so gut wie verlobt mit Diana Sheridan und sie wüsste alles über Penny. Außenstehende glaubten, Diana hätte Glen jedes einzelne morbide Detail des Feuers geschildert.

Das Klingeln hielt an. *Eine Pest,* dachte Glen erbost. Wusste der Anrufer nicht, was es hieß, wenn nach zehnmal läuten keiner abnahm?

Glen überlegte, nach unten zu gehen und die beiden Telefone ebenfalls auszustöpseln, aber aus dem Bett zu steigen erschien ihm eine Herkulesaufgabe. Der Scotch zeigte Wirkung und versetzte ihn in eine wohlige Benommenheit, die Glen um ein Vielfaches lieber war als die Realität. Er ärgerte sich nicht mehr über das Telefongebimmel. Sollten sie doch!

Seine Gedanken schweiften ab zu dem Abend Anfang Mai, als Diana Penny überredete, mit ihnen im Club zu dinieren. Ja, Glen war inzwischen so weit, dass er nur noch beiläufig vom »Club« sprach. Zuerst war er nicht begeistert gewesen. Er war Penny ein paarmal bei Simon begegnet, und auch wenn er fand, dass sie ein angenehmes Äußeres hatte, besonders ohne Lesebrille, und jung und freundlich war, war sie für seine Begriffe weder schön noch besonders gebildet gewesen. Mit anderen Worten: Niemand, den er mit in den Club nehmen wollte. Aber Diana hatte sie praktisch angefleht, mit ihnen zu kommen, und um Diana einen Gefallen zu tun, hatte er es ebenfalls. Penny hatte gezögert, obwohl Glen deutlich erkannte, dass sie mitkommen wollte. Er glaubte nicht, dass sie mit jemandem ausging, und er wusste, dass sie dringend einen Abend mit Erwachsenen gebrauchen konnte, egal, wie abgöttisch sie ihre Tochter liebte.

Glen erinnerte sich, wie sehr ihn Pennys Anblick verblüfft hatte, als sie sie zu Hause abholten, und wie stolz er gewesen war, mit einer schönen Frau an jedem Arm den Speisesaal des Clubs zu betreten. Diana hatte etwas Blaues getragen – genau wusste er es nicht mehr. Pennys elegantes, nilgrünes Kleid mit dem recht tiefen, aber geschmackvollen V-Ausschnitt hingegen würde er nie vergessen. Sie hatte mehr Make-up aufgelegt als sonst. Ein zarter rosagoldener Lippenstift betonte ihre vollkommenen Lippen, und dezenter bronzener Lidschatten mit gleichfarbigem Lidstrich brachte ihre Augen bestens zur Geltung. Herabhängende goldene Ohrringe glitzerten vor ihrem mahagonibraunen Haar, und High Heels ließen ihre langen, wohlgeformten Beine noch länger wirken.

Während des Dinners war sie auf ruhige Weise charmant gewesen, hatte größtenteils Diana und Glen das Reden überlassen und nur gelegentlich eine amüsante Bemerkung gemacht, mit der sie überraschend viel Intelligenz und Beobachtungsgabe bewies. Ja, Glen hätte ihren Scharfsinn beinahe als Beleidigung empfunden, denn immerhin war sie nicht mehr als Simons Hilfskraft und eine ehemalige Kellnerin. Doch er vergab ihr den Mangel an Rang und Bildung, als er mit ihr tanzte. Sie bewegte sich mit einer geschmeidigen, fast sinnlichen Anmut, und für einen Moment war ihm ein bisschen schwindlig geworden.

Am Ende des Abends jedenfalls stand für ihn fest, dass Penny Conley eine reizende, kluge, amüsante und ausgesprochen anziehende Frau war. Nur besaß sie weder Dianas Hintergrund noch deren künstlerisches Talent, weshalb Glen keinerlei Drang empfand, Diana durch Penny zu ersetzen. Was jedoch nicht bedeutete, dass er Penny nicht attraktiv fand.

Das Telefon schrillte wieder, und wieder verfluchte er es. Er hätte doch aufstehen und die Apparate unten abstellen sollen. Jetzt nach unten zu gehen war unmöglich, es sei denn, er wollte riskieren, kopfüber die Treppe hinunterzustürzen. Das Klingeln blieb, schroff, unbarmherzig, zum Wahnsinnigwerden. Glen wusste, wer der Anrufer war. Und ihm war klar, dass er nicht aufgeben würde, denn er wollte Glen mürbe machen. Aber er würde sich heute Abend keine Sorgen um diese Person machen. Nicht heute …

Schließlich wurden Glens Lider schwer, und er sah, dass er über die Hälfte der Flasche getrunken hatte. Das Telefonklingeln hatte endlich aufgehört. Er tippte wirr auf der Fernbedienung herum, bis der Fernseher aus war und Glen in vollkommener Dunkelheit saß. Ein Seufzer der Erleichterung entfuhr ihm, weil kein Licht an den Jalousien vorbeischien. Nun konnte er die Augen schließen, in süßen Schlummer fallen und, mit ein wenig Glück, angenehme Träume haben.

Glens letzter Gedanke galt Penny. Er fragte sich, ob sie gleichfalls träumte.

***

»Und?«, fragte Jeffrey Cavanaugh trotzig. »Was sagen Sie jetzt? Penny kann sich in achtzehn Monaten nicht so drastisch verändert haben!«

Als sie das Weihnachtsfoto sah, hatte Diana das Gefühl gehabt, ihr würde das Herz aus der Brust springen. Es stimmte also: Penny hatte ihr Kind genommen und war weggelaufen. Genau genommen hatte sie Willow entführt. Das FBI, das kurz darauf eingeschaltet worden war, hatte sie letztlich gefunden und alles noch verworrener gemacht. Das Schlimmste jedoch war, was Penny Jeffrey Cavanaugh angetan hatte. Anderthalb Jahre lang hatte er nicht gewusst, ob seine Frau und sein Kind noch am Leben oder längst tot waren, und als er sie endlich ausfindig machte …

»Nun?«, fragte Jeffrey. »Ist das Penny oder nicht, Miss Sheridan?«

»Diese Frau hat blondes Haar und blaue Augen«, sagte Diana vage, die sich gegen die offensichtliche Wahrheit sträubte. »Pennys Haar ist … kurz und dunkelbraun. Auch ihre Augen sind braun.«

Lenore nickte. »Sie hat von Natur aus rotblondes Haar und blaue Augen. Wahrscheinlich hat sie sich das Haar gefärbt und farbige Kontaktlinsen getragen. Aber davon abgesehen, sieht sie so aus?«

»Eigentlich nicht«, antwortete Diana matt. »Penny schminkt sich kaum, und meistens trägt sie eine Brille. Sie kleidet sich auch sehr schlicht – Hosen oder Röcke und einfache Pullis, dazu flache Schuhe. Kein Schmuck.«

»Der Country Club«, wandte Simon behutsam ein. »Erinnerst du dich an den Abend, als sie mit euch dort war?«

Verdammt! Im ersten Moment wurde Diana wütend, dass Simon ausgerechnet jenen Abend ansprach. Andererseits war es zu erwarten gewesen, denn Simon war geradezu erbarmungslos ehrlich.

»Einmal habe ich sie ähnlich gestylt wie auf diesem Bild gesehen«, gestand Diana widerwillig. »Sie war mit einem

Freund und mir aus, zum Tanzen im Country Club. Da trug sie ein grünes Cocktailkleid, herabhängende Ohrringe, mehr Make-up … Ich habe gestaunt, wie verändert sie war, wie glamourös. Und auch …« Diana wusste nicht, wie sie die mysteriöse Aura beschreiben sollte, die Penny an jenem Abend umgab.

»Sie wirkte so entspannt, als wäre sie in dieser Kleidung und in dem Ambiente ganz in ihrem Element. Ich hatte erwartet, dass sie die Atmosphäre einschüchtern würde. Ein Abend in unserem Country Club ist zwar nicht wie ein Staatsdinner im Weißen Haus, aber dennoch. Penny war überhaupt nicht nervös, und sie tanzte so schön, so elegant, so … wie ein Profi. Es war erstaunlich. Später erzählte sie mir, dass sie ein paar Jahre Ballettstunden gehabt hatte.«

Diana bemerkte, wie Blake und Lenore Blicke wechselten, dann sah Blake rasch wieder weg. Unterdessen betrachtete Simon weiter das Foto, blinzelnd, weil er sich hartnäckig weigerte, vor Gästen seine Lesebrille aufzusetzen. »Die hohen Wangenknochen, die leicht gebogene Nase, die Augen- und die Lippenform – das ist eindeutig die Frau, die wir als Penny Conley kennen.« Aufrichtiges Bedauern schwang in seinen Worten mit.

Diana wusste, wie enttäuscht er von der Frau sein musste, als die sie sich jetzt entpuppte. »Sie hat sogar das gleiche winzige Muttermal neben dem linken Auge, genau wie Willow. Wirklich, die Ähnlichkeit zwischen Penny und Willow ist verblüffend. Aber in der Geburtsurkunde steht, dass Cornelia Cavanaugh im November geboren ist. Willow wurde erst im Juni fünf.«

»Sie wurde gerade fünf?«, wiederholte Jeffrey verwirrt. »Meine Tochter, *Cornelia,* wird im November sechs!«

»Warum lügt Penny bei Cornys Alter?«, fragte Lenore.

»Sie muss sich die Sozialversicherungsnummer von einem anderen Kind für Cornelia beschafft haben«, sagte Blake nachdenklich. »Und die wurde für ein Kind ausgestellt, das im Juni geboren ist, nicht im November.«

»Und Penny ist neunundzwanzig?«, fragte Simon.

Jeffrey schüttelte den Kopf. »Dreißig. Wir haben geheiratet, als sie dreiundzwanzig war. Am 25. Dezember wurde sie neunundzwanzig. Früher hat sie immer gescherzt, sie wäre ein unerwünschtes Geschenk von Santa Claus.«

»Unerwünscht?«

»Sie sagte, ihr Eltern hätten sie nicht gewollt. Sie muss eine harte Kindheit gehabt haben – zumindest behauptet sie das«, sagte Jeffrey verbittert. »Doch inzwischen weiß ich nicht mehr, wie viel von dem stimmt, was meine Frau mir erzählt hat. Oder warum sie mich geheiratet hat, abgesehen von meinem Geld.«

Diese Bemerkung machte alle Anwesenden verlegen. Röte zeigte sich auf Jeffreys Wangen, wohingegen der Rest seines Gesichts kreidebleich war. Lenore sah ihren Bruder mitfühlend an, während Blake auf ein großes gerahmtes Foto von der Sonne starrte, die auf die eisüberzogenen Zweige und Äste eines Ahorns schien. Diana hatte es im letzten Winter aufgenommen. Dass Jeffrey starke Gefühle zeigte, schien Blake extrem unangenehm.

Schließlich lehnte Lenore sich vor und ergriff die Hand ihres Bruders. »Jeff, ich gebe zu, dass ich anfangs dachte, Penny wäre bloß hinter deinem Geld her, aber ich habe meine Meinung später geändert, nachdem ich sie erlebt hatte und nicht übersehen konnte, wie sie dich berührte, dich ansah. Ach, so vieles von dem, was sie tat, kann sie nicht vorgetäuscht haben, ausgenommen sie ist eine herausragende Schauspielerin.«

»Vielleicht ist sie das.«

»Nein, ist sie nicht«, widersprach Blake, der sich von dem Foto abwandte. »Und das sage ich nicht als dein Schwager oder dein bester Freund seit über zwanzig Jahren, Jeff. Zuerst hatte ich dieselben Bedenken wie Lenore. Nach der Heirat jedoch sah ich, dass Penny dich liebte. Liebe gehört zu den wenigen Dingen, die man zwischen zwei Menschen fühlen kann. Man muss sich nicht fragen, ob sie verliebt sind, man weiß es einfach. Und ich weiß, dass du und Penny euch geliebt habt. Ihr beide, nicht nur du allein.«

Lenore sah ihren Mann mit einer fast unerträglichen Zärtlichkeit an, bei der Diana wegschauen musste. Nach einer solchen Intensität hatte sie sich einst gesehnt, und es schmerzte sie. Was sie wiederum überraschte, denn ihr war nicht bewusst gewesen, wie sehr sie sich Liebe wünschte. Es lag gewiss daran, dass sie heute Abend insgesamt dünnhäutig war. Dünnhäutig, weil sie ahnte, dass Penny starb.

Diana schluckte. »Die Penny, die ich kenne, würde ausschließlich um der Liebe willen heiraten. Schön, dass wir uns in dem Punkt einig sind.«

»Nun ja, um der Liebe und des Geldes willen«, korrigierte Lenore gleichsam entschuldigend. »Hätte sie einzig um der Liebe willen geheiratet, wäre sie nicht fähig gewesen, Jeff so zu behandeln, wie sie ihn behandelt hat. Geld war Penny *sehr* wichtig.«

Dianas Schock wich rasch der ungebrochenen Loyalität gegenüber ihrer Freundin. »Ich möchte etwas klarstellen. Penny lebte von einem sehr kleinen Einkommen. Ihr Haus war einfach. Ich erinnere mich, dass ich mehrmals mit ihr einkaufen war. Penny kaufte Sachen für Willow, die aus allem schnell rauswuchs, aber sie selbst besaß nur zwei oder drei Outfits, und die stammten nicht aus Nobelboutiquen. Sie fuhr einen zwölf Jahre alten Wagen, der fast hunderttausend Meilen auf dem Tacho hatte.«

Pennys Verwandte starrten sie nur an, worauf Diana seufzend fortfuhr: »Falls Penny Sie wegen Ihres Geldes geheiratet hat, Mr Cavanaugh, scheint es eindeutig nicht so, als hätte sie irgendetwas davon mitgenommen!«

»Doch, hat sie!« Jeffreys Moment der Schwäche war offenbar vorbei, denn er funkelte Diana wieder wütend an. »Bargeld und Schmuck.«

»Viel?«, fragte Diana.

»Ich würde meinen, dass Sie das nichts angeht.«

Lenore warf ihrem Bruder einen fragenden Blick zu. »Jeff, ungeachtet dessen, was Penny getan hat, denke ich, wir sollten fair bleiben.« Sie sah zu Diana. »Penny nahm fünfzehntausend Dollar von ihrem Privatkonto mit, auf dem dreißigtausend waren. Jeff gab ihr ein bestimmtes Budget, aber sie hatte keinen Zugang zu seinen Konten.«

Jeffrey errötete, und Blake eilte ihm zu Hilfe. »Das war meine Idee«, sagte er. »Er kannte Penny noch nicht lange, als sie heirateten, und, ähm, ich dachte, auf die Weise fühlen sich alle wohler bezüglich der Geldfrage. Außerdem ist es ja nicht so, dass sie in Armut gelebt hat. Die dreißigtausend Dollar standen ihr für den Einkauf von Garderobe oder Unternehmungen zur freien Verfügung. Es war kein Haushaltsgeld.«

Lenore nickte. »Oh ja, Jeff war sehr großzügig. Ich wollte keineswegs andeuten, dass er es nicht war. Trotzdem nahm Penny, wie gesagt, nur die Hälfte dessen, was auf ihrem Konto war. Und sie nahm ihre Designerkleider nicht mit – keines der Chanel-Kostüme, der Armani- und Versace-Stücke. Sie ließ sogar all ihre Vuitton-Koffer da.«

Neureich, dachte Diana, die beinahe schmunzeln musste, als Lenore die ganzen Designernamen aufzählte. Mittlerweile war auch Blake rot geworden, doch Lenore fuhr unverdrossen fort.

»Was den Schmuck betrifft: Penny hat kleine Diamantohrstecker von Cartier mitgenommen, die ein Geschenk von Blake und mir waren. Und ein kleines goldenes Kreuz, das sie angeblich als Kind von ihrer Großmutter bekommen hatte, ach ja, und einen Anhänger, den Blake und ich bei Tiffany's für Cornelia fertigen ließen, als sie geboren wurde – eine Rubinrose mit Smaragdstiel in Gold gefasst. Oh, und die klassische Platinrassel mit Gravur von Tiffany's hatten wir ihr auch geschenkt, zusammen mit einem Becher mit Gravur, von dem wir sagten, er wäre von meiner Mutter.« Erst jetzt sah Lenore wieder zu ihrem Mann. »Ich schätze, das hat Penny uns nie geglaubt. Sie wusste, dass er nicht von Mutter war.« Dann blickte sie wieder Diana an. »Penny hat die Rassel mitgenommen, aber nicht den Becher. Nur für den Fall, dass ich mich unklar ausgedrückt habe. Lassen Sie mich überlegen, ob sie sonst noch etwas …«

»Herrgott noch mal, das reicht!«, explodierte Jeffrey. »Du klingst, als würdest du eine Aufstellung für die Versicherung machen müssen!«

Beschämt senkte Lenore den Kopf. »Entschuldige.«

Blake verteidigte seine Frau: »Jeff, lass deine Wut nicht an deiner Schwester aus. Sie hat nichts getan, womit sie das verdient.«

»Doch, habe ich«, widersprach Lenore zerknirscht. »Ich habe geplappert. Mal wieder. Verzeih mir, Jeff. Ich weiß, wie ärgerlich es für dich sein muss.«

»Ist es, und du regst mich noch mehr auf, indem du redest, als hätte Penny praktisch nichts getan, weil sie ihre Chanel-Kostüme nicht mitgenommen hat!« Jeffreys große Hände peitschten durch die Luft, als wischten sie Pennys Designer-Garderobe weg. »Sie ist ohne ein Wort verschwunden! Sie hat mich verlassen, nachdem ich ihr alles gab! Nachdem sie dank mir von einer Stripperin zur Prinzessin wurde!«

»Eine *Stripperin?*«, riefen Diana und Simon im Chor.

Jeffrey sah zu ihnen. »Erzählen Sie mir nicht, davon wussten Sie nichts.«

»Woher sollten wir?« Simon schrie beinahe. »Wir wussten ja nicht einmal, dass sie einen Ehemann hat!« Er verstummte und blickte in die Ferne, als versuchte er, ein kompliziertes Rätsel zu lösen. »Penny eine Stripperin? Sind Sie sicher?«

»Ob ich sicher bin?« Zum ersten Mal wirkte Jeffrey geradezu amüsiert. »Großer Gott, sie war meine Frau. Ich lernte sie in einem Club kennen, in dem sie auftrat. Ich hatte ihre Vorstellung gesehen, vom keuschen Anfang bis zum sehr heißen Ende.«

Diana blickte zu Simon, dem vor Staunen der Mund offen

stand. So perplex hatte sie ihn noch nie erlebt; daneben nahm sich ihre eigene Verwunderung nichtig aus.

Auch Lenore starrte Simon mit riesigen Augen an, als fürchtete sie, er könnte einen Herzanfall erleiden. »Dr. Van Etton, Penny war eigentlich keine Stripperin«, sagte sie rasch. »Sie war eine exotische Tänzerin. Das ist ein großer Unterschied. Sie hat es mir erklärt. Exotische Tänzerinnen sind *echte* Tänzerinnen, und sie ziehen sich nicht vollständig aus. Ehrlich nicht. Penny hat nie nackt in einer Bar getanzt oder so etwas Entwürdigendes wie Lapdance gemacht oder ...« An dieser Stelle knuffte Blake sie so energisch, dass Lenore beinahe vom Sofa kippte. »Sie war eine exotische Tänzerin«, wiederholte sie mit glühenden Wangen.

»Was sagten ihre Eltern zu ihrem Beruf?«, fragte Diana. Simon schien außerstande, etwas zu sagen.

Jeffrey atmete tief ein. »Penny erzählte, dass ihr Vater starb, als sie sieben war. Ihre Mutter wurde von einem Freund umgebracht, um es schonend zu formulieren.«

War Pennys Mutter eine Prostituierte gewesen? Jedenfalls wunderte Diana nicht mehr, dass Penny ihre Eltern nie erwähnt hatte.

»Sie hatte keine anderen Verwandten, und deshalb kam sie mit zehn Jahren in eine Pflegefamilie. Mit achtzehn war sie auf sich gestellt«, erzählte Jeffrey weiter. »Sie kellnerte eine Zeit lang, und als sie einundzwanzig wurde, begann sie mit dem Tanzen. Sie machte sich schnell einen Namen – unter ihrem Künstlernamen ›Copper Penny‹. Das passte zu ihrem Haar. Eines Abends bestand ein wichtiger Kunde von uns darauf, mich mit in den Club zu nehmen, in dem sie auftrat. Den Rest wissen Sie ja bereits.«

»Außer dass unsere Mutter und viele unserer Freunde entsetzt waren«, ergänzte die übereifrige Lenore. »Jeff war stark genug, sich gegen alle durchzusetzen. Er heiratete Penny, und die beiden schienen sehr glücklich, besonders als Corny geboren wurden. Einzig dass Jeff das Kind unbedingt Cornelia

Ruth taufen wollte, nach unserer Mutter, verletzte Penny. Sie wollte ihr Baby Willow Rose nennen. Deshalb hat Blake den Rosenanhänger entworfen, um Penny ein bisschen zu trösten.«

»Und dass er das Baby nach ihr benannte, hat seine Mutter ohnehin nicht versöhnt«, ergänzte Blake ungewöhnlich verärgert. »Sie hat die Kleine nie akzeptiert. Sie weigerte sich sogar, Cornelia zu sehen, bis auf drei Mal, als Jeff mit ihr allein war. Mrs Cavanaugh ist Penny nur ein einziges Mal begegnet.«

»Und Ihr Vater?«, fragte Diana die Schwester.

»Er ist seit fast siebzehn Jahren tot«, antwortete Lenore. »Er …«

Jeffrey hob eine Hand, um seine Schwester zu stoppen. »Wir müssen unsere Familiengeschichte nicht vor diesen Leute ausbreiten.« Er sah Simon streng an. »Ich verlange, meine Tochter zu sehen.«

Dianas Magen krampfte sich zusammen. Ihre Angst, Jeffrey Cavanaugh würde Willow noch heute Abend mitnehmen und sie das Kind nie wiedersehen, war gewiss berechtigt, doch nicht ihre einzige Sorge. Sie hatte ein ganz ungutes Gefühl, das sie nicht exakt deuten konnte, doch ihr Instinkt irrte selten.

»Mr Cavanaugh, es ist schon spät«, sagte sie. »Wäre es nicht besser, Sie würden Willow, ich meine Cornelia, morgen früh sehen, wenn sie nicht müde ist?«

Er blickte auf seine Uhr. »Es ist kurz nach acht. Um diese Zeit kann sie noch nicht zu müde sein, ihren eigenen Vater zu sehen. Ich will, dass Sie Cornelia herbringen. *Sofort!*«

Alle starrten ihn erschrocken an. Endlich schien Simon seine Stimme wiedergefunden zu haben, denn er sagte resigniert: »Würdest du sie bitte holen, Diana? Wenn Mr Cavanaugh sie sehen will, sollte er es, bevor sie ins Bett geht.«

Oben in Willows Zimmer saß Clarice in einem Sessel. Willow lag auf dem Bett, die beiden Katzen an sie gekuschelt. Sie alle guckten sich einen Disney-Film an – alle außer Romeo, der selten bis nach acht wach blieb. Er schnurrte leise, wann immer Christabels Schwanz seine Nase streifte.

Clarice blickte zu Diana auf. »Ist der Besuch gegangen?«, fragte sie künstlich unbeschwert.

»Nein, noch nicht. Sie würden gern Willow sehen, ehe sie aufbrechen.« Leider gelang es Diana nicht, so unbekümmert wie Clarice zu klingen. »He, Süße, können wir den Film kurz anhalten und nach unten gehen? Da sind ein paar Leute, die dich gern kennenlernen wollen.«

Willow war wenig angetan. »Muss ich? Der Film ist gerade ganz toll, und ich will Romeo und Christabel nicht aufwecken.«

»Du darfst gleich weitergucken, okay?« Diana ging zum DVD-Player und hielt den Film an. Es war mehr als fraglich, dass Willow ihn heute Abend zu Ende sah. »Und Romeo weckt nichts auf, wenn der erst mal schläft.«

Willow seufzte sehr dramatisch und rutschte vorsichtig von den Katzen weg. Sie hatte immer noch das Kleid an, das ihr die Krankenschwester geliehen hatte, und der Rock war ganz verknittert. Unter ihren großen blauen Augen waren dunkle Ringe, und sie hatte ihren Mund ein wenig beleidigt verkniffen. »Okay, aber Mommy würde sagen, dass ich jetzt müde und bockig bin. Nur dass du's weißt.«

»Ah, danke für die Warnung! Das ist sehr rücksichtsvoll.«

Willow kam zu Diana herüber und nahm ihre ausgestreckte Hand. Doch ehe Diana mit ihr zur Tür ging, hockte sie sich vor Willow. »Süße, erinnerst du dich an deinen Daddy?«

Diana fühlte, wie Clarice in ihrem Sessel erstarrte, als Willow die Stirn runzelte. »Da war so ein Mann, zu dem sollte ich Daddy sagen«, antwortete die Kleine, die sichtlich angestrengt nachdachte. »Mommy hat mich mit zu ihm in ein ganz großes Haus genommen, neben dem noch ganz viele andere richtig große Häuser waren. Da saß er immer an einem Schreibtisch. Aber das war nur manchmal und danach gar nicht mehr. Und dann hat Mommy gesagt, dass der große Mann überhaupt nicht mein Daddy ist. Sie hat gesagt, mein richtiger Daddy ist schon ganz lange tot. Und dann sind wir hierhergekommen, und hier mag ich es viel lieber.«

Diana hatte keine Zeit, dieses Durcheinander zu entwirren und zu klären, was Penny tatsächlich gesagt hatte oder wie Willow was missverstanden haben könnte.

»Tja, also, es wird dich sicher überraschen, Willow«, sagte sie zu dem Kind, »aber anscheinend hat deine Mommy sich geirrt. Nicht mit Absicht, natürlich. Deine Mommy liebt dich mehr als alles andere auf der Welt, Willow, das weißt du doch, nicht?«

»Ja, klar weiß ich das! Wieso hat Mommy sich geirrt?«

»Dein Daddy ist nicht tot. Er wusste lange Zeit nicht, wo ihr seid, aber jetzt hat er dich gefunden. Er ist hier, bei uns, und er kann es gar nicht erwarten, sein kleines Mädchen zu sehen. Selbstverständlich habe ich ihm gesagt, dass du schon ziemlich groß bist.«

Im ersten Moment sah Willow Diana verwundert an, dann wurde sie misstrauisch. »Hier ist ein Mann, der sagt, er ist mein Daddy?«

»Ja, Süße. Und du willst ihn gewiss auch sehen, nicht?«

»Wenn er mein richtiger Daddy ist, dann ist er ein Geist.«

»Willow, er ist *kein* Geist!«

»Dann ist er nicht mein richtiger Daddy.«

»Doch, er ist dein Daddy, und er ist kein Geist. Ich erkenne einen Geist, wenn ich ihn sehe«, entgegnete Diana, was selbst in ihren Ohren nach einer lahmen Beteuerung klang.

»Muss ich den sehen?«

»Na ja, er möchte dich unbedingt sehen, Süße. Wenn du nicht nach unten gehst, wird er hier raufkommen, in dein Zimmer.«

»Nein! Das darf er nicht!«

Diana stutzte. »Warum darf er nicht in dein Zimmer?«

»Weil …« Tränen schimmerten in Willows Augen. »Weil er, auch wenn er wirklich Daddy ist, trotzdem ein Geist ist. Geister sollen nicht in mein Zimmer!«

»Schon gut, Süße, beruhige dich«, beschwichtigte Diana sie. »Ich habe doch gesagt, dass er kein Geist ist. Aber für den Fall, dass ich mich täusche, sollten wir nach unten zu ihm gehen. Das wäre besser, meinst du nicht?«

Diana hasste sich dafür, dass sie das Kind zwang, einen Mann zu sehen, den es nicht sehen wollte. Willow hatte so viel durchgemacht. Aber wenn sie die Kleine nicht nach unten zu Jeffrey brachte, würde er zweifellos hier heraufkommen, und der Gedanke allein schien Willow in blanke Panik zu versetzen.

»Willow, ich weiß, dass dir ein bisschen mulmig ist, weil du deinen Vater kennenlernen sollst, aber Onkel Simon und ich sind bei dir.«

»Ich muss da wohl hingehen«, sagte Willow resignierter, als eine Fünfjährige sein sollte.

Christabel sprang vom Bett, sobald Diana nach der Tür griff, maunzte in ihrer melodischen Trällerstimme und strich Willow um die Beine. »Chris will auch mitkommen«, sagte Diana betont munter. »Bist du bereit, Willow?«

»Ja«, antwortete die Kleine etwas zittrig.

Auf dem Weg die Treppe hinunter umklammerte Willow Dianas Hand. Christabel lief voraus, und Clarice blickte ihnen von oben nach. Vor der untersten Stufe blieb Willow stocksteif stehen. Simon, Lenore, Blake und Jeffrey standen in der Eingangshalle, beschienen vom Kronleuchter über ihnen. Lenore strahlte geradezu ekstatisch und gluckste: »Corny! Darling, du bist so *bezaubernd!*«

Aber Willow sah an ihr vorbei. Ihre blauen Augen starrten Jeffrey an, der sich nicht rührte. Dann lächelte er merklich angespannt und streckte die Hände aus. »Cornelia? Erinnerst du dich an mich?«

Inzwischen waren Willows Augen riesengroß vor Entsetzen, ihr Gesicht war bleich wie die Wand und sie zitterte am ganzen Leib. Sie hob eine Hand und zeigte auf Jeffrey.

»Er!«, kreischte sie. »Er hat mich gefunden! Er muss auch Mommy gefunden haben!«

Lenore zuckte vor Schreck zusammen, während Diana sich hinkniete und Willow fest an sich drückte. »Natürlich hat er dich gefunden, Süße. Ich habe dir doch gesagt, dass du keine Angst haben musst. Er ist dein Daddy. Dein Daddy hat dich gefunden.«

Willow wurde von ihrem Zittern regelrecht durchgeschüttelt, warf den Kopf in den Nacken und stieß einen seltsamen, fast unmenschlichen Schrei aus, der durchs ganze Haus drang. Christabel schoss die Treppe hinauf, den Schwanz ängstlich aufgeplustert. Schließlich musste die Kleine Atem holen und kreischte: »Der ist nicht mein Daddy! Er ist der *böse* Mann, und *er* will Mommy umbringen!«

8

Diana hielt das Kind fest umschlungen. Willow vergrub ihr Gesicht an Dianas Brust, und für einen Moment standen alle wie versteinert vor Entsetzen in der Diele. Willows Schreie hatten selbst die phlegmatische Nan aus der Küche gelockt, die das Kind mit einer befremdlich leblosen Verwunderung ansah. Lenore war es, die letztlich ihre Stimme erhob und das Schreien des Kindes übertönte: »Corny, wir sind's, Tante Lenore und dein Daddy!«

Willow stieß noch einen Schrei aus, der Diana durch Mark und Bein fuhr. Diana sah zu Jeffrey, dessen Schreck erstaunlich schnell verflogen sein musste, denn er fixierte erst Diana, dann Simon mit einem bösartigen Funkeln in seinen stahlgrauen Augen. »Ich möchte wissen, wer von Ihnen meine Tochter gegen mich aufgehetzt hat. Wer hat ihr solche abscheulichen Lügen über mich erzählt?«

»Jeff, mäßige dich«, sagte Blake ruhig, aber bestimmt. »Du machst der Kleinen nur noch mehr Angst. Außerdem hat ihr niemand erzählt, dass … was sie sagte. Sieh dir die Leute doch an. Begreifst du nicht, dass sie genauso schockiert sind wie du?«

Jeffrey betrachtete seine schluchzende, verängstigte Tochter, schloss kurz die Augen, und als er sie wieder öffnete, war das zornige Funkeln verschwunden. »Cornelia, hat deine Mutter dir schreckliche Dinge über mich erzählt?«

Willow heulte, und Lenore sah ihren Bruder kopfschüttelnd an. »Du darfst sie nicht verhören, Jeff. Lass uns Corny einfach mit ins Hotel nehmen.« Sie wandte sich zu Diana. »Wir wohnen im Pullman Plaza. Ich habe das Familienalbum mitgebracht. Das kann ich ihr zeigen, und dann erinnert sie sich wieder an uns und daran, wie sehr wir sie geliebt haben.«

Willow schrie wieder.

»Sie können unmöglich vorhaben, das Kind heute Abend mitzunehmen!«, donnerte Simon. »Sehen Sie sich die Kleine an. Sie ist praktisch hysterisch.«

»Ja, im Moment.« Lenore lächelte unglücklich. »Aber vielleicht beruhigt sie sich wieder, wenn wir ihr ein Eis kaufen. Und dann gehen wir auf unser Zimmer, machen ein paar Spiele, sehen uns das Fotoalbum an und …«

»Cornelia!« Jeffrey hielt ihr die Hand hin. »Hör auf, dich wie ein Baby zu benehmen, und komm mit uns!«

»Nicht heute Abend«, sagte Blake entschieden. Lenore sah ihn verärgert an, und Jeffrey warf ihm einen zornigen Blick zu. »Tut mir leid, doch ich denke, wir sollten vernünftig sein. Jeff, du hattest einen furchtbaren Tag und eine noch üblere Nacht. Ich bin selbst reichlich erledigt von allem, aber ich glaube, dass ich momentan klarer denke als du. Cornelia fühlt sich bei diesen Leute gut aufgehoben. Sie mögen sie offensichtlich. Lass uns warten, bis sich die Aufregung gelegt hat. Bitte, Jeff, um unser aller willen. Lass uns die Situation in Ruhe überdenken und in den nächsten Tagen entscheiden, was das Beste für das Kind ist. Ihr Wohlergehen hat Vorrang vor unserem.«

»Ich bin ihr Vater!«, erwiderte Jeffrey. »Sie gehört zu mir.«

»Ja, aber nicht *jetzt sofort.*« Blakes Miene wirkte unerschütterlich. »Du hast gesehen, dass sie gesund ist …«

»Gesund!«, schrie Jeffrey. »Sie …«

»Weint unkontrolliert, weil sie nicht mit uns kommen will. Für sie sind wir Fremde«, fiel Blake ihm ernst ins Wort. »Verständlicherweise ängstigt sie sich, also lassen wir sie, wo sie sich sicher fühlt. Das ist es, was ein liebender Vater tun würde, Jeff.«

Diana rechnete mit einer wütenden Erwiderung von Jeffrey. Als er nach einigen spannungsgeladenen Sekunden lediglich murmelte: »Na schön«, sprang Diana auf, nahm Willow auf ihren Arm und rannte mit ihr nach oben. In ihrem Zimmer schloss sie die Tür und legte die Kleine aufs Bett zur immer noch verunsicherten Christabel und dem tief schlafenden Romeo.

Sie griff sich eine Handvoll Papiertücher und tupfte Willow das tränennasse Gesicht ab. »Du bleibst heute bei uns, Süße«, sagte sie. Dianas Herz pochte wild.

»Aber die haben gesagt …«

»Du hast viel zu sehr geweint, um zu hören, was Mr Cavanaugh sagte. Er hat erlaubt, dass du heute bei uns bleibst.«

»Und wenn er es doch nicht will?«, jammerte Willow.

Diana sah sie an. »Willow Conley, *niemand* bringt dich heute Nacht von hier weg. Du schläfst in diesem Bett, mit den Katzen neben dir, und wir machen die Badezimmertüren auf, damit du mich sehen kannst. Hier, bei Onkel Simon und Clarice, sind wir sicher.«

»Aber die wollen mich in ein Hotel mitnehmen«, beharrte Willow weinend. »Die Frau und der böse Mann.« Allein ihn zu erwähnen schien Willows Angst aufs Neue zu steigern. »Ich will nicht in ein Hotel und … und Bilder angucken … oder spielen …«

»Willow, du gehst nirgends hin.« Diana beschloss, es mit einem anderen Ansatz zu versuchen. »Christabel und Romeo werden dir gar nicht erlauben, von hier wegzugehen.«

Willow schniefte und sah zu den Katzen. Prompt krabbelte Christabel auf Willows Schoß und begann zu schnurren. Und Romeo, Gott segne ihn, schaffte es, ein goldenes Auge zu öffnen und wieder zu schließen, als würde er Willow aufmunternd zuzwinkern. Tatsächlich lächelte sie. »Nee, das wollen die nicht.«

»Selbstverständlich nicht. Menschen unterschätzen diese Katzen gern, doch ich kann dir sagen, die sind ein ziemlich starkes Team und beschützen die, die sie mögen. Vor allem aber beschützen sie das einzige kleine Mädchen, das sie wirklich gernhaben. Also, ich würde den beiden bestimmt nicht in einer dunklen Gasse begegnen wollen, wäre ich ein böser großer Mensch, der Willow Conley wehtun will.« Diana erschauderte. »Die beiden würden so jemanden glatt in Stücke reißen und zum Abendbrot futtern!«

Willow kicherte bei der Vorstellung von der kleinen Christabel und dem dreibeinigen Romeo, die Hackfleisch aus einem erwachsenen Mann machten, nicht zu vergessen, ihn vertilgten. Die zwei fraßen nur das teuerste Katzenfutter und tranken französisches Mineralwasser.

Kinder können so unverwüstlich sein, dachte Diana, als Willow weiterkicherte und liebevoll die Katzen streichelte. Doch selbst ein starkes Kind wie Willow war nicht unbegrenzt belastbar. Noch ein Trauma könnte zu viel für sie sein. Diana stellte rasch den Disney-Film wieder an und tat, als hätte sie alles vergessen, was unten geschehen war. Sie lachte ausgiebig über halbwegs witzige Szenen und imitierte die Stimmen der Zeichentrickfiguren. Fünfzehn Minuten später kam Simon herein und sagte, dass die Gäste gegangen seien.

»Die kommen doch nicht wieder und holen mich, oder?«, fragte Willow.

»Nein, du verbringst die Nacht in der erlauchten Gesellschaft von Diana, Clarice und meiner Wenigkeit«, antwortete Simon, der Willow nicht vormachen wollte, dass sie nie wieder von hier fortmüsste. »Und natürlich von Romeo und Christabel. Nan ist durch die Hintertür entflohen, ohne sich zu verabschieden.«

»Kein Charme«, kommentierte Willow weise und unendlich erleichtert. »Ich bin so froh, dass nur wir hier sind.«

»Ich auch«, pflichtete Simon ihr lächelnd bei. »Weißt du was? Clarice hatte eine prima Idee. Sie hat mir erzählt, dass ihr zwei manchmal, wenn sie auf dich aufpasst, heiße Schokolade trinkt. Was hältst du von einer Kakaoparty zu viert?«

»Ist das toll!«

Bald darauf saßen die vier über dampfenden Bechern am Küchentisch. Willow, die einen beachtlichen Kakaoschnurrbart hatte, verkündete, es wäre die beste Kakaoparty, bei der sie je gewesen war. Simon gab vor zu überlegen, ehe er bestätigte, selbst auch noch keine bessere erlebt zu haben. »Und das liegt nicht bloß an der heißen Schokolade«, ergänzte er. »Nein, es ist eindeutig die angenehme Gesellschaft. Ich sitze hier mit drei atemberaubend schönen Damen. So stelle ich mir den Himmel vor.«

»Willst du wissen, wie ich mir den Himmel vorstelle?«, quiekte Willow vergnügt. Alle nickten. »Mit Mommy, Diana, Clarice, Onkel Simon, Romeo und Christabel ganz hoch oben bei mir, wie wir alle ein Picknick auf einer Wolke machen.«

Danach galt ihre ganze Aufmerksamkeit einem Mini-Marshmallow, den sie mit der Zunge einfangen wollte. Clarice waren Tränen in die Augen gestiegen, und Simon musste schlucken. Diana schloss die Augen. Sie fühlte sich leer, traurig und hilflos.

Anschließend badete Diana Willow, wozu sie Vanilleduftkerzen um die Wanne herum aufstellte und sehr viel Schaumbad ins Wasser gab. Das festliche Bad begeisterte Willow; umso mehr, als Christabel hereinkam und sich auf den Waschtisch setzte, um ihr zuzusehen. Hinterher zeigte Diana der Kleinen ihren neuen rosa Pyjama. Willow wollte ihn unbedingt selbst anziehen, drehte sich ein paarmal vor dem großen Spiegel und beteuerte, er wäre *superklasse*.

Diana brachte Willow ins Bett. Dort schlief Romeo so tief, dass er nicht einmal die Augen öffnete, als Diana ihn herunterhob und in sein elegantes Katzenbett legte. Ab und zu schlug er mit dem Schwanz, und gelegentlich stieß er ein leises, schlafgedämpftes Quaken aus. Christabel in ihrem jugendlichen Überschwang weigerte sich wie immer, in ihr Katzenbett zu gehen, ehe nicht alle Lichter aus und Diana selbst in ihrem Bett war. Sie lag zusammengerollt neben Willow, solange Diana dem Kind eine selbst ausgedachte Gutenachtgeschichte erzählte.

Willows Lider fielen langsam zu, und ihr Atem wurde ruhiger und gleichmäßiger. Als Diana sich sicher war, dass die Kleine schlief, küsste sie sie sacht auf die Stirn und ging nach unten. Die hellwache Christabel folgte ihr auf dem Fuße. Unten saßen Simon und Clarice in der Küche nach wie vor bei dampfenden Kakaobechern mit Marshmallows obendrauf. »Guter Gott, noch mehr heiße Schokolade?« Diana lachte. »Wir haben doch schon mit Willow zwei Becher getrunken.«

»Clarice und ich haben vor, uns an Kakao zu betrinken«, verkündete Simon freudig. »Ein wahrer Umhauer, also kann ich nicht garantieren, in welcher Verfassung wir morgen früh sein werden. Aber nach diesem grauenhaften Abend mit der Cavanaugh-Mannschaft dürfen wir ja wohl ein bisschen tiefer in den Becher gucken!«

»Und ob!«, stimmte Diana ihm von Herzen zu, legte Christabel zwei Leckerlis hin und erntete einen entrüsteten Blick von ihrer Katze. Also gab sie drei weitere hinzu und machte sich selbst noch eine heiße Schokolade. *Dafür werde ich büßen,* dachte sie. Obwohl sie erst Ende zwanzig war, machte ihr Schokolade schnell Pickel. Nun, dafür gab es ja Abdeckstifte.

»Willow schläft friedlich«, sagte sie, als sie sich an den Küchentisch setzte. »Vor einer Stunde hätte ich es nicht zu hoffen gewagt, aber ich glaube, die schiere Erschöpfung hat ihre Angst besiegt.«

»Ihre Angst vor dem bösen Mann.« Sorge spiegelte sich in Clarice' veilchenblauen Augen. »So hat sie ihren Vater genannt.«

»Sie glaubt nicht, dass Jeffrey ihr Vater ist. Sie denkt, dass ihr richtiger Vater tot ist und Jeffrey der böse Mann.«

»Das arme Kind hat mich mit seinem Schreien um zwei Jahre altern lassen«, sagte Clarice. »Was glauben Sie, warum sie Mr Cavanaugh den ›bösen Mann‹ nennt?«

»Penny muss es ihr beigebracht haben«, antwortete Simon.

»Willow erinnerte sich vage an einen Mann in einer großen Stadt. Das muss Jeffrey gewesen sein, und trotzdem hatte sie, als sie das erzählte, keine Angst vor ihm«, gab Diana zu bedenken.

Simon nickte. »Ich denke, ›vage‹ ist das entscheidende Wort. Willow war erst drei, als Penny mit ihr weggelaufen ist. Sie konnte nicht damit rechnen, dass sich das Kind genau an Jeffrey erinnerte, also hat Penny Willow wahrscheinlich Fotos gezeigt, damit sein Gesicht ihr im Gedächtnis blieb. Dann erzählte sie Willow, dass er böse und gefährlich ist und dass er versuchen würde, sie umzubringen, falls er sie finden sollte.«

»Wieso sollte Penny das tun?«, fragte Clarice ungläubig.

Simon zog die silbernen Brauen hoch, dass sich eine steile Falte zwischen ihnen bildete. »Sie wollte sicher sein, dass Willow nicht mit ihm ging, sollte Jeffrey sie aufspüren. Sie war schließlich bei Nacht und Nebel vor ihm geflohen und hielt sich vor ihm versteckt.«

»Ja, das leuchtet mir ein.« Clarice überlegte. »Ich kann einfach nicht glauben, dass Penny ihren Ehemann verlassen und ihm das einzige Kind genommen hat. Vielleicht haben sie sich nicht verstanden, doch dann hätte sie sich scheiden lassen können. Aber ihm das Kind wegnehmen? Ihn zu verlassen, sodass er sich die ganze Zeit, so lange Zeit fragen musste, wo Willow ist, wie es ihr geht? Und dann auch noch ihrer Tochter einzureden, dass sie sich vor dem eigenen Vater fürchten muss? Ich kann mir nicht vorstellen, dass Penny so grausam sein kann.«

»Es sei denn, sie ist gar nicht grausam.« Diana schaute an Simon und Clarice vorbei und sah in Gedanken nichts als die grenzenlose Liebe, die sie jedes Mal in Pennys Augen erblickt hatte, wenn sie ihre Tochter betrachtete. »Wir wissen, dass Penny nichts von Jeffreys Geld gestohlen hat. Also warum ist sie buchstäblich vor dem Mann weggelaufen, hat ihr luxuriöses Leben als Penny Cavanaugh aufgegeben und ihre wie Willows Identität geändert?«

»Angst«, sagte Simon leise. »Penny hatte eine Heidenangst vor Jeffrey Cavanaugh.«

***

Die Bombe. Diana wäre fast damit herausgeplatzt, dass eine Bombe die Explosion in Pennys Haus verursacht hatte. Doch sie hatte Tyler Raines versprochen, Simon nichts zu erzählen. Ihr war nicht wohl dabei, es zu verheimlichen, doch ein Blick auf Simon und Clarice sagte ihr, dass die beiden eine ruhige Nacht dringend nötig hatten. Sie sahen erschöpft aus, und der Abend war schon aufreibend genug gewesen, ohne dass Diana sie mit ihrer Verkündung, jemand – womöglich Jeffrey Cavanaugh – hätte eine Bombe in Pennys Haus platziert, in Angst und Schrecken versetzte.

Das Schweigen dauerte an, bis Diana schließlich fragte: »Simon, hast du heute Abend im Krankenhaus angerufen und nach Penny gefragt?«

»Ja, habe ich, aber da war Jeffrey Cavanaugh schon dort gewesen und hatte nachgewiesen, dass er ihr Ehemann ist. Sie geben Patienteninformationen nur an Angehörige heraus, also erfahren wir nichts mehr über Pennys Zustand. Bevor du nach Hause kamst, erzählte Lenore allerdings, die Ärzte hätten gesagt, dass ihr Zustand unverändert ist.«

»Sie wird sterben«, sagte Diana unglücklich. »Das wissen wir alle.«

»Nein, wir *wissen* es nicht«, entgegnete Simon erbost. »Ich habe über schwere Brandverletzungen recherchiert. Heutzutage überleben selbst Menschen mit so furchtbaren Verbrennungen wie Penny. Früher waren Infektionen das Todesurteil bei derartigen Verletzungen. Aber jetzt haben sie sehr wirksame Breitbandantibiotika. Es gibt immer Hoffnung, Diana.«

»Du klingst wie Großmutter.«

»Ach was! Ich rede hier nicht von komischen Gefühlen oder Botschaften von jenseits des Grabes wie sie. Ich glaube an die Wissenschaft, und in der Medizin haben sie gewaltige Fortschritte gemacht. Du gibst Penny auf, ohne alles zu kennen, was für sie getan werden kann, und das lasse ich nicht zu!«

Clarice senkte den Blick und zupfte nervös an ihrer Serviette; sie hatte sichtlich Angst, dass Diana und Simon einen heftigen Streit anfingen.

Es ist erst ihr zweiter Tag bei uns, dachte Diana mitfühlend. *Sie weiß noch nicht, wie es bei Simon und mir läuft.*

Diana lächelte. »Keine Sorge, Clarice. Simon und ich zanken uns mindestens einmal täglich. Das hält uns davon ab, uns gegenseitig zu langweilen.«

Simon grinste Diana zu, und Clarice brachte ein unsicheres Lächeln zustande. »Ich bin schon froh, wenn Sie beide nicht wirklich wütend aufeinander sind.«

»Ich glaube nicht, dass wir jemals wütend aufeinander waren«, beruhigte Diana sie. »Mit Ausnahme von damals, als Simon gegen meine Heirat war.«

»Und ich hatte recht! Der Kerl war der Falsche für dich – kindisch, egozentrisch und neidisch auf dein Talent. Das konnte jeder auf den ersten Blick sehen, na ja, jeder außer dir, weil du ja geblendet warst durch eine ziemlich jugendliche Verliebtheit, für die du da schon zu alt und zu klug warst. Ich habe nie verstanden …«

»Verzeihen Sie, dass ich Ihnen ins Wort falle«, unterbrach Clarice leise, aber selbstbewusst. »Diana, wissen Sie irgendetwas über diesen Jeffrey Cavanaugh?«

Diana musste sich ein Grinsen verkneifen, weil Simon schlagartig verstummt war. »Nein, ich weiß rein gar nichts über ihn, außer dass er Präsident von Cavanaugh and Wentworth ist, eine der größten Grundstückserschließungsgesellschaften des Landes. Ihnen gehören Hotels in Florida und Kalifornien sowie Liegenschaften in New York. Ich bin sicher, dass das nicht alles ist, aber ich habe mich nie näher mit dem Unternehmen befasst.«

»Offenbar ist Jeffrey nicht so publicitygeil wie Donald Trump«, bemerkte Simon trocken.

»Leider«, entgegnete Diana. »Andernfalls wüssten wir mehr über ihn.«

Simon blickte ernst von einer Frau zur anderen. »Das ist das

Problem. Wir wissen nicht, wer dieser Mann ist. Auf mich hat er jedenfalls keinen guten Eindruck gemacht. Und damit meine ich nicht diese Schimpftiraden oder die allgemeine Feindseligkeit. In Fällen wie diesem könnte ich solch ein Benehmen entschuldigen. Nein, mir macht etwas anderes an ihm zu schaffen, etwas an seinem Wesen.«

»Der Typ ist ein Ekelpaket. Das stimmt mit seinem Wesen nicht«, sagte Diana. »Von ihm gehen ganz üble Schwingungen aus. Ich stimme dir zu, dass mit ihm irgendwas überhaupt nicht in Ordnung ist. Das muss auch der Grund sein, weshalb Penny vor ihm geflohen ist.«

»Und jetzt ist er hier und Penny dem Tode nahe. Die Hausexplosion soll angeblich ein Unfall gewesen sein, doch ich glaube nicht an Zufälle.« Simon sah Diana mit seinen durchdringenden grünen Augen an, als wüsste er, dass sie ihm wichtige Informationen vorenthielt. »Deshalb müssen wir *alle* vorbereitet sein, uns selbst und uns gegenseitig zu schützen.«

Zwanzig Minuten später standen Simon, Diana und Christabel mit Clarice in ihrem Schlafzimmer. »Sie haben keinen Grund, sich davor zu fürchten«, sagte Simon, der versuchte, Clarice einen Revolver zu geben. »Er hat eine Lauflänge von gerade mal zwölf Zentimetern und wiegt unter zwei Pfund.«

»Mich interessiert nicht, wie lang der Lauf ist! Es ist eine Schusswaffe!«

»Eine sehr kleine Schusswaffe, Clarice, kein Gewehr.« Wieder versuchte Simon, sie Clarice in die Hand zu drücken, doch die verschränkte ihre Hände hinter dem Rücken wie ein kleines Mädchen. »Clarice, Sie sind eine erwachsene Frau, bitte, nehmen Sie den Revolver. Natürlich müssen Sie vorsichtig beim Gebrauch sein, selbst wenn er gesichert ist, aber das ist kein Nitroglyzerin, kein Sprengstoff, der bei jeder zufälligen Bewegung explodiert. Alles, was Sie tun müssen, ist, sich von mir ein paar Anweisungen geben zu lassen, wie Sie damit schießen, und den Revolver dann nicht wieder anfassen, es sei denn, Sie brauchen ihn.«

»Ich brauche das Ding nicht! Wen soll ich wohl erschießen? Nan?«

Simon gab vor nachzudenken, dann sah er Diana an. »Das ist eigentlich keine schlechte Idee. Ich weiß sowieso nicht, wie lange ich das Mädchen noch ertrage.«

Diana nickte. Clarice sah die beiden an, als wären sie von Sinnen. »Wie können Sie darüber scherzen?«

»Weil wir uns bemühen, Sie zu entkrampfen«, antwortete Diana lächelnd.

»Schusswaffen in den falschen Händen können fraglos gefährlich sein«, fuhr sie fort. »In den Händen von Kindern, von Leuten, die andere zum Spaß erschießen wollen, oder von solchen, die beim leisesten Geräusch im Haus losballern, weil sie denken, da käme ein Einbrecher. Tausende Leute sollten wirklich keine Schusswaffen besitzen. Aber in diesem Fall denke ich, dass Onkel Simon recht hat.«

Diana wartete einen Moment, ehe sie fortfuhr. »Viele Leute können sich keine Alarmanlage leisten. Sie hatten keine, Penny auch nicht; ich hatte ebenfalls keine, als ich allein lebte. Und selbst mit Alarmanlage kann die Polizei nicht sofort zur Stelle sein. Simon war schon immer der Überzeugung, wie ich auch, dass es das Beste ist, man lernt, sich selbst zu beschützen, und zwar mit mehr als einem Baseballschläger. Mir ist klar, dass eine Menge Leute behaupten würden, Simon und ich haben den Verstand verloren und es wäre unverantwortlich von uns, Schusswaffen im Haus zu haben. Aber ich stimme Simon zu, dass wir sie in der gegenwärtigen Situation brauchen. Wir dürfen nicht vergessen, was Penny passiert ist, und Simon hat Ihnen ja erzählt, was letzte Nacht im Krankenhaus war. Denken Sie daran, Clarice, wir beschützen nicht nur uns selbst, sondern auch Willow.«

Clarice nahm die Hände vom Rücken und ließ sie hängen. »Tja, wenn Sie es so sagen, hört es sich nicht ganz so übel an … bis auf eines. Sie sagten selbst, dass eine Schusswaffe nie in Kinderhände gehört, und wir haben ein Kind im Haus.«

»Was uns bewusst ist«, sagte Simon, der eine Kiste aufnahm, die er auf Clarice' Frisierkommode gestellt hatte. »Ich verwahre meine Waffen größtenteils in einem eigens für sie gebauten Safe, aber eine Handfeuerwaffe ist immer in einem Kasten wie diesem neben meinem Bett. Diana hat genau so einen. Ich hatte versucht, Penny eine Pistole zu geben, aber sie sagte mir, dass sie schon eine besitzt. Deshalb gab ich ihr nur einen Kasten wie diesen.«

»Ach, Simon, falls etwas geschieht, wäre ich viel zu nervös, um mit einem Schlüssel zu hantieren oder mich an eine Zahlenkombination zu erinnern«, jammerte Clarice beinahe. »Ich wäre vollkommen *nutzlos.*«

»Sie sind absolut nicht nutzlos, und ich möchte so etwas nicht noch einmal von Ihnen hören«, erwiderte Simon mit einer Mischung aus Strenge und Zuneigung.

Diana musste unweigerlich schmunzeln. Sie wusste, dass ihr Großonkel nicht bloß freundlich sein wollte. Nein, er mochte und bewunderte Clarice Hanson wirklich.

»Also, Clarice, dies nennt man einen biometrischen Schusswaffensafe«, fuhr er fort. »Sie müssen sich weder mit einem Schlüssel noch einer Kombination abmühen. Der Safe ist neu und unbenutzt. Wir programmieren ihn so, dass er ausschließlich Ihren Fingerabdruck erkennt. Danach müssen Sie nichts weiter tun, als den Kasten hier zu berühren«, er zeigte auf eine Vertiefung vorn an der Kiste, »und er öffnet sich binnen drei oder vier Sekunden. Der Kasten merkt sich den Fingerabdruck selbst dann noch, wenn wir einen Stromausfall haben. Einfacher geht es kaum, nicht?«

»Nun ja, das Öffnen scheint simpel«, sagte Clarice zögerlich. »Das Hantieren allerdings, womöglich zu schießen, macht mir Angst.«

»Ich bringe Ihnen bei, wie Sie die Waffe halten und zielen. Ohne Kugeln. In fünf Minuten wissen Sie alles Nötige. Anschließend lade ich die Waffe und packe sie in die Safebox. Können Sie sich damit wohlfühlen?«

»Wohlfühlen? Sie scherzen, Simon«, antwortete Clarice, die erstmals seit einer halben Stunde lächelte.

Simon erwiderte ihr Lächeln. »Alles wird gut, Clarice. Vertrauen Sie mir.«

»Okay, ich bin erledigt«, sagte Diana. »Ich denke, für mich ist Schlafenszeit.«

Oben ging sie auf Zehenpitzen in Willows Zimmer. Das Kind lag zusammengerollt in der Mitte des großen Bettes, tief schlafend, die Strasskrone in der Hand. Diana nahm sie ihr vorsichtig aus den kleinen Fingern und küsste Willows warme Stirn. War sie zu warm? Oder stieg die Körpertemperatur bei Kindern im Schlaf? Diana hatte keine Ahnung. Penny würde es natürlich wissen. *Wäre sie doch hier, um auf ihr kleines Mädchen aufzupassen!* Tränen hingen in Dianas Wimpern.

Beide Katzen schliefen in ihren Betten, in scheinbar unmögliche Positionen verdreht, die aussahen, als hätten sie sich das Genick ausgerenkt. Romeo hatte eine Pfote über den Augen. »Passt gut auf euern Schützling auf«, flüsterte Diana, auch wenn die Katzen nicht unbedingt wie die Beschützer der Hilflosen wirkten.

Sie ließ beide Türen zum Bad weit offen und schaltete das Nachtlicht ein, sodass Willow, wenn sie zwischendurch aufwachte, Diana in ihrem Bett sehen konnte. Da sie das Badezimmerlicht nicht anmachen wollte, das eher grell war und Willow wecken könnte, verzichtete Diana auf ihr abendliches Ritual mit Reinigungslotion, Feuchtigkeitscreme fürs Gesicht, einer anderen für den Hals und noch einer dritten für den Bereich unter den Augen – ein Ritual, das ihrer Mutter so wichtig wie das Atmen gewesen war.

Stattdessen wusch Diana sich das Gesicht mit Wasser und Seife und putzte ihre Zähne. Dann ging sie in ihr Schlafzimmer, zog sich bis auf den Slip aus und ihr großes weiches T-Shirt an, bevor sie vollends entkräftet ins Bett fiel. So müde war sie in ihrem ganzen Leben noch nicht gewesen, nicht einmal auf Simons Expeditionen.

Sie träumte von Märschen durch endlose Wüsten, die so heiß waren, dass Diana die Hitze gar nicht mehr spürte, während sie ihre schwere Fotoausrüstung schleppte, fest entschlossen, sich nicht zu beklagen. Gleichzeitig wunderte sie sich, wie Simon es schaffte, schneller als alle anderen zu sein und anscheinend nie eine Pause zu brauchen. Er ist eine Maschine, dachte sie im Traum, überhaupt kein Mensch. Oder die alten ägyptischen Götter hatten ihn mit unerschöpflicher Energie gesegnet. Vielleicht war er sogar einer von ihnen, wie ein paar Leute in seinem Expeditionsteam scherzhaft behaupteten. Simon Van Etton entstammte einer anderen Welt, einer anderen Zeit, gehörte einer vollkommen anderen und überlegenen Spezies …

Diana schlug die Augen auf. Im ersten Moment wähnte sie sich noch mitten in der Wüste. Dann aber gewöhnten sich ihre Augen an den matten Schein des Nachtlichts, und sie erkannte ihre Frisierkommode, ihre Wäschekommode, die Stereoanlage und … Christabel, die auf der breiten Lehne des Sessels vorm Fenster hockte. Chris hatte den Schwanz in einer uralten Katzenpose um ihren Unterleib geschlungen und saß stumm, regungslos und beobachtend da.

Diana stieg leise aus dem Bett und ging halb geduckt zum Sessel. Die Vorhänge waren nicht zugezogen. Oft ließ Diana sie offen, wenn sie kein Licht machte, weil sie gern hinaus in den samtigen schwarzen Nachthimmel sah. Aber noch nie hatte sie Christabel dort auf dem Sessel sitzen sehen und wie sie in die Nacht hinausblicken.

Lautlos kniete Diana sich auf den Sessel und hob ihren Kopf gerade weit genug, dass sie über die Rückenlehne schauen konnte. Sie sah in die Richtung, in die Christabel guckte, und erkannte eine Gestalt neben einer großen Eiche, ungefähr fünfunddreißig Meter von Dianas Fenster entfernt. Ein kleiner Lichtpunkt wurde abwechselnd heller und dunkler. Derjenige, der dort stand, rauchte. Rauchte und beobachtete.

Ein kalter Schauer lief Diana über den Rücken, und die

Katze, die ihre Angst spürte, fauchte einmal leise und knurrte.
»Wer ist das, Chris?«, fragte Diana, die bloß etwas anderes hören wollte als das unheimliche Fauchen und Knurren, das Gefahr verhieß. »Es ist ein Uhr morgens. Wer steht da, raucht und sieht zu uns herauf?«

Ein Wagen beantwortete ihre Frage, dessen Scheinwerfer beim Fahren um eine Biegung über die Gestalt hinweghuschten. Blitzschnell sprang sie hinter den Baum, aber dennoch zu langsam, um dem Lichtstrahl rechtzeitig zu entkommen.

Es war Tyler Raines.

9

Blake Wentworth kam in einem marineblauen Velourbademantel aus dem Bad, ein Handtuch in der Hand, mit dem er sich das Haar trocknete. Seine Frau saß im Bett, zwei Kissen im Rücken und die Decken so weit hochgezogen, dass oben noch ihr rosa Negligé aus Seide und Spitze herausguckte. Sie lächelte, obwohl ihr Mann sie gar nicht ansah.

»Du bist der bestaussehende Mann, den ich jemals habe aus der Dusche kommen sehen.«

Blake nahm das Handtuch vom Kopf, blickte zu ihr und grinste. »Ich schätze, das ist es, was man gemeinhin ein zweifelhaftes Kompliment nennt. Wie viele Männer hast du schon aus der Dusche kommen sehen, Mrs Wentworth?«

Lenore errötete. »Oh! Stimmt, so sollte es sich nicht anhören.«

Blake setzte sich auf die Bettkante. »Deine Komplimente kommen oft falsch heraus. Das ist niedlich.« Er strich ihr über die Wange. »So wie du, wenn du rot wirst. Dann siehst du wie ein kleines Mädchen aus.«

»Und du siehst wie ein sehr junger Mann aus.«

»Den Eindruck hatte ich weniger, als ich nach dem Duschen vier graue Haare entdeckte.« Blake schüttelte lachend sein nasses schwarzes Haar.

»Bei meinem Vater war mit fünfzig fast die Hälfte seines Haars grau, und du hast nur vier graue Haare?«

»Weil ich gerade erst vierzig bin, Liebling.«

»Ich dagegen bin faltig, übergewichtig und vierundvierzig«, klagte Lenore. »Deshalb denke ich manchmal, du würdest mich gern gegen ein jüngeres Modell eintauschen.«

»Manchmal?« Blake grinste. »Lenore, du redest mindestens

einmal am Tag darüber! ›Findest du die junge Frau dort nicht attraktiv, Blake?‹«, äffte er sie nach, ohne sie zu verhöhnen, und Lenore begann zu kichern. »Oder: ›Mein Gott, die Sowieso ist mit fünfunddreißig noch hübscher als mit fünfundzwanzig. Findest du nicht auch, dass sie besonders hübsch ist?‹« Lenores Kichern wurde lauter. »Und an Tagen, an denen deine Stimmung finster ist oder du Kopfschmerzen hast, platzt du direkt damit heraus: ›Gib's zu, Blake, du wünschst dir, du wärst mit einer Frau in den Zwanzigern verheiratet! Machen wir uns nichts vor. Nur zu, sag mir die Wahrheit! Ich kann sie verkraften!‹« Nun lachte Lenore lauthals, ungehemmt, auch wenn sie tiefrot anlief.

»Ehrlich, Schatz, du verwirrst mich«, fuhr Blake fort. »Wäre ich einer von den Männern, die ständig jüngere Frauen von oben bis unten mustern oder auf Partys in jedes Dekolleté starren, das sich ihnen präsentiert, würde ich es ja noch verstehen. Aber ich habe dir nie Grund gegeben, eifersüchtig zu sein.«

»Du bist zu höflich, um andere Frauen anzugaffen, solange ich in der Nähe bin.«

»Nein, ich tue es nicht, weil es mir überhaupt nicht in den Sinn kommt. Ich bin vollkommen glücklich in meiner Ehe.« Als Lenore die Stirn runzelte, beugte Blake sich zu ihr. »Ohne dich, meine liebste Lenore, wäre ich aufgeschmissen«, flüsterte er, bevor er sie sehr sinnlich küsste.

Lenore tauchte ihre Finger in sein feuchtes Haar und lächelte zärtlich. Plötzlich aber war ihr Lächeln fort. »Oh mein Gott! Ich habe mir noch nicht die Zähne geputzt!«

»Siehst du, wie sehr ich dich liebe?«, lachte Blake.

Es klopfte an der Tür, und Blake öffnete. Ein Zimmerkellner schob einen Teewagen herein, Blake gab ihm ein Trinkgeld und breitete die Arme aus, nachdem er die Tür wieder hinter ihm geschlossen hatte. »Zimmerservice! Ich habe dir Erdbeer-Pancakes bestellt. Du machst doch nicht wieder irgendeine alberne Diät, oder?«

»Ähm, eigentlich schon, aber Erdbeer-Pancakes kann ich unmöglich widerstehen.«

»Ich habe auch Bacon für dich kommen lassen, und zwei Kannen Kaffee. Zwar gabst du dich gestern Abend als große Teeliebhaberin aus, aber die Lenore, die ich kenne, bevorzugt morgens Kaffee.«

»Ach, gestern Abend«, stöhnte Lenore, stieg aus dem Bett und schlüpfte in den zu ihrem Negligé passenden Mantel. »War das nicht anstrengend?«

»Ja, die Beschreibung ist sehr treffend.«

»Ich mag wirklich gern Tee, aber in den letzten zwei Wochen bei Mutter habe ich ihn literweise getrunken. Und Jeffrey benahm sich wie ein ungezogener Zweijähriger, mit seinem dauernden Gezeter, von wegen er trinkt keinen Tee – aufgebracht, wie er war. Übrigens fiel mir auf, dass der alte Mann ihm nichts anderes anbot.«

»Mit voller Absicht, denn er wollte Jeffrey zeigen, dass er ihm nicht nachgeben würde. Er hat sich nicht einmal anmerken lassen, dass ihn Jeffs Verhalten verunsicherte.«

»Ich glaube gar nicht, dass er verunsichert war. Simon Van Etton, was für ein distinguierter Name. Und er ist ein distinguierter Mann. Sehr vornehm.«

»Und sehr viel selbstbewusster als Jeff, fürchte ich.« Blake schenkte ihnen Kaffee ein. »Mich wundert, dass diese Leute mit Penny bekannt waren. Sie schienen keine Ahnung von ihrer Vergangenheit zu haben, nicht einmal die junge Frau, Diana.«

»Nein, hatten sie nicht.« Lenore lächelte wehmütig. »Die waren richtig schockiert, als sie das mit dem Strippen hörten.«

»Ich dachte, wir nennen es ›exotischen Tanz‹?«

»Wir sind unter uns, mein Schatz. Da dürfen wir ruhig deutlich sein.« Lenore nahm die Haube von der Platte mit den Pfannkuchen, die mit großen Erdbeeren und Schlagsahne überhäuft waren. »Du liebe Güte, die sehen himmlisch aus!«

»Und ich möchte, dass du keinen Krümel übrig lässt. Du

musst zu Kräften kommen. Gestern hattest du sogar Ringe unter den Augen, und du bist immer noch blass. Deine Mutter hat dir keinen Moment Ruhe gegönnt, stimmt's?«

»Halb so wild. Ich bin nur froh, dass ich gerade auf dem Weg zum Flughafen war, als du anriefst und mir das von Penny sagtest. Mutters Reaktion, wäre sie dabei gewesen, kann ich mir lebhaft vorstellen.«

»Ich mir nicht, und ich möchte sie mir auch nicht ausmalen.« Blake löffelte sich Blaubeermarmelade auf seinen Toast. »Sie wird jedenfalls keine Träne um Penny weinen.«

»Ach, Blake, das wird sie sehr wohl. Wie kannst du so etwas Schreckliches sagen? Sicher freut sie sich, dass Penny aus Jeffs Leben verschwunden ist und es Cornelia gut geht, aber sie ist doch nicht froh, dass Penny wahrscheinlich stirbt!«

»Doch, ist sie, auch wenn sie es nicht aussprechen wird. Deine Mutter kann ziemlich furchtbar sein.«

Lenore halbierte eine Erdbeere und kaute sie nachdenklich. Ja, ihre Mutter wäre wohl froh, doch Lenore wollte es sich ungern eingestehen. Sie hatte schon immer Probleme mit der Herzlosigkeit ihrer Mutter gehabt. Also wechselte sie lieber das Thema. »Was hältst du von Diana?«

Blake legte sein Messer ab. »Oh nein, nicht schon wieder!«

»Nein, nicht schon wieder«, sagte Lenore lächelnd. »Sie ist Pennys Freundin, und Cornelia scheint sehr an ihr zu hängen. Ich frage mich ja bloß, was du von ihr denkst.«

»Tja, ich weiß, dass du zuallererst wissen willst, ob ich sie hübsch finde oder nicht. Ich finde: Sie hat fantastisches Haar, und die Augen sind faszinierend. Sie können sanft und feminin aussehen und im nächsten Moment hart wie Stein. Die Frau hat eine weibliche Ausstrahlung, und trotzdem kann ich sie mir in Cowboystiefeln vorstellen oder wie sie auf einen Baum klettert oder …«

»Oder auf einer Expedition in Ägypten, genau wie ihr Onkel uns erzählt hat, als wir auf sie warteten.«

»Ja.« Blake nahm einen Bissen von seinem Rührei. »Sie hat

einiges von ihrem Onkel, nein, warte, er ist ihr Großonkel, nicht? Sie lässt sich jedenfalls genauso wenig einschüchtern wie er. Auch ihr konnte Jeff keine Angst einjagen. Sie ist kein harter, maskuliner Typ, aber auch keine zarte Mimose«, schloss er achselzuckend und lächelte Lenore an. »Was soll ich sonst noch sagen?«

»Ich wünschte, sie würde wie diese Haushälterin aussehen!«

Blake lachte. »Wieso behalten sie das Mädchen? Mein Gott, dieses Benehmen! Das war degoutant!«

»Diana sagte, sie wäre neu.«

»An der Geschichte muss mehr dran sein.« Blake lachte immer noch. »Ich würde behaupten, dass Van Etton sich keinen Tag mit ihr abgeben würde, es sei denn, er hat einen triftigen Grund dazu.«

»Tja, eigentlich kennen wir die Leute überhaupt nicht. Uns wurde erzählt, dass sie hoch angesehen sind, und wir haben gesehen, dass sie sehr luxuriös leben und wie sehr Corny sie mag, aber dennoch …«

»Aber dennoch haben wir sie bisher nicht persönlich kennengelernt.« Blake biss in ein knuspriges Stück Bacon. »Und übrigens, ich weiß, dass es Jeff sauer macht, aber können wir das Kind *bitte* Willow nennen statt Cornelia oder, noch schlimmer, Corny? Penny hat den Namen gehasst, doch Jeff verlangte ihn, weil er dachte, so eure Mutter besänftigen zu können. Dabei war sie, wie nicht anders zu erwarten, auch noch beleidigt, dass er die Tochter einer ›Hure‹ nach ihr benannt hat. Da anscheinend seit anderthalb Jahren jeder sie Willow ruft, dürfte die Welt nicht gleich stillstehen, wenn wir es auch tun.«

»Nein, wohl nicht.« Lenore runzelte die Stirn. »Penny hat ihren eigenen Vornamen behalten. Was glaubst du, warum sie ihn nicht auch geändert hat?«

»Das FBI sagt, der Name auf dem Sozialversicherungsausweis war Karen Hope Conley. Der Ausweis von Willow lautete auf Deborah Lee Conley. Ich vermute, auf Nachfragen hätte Penny gesagt, Penny und Willow sind Kosenamen.«

»Und woher hatte Penny die falschen Sozialversicherungsausweise?«

»Weiß ich nicht. Wir wissen insgesamt nicht viel über ihr Leben, bevor sie Jeff geheiratet hat. In ihrem Beruf kann sie mit allen möglichen Unterwelttypen in Berührung gekommen sein, die wissen, wie man seine Identität ändert. Ich habe von Anfang an angenommen, dass sie sich an solche Leute gewandt hat, die Copper Penny kannten und ihr immer noch helfen wollten.«

»Gegen ein Entgelt, versteht sich. Kein Krimineller geht umsonst ein Risiko ein.«

Blake grinste. »Ich hoffe, du sprichst nicht aus Erfahrung.«

»Nein, trotz der Unterstellungen, mein Vater hätte fragwürdige Kontakte gehabt, kenne ich Kriminelle nur aus dem Kino und Fernsehen …«

»Wo sie natürlich sehr realitätsnah geschildert werden«, ergänzte Blake kopfschüttelnd. »Ich weiß nicht, wie sie es angestellt hat, aber vergessen wir nicht die fünfzehntausend Dollar, die auf ihrem Konto fehlten. Vielleicht hat sie die neuen Sozialversicherungsnummern mit dem Geld gekauft.«

»Mag sein.« Lenore trank von ihrem Kaffee und schenkte sich dann sofort wieder nach. »Penny ist nicht mit Jeffs Geld durchgebrannt. Ich dachte immer, sie wäre mit einem reichen Liebhaber auf und davon. Doch nun sagen die Van Ettons, sie hätte in einfachsten Verhältnissen gelebt. Was die Möglichkeit eines Liebhabers natürlich nicht ausschließt, nur kann er nicht reich sein. Und wo hätte sie ihn dann auch kennenlernen sollen? Ich glaube nämlich nicht, dass sie früher oft in Huntington war.«

»Nein, eher hatte sie noch nie von diesem Nest in West Virginia gehört.«

»Warum ist sie dann hierhergezogen?«

»Ich habe keine Ahnung, Schatz.«

Lenore sah ihn an. »Warum hast du gestern Abend all diese wundervollen Dinge zu Jeff gesagt, dass du wahre Liebe erkennst, wenn du sie siehst, und sie bei Penny erkannt hast, wenn sie Jeff ansah? Wolltest du ihn bloß beruhigen?«

»Teils. Deshalb trug ich extradick auf. Aber ich bin mir tatsächlich sicher, dass Penny ihn geliebt hat, als sie Jeff heiratete. In den letzten Monaten bevor sie verschwand, sah ich diese Liebe allerdings nicht mehr in ihren Augen.«

»Dann denkst du, sie könnte ihn wegen eines anderen verlassen haben?«

»Das dachte ich zuerst, genau wie du. Aber als so viel Zeit verging, ohne dass sie die Scheidung verlangte, nahm ich an, dass sie bei jemandem war, der sie nicht heiraten wollte. Ich war die ganze Zeit überzeugt, falls es einen anderen gab, musste er viel Geld haben«, sagte Blake. »Penny hat Jeff nicht nur des Geldes wegen geheiratet, dessen bin ich mir sicher, doch sie hatte sich an einen gewissen Lebensstil gewöhnt, und sie wollte das Beste für ihre Tochter. Wie es scheint, lag ich falsch. Falls ein anderer Mann existiert, konnte er ihr eindeutig kein angenehmes Leben bieten.«

»Nein, sonst wäre sie nie Hilfskraft eines Wissenschaftlers geworden und in einem winzigen Haus mit so maroden Leitungen gelandet, dass sie einfach explodieren mussten.«

Blake, der kaute, schüttelte den Kopf und schluckte. »Fehlerhafte Leitungen können ein Feuer verursachen, keine Explosion. Das ginge höchstens, wenn Funken aus defekten Leitungen in einen Raum gelangen, in dem es vorher ein Gasleck gab. Nun, der Bericht des Fire Marshals sollte heute fertig sein, dann erfahren wir mehr.« Er verstummte kurz. »Ich würde sagen, wir nehmen uns die zweite Kaffeekanne vor.«

Lenore tat, als wäre sie unentschlossen, ob sie noch mehr von ihren Pfannkuchen essen könnte. Als Blake schmunzelte, sagte sie grinsend: »Dir ist hoffentlich klar, dass ich diese Platte ratzekahl leer futter.«

»Oh ja. Warum auch nicht? Du nimmst jedes Mal mindestens fünf Pfund ab, wenn du bei deiner Mutter bist.«

»Ich muss fünf Pfund abnehmen, du hingegen nicht, obwohl du eher noch mehr abgenommen hast. Dass das alles ausgerechnet jetzt passiert – wenn ich gerade von Mutter nach Hause komme und du dich von einer Grippe erholst! Du bist immer noch angeschlagen. Gestern Abend bei den Van Ettons sahst du schrecklich erschöpft aus, und du hast die ganze Nacht durchgehustet.«

»Na ja, es war nicht direkt ein erholsamer Abend, Lenore. Das i-Tüpfelchen war definitiv, als Cor…, Willow schrie, Jeff wäre der böse Mann, der Penny umbringen will.«

»Oh Gott, war das entsetzlich! Und allein Pennys Schuld. Sie hat versucht, Cor…, Willow gegen Jeff aufzuhetzen, aus Rache.«

»Rache wofür? Jeff hat Penny nichts getan, außer sie wie eine Königin zu behandeln.«

Lenore seufzte. »Ich würde zu gern wissen, wie Penny hier in Huntington war. Ich meine nicht, dass sie in einem einfachen Haus wohnte und schlichte Kleidung trug. Nein, ich meine, wie sie wirklich war – was sie dachte, worüber sie geredet hat, wohin sie ging, welche Interessen sie hatte, falls überhaupt welche.«

»Nun, du hast die beiden Menschen gesehen, die sie wohl am besten kannten, Simon Van Etton und Diana Sheridan. Wenn du etwas über Penny wissen willst, dürfte Diana die richtige Ansprechpartnerin sein.«

»Ich kann wohl schlecht zu ihr gehen und sagen: ›Erzählen Sie mir alles über Penny.‹«

Blake lachte. »Ein wenig geschickter solltest du schon vorgehen.«

»Außerdem kommt mir Diana nicht so vor, als würde sie gern klatschen. Ich habe eher das Gefühl, dass es extrem schwierig wäre, ihr Informationen über Penny zu entlocken, zumal ich Jeffreys Schweser bin.«

Blake steckte sich das letzte Stück Marmeladentoast in den Mund und schenkte Kaffee nach. »Lenore, du verfügst über ein großes Talent, andere unauffällig auszufragen. Das ist einer der Gründe, weshalb Jeff dich ins Management aufgenommen hat. Du wirkst auf charmante Weise unschuldig. Arglos. Das entwaffnet Leute – selbst die gerissensten Geschäftsleute. Von manchen unserer Konkurrenten hast du mehr erfahren, als es Jeff oder ich jemals gekonnt hätten.«

»So viel zu zweifelhaften Komplimenten. Ich bin also großartig darin, Informationen zu bekommen, weil mich alle für blöd halten?«

»Ich sagte nicht ›blöd‹. Ich sagte ›arglos‹. Und ›charmant‹. Und vollkommen offen und freundlich. Die Leute erzählen dir einfach alles, ohne es zu merken. Und vor allem lässt du dir nichts anmerken, wenn sie etwas ausplaudern, das uns nützlich ist. Du plapperst einfach weiter, als hättest du gar nichts verstanden.«

»Ich wiederhole, die Leute halten mich für blöd.«

Blake seufzte und lächelte sie liebevoll an. »Okay, sie halten dich nicht gerade für den hellsten Kopf weit und breit. Sie unterstellen dir, dass du einen gemütlichen Managementposten hast, weil dein Bruder die Firma leitet.«

»Mein Bruder und mein Mann.«

»Ja, aber Jeff hatte das Ruder schon in der Hand, bevor er mich mit ins Boot holte. Manchmal frage ich mich, ob er mich überhaupt braucht. Er fühlt sich verpflichtet, weil mein Vater und sein Vater das Unternehmen gegründet haben. Wie dem auch sei, du, Lenore, bist Gold wert. Dein Bruder und ich verkennen durchaus nicht, dass wir dir einige der klügsten Schachzüge verdanken, die Cavanaugh and Wentworth jemals machte.« Lenore strahlte. »Also, wie schwer kann es für dich im Vergleich dazu sein, eine harte Nuss wie Diana Sheridan zu knacken? Ich würde sagen, sie hat nicht den Hauch einer Chance, Lenore Wentworth irgendetwas vorzuenthalten.«

»Meine Güte, vielleicht sollte ich der CIA meine Dienste anbieten. Dann könnten die aufhören, Leute zu foltern.«

Blake grinste. »Eine nette Idee, Schatz, doch sie zahlen nicht annähernd so gut wie Cavanaugh and Wentworth.« Sein Grinsen schwand. »Also, wie wäre es, wenn du versuchst, ein paar Informationen über Penny aus Diana herauszukitzeln? Ich glaube nicht, dass es schwierig für dich wird.«

Lenore trank von ihrem Kaffee und blickte an Blake vorbei zum Fenster, hinter dem sich ein wunderschöner Tag zeigte. »Gestern Abend sagte Jeff, dass er Penny heute besuchen will. Er wollte, dass wir mit ihm gehen, aber trotz allem, was Penny getan hat, ertrage ich es nicht, sie so schrecklich verbrannt zu sehen. Jeff wird verlangen, dass zumindest du mit ihm gehst. Ich weiß, dass du es genauso wenig möchtest, doch er wird darauf bestehen. Ich mache mir Sorgen um ihn. Seine Abneigung gegen jede Form von sozialem Austausch nimmt pathologische Züge an. Du oder ich müssen inzwischen fast alles Reden für ihn übernehmen. In diesem Fall jedoch, wenn er zu Penny geht, braucht er wirklich ein Familienmitglied an seiner Seite.«

»Und wie ist dein Plan?«

»Du gehst mit Jeff ins Krankenhaus. Ich entschuldige mich, rufe bei Van Etton an und frage, ob ich vorbeikommen und Willow sehen darf. Ich bin die Tante des Mädchens, und ich komme anstelle von Jeff, was ihre Bedenken deutlich mildern sollte.« Lenore blickte lächelnd zu ihrem Mann. »Und ich verhalte mich so charmant ahnungslos, schwatzhaft und entwaffnend, wie ich kann, um möglichst viel herauszubekommen. In Ordnung?«

»Besser als das.« Blake streckte die Hand über den Tisch, worauf Lenore ihm ihre entgegenhob, die er drückte. »Du bist ein Genie, meine liebste Lenore.«

***

Als Diana aufwachte, stand Willow neben ihrem Bett und betrachtete sie mit großen Augen. »Ich dachte schon, du wachst nie auf! Christabel und Romeo und ich haben ganz dollen Hunger.« Romeo, der irgendwo neben Willow auf dem Boden hocken musste, stieß ein schallendes Quaken aus. »Siehst du? Er hat Hunger!«

»Mir war nicht klar, dass die Lage derart düster ist«, murmelte Diana, während Christabel zu ihr aufs Bett sprang. »Wie spät ist es?«

»Frühstückszeit.«

Diana sah zu ihrem Wecker. »Es ist neun! Eigentlich schon nach Frühstückszeit, aber wir beide hatten ja auch Schlaf nachzuholen. Außerdem frühstückt Romeo immer spät.«

Der große Kater quakte nochmals energisch, um Diana Lügen zu strafen, was Willow prompt richtig deutete. »Romeo sagt aber, dass er jetzt Hunger hat. Er muss bald was fressen, denn sonst wird er ganz schwach und zittrig.«

»So weit kommt's noch!« Diana lachte. »Okay, ihr drei armen Hungerleider, ich stehe auf. In zehn Minuten frühstücken wir.«

Sie zog gerade ihren Morgenmantel über, als zaghaft an die Tür geklopft wurde. Gleich darauf rief Clarice: »Diana?«

»Ja, kommen Sie rein, Clarice.«

Sie betrat Dianas Zimmer ohne ihren Rollator. Clarice trug ein hellblaues Kostüm – das einzige elegantere Kleidungsstück, das Diana tags zuvor in Clarice' begehbarem Kleiderschrank gefunden hatte – und Pumps mit niedrigem Absatz. Ihr Haar hatte sie zu einem raffinierteren French Twist als sonst frisiert, mit kleinen Löckchen an ihren Ohren und einer tieferen Welle links über ihrer Stirn.

»Meine Güte, Sie ziehen sich aber gut an für einen ruhigen Sonntagmorgen. Sie sehen bezaubernd aus!«, sagte Diana.

Clarice lächelte. »Danke. Ich gehe sonntags immer in den Gottesdienst, und Ihr Onkel bot mir an, mich zu begleiten.«

»Onkel Simon fährt Sie zur Kirche?«

»Genau genommen besteht er darauf, mit mir in den Gottesdienst zu gehen und mich anschließend zum Mittagessen auszuführen, weil mich meine Arthritis heute weniger plagt. Ich habe ihm zwar gesagt, dass essen gehen wirklich nicht nötig ist, aber … nun ja … Sie kennen Simon besser als ich.«

»Oh ja«, sagte Diana matt. Simon, der seit der Hochzeit seiner Schwester in keiner Kirche mehr gewesen sein dürfte, bot Clarice nicht bloß an, sie hinzufahren, sondern bestand darauf, mit ihr hineinzugehen? Auf jeden Fall war der Mann, von dem Diana sich am Dienstagmorgen verabschiedete, nicht derselbe, der nun darauf wartete, Clarice Hanson in die Kirche und zum Essen zu begleiten. Diana verkniff sich ein Grinsen. Sie war überglücklich, dass ihr Onkel sich zur Abwechslung mal nicht in seine Arbeit vergrub. »Willow sagte mir, dass sie und die Katzen am Verhungern sind. Wir wollten gerade zum Frühstück nach unten kommen.«

»Am Verhungern«, wiederholte Willow sehr ernst. »Wir alle.«

»Ich bin froh, dass du wieder ordentlich Appetit hast«, sagte Clarice zu Willow. Christabel maunzte entzückt und trippelte voraus zur Tür. Romeo hoppelte ihr in Höchstgeschwindigkeit hinterher. »Weißt du, Willow, Simon hat mir erzählt, dass Diana nie frühstückt. Sie duscht morgens, und dann geht sie auf einen langen Spaziergang, um zu fotografieren. Deshalb habe ich schon mal Rührei gemacht, und Simon bereitet das Frühstück für die Katzen. Was hältst du davon?«

Willow blickte Diana entgeistert an. »Stimmt das, dass du nie frühstückst?«

»Na ja, nicht so richtig. Ich esse eine Scheibe Toast und trinke Kaffee.«

Willow seufzte. »Typisch Große! Ich möchte gern Rührei, Clarice.«

»Sehr schön. Dann fahrt ihr drei mit dem Aufzug nach unten.« Willow klatschte in die Hände, während Clarice zu Diana sah. »Ich schicke sie nach unten, dann möchte ich kurz mit Ihnen sprechen, wenn es geht.«

Diana war bereits auf halbem Weg ins Bad mit der großen Duschkabine und erstarrte. Clarice' Lächeln, von dem Diana erst jetzt begriff, dass es gekünstelt gewesen war, war fort. *Penny ist tot,* dachte sie. *Penny ist tot, und Clarice will es mir sagen, ehe sie mit Willow redet.* Sie nickte, zog ihren Morgenmantel wieder an, setzte sich aufs Bett und wappnete sich für die Nachricht. Als die Fahrstuhltüren unten aufglitten, quakte Romeo triumphierend. Er liebte es, mit dem Aufzug zu fahren. Simon rief nach oben: »Die Ladung ist sicher angekommen, meine Damen! Wir sind dann in der Küche.«

Clarice kam zurück in Dianas Zimmer und schloss die Tür hinter sich. »Penny ist tot, nicht wahr?«, fragte Diana.

Clarice wirkte im ersten Moment erschrocken, dann mitfühlend. »Gütiger Himmel, nein! Diana, meine Liebe, glauben Sie, Ihr Onkel und ich würden in die Kirche fahren und anschließend essen gehen, wenn so etwas geschehen wäre? Da ließen wir Sie doch nie allein mit Willow hier. Nein, wir haben nichts von Jeffrey Cavanaugh gehört. Soweit wir wissen, ist Pennys Zustand unverändert.«

Diana bemerkte, dass sie die Luft angehalten hatte, und atmete nun langsam aus. »Gott sei Dank«, flüsterte sie.

»Ja, das wollte ich in der Kirche tun.« Clarice stand am Fußende des Bettes. »Meine Liebe, ich muss etwas mit Ihnen besprechen. Ich war nicht sicher, aber ich habe mit Ihrem Onkel geredet, nachdem Sie ins Bett gegangen waren – und er diese Furcht einflößende Schusswaffe in die Kiste gelegt hatte. Er sagte mir, Sie hätten ein Recht zu erfahren, was ich Ihnen bisher vorenthalten habe. Allerdings nicht lange, möchte ich betonen.«

Clarice rang unglücklich die Hände und runzelte die Stirn, wich jedoch nicht Dianas Blick aus. Diana wies auf den Sessel gegenüber ihrem Bett.

»Setzen Sie sich, Clarice. Und bitte, gucken Sie nicht so unglücklich. Ich bin sicher, was Sie zu sagen haben, kann nicht so furchtbar sein.«

»Ich hoffe es.« Sie setzte sich und sah Diana an. »Es geht um Glen.«

»Glen?«, wiederholte Diana verwundert. »Glen Austen?«

»Ja. Ich kannte weder seinen Namen noch seine Beziehung zu Ihnen, bis er gestern hier vorbeikam, als er von Penny hörte.

Ich habe ihn vorher schon gesehen, Diana.« Clarice zögerte. »Ich sah ihn bei Pennys Haus.«

»Glen und ich haben Penny im Mai mit in den Country Club genommen. Wir holten sie zu Hause ab und …«

»Nein, das meinte ich nicht«, sagte Clarice. »Später. Als Sie mich fragten, ob ich in der Nacht der Explosion jemanden gesehen hatte, der zu Penny kam, wissen Sie noch, da war ich unsicher. Dann sagte Simon, er wäre dort gewesen, um Penny Essen zu bringen, als Willow im Krankenhaus war. Ich sagte in dem Moment nichts mehr, aber ungefähr vor zwei Monaten fing es an, dass Glen Penny besuchte, insgesamt viermal, glaube ich.«

Clarice fiel es eindeutig schwer, Diana das zu erzählen. »Zweimal hatte Willow vorher gesagt, dass sie bei einer Freundin schläft. Und dann kam Glen, der mindestens eine Stunde blieb. Ein andermal war Penny gerade von der Universität zurück. Ich hatte Willow bei mir drüben. Glen kam gleich nach Penny, sie gingen zusammen hinein, und er blieb etwa eine Stunde.«

Clarice beobachtete Diana besorgt, als rechnete sie mit einem verzweifelten Aufschrei oder zumindest einem schockierten Ausdruck. Als weder das eine noch das andere folgte, fuhr die alte Damen etwas sicherer fort: »Nachdem er gegangen war, kam Penny zu mir gelaufen, entschuldigte sich vielmals und sagte, jemand aus einem Kurs im letzten Semester wäre in derselben Vorlesung gewesen wie sie und hätte sich einfach selbst eingeladen, um sie zu besuchen.

Aber sie war so nervös und verlegen, dass ich wusste, sie log. Was mich wunderte. Ich verstand gar nicht, warum sie mich belog, wenn sie jemanden gefunden hatte, den sie mochte und mit dem sie ausgehen wollte. Sie hätte sich doch denken können, dass ich mich für sie freuen würde. Mich verwirrte außerdem, dass Glen zwar schon bei ihr zu Hause gewesen war, sie aber nie zusammen ausgingen. Wollen Sie, dass ich fortfahre, Diana? Sie sehen blass aus.«

»Ich bin überrascht, aber ansonsten geht es mir gut«, antwortete Diana. »Ich möchte alles hören.«

»Na schön. Das letzte Mal, dass ich Glen sah, war am Mittwochabend, zwei Tage vor der Explosion. Er kam gegen neun Uhr, als es noch fast hell draußen war. Der Abend war ungewöhnlich kühl und sehr still. Ich hatte meine Klimaanlage ausgestellt und das Fenster geöffnet und … Nun, ich gestehe, dass ich gelauscht habe.«

Clarice wurde ein bisschen rot. »Penny ließ ihn nicht gleich rein. Ich hörte, wie sie sagte, sie wäre müde, weil sie so lange im Krankenhaus bei Willow gewesen war, und fühlte sich nicht wohl, weshalb sie lieber gleich ins Bett gehen wollte. Aber Glen meinte, er würde nur ein paar Minuten bleiben. Soweit ich es sehen konnte, hatte er sich bereits halb ins Haus gedrängt, und schließlich machte Penny ihm ganz auf.«

Clarice atmete tief durch. »Ich schäme mich nicht, dass ich gespitzt habe«, sagte sie beinahe trotzig. »Glen war so … so aufdringlich, obwohl Penny ganz eindeutig allein sein wollte. Ich war beunruhigt. Dann kam noch ein Wagen und hielt gegenüber am Straßenrand. Inzwischen war es fast dunkel, und ich konnte erst etwas erkennen, als die Tür geöffnet wurde. Jemand stieg aus, schien zu Pennys Haus gehen zu wollen, blieb aber stehen und kehrte wieder in den Wagen zurück. Als die Innenbeleuchtung anging, sah ich, dass es eine junge Frau war. Sie können sich vorstellen, wie erstaunt ich war, als ich am Samstagmorgen Ihre Haushälterin sah und feststellte, dass sie diejenige war, die ich vor dem Haus gesehen hatte, als Glen bei Penny war – Nan Murphy.«

Mittlerweile war Diana auf der Bettkante so weit nach vorn gerutscht, dass sie um ein Haar auf dem Boden gelandet wäre. Sie fing sich ab, und Clarice stieß einen stummen Schrei aus. »Ach du liebe Güte, ich habe Ihnen einen Schreck eingejagt! Ich sagte Simon schon, dass es gewiss zu viel für Sie wäre. Bitte, werden Sie nicht ohnmächtig, Diana. Glen ist keine einzige Ihrer Tränen wert!«

Diana setzte sich weiter zurück. Ihre Gedanken überschlugen sich, sodass sie zunächst gar keinen zusammenhängenden Satz herausbrachte. Derweil ging Clarice ins Bad und kehrte mit einem Einwegbecher voller Wasser wieder. »Trinken Sie das langsam«, wies sie Diana an. »Oh, mir ist ganz elend, dass ich Ihnen solchen Kummer bereiten muss! Simon meinte, Sie würden es verkraften, weil Sie alles verkraften. Für ihn kreist das Universum um Sie. Er ist fest überzeugt, dass Sie anders als jede andere Frau sind, emotional stärker und imstande, mit jeder Situation umzugehen und …«

»Clarice, mir geht es gut«, unterbrach Diana sie. »Ich bin nichts von dem, was Simon gern in mir sehen möchte, aber ich kann ganz sicher mit der Nachricht umgehen, dass Glen hinter einer anderen Frau her war. Oder hinter zwei anderen.« Diana versuchte zu lächeln, was ihr vor lauter Verwunderung nicht recht gelingen wollte. »Clarice, ich hege keine tieferen Gefühle für Glen. Ich mag ihn, aber eigentlich habe ich mich all die Monate nur häufiger mit ihm verabredet, weil ich zu faul war, die Geschichte beizeiten zu beenden. Ich war nie in ihn verliebt – nicht einmal ansatzweise. Ehrlich, ich bin nicht verletzt, und Sie müssen sich nicht schlecht fühlen, weil Sie mir das erzählt haben. Simon hatte recht: Ich musste es erfahren.«

»Oh, ein Glück!« Clarice sank gegen die Sessellehne und fächelte sich mit einer Zeitschrift von Dianas Nachtschrank Luft zu. »Ich konnte letzte Nacht kaum schlafen, nachdem ich sowohl Nan als auch Glen hier gesehen hatte und begriff, dass es eine Verbindung zwischen den beiden geben musste, obwohl Glen so tat, als wäre er *Ihr* Freund. Ich musste einfach Simons Rat einholen, weil er Sie am besten kennt. Aber trotzdem war ich mir nicht sicher, ob ich es Ihnen wirklich erzählen sollte.«

»Sie haben das Richtige getan.« Diana überlegte. »Penny weiß genau, dass ich nicht in Glen verliebt bin. Deshalb verstehe ich nicht, wieso sie mir nichts gesagt hat, als er anfing, sich an sie heranzumachen. Sie kann unmöglich gedacht haben, ich wäre verletzt.«

»Penny scheint eine Menge Geheimnisse zu haben«, sagte Clarice traurig. »Ich frage mich, ob wir sie überhaupt richtig kannten.«

»Nun, ich schätze, die meisten Leute würden mich für bescheuert halten, das zu glauben, aber ich denke, wir kennen die wahre Penny, ihre Seele oder ihren Geist oder wie immer man das nennen will, was hinter den Geheimnissen verborgen liegt. Ich bin fest überzeugt, dass sie im Grunde ein guter Mensch war, aber etwas hielt sie gefangen, Clarice. Schließlich ist sie nicht mit Jeffrey Cavanaughs Geld durchgebrannt. Und es ist ein Leichtes zu behaupten, Penny hätte Willow eingeredet, Angst vor Jeffrey zu haben, damit Willow nie nach ihrem Vater sucht, aber Penny hätte ihrer fünfjährigen Tochter niemals solche Angst gemacht, nur damit sie nicht nach Jeffrey sucht, wenn sie älter ist. Das wäre grausam, und grausam ist Penny nicht, egal, was andere sagen. Ich glaube, dass sie einen triftigen Grund hatte, Cavanaugh zu verlassen. Vielleicht war ein anderer Mann beteiligt, aber auf jeden Fall dachte Penny, Flucht, ein Leben im Verborgenen wäre die einzige Möglichkeit, Jeffrey zu entkommen. Und etwas oder jemand hat ihr diese Woche eine Todesangst gemacht.«

»Das kann nicht Jeffrey gewesen sein«, sagte Clarice. »Er wusste bis nach der Explosion gar nicht, wo sie war.«

»Behauptet er zumindest. Ich mag ihn nicht, und vor allem traue ich ihm nicht. Ich traue denen allen nicht – Jeffrey nicht, Blake nicht und auch nicht Lenore.« Und Tyler Raines ebenfalls nicht, sollte Diana hinzufügen, was sie jedoch nicht tat. Sie wusste selbst nicht, wieso, aber sie konnte ihn nicht mit den Cavanaughs in einen Topf werfen. Auch wenn sie keine Ahnung hatte, welche Rolle er in diesem Drama spielte, schien er nicht zu den drei Leuten zu passen, die sie gestern Abend kennengelernt hatte.

»Was Glen betrifft ...« Diana zuckte mit den Schultern. »Ich kann mir irgendwie nicht vorstellen, dass Penny sich zu Glen hingezogen fühlte. Er ist so gar nicht der Typ Mann, den ich für sie ausgesucht hätte. Andererseits bin ich monatelang mit ihm ausgegangen, obwohl er auch nicht der Typ Mann ist, in den ich mich verlieben könnte. Und wie Sie sagten, hatten die beiden keine normale Beziehung. Heimliche Verabredungen zum Sex? Könnte sein. Glen und ich haben nicht miteinander geschlafen.« Clarice errötete wieder. »Vielleicht fand Glen Penny ja äußerst verführerisch. Offen gesagt, habe ich ihn zu wenig beachtet, als dass ich das gemerkt hätte.«

»Er ist ein gut aussehender junger Mann«, murmelte Clarice schwach. »Und er ist ein guter Freund Ihres Onkels.«

»Onkel Simon mag ihn, doch er würde ihn nicht als guten Freund bezeichnen. Er war nicht einmal froh darüber, dass ich häufiger mit Glen ausging. Immer wieder sagte er mir, ich sollte mir jemand anders suchen, mit mehr ›Feuer‹.« Diana schmunzelte. »Falls Glen sowohl mit Nan als auch mit Penny eine Affäre hatte, hat Simon sein Temperament wohl gründlich unterschätzt.«

Clarice blickte sichtlich verlegen auf ihre gefalteten Hände. »Nun, das weiß ich nicht. Als ich gestern mit Glen sprach, kam er mir nicht wie ein Weiberheld vor«, sagte sie beinahe pikiert.

Als Diana lachte, sah Clarice erschrocken auf. »Nein, natürlich nicht! Mein Gott, wie erstaunt Sie gewesen sein müssen, als er hier erschien und sich als *mein* Freund ausgab! Und das, nachdem Sie schon entdeckt hatten, dass die Frau, die ihm zu Penny gefolgt war, unsere derzeitige Haushälterin ist. Mir ist unbegreiflich, wie Sie die Fassung wahren konnten. Sie sind verblüffend, Clarice!«

Clarice lächelte. »Ich glaube nicht, dass ich verblüffend bin, meine Liebe. Mir war entsetzlich unwohl dabei, mit ihm zu reden, solange Simon nach oben ging und Sie holte. Und kaum waren Sie da, floh ich in die Bibliothek.«

Diana überlegte, sodass für eine Weile Schweigen eintrat. »Als Nan vor Pennys Haus stand, hat Glen sie dort, als er ging, gesehen?«

»Oh nein. Zehn Minuten bevor er zur Tür heraustrat, hatte sie den Motor angelassen und war weggefahren.«

»Wie hat Glen sich von Penny verabschiedet? Hat er sie an der Tür geküsst?«

»Himmel, nein! Pennys Fliegentür flog so schwungvoll auf, dass sie gegen die Wand knallte. Glen kam herausgestapft, stand eine Minute auf der Veranda und brüllte buchstäblich: ›Du machst einen großen Fehler, Penny.‹«

Diana starrte Clarice verständnislos an. »Er sagte, sie macht einen großen Fehler? Tja, wir wissen natürlich nicht, was er gemeint hatte. Es könnte ihr Wegzug aus Huntington sein. Simon war in ihrem Haus, und er hat gepackte Kartons gesehen. Die wird Glen ebenfalls bemerkt haben. Also wusste er, dass Penny weggehen wollte, selbst wenn sie es ihm nicht direkt gesagt hat.«

»Glen könnte gedacht haben, dass sie umzieht. Vielleicht hatte sie das ja vor.«

»Falls sie das vorhatte, hätte sie es einem von uns erzählt. Aber sie hat weder Ihnen noch Onkel Simon oder mir etwas in die Richtung gesagt. Und warum sollte Glen einen Umzug für einen großen Fehler halten? Zudem hat sie weder zu Ihnen noch zu mir etwas gesagt, was nach Abschied für immer klang.« Diana schüttelte den Kopf. »Ich bin sicher, dass Penny nicht vorhatte, innerhalb Huntingtons umzuziehen – nur in ein anderes Viertel zu gehen, Clarice. Sie war wieder auf der Flucht.«

»Und Glen wollte nicht, dass sie ging.«

»Entweder das, oder er wollte nicht, dass sie fortging, ohne ihm zu sagen, wohin. Falls sie eine Affäre mit ihm hatte und glaubte, dass sie die Stadt verlassen müsste, würde sie ihm eher nicht verraten, wohin sie wollte. Und er würde es als Indiz dafür auffassen, wie wenig er ihr bedeutet. Oder aber sie wollte *seinetwegen* weg. Das würde Glen erst recht wütend machen, denn auf Zurückweisungen reagiert er gar nicht gut.«

»Ach herrje«, flüsterte Clarice. »Halten Sie ihn für fähig, gewalttätig zu werden?«

»Ich weiß es nicht. Um das ganze Chaos abzurunden, wusste Nan auch noch, dass Glen sich mit Penny traf. Sie hat ihn an dem Abend beobachtet.« Diana zögerte, denn auf einmal spürte sie ein beklemmendes Gefühl in der Magengegend. »Clarice«, sagte sie leise, »am Mittwochabend war Glen wütend auf Penny, und Nan sah Glen in Pennys Haus. Sie dürften beide ziemlich aufgebracht gewesen sein. Und am Donnerstagabend dann rief Penny mich an und sagte, wir müssten dringend reden – es ginge um Leben und Tod.«

Clarice riss die Augen weit auf. »Sie meinen, Penny hatte Angst, weil Glen oder Nan sie bedrohten?«

»Möglich«, sagte Diana vage, obwohl sie nicht an Drohungen dachte. Sie dachte an die Bombe, die am Freitagabend in Pennys Haus explodierte.

10

Diana und Willow gingen mit hinaus, als Simon und Clarice zur Kirche aufbrachen. Willows eifrigem Winken nach hätte man glauben können, die beiden würden eine Weltreise antreten. Nachdem der Wagen außer Sicht war, atmete Diana tief ein, verkündete, es wäre ein herrlicher Tag, und schlug vor, dass sie ein bisschen über den Rasen schlenderten. Bei der Eiche, an der Tyler Raines gestanden hatte, fand Diana zwei Zigarettenkippen. Sie hob sie auf, war allerdings sicher, dass er länger geblieben war als für zwei Zigarettenlängen. Die anderen Kippen musste er aufgesammelt und diese hier nur übersehen haben.

»Rauchen die Eichhörnchen, die hier auf dem Baum wohnen?«, fragte Willow.

»Das will ich nicht hoffen. Vom Rauchen können sie Lungenkrebs bekommen.«

»Tun sie bestimmt nicht, denn wo sollen Eichhörnchen denn Zigaretten kaufen?«

»Bei Shop-a-Minute«, antwortete Diana sehr ernst.

Willow kicherte. »Nee, das geht doch nicht! Shop-a-Minute verkauft keine Zigaretten an Eichhörnchen.«

»Das kann man nie wissen«, entgegnete Diana immer noch betont ernst. »Die machen alles, um einen Dollar zu verdienen.«

»Kostet eine Zigarettenpackung so viel?«

»Mehr. Oder drei Eicheln, es sei denn, der Preis ist inzwischen auf vier Eicheln gestiegen.«

Willow hielt sich noch den Bauch vor Kichern, als sie ins Haus zurückkehrten. Dort setzte sie sich bald mit den Katzen hin, denen sie eine Geschichte erzählte, während Diana ins andere Zimmer ging und das Telefonbuch hervornahm. Sie suchte nach Al Meeks und fand zwei Einträge, einen für Al's Best Barbecue und einen anderen für Albert Meeks. Sie überlegte, ob sie lieber am Nachmittag anrief, aber da tippten ihre Finger schon wie von selbst die Nummer ein. Kurz darauf hörte sie eine tiefe, kratzige Männerstimme. »Hallo? Sie wünschen bitte?«

»Mr Meeks?«

»Ja, Ma'am.«

»Könnte ich bitte Tyler sprechen? Tyler Raines?«

Nach anfänglichem Zögern antwortete er: »Tja, der ist gerade nicht da.«

Diana war so überrascht, weil er nicht fragte, wer Tyler Raines war, dass sie für einen Moment sprachlos war. Dann sagte sie rasch: »Wissen Sie, wann er wiederkommt?«

»Nein.«

Zu schnell, zu entschieden. Al log.

»Verstehe. Mr Meeks, ich bin Diane Sheridan. Ich habe schon vier- oder fünfmal mit Penny und Willow Conley in Ihrem Restaurant gegessen.«

»Ah, Diana Sheridan! Klar, ich erinnere mich an Sie«, sagte er und wurde sogleich hörbar betrübter. »Mein Gott, ich fasse nicht, was der armen Penny zugestoßen ist. Ich mochte das Mädchen richtig gern. Gott sei Dank ist die kleine Willow verschont geblieben. Und *Sie!* Tyler hat mir erzählt, keine fünf Minuten später wären Sie in dem Haus gewesen!«

Also kannte Tyler Raines wirklich Al Meeks. Tyler hatte Al sogar von der Explosion erzählt. Dabei war Diana absolut sicher gewesen, dass Tyler nur erfunden hatte, Al zu kennen. Sie spürte, dass der Mann am anderen Ende wartete, dass sie etwas sagte.

»Ich wollte schon eine Stunde früher bei Penny sein, hatte mich aber verspätet. Hätte ich das nicht und wäre Willow nicht aus dem Fenster geklettert, um Glühwürmchen für ihre Mutter zu fangen, wären es zwei Opfer mehr gewesen. Nicht, dass Penny tot ist, aber …«

Zu ihrem Verdruss kamen Diana schon wieder die Tränen. Nein, sie würde nicht am Telefon vor einem Mann schluchzen, den sie so gut wie gar nicht kannte. Sie schluckte energisch. »Die Ärzte sagen, Pennys Zustand ist unverändert. Sie ist noch bewusstlos. Natürlich darf niemand zu ihr, und außer ihren Familienangehörigen wird keiner informiert.«

»Schade«, sagte Al traurig. »Ich werde für Penny beten.«

»Sehr freundlich von Ihnen. Und das ist auch der Grund, weshalb ich anrufe. Ich meine nicht das Beten, sondern ich wollte mich, auch im Namen von Clarice Hanson, bei Tyler für seine Hilfe an dem Abend bedanken. Er hat meinen Wagen vom Brandort weggefahren, ist in Clarice' Haus, das bereits brannte, und hat sie rausgetragen …«

»Er hat was gemacht?« Al schrie beinahe.

»Er trug Clarice Hanson aus ihrem brennenden Haus.«

»Dieser Junge! Kein Wort hat er gesagt, dass er so etwas gemacht hat. Tja, da brat mir doch einer … Genau wie sein Großvater. Wir waren gute Freunde. Ich schätze, es ist besser, dass er vor Jahren starb. Was Tyler durchmachen musste, als er jung war, hätte ihm das Herz gebrochen.«

»Was Tyler durchmachen musste?«

Sie sah beinahe vor sich, wie Al Meeks Miene verschlossener wurde. »Ach, vergessen Sie's. Ich bin bloß ein alter Mann, der zu viel redet. Hören Sie, Miss Sheridan, ich richte Tyler aus, dass Sie angerufen und sich für seine Hilfe bedankt haben. Das wird ihm gefallen.« Er machte eine Pause. »Er ist ein guter Kerl, Miss Sheridan. Ich wäre stolz, dürfte ich ihn meinen Enkel nennen.«

»Darf ich Sie noch etwas fragen, Mr Meeks?«

»Tut mir leid, die Missus zupft mich schon am Ärmel. Zeit für die Kirche. Danke für den Anruf, Miss Sheridan. Machen Sie's gut. Wiederhören.«

»Ja, auf Wiederhören«, sagte Diana leise und legte auf. Al Meeks' Worte hallten durch ihren Kopf: *Er ist ein guter Kerl … Ich wäre stolz, dürfte ich ihn meinen Enkel nennen.*

»Ich glaub's nicht«, murmelte sie und schüttelte lächelnd den Kopf.

***

»Können wir Mommy heute besuchen?«

Diana sah Willow an, die marineblaue Shorts, eine blau-rosa Bluse mit kurzen, weiten Ärmeln und ihre Strasskrone trug. »Ich fürchte, sie lassen noch keine Besucher zu deiner Mutter«, sagte Diana, die gerade die Sonntagszeitung in der Hand hielt. Auf der Titelseite meldete eine fette Schlagzeile, dass eine Bombe die Explosion in dem Haus in der Rosewood-Siedlung verursacht hatte. Dieses Geheimnis musste Diana also nicht mehr hüten.

»Aber ich will zu Mommy!«

»Ich weiß, Süße, nur leider bekommen wir nicht immer, was wir wollen.«

Willows Unterlippe bebte. »Darf ich nicht zu Mommy, weil sie nicht gesund wird? Heißt das: keine Besucher?«

»Nein, die Ärzte denken, dass sie ihre ganze Kraft braucht, wieder gesund zu werden, und sich nicht anstrengen darf, weil sie mit Besuchern reden will. Sie ist noch sehr schwach.«

»Aber sie wird gesund.« Es war keine Frage. Willow schien geradezu trotzig zu befehlen, dass Penny sich wieder erholte, wurde jedoch gleich wieder unsicher. »Mommy wird doch wieder gesund, nicht? Du würdest mir das sagen, wenn es geschwindelt ist, oder?«

Diana musste sich entscheiden, ob sie vollkommen ehrlich sein oder die Angst des kleinen Mädchens lindern wollte. Beim Blick in Willows fragende Augen, in ihr trauriges, unschuldiges Gesicht wusste Diana, dass sie ihre Hoffnung nicht zerstören konnte.

»Die Ärzte und Schwestern tun alles, damit deine Mutter wieder gesund wird. Und du weißt, dass sie unbedingt gesund werden will, weil sie schnell wieder nach Hause zu dir möchte, denn sie liebt dich mehr als alles andere auf der Welt, und sie ist eine starke Frau, Willow. Sehr stark.«

»Ich möchte sie trotzdem nur mal ganz kurz sehen«, sagte Willow enttäuscht. »Wenn ich ihr sage, wie doll lieb ich sie habe, hilft ihr das ganz bestimmt.«

»Sie weiß, dass du sie lieb hast, Willow. Glaub mir, das weiß sie.« Diana lächelte und legte die Zeitung beiseite. »Magst du mit mir spazieren gehen und Fotos machen? Onkel Simon und Clarice sind noch eine ganze Weile weg, denn sie wollen nach der Kirche noch essen gehen.«

»Ja, na gut. Dürfen die Katzen mitkommen?«

»Na ja, eigentlich gehen Katzen nicht mit Leuten spazieren wie Hunde. Und lange Wege sind zu anstrengend für Romeo.«

»Du kannst doch einen kleinen Holzwagen kaufen und Romeo dann ziehen«, schlug Willow vor.

»Das ist eine prima Idee, aber wir müssen auch an Christabel denken. Sie würde weglaufen. Und dann versteckt sie sich vielleicht im Wald, wo wir sie nicht wiederfinden.«

»Ich hab mich auch im Wald versteckt, und mich hat einer gefunden.«

Diana merkte auf, versuchte jedoch, möglichst beiläufig zu klingen. »Ja, das stimmt. Ein Mann hat dich gefunden. Wie kam es, dass er dich finden konnte, obwohl es alle anderen nicht konnten?«

»Weil ich mich vor den anderen versteckt hab.«

»Aber nicht vor ihm. Warum nicht?«

Willows Blick wanderte sekundenlang im Raum herum. »Ich war so müde, und ich hatte Angst vor den Schlangen.«

»Ach so, klar. Kennst du den Mann, der dich gefunden hat?«

»Ähm … nee.«

»Das hört sich nicht an, als würdest du mir die Wahrheit sagen.«

Willow schaute sie an, und Diana sah kurz Angst in ihren Augen aufflackern. Dann faltete die Kleine seufzend die Hände. »Ich hab erst gedacht, ich kenn ihn, aber ich kenn ihn gar nicht.«

»Was dachtest du denn, wer er ist?«

»Na ja … also … ich dachte …« Willow nahm ihre Krone ab und begann, die Strasssteine zu inspizieren, die das Sonnenlicht reflektierten. Ohne aufzusehen, sagte sie: »Ich dachte, dass er ein Freund von Mommy ist, aber das war er gar nicht.«

Diana wusste, dass das Kind entweder die halbe Wahrheit sagte oder log. Nur log Willow normalerweise nicht, nicht einmal, wenn sie etwas angestellt hatte und der Strafe entgehen wollte. Diana wusste, wenn Willow jetzt log, dann auf Pennys Anweisung. Aber warum sollte Penny wollen, dass Willow ihre Bekanntschaft mit Tyler Raines leugnete? Und warum leugnete er, Penny zu kennen? Willow entfernte sich allmählich immer weiter von Diana, vollkommen gebannt vom Funkeln ihrer Krone, als das Telefon klingelte. *Auch okay,* dachte Diana. Offenbar hatte sie Willow genug bedrängt, was Tyler Raines betraf.

Diana nahm ab und hörte eine Frau mit perlender Stimme fragen: »Ist dort Diana?«

»Ja. Mrs … Wentworth?«

»Sagen Sie bitte Lenore zu mir. Ich hoffe, ich rufe nicht zu früh an.«

Diana sah auf ihre Uhr. »Es ist zehn nach elf. Wohl kaum zu früh.«

»Ich kenne Leute, die sonntags bis mittags schlafen. Andere, wenige, ehrlich gesagt, gehen in die Kirche.«

»Tja, für mich trifft ein Weder-noch zu.«

»Dann bin ich aber froh, dass ich Sie erreicht habe!« Lenore wurde ernster. »Diana, ich liebe meine Nichte von Herzen. Ich hatte mich so gefreut, sie gestern Abend endlich wiederzusehen, was ja leider nicht so ausging, wie ich es mir erhoffte, gelinde gesagt. Jeff ist ins Krankenhaus gefahren, um Penny zu sehen, und Blake begleitet ihn. Mir ist bewusst, dass ich auch mitfahren sollte, aber ehrlich gesagt, bringe ich es nicht über mich, Penny in dem Zustand zu sehen.«

Da Willow in Hörweite war, fragte Diana nur: »Neues über den Zustand?«

»Jeff hat mit der Klinik telefoniert, aber er ist heute Morgen bedauerlicherweise in einer Ja-nein-Stimmung. Er sagte, sie hätten ihm gesagt, dass es noch keine Veränderungen gibt. Mehr weiß ich nicht. Er vielleicht auch nicht. Mir wäre es sehr viel lieber, wenn er nicht zu ihr gehen würde. Aber er ist wild entschlossen, und da ist nichts zu machen. Wie dem auch sei, ich habe mich gefragt, ob es eventuell okay wäre, wenn ich – ich allein – vorbeikomme, um Cornelia zu besuchen.«

Blanke Angst packte Diana. Sie wollte nicht noch mehr Probleme verursachen, indem sie ablehnte, aber sie wollte auch nicht, dass Willow wieder in Verzweiflung gestürzt wurde. »Könnten Sie warten, bis ich Willow gefragt habe?«, antwortete sie aufgesetzt freundlich.

»Ah! Also, eher nicht.« Lenore musste gemerkt haben, dass ihre Stimme eine Spur Verärgerung preisgab. »Ich meine, natürlich sollten Sie sie fragen!«

Diana deckte die Sprechmuschel zu. »Willow, deine Tante Lenore ist am Telefon. Sie war gestern Abend hier, aber ich glaube, du hast sie gar nicht gesehen.« Willows Miene verfinsterte sich. »Sie schien mir nett, und sie sagt, dass sie dich schon immer sehr gemocht hat und dich gern besuchen würde.« Nun runzelte Willow die Stirn. »Sie hat gesagt, dass sie allein kommt.«

»Ohne den bösen Mann?«, fragte Willow ängstlich.

»Ja.«

Willow schien einen Moment zu überlegen. »Nur, wenn sie verspricht, dass sie allein kommt.«

»Lenore, Willow sagt, es ist in Ordnung, wenn Sie *versprechen,* allein zu kommen.«

»Ach Gott, ist es so schlimm? Tja, daran können wir wohl nichts ändern. Ich verspreche, dass ich allein komme. Hand aufs Herz.«

»Sie sagt, Hand aufs Herz.«

Willow überdachte es offensichtlich noch einmal, dann nickte sie.

»Das war's mit unserem Spaziergang«, murmelte Diana eine Minute später, nachdem sie sich von Lenore verabschiedet hatte. Diana hatte vorgehabt, in ungefähr einer Viertelstunde loszuziehen, und sich ausgemalt, wie sehr Willow es genießen würde, an solch einem schönen Tag im Park zu spielen. Nicht zu vergessen die schönen Bilder, die Diana von dem Kind machen könnte. Stattdessen würden sie im Haus feststecken, sich verkrampft mit Lenore Wentworth unterhalten und …

Jeffrey Cavanaughs Schwester, dachte Diana mit deutlichem Unbehagen. Jeffrey mit seinen kalten, metallicgrauen Augen, seiner Feindseligkeit, seiner Entschlossenheit, seine Tochter zu sehen – die ihn den bösen Mann nannte und einen Schreianfall bekam, als sie ihn sah. Lenore hatte versichert, dass sie allein käme, aber Diana wusste nicht, wie ernst diese Frau ein Versprechen gegenüber einem Kind nahm. Lenore könnte allein kommen, und kurz danach kreuzte womöglich Jeffrey auf, während Diana allein mit Willow im Haus war.

Einen flüchtigen Moment lang wünschte Diana, Tyler Raines stünde noch draußen bei der Eiche und würde das Haus beobachten. Sie verwies den Gedanken sogleich als lächerlich. Sie hätte die Polizei rufen sollen, als sie ihn letzte Nacht sah, hatte sich aber eingeredet, sie wolle den Haushalt nicht in Aufruhr versetzen.

Nach ihrem unvermittelten Wunsch nach Tylers Anwesenheit, weil sie Angst vor Lenores Besuch hatte, war Diana allerdings nicht mehr so sicher, ob ihre Sorge um die Ruhe im Haus der eigentliche Grund gewesen war, weshalb sie letzte Nacht nicht die Polizei rief. Als sie zurück ins Bett kroch und es Christabel überließ, ihn weiter zu beobachten, hatte sie das Gefühl gehabt … sicher zu sein.

»Sicher!«, platzte es aus ihr heraus.

»Was? Was ist denn?«, rief Willow neben ihr.

Diana zwang sich in die Gegenwart zurück und lachte. »Nichts, Süße! Ich dachte nur gerade an was, und da kam mir das Wort in den Sinn. Achte gar nicht darauf. Ich bin heute ein bisschen blöd.«

»Weil du nicht gefrühstückt hast«, sagte Willow weise.

»Stimmt.« Diana dachte, dass sie wirklich blöd war, und die Vernunft sagte ihr, dass sie keinem Mann trauen durfte, der ihr nicht die ganze Wahrheit sagte. Sie konnte nicht glauben, dass er Penny und Willow nicht kannte, zumindest flüchtig. Er hatte gesagt, dass er aus New York City stammte – wo Penny mit Jeffrey gelebt hatte. Er weigerte sich beharrlich, ihr seinen Beruf zu verraten, aber er hatte vierundzwanzig Stunden vor allen anderen die Information über die Explosion bekommen.

Sie wusste nichts über den Mann … außer dass er in der Nacht des Brandes ihren Wagen in Sicherheit gebracht hatte, in Clarice' Haus gerannt war, um sie herauszutragen, ehe sie von den Flammen eingeschlossen war, und zurückgefahren war, um Willow zu suchen. Und dass er Diana gestern, als sie völlig zu Unrecht wütend auf ihn gewesen war, weil er Willow nicht in die Notaufnahme gefolgt war, einfach in die Arme genommen und gesagt hatte: »Nicht weinen, Darling.« Ja, leider erinnerte sich Diana vor allem daran, dass sie sich in seinen Armen sicher gefühlt hatte, getröstet und berührt von Tylers tiefer Südstaatenstimme, die ihr sanfte Worte zuraunte und die sich weder gekünstelt noch anmaßend anhörte.

Willow betrachtete sie ernst, die blinkende Krone in der Hand. »Diana? Hast du was?«, fragte die Kleine ängstlich.

»Nein, Süße, ich dachte nur daran, dass Lenore kommt.«

Sofort verspannte sich das Kind. »Du denkst, dass sie schwindelt, nicht? Du denkst, dass sie in Wahrheit mit dem bösen Mann kommt.«

»Nein«, log Diana. »Trotzdem glaube ich nicht, dass wir den ganzen Nachmittag hier drinnen sitzen wollen, wo wir doch vorhatten, rauszugehen und Fotos zu machen.« Sie überlegte. »Willow, wie würde dir ein Picknick gefallen?«

»Picknick finde ich toll, aber wir können uns doch auch hier drinnen verstecken und nicht aufmachen, wenn die Frau kommt. Du hast doch auch Angst vor dem bösen Mann, oder?«

Das Kind hatte eine sehr gute Beobachtungsgabe, vor allem, wenn es um seine Mutter oder Diana ging. »Ja, und der böse Mann, ich meine, Jeffrey, kann nicht hier ins Haus kommen und Ärger machen, wenn wir nicht da sind. Wir hatten ja sowieso vor, spazieren zu gehen. Also spricht nichts dagegen, dass wir Lenore mitnehmen und ein richtig nettes Picknick veranstalten.«

Diana stand auf und redete weiter, während Willow ihr folgte. »Ich weiß, dass wir Limonade haben. Du magst Limonade. Und Erdnussbutter und Gelee und …« Diana öffnete die Kühlschranktür. »Und kalten Truthahn! Wir können zwei verschiedene Sorten Sandwiches bereiten! Und Kartoffelchips sind ebenfalls im Haus. Nan denkt, wir wissen nicht, dass sie eine Tüte im Vorratsschrank versteckt hat, aber wir kennen ihr Geheimfach – ah, und sie hat auch Kekse! Oh, Gott segne dich, Nan!«

»Nan soll er segnen?«

»Dafür, dass sie uns das Essen eingekauft hat, das wir für unser Picknick brauchen. Ich möchte nämlich ungern zum Laden fahren. Es soll alles fertig sein, wenn Lenore kommt.« *Damit wir nicht mehr als ein paar Minuten allein im Haus mit ihr und Gott weiß wem sind, der noch auftauchen könnte.* »Es wird eine Überraschung für sie. Sie sieht dich und verbringt einen schönen Tag im Park. Wo ist denn bloß der Picknickkorb?« Willow zeigte auf die Speisekammertür. »Woher weißt du das?«

»Wenn ich mit Mommy hier bin und sie mit Onkel Simon arbeiten muss, lässt mich Mrs Murphy manchmal herumgucken. Die ist so viel netter als Nan!«

Nan. Und Glen, dessen Kurs Nan im Frühjahrssemester belegt hatte. Glen, der eine Studentin verführt, die vermutlich in ihn verliebt war und ihm überallhin folgte. Diana fiel es schwer zu glauben, dass Glen zum harmlosen Opfer einer Schwärmerei wurde, nachdem sie sich nun entsann, dass es einige komische Momente gegeben hatte, wenn er und Nan im selben Raum gewesen waren und merkwürdige Blicke wechselten. Sie erinnerte sich auch an einen Nachmittag, an dem die beiden geradezu voneinander wegzuspringen schienen, als Diana in der Diele erschien. Sie hatte sich zu dem Zeitpunkt gesagt, die beiden wären wohl versehentlich ineinandergerannt. Und nun erinnerte sich Diana auch noch an jenen Tag, als sie jedes einzelne Mal, wenn sie ins Zimmer zurückkam, die mehr als ungesellige Nan im Gespräch mit Glen überraschte.

Glen hatte eindeutig irgendwas mit Nan. Dem musste Diana sich stellen, und sie musste etwas tun. Glen aus ihrem Leben zu verbannen würde kein Problem sein. Nan dazu bringen zu wollen, eine Beziehung aufzugeben, die ihr nichts als Schmerz bereiten konnte, dürfte sich als ungleich schwieriger erweisen. Aber momentan fehlte Diana die Muße, über die beiden nachzudenken.

Zwanzig Minuten später hatte Diana eine überaus schlichte Auswahl an Picknickessen zusammengestellt, noch eine Handvoll Papierservietten und drei Pappbecher dazugepackt, als es an der Tür läutete. Sie öffnete die Vordertür und sah Lenore Wentworth, die ihrem Ehemann,Blake Wentworth, zuwinkte, der in einer weißen Limousine wegfuhr.

Dann erst wandte sie sich Diana zu. »Jeff hat den Lincoln genommen. Natürlich hat er uns den Wagen mit der defekten Klimaanlage überlassen«, sagte sie und verdrehte die Augen. »Huch! Ich habe ja noch gar nicht Hallo gesagt!« Sie lachte. »Hi, Diana. Gott, ich wünschte, ich wäre so dünn, dass ich so enge Jeans anziehen und so *umwerfend* darin aussehen könnte!«

Diana lachte. Lenores überschwänglicher Auftritt verschreckte sie etwas, aber sie konnte der Frau unmöglich frostig begegnen. »Hallo, Lenore. Was die enge Jeans betrifft, ich habe die Angewohnheit, Mahlzeiten ausfallen zu lassen und lieber zu arbeiten. Aber es freut mich, dass sie Ihnen gefällt. Onkel Simon beklagt sich gern, dass die moderne Frau eine übertriebene Vorliebe für Jeans hegt. Angeblich weiß er gar nicht mehr, wie ich in einem Kleid aussehe.« Lenore war eingetreten, stand in der Diele und strich sich die beige Leinenhose und das kurzärmelige gegürtete Top glatt. Ihre Kleidung war schlicht, aber Diana erkannte, dass es sich um Designermode handelte.

»Wie ruhig es hier ist«, bemerkte Lenore. »Sind wir allein?«

Diana überlegte kurz, ob die Frage von Bedeutung war, ehe sie wahrheitsgemäß antwortete: »Simon hat Clarice zur Kirche gefahren.«

»Und Ihre Haushälterin? Ann, nicht wahr?«

»Nan. Die Kurzform für Nanette. Ihre Mutter, Martha Murphy, ist seit zwölf Jahren unsere Haushälterin, seit sie verwitwet ist. Martha hatte Anfang Juni einen kleineren Herzinfarkt, und sie bat Simon, ihre Tochter für sie einspringen zu lassen. Ich kann nur sagen, dass wir heilfroh sein werden, wenn Mrs Murphy in zwei Wochen wiederkommt.«

Lenore brach in ein glockenhelles Lachen aus. »Ah, deshalb! Blake und ich hatten uns schon gewundert, dass Sie eine Haushälterin wie Nan haben. Sie pflegt ja doch einen, nun ja, ganz eigenen Stil.«

»Sehr schmeichelhaft formuliert. Abgesehen von ihrem eklatanten Mangel an Erfahrung mag sie uns nicht und gibt sich nicht die geringste Mühe, es zu verbergen. Aber zum Glück müssen wir sie nicht mehr lange ertragen.«

»Und da ist ja meine Nichte. Süße, wie reizend du aussiehst!«, flötete Lenore. »Wann bist du denn Königin geworden.«

Willow lächelte zaghaft. »Ich bin keine richtige Königin. Ich weiß nicht mal, ob meine Krone echte Diamanten hat. Diana hat sie für mich gekauft.«

»Also hat sie eindeutig keine echten Diamanten«, bemerkte Diana trocken.

»Na und? Die Steine sehen wie echte Diamanten aus, und du bist wunderhübsch Cor…, Willow. Mein Mann und ich haben heute Morgen beschlossen, weil deine Mutter dich Willow nennen wollte und du dich an den Namen gewöhnt hast, dich auch Willow statt Cornelia zu nennen.«

Willow lächelte strahlend. »Ja, gut, den anderen Namen mag ich sowieso nicht.«

»Das ist sehr rücksichtsvoll von Ihnen, Lenore«, sagte Diana.

»Na ja, ich würde auch nicht wollen, dass mich jemand mit einem Namen anredet, den ich nicht leiden kann.« Lenore sah Willow an. »Weißt du noch, wie ich heiße?«

Willow hatte in den letzten Minuten zweimal gehört, wie Diana Lenore mit Namen ansprach, aber als sie jetzt »Len-ore« antwortete, klatschte die Frau in die Hände.

»Schon als du noch ganz klein warst, hast du mich immer ›Lenore‹ genannt, nie ›Len‹ oder ›Nore‹«, rief sie begeistert. »Mein Mann, dein Onkel Blake, sagt manchmal ›Len‹ zu mir, aber du hast das nie getan.«

»Aha.« Willow schien nicht zu wissen, was sie mit dieser Information anfangen sollte.

»Sonntagmorgens gehe ich gewöhnlich durch den Park und fotografiere«, sagte Diana. »Sie meinten doch, Sie wären Hobbyfotografin, deshalb dachte ich, es könnte Sie interessieren. Also haben Willow und ich überlegt, dass es lustig wäre, ein Picknick zu machen. Ist Ihnen das recht?«

Lenore schien eher erschrocken als begeistert von diesem Plan, wohingegen Diana froh war, dass Willow und sie nicht allein mit dieser Frau, die sie nicht kannten, im Haus bleiben mussten. Vielleicht sollte ja doch noch jemand anders vorbeikommen.

Rasch hatte Lenore sich wieder gefangen und strahlte. »Das hört sich sehr spaßig an! Und Sie könnten mir ein paar Tipps fürs Fotografieren geben. Sie verzeihen mir hoffentlich, dass ich gestern Abend keine Ahnung hatte, was für ein Talent Sie sind. Wie ich hinterher erfuhr, hat mein Mann Bilder von Ihnen in einer New Yorker Galerie gesehen. Er war sehr beeindruckt. Natürlich kam ich mir wie eine komplette Idiotin vor, so wie ich mit meinem Weihnachtsfoto geprahlt habe!«

»Sie haben nicht geprahlt, und das Foto war ziemlich gut.« Lenore runzelte die Stirn. »Okay, es zeigte Potenzial.«

»Aus Ihrem Munde nehme ich das als Kompliment.« Sie schaute sich um. »Na denn, ich schätze, wir haben einiges mitzunehmen.«

Diana trug ihre neueste Kamera und eine Decke, während Lenore darauf bestand, den Picknickkorb zu tragen. Willow nahm ihre Krone ab, dann luden sie alles in Dianas Wagen und fuhren die Hügel hinunter in die Ebene zum Parkplatz am Ritter Park. Auf der Straßenseite gegenüber standen einige imposante, wunderschön erhaltene Villen. Am Parkeingang stiegen aus einem riesigen runden Brunnenbecken hohe Fontänen auf. Mehrere Steinbrücken spannten sich in elegantem Bogen über den schmalen Four Pole Creek, und Natursteinstufen führten hinauf zum Rosengarten.

»Nein, ist das idyllisch!«, rief Lenore aus, die über Quadratkilometer üppigen Grases und hoher Bäume blickte. »Den Park sehe ich zum ersten Mal. Na ja, gestern haben wir ja vor allem Ihr Haus gesucht, und heute auf der Fahrt habe ich mit Blake geplaudert, wie immer, und überhaupt nicht auf die Gegend geachtet. Wie groß ist der Park?«

»Ungefähr dreißig Quadratkilometer«, sagte Diana, als sie aus dem Wagen stiegen und sich nach einem geeigneten Picknickplatz umschauten. »Hier gibt es Tennisplätze, den Rosengarten – man kann schon etwas von ihm von hier unten sehen –, ein Amphitheater und ein schönes Museum oben auf den Hügeln.«

»Und guck mal die Treppe da«, sagte Willow, die plötzlich munterer wirkte. »Das sind bestimmt über hundert Stufen.«

»Wohl eher fünfundzwanzig oder sechsundzwanzig«, korrigierte Diana lächelnd.

»Ja, ganz viele jedenfalls. Die geht man rauf, wenn man zum Rosengarten will, Lenore, und dort gibt es auch dieses Haus mit dem vielen Glas, das ›Zimmer mit Aussicht‹ heißt und wo manchmal Leute heiraten und mit ganz vielen Gästen feiern, die fein angezogen zwischen den Rosen spazieren gehen und die Hügel anschauen, und der Springbrunnen ist an, und wo ich auch mal heirate«, endete Willow atemlos.

»Sieh einer an!« Lenore schmunzelte. »Du hast ja schon alles geplant, Willow. Schwebt dir schon ein bestimmter Junge vor, den du heiraten willst?«

»Mommy sagt, ich habe noch ganz viel Zeit, aber ich will einen Prinzen oder einen Filmstar oder einen Rocksänger. Hier gibt es eine Halle, in der Rocksänger spielen, und Diana und Mommy haben mich schon *dreimal* mit hingenommen, und ich mag die, die singen. Und die Gitarre spielen. Wenn ich einen von denen heirate, singe ich mit ihm zusammen.«

Diana blickte mit hochgezogener Braue zu Lenore, und beide verkniffen sich ihr Lachen. »Das hast du alles ja gründlich überlegt, Willow«, sagte Lenore. »Wie schön. Aber denk dran, was deine Mommy gesagt hat – du hast noch reichlich Zeit.«

Diana räusperte sich und zeigte an Lenore und Willow vorbei. »Ich glaube, ich habe einen netten Platz für uns nicht weit vom Eingang entdeckt. Keine Frisbeespieler oder Sonnenanbeter in der Nähe. Dort können wir den schönen Tag genießen.«

»Ja, der ist klasse«, stimmte Willow ihr zu und lief voraus.

»Also, vor *mir* hat sie eindeutig keine Angst«, sagte Lenore sehr zufrieden.

»Nein, anscheinend nicht. Sie hat Sie in ihre Pläne für die nächsten zwanzig Jahre ihres Lebens eingeweiht, Ihnen sogar verraten, wo ihre Hochzeit stattfinden wird. Ich hoffe, Sie mögen Rockmusik, falls Willow keinen passenden Prinzen oder Filmstar findet.«

»Ich fürchte, mein Musikgeschmack ist in meinen frühen Zwanzigern stehen geblieben. Die meisten modernen Sachen mag ich nicht. Weiß der Himmel, was sie erst spielen, wenn Willow heiratet!«

An dem Platz angekommen, legten sie die Decke aus und stellten den Picknickkorb ab. »Das Picknick war ein spontaner Einfall, deshalb haben wir leider keine ausgefallenen Sachen dabei, Lenore.«

»Was, keine schokoladenüberzogenen Erdbeeren? Kein Kaviar? Also, dann fahre ich sofort ins Hotel zurück!« Lenore lachte.

»Wer isst denn Erdbeeren mit Schokolade?«, fragte Willow.

»Leute, die fett werden wollen«, antwortete Lenore, die Diana half, die Picknickdecke auszubreiten. »Ich mag einfaches Essen lieber.«

Lenores Miene, als sie die Sandwiches mit Erdnussbutter und Gelee, die Tüte Kartoffelchips und die Thermoskanne mit Limonade sah, strafte sie Lügen. Allerdings dachte sie gleich wieder daran zu lächeln. »Erdnussbuttersandwich mit Marmelade habe ich nicht mehr gegessen seit … Ich weiß es nicht mal mehr!«

»Wir haben auch welche mit Truthahn. Und Zuckerkekse«, sagte Diana, die nicht umhin konnte, sich über Lenores angestrengte Begeisterung zu amüsieren. »Ich liebe Zuckerkekse über alles!«

»Ich muss auf mein Gewicht achten. Ich wünschte, ich wäre so statuenhaft wie Sie, aber ich bin bloß eins zweiundsechzig und schleppe zwanzig Pfund zu viel mit mir herum. Ich turne wie verrückt und trainiere sogar mit Gewichten, aber leider werde ich bloß stärker, nicht dünner. Trotzdem schwört Blake, ich wäre perfekt. Ich habe gerade fünf Pfund abgenommen, als ich bei meiner Mutter war, und die will ich nicht zurück, deshalb nehme ich nur ein Truthahn-Sandwich.«

»Ich bin einen Meter achtundsechzig, das würde ich nicht statuenhaft nennen.« Diana lachte, reichte Lenore ein Truthahn-Sandwich in Klarsichtfolie und schenkte ihr Limonade in einen Plastikbecher.

Die zuvor gesprächige Willow aß schweigend und schaute mehrmals halb schüchtern, halb nachdenklich zu Lenore.

Schließlich fragte sie: »Lenore, gehst du manchmal in den Central Park?«

»Central Park! Du erinnerst dich!«, rief Lenore aus und legte ihr Sandwich ab. »Der Central Park ist in New York City, und er ist noch größer als dieser. Deine Mutter war mindestens dreimal die Woche mit dir dort, als ihr noch in New York gewohnt habt. Manchmal ging ich mit euch beiden mit.«

»Aha.« Willow betrachtete Lenore gedankenverloren. »Andere Leute sind auch mitgekommen.«

»Ja, stimmt! Dein Onkel Blake war ein paarmal dabei. Und später ein Leibwächter, den dein Vater mitgeschickt hat, um dich zu beschützen.«

»Vor was denn beschützen?«

»Manchmal treiben sich finstere Subjekte im Park herum – Langfinger oder Obdachlose, die verrückt und gefährlich sind. Nicht, dass alle Obdachlosen verrückt und gefährlich wären, nur einige.«

Es war offensichtlich, dass Willow weder »finstere Subjekte« noch »Langfinger« noch »Obdachlose« verstand, aber statt um Erklärungen zu bitten, fragte sie: »Ist mein Daddy auch mal mitgekommen?«

»Nein. Er hatte immer viel zu tun, aber er hat dich trotzdem sehr lieb gehabt.« Willow kräuselte die Stirn. »Süße, du weißt doch noch, wer er ist. Du hast ihn gestern Abend wiedergesehen.«

Zuerst wurde Willow sehr still, dann sagte sie mit fester Stimme: »Der Mann gestern, der ist nicht mein Daddy. Der ist der böse Mann.«

»Süße, er *ist* dein Daddy. Und er ist ein guter Mann. Wie kommst du darauf, dass er böse ist?«

»Ist er eben. Das weiß ich genau, und du darfst mich nicht anlügen, bloß weil ich noch ein Kind bin«, erwiderte Willow bockig. »Er ist der böse Mann.«

»Willow, er ist nicht böse. Er liebt dich. Er möchte, dass du immer bei ihm bist.«

Willow wich zurück. »Ich will nicht bei dem Mann sein! Ich hab Angst vor ihm! Diana, bitte, sie darf mich nicht zu dem bösen Mann bringen!«

»Lenore bringt dich nirgends hin«, sagte Diana sehr bestimmt und hoffte, dass ihre Worte durch Willows Angstpanzer drangen. »Lenore ist nicht hergekommen, um dich zu holen oder über deinen Daddy zu reden. Sie möchte nur einen Nachmittag mit uns im Park verbringen. Nicht wahr, Lenore?«

Lenore sah Dianas strenge Miene und schien ein wenig verschreckt. »Ja, Diana hat recht.« Auch wenn sie enttäuscht klang, war ihr eindeutig bewusst, dass Diana fand, sie bedrängte das Kind zu sehr – und kein weiteres Gerede über Willows »Daddy« dulden würde. »Ich bin nur zu Besuch gekommen, Willow, das ist alles.«

Die Kleine blickte Lenore einen Moment lang prüfend an, dann entspannte sie sich ein wenig. Sie machte ein paar Bemerkungen über Leute, die an ihnen vorbeigingen, und warf den kleinen, fast zahmen grauen Eichhörnchen Brotkrümel zu. Ein Mädchen, das etwa im gleichen Alter wie Willow war, kam mit einer Einwegkamera zu ihnen und fragte, ob Willow sie knipsen dürfte. Diana nickte, und Willow sprang fröhlich auf. Sie sagte häufiger, wenn sie groß wäre, wollte sie eine »Fotomacherin« werden wie Diana. Die beiden Mädchen gingen auf die Suche nach dem richtigen Hintergrund und plapperten miteinander, als kennten sie sich seit Jahren.

»Ich wollte es nicht vor Willow erwähnen«, sagte Lenore, die ihre Stimme senkte, obgleich niemand in der Nähe war, »aber ich habe heute Morgen in der Zeitung gelesen, dass die Polizei glaubt, eine Bombe hätte die Explosion in Pennys Haus verursacht.«

»Ja, ich habe die Zeitung auch gesehen«, antwortete Diana vorsichtig.

»Mein Gott, glauben Sie das?«

»Dem Artikel zufolge hegt der Fire Marshal keine Zweifel, und das ATF auch nicht.«

»Aber es ist unglaublich! Eine *Bombe?* Wer kann denn eine Bombe für sie gebaut haben?«

Diana beobachtete Willow, die dem anderen kleinen Mädchen zeigte, wie es vor einem Baum posieren sollte. »Nach dem, was in der Zeitung stand, hatte ich nicht den Eindruck, dass es eine besonders raffinierte Bombe war. Dynamit, Zünder und ein Timer. Jeder kann im Internet erfahren, wie er solch eine simple Bombe baut.«

»Aber warum? Hatte Penny Feinde?«

»Nicht, dass ich wüsste. Trotzdem, mindestens einen Feind muss sie gehabt haben.«

»Sie kannten sie doch so gut«, beharrte Lenore. »Sie müssen gewusst haben, wer ihre Freunde und Bekannten waren, also müssten Sie wenigstens eine Ahnung haben, wer ihr etwas antun wollte.«

Alarmglocken schrillten in Dianas Kopf. Lenore versuchte, unschuldig erschrocken und neugierig zu klingen, aber ihre geradezu kindische Hartnäckigkeit kam Diana unecht vor. Sie sollte Lenore wissen lassen, dass es zwecklos war, sie aushorchen zu wollen.

»Lenore, der einzige Mensch, von dem ich glaube, dass er Penny möglicherweise schaden wollte, ist Ihr Bruder.«

Lenore sah aus, als hätte Diana sie geohrfeigt. Im nächsten Augenblick wandelte sich ihr Schock in Wut. »Sie denken, Jeff könnte Penny das angetan haben? Mein Gott, Diana, er wusste nicht einmal, wo sie war!«

»Er suchte nach ihr und hatte eine Menge Leute beauftragt, mit zu suchen«, sagte Diana ruhig. »Sind Sie vollkommen sicher, dass Jeffrey nicht wusste, wo Penny wohnte, bevor die Behörden anriefen und ihm sagten, dass seine Frau bei einer Explosion schwer verletzt wurde?«

»Natürlich bin ich sicher!« Lenore wurde lauter, und ein Jogger drehte sich zu ihnen um. »Ich kann nicht fassen, dass Sie auch nur andeuten, Jeff könnte etwas mit Pennys Malheur zu tun haben!«

»Malheur? Halten Sie das für den richtigen Ausdruck? Penny hat lebensbedrohliche Verbrennungen erlitten, und Sie nennen es ein Malheur?«

»Schon gut, ich habe mich versprochen. Eine … Katastrophe. Ja, eine Tragödie.«

Die kleinen Mädchen lachten und tauschten die Plätze. Nun posierte Willow, während die andere Kleine fotografierte.

»Ja, ich würde sagen, beide Begriffe treffen besser, was Penny widerfahren ist.«

»Und beinahe auch Willow. Vergessen Sie nicht, dass die Explosion sie hätte töten können, wäre sie im Haus gewesen. Glauben Sie etwa, Jeff würde seine eigene Tochter umbringen?«

»Ich weiß nicht, wozu Jeffrey Cavanaugh fähig ist«, sagte Diana bewusst zweideutig, um so den Spieß umzudrehen. Nun musste Lenore wohl oder übel alles verraten, was sie über Penny und Jeffrey wusste.

»Falls Sie denken, Jeff würde Cor…, Willow etwas tun, dann kennen Sie ihn schlecht!«

»Genau das meine ich«, bestätigte Diana und griff nach der Kamera, die neben ihr lag. »Ich weiß nichts über ihn, und ich weiß erst recht nicht, weshalb Penny von ihm weglaufen und sich verstecken musste, statt die Scheidung einzureichen. Dafür muss es einen Grund geben, Lenore. Ich weiß nicht, welcher das gewesen sein mag, aber niemand macht mir weis, dass Penny so leben wollte.«

»Es gab keinen Grund!«, konterte Lenore laut. »Jeff war endlich glücklich, und sie hat ihn beinahe zerstört, ohne dass irgendwer begriff, wieso in aller Welt sie das gemacht hat! Natürlich wollen wir Antworten, und Sie sind ihre Freundin.«

»Ich bin eine Freundin, die bis gestern dachte, dass Penny eine Witwe aus Pennsylvania ist. Ich hatte keine Ahnung, dass sie die flüchtige Ehefrau von Jeffrey Cavanaugh ist. Ich weiß, dass Sie drei mir nicht glauben, aber es ist wahr, und egal, wie sehr Sie sich bemühen, mich über Penny aushorchen zu wollen, das ist alles, was ich weiß. Und jetzt senken Sie bitte die

Stimme, Lenore. Die Leute gucken schon. Falls Sie sich weiter mit mir darüber streiten wollen, was ich angeblich weiß, können Sie das gern tun, aber nicht hier und jetzt. Sollten Sie Ihre Nichte tatsächlich so lieben, wie Sie behaupten, wollen Sie ihr gewiss nicht den Tag verderben.«

Während Lenore sichtlich um Beherrschung rang, blickte Diana durch ihre Kameralinse. Die Mädchen lachten vergnügt. Sie hatten beide langes Haar, das in der Sonne schimmerte. Hinter ihnen war der breite Baumstamm, neben ihnen der Bach, dessen anderes Ufer ein felsiger, lichtgesprenkelter Hang bildete. Sie waren nur gute zwanzig Meter entfernt, die Tiefenschärfe folglich nicht zu extrem. Die Kamera war automatisch auf mittlere Fokustiefe eingestellt, sodass Diana nur noch die Blende einstellen musste. Sie schoss fünf Bilder in einer Sekunde, nahm die Kamera herunter und lächelte.

Lenore sagte nichts, solange die Mädchen ihre Posen wechselten und Diana noch zwei Aufnahmen machte. Als sie den Apparat wieder weglegte, fiel ihr auf, dass Lenore sich wieder beruhigt hatte. »Es tut mir leid, dass wir Sie belästigt haben, wenn Sie wirklich nicht mehr über Penny wissen. Wir taten es bloß, weil alle sagten, Sie wären eng mit ihr befreundet, und sie hatte nun mal ein sehr großes Geheimnis. Ich kenne Penny, und ich kann mir schwerlich vorstellen, dass sie es über Jahre für sich behielt.«

»Dann kannte sie offenbar keiner von uns so gut, wie wir dachten«, entgegnete Diana gelassen. »Jetzt wissen wir jedenfalls, dass sie sehr gut darin ist, ein Geheimnis zu wahren.«

»Ja … ja, ich schätze, das haben wir jetzt begriffen.« Lenore atmete mehrmals tief durch, ehe sie sagte: »Entschuldigen Sie, dass mir die Hutschnur geplatzt ist, Diana. Für meinen Bruder ist das Leben die Hölle, seit Penny ging und das Kind mitnahm. Manchmal vergräbt er sich eine ganze Woche lang in seinem Apartment, kommt nicht ins Büro, nichts. Zwar arbeitet er dann von zu Hause aus, aber er will niemanden sehen, zieht sich vollkommen zurück. Das macht mir Angst. Ich bin ständig in Sorge, dass er eines Tages in seiner Wohnung verschwindet und nie wieder herauskommt.«

»Für mich klingt das, als bräuchte er psychologische Hilfe.«

»Ja, die braucht er, aber ich denke, er glaubt, dass seine Probleme schon zu alt sind und sich nicht mehr beheben lassen. Mein Bruder hatte kein leichtes Leben, Diana. Unser Vater war ein kalter, harter Mann, der es von ganz unten nach ganz oben geschafft hat. Bei anderen schätzte er nichts außer Stärke. Er hielt Jeff für einen Schwächling, denn der ist hinter seiner steinernen Fassade freundlich und hochanständig. Für Dad waren solche Eigenschaften ein Zeichen von Schwäche, und er hat Jeff als Kind gnadenlos gequält.«

»Das ist schlimm«, sagte Diana, ohne den Blick von den Mädchen abzuwenden, die kurz miteinander geredet hatten und nun langsam auf Diana und Lenore zukamen – Arm in Arm.

»Ja, es war *sehr* schlimm«, bestätigte Lenore verbittert. »Dann, als Jeff dreißig war, wurde mein Vater ermordet. Und raten Sie mal, wer für die Polizei der Hauptverdächtige war? Jeff! Trotz all der fragwürdigen Verbindungen meines Vaters, seinen Kontakten zur Mafia, schienen die Cops zu glauben, dass Jeff Dad umbrachte, damit er dessen Posten bei Cavanaugh and Wentworth übernehmen konnte.«

»Das ist furchtbar«, sagte Diana matt, die tatsächlich schockiert war. Und sie bekam ein bisschen mehr Angst vor Jeffrey Cavanaugh. »Wie kam die Polizei darauf, dass er seinen Vater in so jungen Jahren ersetzen wollte? Der Vorstand der Firma konnte unmöglich geglaubt haben, Jeffrey wäre solch einer Machtposition gewachsen.«

»Jeff glaubte es ganz sicher nicht. Aber anscheinend hatte Dad anderen gegenüber Bemerkungen über seinen Sohn fallen lassen, ich zitiere: ›Der will den Thron übernehmen.‹ Gewiss meinte Morgan, mein Vater, es spaßig. Er fand die Vorstellung, dass Jeff ihn ersetzt, lachhaft. Morgan Cavanaugh dachte, ihn könnte *niemand* ersetzen!

Ein Jahr lang setzte die Polizei Jeff zu, konnte aber nie einen Beweis finden, der ihn mit Dads Ermordung in Verbindung brachte«, fuhr Lenore fort. »Inzwischen übernahm Jeff tatsächlich Dads Posten, obwohl einige Vorstandsmitglieder murrten. Und es war ein Segen für die Firma. Jeff ist ein Genie, Diana, und ich sage das nicht nur so dahin. Er hat seine Macken wie jeder, vor allem wie jeder mit einem genialischen IQ. Jeff konnte den Umsatz fast verdoppeln und das Unternehmen an die Börse bringen, bevor er fünfunddreißig war. Aber er hat sich nie von der Schmach erholt, als Mörder seines Vaters verdächtigt zu werden. Und dann kam Yvette.«

Die beiden Mädchen waren fast bei ihnen, als sie stehen blieben, um zwei Eichhörnchen zu fotografieren, die mit Eicheln in den Vorderpfoten im Kreis tänzelten. »Wer ist Yvette?«

»Wer war Yvette, lautet die Frage richtiger. Yvette DuPrés. Sie war Jeffs erste Frau. Er heiratete sie, als er dreiunddreißig war. Drei Jahre später stürzte sie in San Francisco aus dem achten Stock eines Hotels. Sie war ebenso labil wie schön. Ihre Heirat war ein Fehler gewesen, und die Ehe wurde im Lauf der drei Jahre immer desaströser. Sie beging Selbstmord, aber …«

Diana drehte sich zu Lenore um. »Was aber?«

»Aber die Polizei glaubte, dass Jeff sie aus dem Fenster gestoßen hätte.«

11

Tyler Raines lehnte sich an einen Baum. Er hatte ein Buch in der Hand: eine abgegriffene Taschenbuchausgabe von Dean Koontz' *Brandzeichen.* In den letzten zehn Jahren hatte er den Krimi mehrmals gelesen und jedes Mal genossen. Heute jedoch las er nicht, sondern benutzte das Buch als Tarnung, während er ein Auge auf Diana Sheridan hatte. Sie saß weiter weg mit einer anderen Frau auf einer Decke. Willow war ein Stück entfernt und machte Fotos mit einem anderen, etwa gleichaltrigen Mädchen.

Tylers Blick verharrte auf Diana. Sie trug eine Jeans und eine hellgrüne offene Bluse über einem cremefarbenem Trägertop. Ihr honigfarbenes Haar glänzte im Sonnenschein. Es war seitlich gescheitelt und hing auf dem Rücken offen herab. Tyler konnte ihre Augen nicht sehen, aber er erinnerte sich genau an den Grünton und die langen, gebogenen Wimpern. Ebenso erinnerte er sich an die sanfte Biegung ihrer Nase, die Form ihrer Lippen über den geraden, weißen Zähnen und die hellen Sommersprossen auf ihrem Nasenrücken und den Wangen. An dem Abend der Explosion, als sie aufgelöst, blass und schließlich rußverschmiert gewesen war, hatte sie dennoch wunderschön ausgesehen. Und Tyler hatte sich verflucht, dass er es im Angesicht der Tragödie überhaupt bemerkte.

Nach dem Essen redete die Frau neben Diana auf sie ein, beugte sich zu Diana hinüber, gestikulierte wild mit lebhafter Miene. Diana dagegen saß regungslos da und ließ kein einziges Mal das kleine Mädchen Willow aus den Augen. Dann und wann sagte sie etwas zu der Frau, aber weder entspannte sich ihre Haltung, noch schaute sie sich im Park um. Zweifelsohne hörte sie der Frau zu, unterbrach jedoch keine Sekunde ihre

Beobachtung, bereit, jeden Moment loszustürmen, sollte etwas oder jemand das Kind bedrohen. Tyler fragte sich, ob Willow spürte, wie sehr Diana über sie wachte.

Die kleinen Mädchen hatten ihre Fotos mit einer Einwegkamera gemacht, soweit Tyler es erkennen konnte. Sie steckten die Köpfe zusammen, führten ein eindeutig ernstes Gespräch und gingen zurück zu Diana. Auf einmal blieb Willow stehen, blickte in die Ferne und begann, kleine, roboterhafte Schritte rückwärts zu machen. Wie gebannt starrte sie einen großen, kräftig gebauten Mann mit leicht ergrautem rötlich braunen Haar, einem kantigen hochroten Gesicht und großen geballten Fäusten an.

Diana beobachtete, wie Willow beide Hände vor ihren Mund legte, wohl um einen Schrei zu unterdrücken. Dann folgte sie Willows Blick und sprang auf. Im nächsten Moment stand der Mann vor ihr und brüllte: »Miststück!«

Diana versteifte sich sichtbar und sagte etwas. Gleichzeitig stand Tyler auf, bereit hinüberzurennen, sollte der Kerl Diana näher kommen. Was er nicht tat. Stattdessen brüllte er: »Sie *wussten* über Penny Bescheid! Erzählen Sie mir nicht, dass Sie nichts über sie und einen Mann wussten. Wer ist er? Ich bin ihr Ehemann, verflucht. Ich habe ein Recht, es zu erfahren!«

Die andere Frau war jetzt aufgestanden, stellte sich neben Diana und streckte einen Arm nach dem Mann aus. Sie ähnelte ihm. Doch er beachtete sie gar nicht. Er stand vor Diana, den Kopf leicht gesenkt, als plante er, loszustürmen wie ein Stier. Kopfschüttelnd sagte Diana etwas und sah zu Willow, die immer noch rückwärtsging. Auch ihre kleine Freundin wich zurück, ihren Fotoapparat umklammernd und mit angstverzerrtem Gesicht.

»Sie erzählen mir, was Sie wissen, und wenn ich es aus Ihnen rausprügeln muss!«

Tyler setzte sich in Bewegung, verließ den Schutz des Baums und rannte auf den Mann zu, der mit erhobener Faust einen Schritt auf Diana zutrat. Als Tyler auf halbem Weg zwischen dem Baum und Diana war, tauchte ein anderer Mann hinter Dianas Angreifer auf, ein schlanker Schwarzhaariger, der seinen rechten Arm um den Hals des größeren schlang und ihn nach hinten riss. Der große Mann machte eine zuckende Bewegung und sank auf die Knie. *Ein klassischer Würgegriff,* dachte Tyler. Der wendige Schwarzhaarige hatte den großen, muskulösen Rüpel nicht mit schwingenden Fäusten und gemeinen Attacken überwältigt, sondern ruhig, gekonnt und mit exakt der nötigen Kraftausübung auf einen der Druckpunkte des Körpers.

Die rotblonde Frau schrie auf und eilte zu dem vor Diana knienden Kerl, während Tyler sein Mobiltelefon hervorholte und die Polizei rief. Sie fuhren regelmäßig Streife am Park, und Tyler wollte nicht zulassen, dass dieser Kerl einfach aufstand und ging. Oder, noch schlimmer, Diana erneut attackierte.

Das durfte er nicht riskieren, denn er wusste, dass der Mann Jeffrey Cavanaugh war … Und er war gefährlich.

***

Diana rührte sich nicht, als Lenore und Blake Jeffrey aufhalfen. Blake hielt ihn weiter fest, während Lenore schrie: »Geht es dir gut, Jeff?« Jeffrey wehrte sie ab und rang nach Atem. »Blake, wie konntest du?«, schimpfte Lenore.

»Wie ich konnte? Lenore, hast du nicht gesehen, was ich gesehen habe? Deinen Bruder, der auf Diana losgeht? Der ausholt, um sie zu schlagen?«

»Das ist doch Schwachsinn! Jeff würde niemals eine Frau schlagen.«

»Und wieso zielte seine Faust dann auf ihren Bauch?«, fragte Blake zornig. »Manchmal benimmst du dich wie eine krankhaft überfürsorgliche Mutter und kapierst gar nicht, wozu Jeff imstande …«

»Halt die Klappe, du Mistkerl!«, zischte Lenore.

Diana öffnete den Mund. Lenores plötzlicher Ausbruch schockierte sie mindestens so sehr wie Jeffreys Verhalten.

Lenore sah ihren Mann an, der seltsam steif zurückwich, mit einem vollkommen ausdruckslosen Gesicht. Als sie sich zu Diana wandte, war deutlich zu erkennen, welche Mühe sie hatte, ihren Zorn zu unterdrücken. »Tut mir leid, Diana. Jeff wollte nicht …«

»Entschuldige dich nicht bei ihr, und ich habe alles genau so gemeint, wie ich es gesagt habe!«, knurrte Jeffrey, der sich ohne Blakes Hilfe aufrappelte. Er sah Diana an, als wollte er wieder losbrüllen, doch Diana bemerkte mit einiger Verwunderung, dass Tränen in seinen Augen glänzten. Auf einmal erinnerte er sie an ein hilfloses, verwundetes Tier.

Blake packte Jeffrey mit beiden Händen an der Taille und drehte ihn um. »Wir gehen jetzt, Jeff«, sagte er betont ruhig, als kochte er innerlich vor Wut.

Jeffrey schwieg. Gesenkten Hauptes trottete er mit Blake von dannen. Lenore lief hinter Jeffrey her, legte eine Hand auf seine Schulter und sah ihn besorgt an. Diana rief sie zu: »Ich fahre mit ihnen, Diana. Danke für den Tag!«

Ja, was für ein wundervoller Tag!, dachte Diana sarkastisch, als sie den dreien nachschaute. Jeffrey schlurfte zwischen Blake und Lenore, die ihn beide festhielten, und sie alle ignorierten die neugierigen Blicke, mit denen die anderen Leute erst sie beäugten, dann Diana. Sie schaute sich nach Willow um und entdeckte sie am Ufer des Creek, wo sie hinunter ins Wasser starrte, als überlegte sie, sich hineinzustürzen. Diana rannte zu ihr und kniete sich neben sie. »Er ist weg, Süße. Hab keine Angst mehr.«

Aber Willow war nicht bloß verängstigt. Weder weinte sie, noch rührte sie sich. Ihre kleine Freundin hatte sie verlassen, und nun sah sie Diana an, ohne sie wahrzunehmen.

Diana umarmte sie. »Willow, kannst du mir bitte antworten? Geht es dir gut?« Nichts. »Willow? Deine Arme sind kalt. Ich weiß, dass du Angst hattest, als dein Daddy …«

»Er ist nicht mein Daddy!«, schrie Willow. »Er ist der böse Mann! Ich habe dir gesagt, dass er der böse Mann ist! Er will Leute umbringen! Er will mich umbringen!«

Nun brach sie in Tränen aus und vergrub ihr Gesicht an Dianas Schulterbeuge. Diana drückte Willow fest an sich, redete leise auf sie ein und achtete gar nicht darauf, dass sie angestarrt wurden. Sie kümmerte nichts außer dem Kind, dessen Vater Diana in aller Öffentlichkeit angebrüllt und beinahe mit geballten Fäusten attackiert hatte. Ihm war vollkommen gleich gewesen, dass die Tochter, die er angeblich liebte, die Szene miterlebte.

Diana ließ Willow weinen, bis die Schluchzer von allein weniger wurden. Schließlich hob Willow den Kopf und schniefte: »Ich hab dir deine Haare ganz nass gemacht.«

»Die trocknen wieder«, sagte Diana und tupfte Willows tränennasse Wangen mit ihrem Blusenzipfel ab. »Genau wie dein Gesicht. In zwei Minuten sehen wir zwei wieder genauso bildschön aus wie vorher.«

Willow grinste, schniefte abermals und entspannte sich. »Ich will jetzt nach Hause.«

»Ja, ich auch. Ich hole nur die Decke und den Picknickkorb, dann fahren wir.«

Während Diana die Decke zusammenlegte und Willow die Plastikbecher zum Abfalleimer brachte, sah Diana zur Straße, wo ein Streifenwagen neben dem blauen Lincoln anhielt, in den Lenore und Blake gerade Jeffrey verfrachteten. Ein Polizist stieg aus, und alle drei schienen zu erstarren, als er auf sie zukam. *Gott sei Dank,* dachte Diana. *Einer der Parkbesucher hat die Polizei gerufen. Also kann Jeffrey nicht in sein Hotel zurückkehren, als wäre nichts gewesen.*

Sie drehte sich wieder um und bemerkte, dass Willow den Polizisten in Uniform und Sonnenbrille ansah. »Bringt er jetzt den bösen Mann ins Gefängnis?«

»Ich weiß nicht, was er tun wird«, antwortete Diana. »Ich habe keine Ahnung, was mit Leuten passiert, die im Park andere anbrüllen und ihnen Angst machen wollen, aber irgendwas wird der Polizist ganz sicher tun. Keine Sorge, Willow, dein … der Mann wird bestraft werden.«

Diana trug den Picknickkorb und ihre Kamera, und Willow umklammerte die gefaltete Decke mit beiden Armen. Den Blick gesenkt, ging sie neben Diana her zum Auto. Für einen flüchtigen Moment glaubte Diana, aus dem Augenwinkel einen großen Mann mit sonnengebleichtem Haar zu sehen – Tyler Raines –, doch als sie sich umschaute, war er verschwunden. Allerdings schien das bei Tyler eine Angewohnheit zu sein. Diana fragte sich, ob er die ganze Zeit hier gewesen war, Jeffrey Cavanaughs Auftritt mit angesehen und die Polizei gerufen hatte.

Ich hoffe, dass er es war. Diana wunderte sich über diesen Gedanken, war jedoch zu erschöpft, um abermals im Geist sämtliche Gründe aufzulisten, weshalb sie ihm nicht trauen durfte. Bei Tyler setzte ihre Vernunft offenbar aus, und ausnahmsweise entschied sie, sich künftig von ihren Gefühlen leiten zu lassen, was ihn betraf. Falls Tyler Raines denn jemals wieder auftauchte …

***

Diana war ungemein erleichtert, als sie zu Hause ankamen und Simons Porsche in der Auffahrt stehen sahen. Schmunzelnd malte sie sich aus, wie Clarice sich gefühlt haben mochte, als sie in einem Sportwagen und mit einem großen, gut aussehenden Begleiter vor der Kirche vorfuhr. Diana glaubte nicht, dass Clarice in ihrem Leben schon viel Luxus genossen hatte. Und obgleich sie stets von ihrem »lieben Henry« sprach, wusste Diana inzwischen von dem Foto in Clarice' Haus, dass der freundliche, rundgesichtige Mann nicht die immer noch verwegene, kluge Ausstrahlung von Simon Van Etton besessen hatte.

»Onkel Simon und Clarice sind zurück«, sagte sie zu Willow, die während der kurzen Heimfahrt keinen Mucks von sich gegeben hatte. »Ich bin froh, dass wir nicht in ein leeres Haus kommen.«

»Romeo und Christabel sind nicht in die Kirche und zum Mittagessen gefahren«, erwiderte Willow, »da wäre das Haus gar nicht leer gewesen, auch ohne Onkel Simon und Clarice nicht. Aber ich freu mich trotzdem, dass sie wieder hier sind.« Als Diana den Motor abstellte, sah Willow sie mit ihren ungewöhnlich großen Augen an. »Ich hab Angst. Der böse Mann lässt mich bestimmt nicht in Ruhe.«

Diana konnte ihr nicht vorlügen, sie würde Jeffrey Cavanaugh nie wiedersehen. Schließlich war der Mann Willows Vater. Aber sein heutiger Auftritt würde es ihm erschweren, einfach ins Van-Etton-Haus zu stürmen und das Kind herauszuholen. Diana fiel Simons Exstudent ein, der dafür gesorgt hatte, dass Willow bei ihnen blieb, bis Angehörige gefunden waren. Sie würde Simon bitten, ihn nochmals anzurufen und ihm zu erzählen, was im Park vorgefallen war. Jemand musste Jeffrey davon abhalten, das Kind gegen dessen ausdrücklichen Wunsch nach New York City mitzunehmen.

»Willow, die Polizei war da und hat mit diesem Mann geredet. Ich bin sicher, dass der Polizist ihm gesagt hat, er darf sich uns nicht mehr nähern, und er sollte lieber tun, was die Polizei sagt, denn sonst bekommt er gewaltigen Ärger. Dieser Mann mag anderen Leuten Ärger bereiten wollen, aber gewiss will er selber nicht in Schwierigkeiten geraten. Und das würde er, sollte er nicht in sein Hotel zurückkehren und dort bleiben. Du musst dir heute keine Gedanken mehr um ihn machen.«

»Und morgen? Vielleicht denkt er morgen, dass er keine Schwierigkeiten kriegt«, sagte Willow mit erdrückender Logik.

»Um morgen können wir uns immer noch genug Sorgen machen, wenn es so weit ist«, wiegelte Diana ab und war selig, als Simon die Haustür öffnete und zu ihnen herüberkam.

»Ich dachte, ihr seid spazieren«, begrüßte er sie. »Wo wart ihr?«

Diana sah ihm an, dass er besorgt gewesen war, weil ihr Wagen nicht da war, und machte sich Vorwürfe. Sie hätte ihm eine Nachricht hinlegen sollen. »Wir wollten auch nur spazieren gehen, aber Lenore rief an und wollte Willow besuchen kommen. Ich hielt es für das Beste, in den Park zu fahren und dort ein Picknick zu machen. Jede Menge Leute um uns herum«, ergänzte sie mit einem Augenzwinkern.

»Aaaah.« Simon erwiderte ihr Zwinkern. »Ja, sehr viel besser, als zu dritt im Haus zu sitzen.«

Diana stieg aus dem Auto und sammelte ihre Kamera und den Korb ein. Derweil lief Willow schon wortlos mit der Decke im Arm ins Haus. »Wir hatten versucht, ein Picknick zu machen«, murmelte Diana.

»Versucht? Was ist passiert?«

»Jeffrey Cavanaugh ist passiert. Belassen wir es vorerst dabei.«

Sobald sie das Haus betraten, erzählten alle, wie sie den bisherigen Tag verbracht hatten. Willow ging stumm zum Flügel, setzte sich auf die Bank und berührte die Tasten so sanft, dass kaum ein Ton zu hören war. Als Diana den anderen beiden erzählte, dass Willow im Park eine neue Freundin gefunden hatte, brach das Kind plötzlich in Tränen aus, den Kopf auf die Klaviatur gelegt und heftig zitternd. »Ich will meine Mommy«, schluchzte sie verzweifelt. »Ich will meine Mommy ganz doll!«

Diana war, als würde ihr eine riesige Faust das Herz zusammendrücken. Sie eilte zu Willow und nahm sie auf den Arm. »Schon gut, Willow. Wir sind jetzt zu Hause. Wir sind sicher.«

»Das stimmt nicht«, heulte Willow. »Der böse Mann holt mich hier weg. Er wollte mich bestimmt heute schon holen. Er wollte dir wehtun und mich mitnehmen, aber dann hat ihn der andere umgeschmissen.«

Diana bemerkte Simons und Clarice' entsetzte Blicke. Sie konnte die Erklärung nicht länger aufschieben. »Wir hatten einen schönen Tag im Park, als Jeffrey aufkreuzte. Ich weiß nicht, wie er uns gefunden hat, oder, nun ja, ich schätze, man konnte uns vom Parkeingang aus sehen. Er fing mit seinem üblichen Mantra an, ich wüsste mehr, als ich sagte. Und er stapfte fäusteschwingend auf mich zu, als Blake Wentworth aus dem Nichts erschien und Jeffrey in den Würgegriff nahm. Blake und Lenore brachten Jeffrey zurück zu ihrem Wagen, aber jemand im Park musste die Polizei gerufen haben, denn als Willow und ich wegfuhren, redete ein Officer mit ihnen.«

»Ach du grüne Neune!«, platzte es aus Simon heraus. »Das ist inakzeptabel!«

»Er holt mich«, schluchzte Willow. »Die sagen immer, dass er mein Daddy ist und ich mit ihm von hier wegsoll.«

»Das werden wir ja sehen!« Simon war rot vor Zorn und zog die Brauen zusammen. »Jeffrey Cavanaugh mag glauben, ich wäre ein zauseliger alter Professor, der nur zu langweiligen Vorlesungen vor Studenten im Halbschlaf taugt. Höchste Zeit, dass ich ihm zeige, mit wem er es aufnimmt!«

»Willst du ihn hauen?«, fragte Willow ängstlich. »Das darfst du nicht! Er ist gemein, und du bist alt!«

»Sie meint, Sie sind älter als Jeffrey«, sagte Clarice rasch, obwohl Diana erkannte, dass ihr Onkel keineswegs gekränkt war. »Süße, du musst nicht weinen«, tröstete Clarice Willow. »Wir sind alle hier und beschützen dich.«

Willow drehte sich um und begann zu schluchzen, dass sie bloß ihre Mommy wollte, was den anderen dreien beinahe das Herz brach. Diana, selbst den Tränen nahe, sah Clarice an. »Wie wäre es, wenn Sie sich mit Willow und den Katzen ein wenig ausruhen?«

Clarice nickte. »Das ist genau das Richtige. Willow ist gewiss müde, und die Katzen haben sie vermisst. Sie sind oben und warten schon. Willow, möchtest du mit mir nach oben zu Romeo und Christabel gehen?« Nach einer kleinen Weile bejahte Willow stumm. »Wollen wir mit dem Fahrstuhl fahren?«

Nun drehte Willow sich wieder um und betrachtete die drei Erwachsenen. Ihr Gesicht war fleckig und verquollen vom Weinen. »Ja, gern.«

Diana hatte Willow auf dem Arm, als sie mit dem ächzenden Fahrstuhl in den ersten Stock fuhren. Das alte Ding war in den letzten paar Tagen mehr benutzt worden als in Jahren. Oben trug Diana das Mädchen zu seinem Himmelbett und war froh, die Katzen in ihren Betten liegen und schlafen zu sehen. Beide wurden wach, und Christabel sprang sofort auf das große Bett zu Willow. Diana setzte Romeo zu ihnen, suchte eine DVD aus und ließ Clarice mit Kind und Katzen allein. Die alte Dame gab sich die größte Mühe, munter zu wirken, und erzählte Willow, sie hätte diesen Film mit den sprechenden Insekten immer schon mal sehen wollen.

Diana lief wieder nach unten und direkt in die Küche, wo sie sich ein Glas Eiswasser einschenkte und nach dem Aspirin suchte. Als sie die Tabletten schluckte und überlegte, dass wohl drei nötig wären, wurde an die Hintertür geklopft. Diana linste durch den Vorhang und stellte fest, dass es Nan war. Überrascht öffnete sie ihr. Nana stand in einer ausgefransten Jeans, Laufschuhen, einem verwaschenen T-Shirt und ohne Make-up vor ihr. Sie hatte ihr Haar zu einem Pferdeschwanz gebunden. Ohne die schimmernden Wellen, die ihr Gesicht weicher machten, war sie noch unattraktiver als sonst.

»Nan, was tun Sie hier?«, fragte Diana.

»Ich dachte … Ich meine, ich weiß, dass Sie mich nicht besonders mögen, aber … ähm, Miss Sheridan, ich muss mit Ihnen reden.«

Sie hat was kaputt gemacht und es uns nicht erzählt, ging es Diana durch den Kopf. *Oder sie hat etwas geklaut und ein schlechtes Gewissen bekommen. Oder sie will die nächsten paar Tage freihaben …*

»Nan, ich hatte einen ziemlich anstrengenden Vormittag. Na ja, wohl eher Tag, denn es ist …«

»Fast zwei Uhr«, sagte Nan. »Und ich verspreche Ihnen, dass es nicht lange dauert, aber … *bitte,* Miss Sheridan. Es ist wirklich wichtig.« Sie schluckte und flüsterte: »Es geht um Penny Conley.«

12

Diana bedeutete Nan hereinzukommen. Ein Schweißfilm glänzte auf Nans Gesicht, und ihre Hände zitterten. »Ich muss Ihnen was erzählen.«

»Sie sehen aus, als müssten Sie vor allem etwas Kaltes trinken«, sagte Diana. »Limonade?«

»Ja, ich nehme mir schon selbst.«

»Nein, Sie setzen sich hin, und ich bringe Ihnen ein Glas. Eis?«

»Ja. Ich meine, gern, danke.«

Diana schenkte zwei Gläser Limonade ein. *Sie will mir erzählen, dass Glen sich mit Penny getroffen hat,* dachte Diana, während sie Eiswürfel in die Gläser gab. *Sie wird mir eröffnen, dass Glen mich mit Penny »betrogen« hat. Ob sie mir auch verrät, dass er sie ebenfalls hinterging? Oder hofft sie darauf, dass ich wegen Penny mit ihm Schluss mache und er in ihre Arme gerannt kommt?*

Diana stellte Nan die Limonade hin und setzte sich ihr gegenüber. »Also gut, Nan, was ist los?«

Nan trank einen großen Schluck und sah auf ihre Hände. »Ich weiß, dass Sie Penny gern mögen. Mich mögen Sie nicht, und Penny mag mich auch nicht.«

»Sie machen es anderen schwer, Sie zu mögen, Nan. Sie lächeln nie, sind unhöflich, bisweilen sogar feindselig, und, tut mir leid, dass ich das sagen muss, Sie neigen dazu, verdächtig herumzuschleichen.«

»Ich klaue nicht!«, rief Nan empört aus.

»Ich weiß, aber Sie belauschen andere. Und Sie kaufen Essen, das Sie verstecken, wie Ihre Kartoffelchips. Es macht uns nichts aus, wenn Sie Kartoffelchips, Zuckerkekse, Softdrinks oder sonst was kaufen, was Sie hier selbst verzehren. Dass Sie die Sachen vor uns verstecken, kommt uns merkwürdig vor.«

»Ich dachte, Sie werden sauer.«

»Ihre Mutter arbeitet seit zwölf Jahren in diesem Haus. Ich kann mir beim besten Willen nicht vorstellen, dass sie Ihnen erzählt hat, Simon oder ich wären übertrieben streng oder geizig. Weder Simon pocht auf strikte Regeln noch ich. Ich denke, Sie verhalten sich eher so, weil Sie das Gefühl haben wollen, mit irgendetwas durchzukommen. Ihnen gefällt es nicht, für andere zu arbeiten, und indem Sie die Sachen verstecken, reden Sie sich ein, dass niemand die völlige Kontrolle über Sie hat.«

Nan starrte sie entgeistert an. »Sie hören sich wie ein Psychologe an.«

»Ich schätze, Psychologen hätten eine ausgefeiltere Analyse für das Problem parat. Meine Deutung ist laienhaft.«

»Tja, na ja, Sie haben trotzdem recht. Sie sind hübsch, Sie sind klug und gebildet, Sie haben schon lauter spannende Sachen gemacht, und Ihr Leben ist fantastisch, also haben Sie natürlich recht. Sie können gar nicht unrecht haben … oder versagen.«

»Nan, Sie wissen nicht so viel über mein Leben, wie Sie denken. Glauben Sie mir, ich habe schon einige Male versagt, und mein Leben war keine immerwährende Kirmes, wie Sie anscheinend meinen.« Diana trank von ihrer Limonade und beobachtete, wie Nan nervös mit den Fingern auf dem Tisch trommelte. »Aber Sie sind nicht hier, um mit mir darüber zu reden, ob ich Sie mag oder nicht. Sie wollten über Penny sprechen.«

»Ja. Ähm, das will ich. Ich mein, über Penny reden.« Nan nahm noch einen großen Schluck, als müsste sie sich für das wappnen, was sie zu sagen hatte. »Am besten fange ich ganz von vorn an, so ungefähr im April. Sie wissen, dass ich in meinem ersten Jahr an der Marshall nicht besonders gut war.

Ich hab das College gehasst, bis auf einen Kurs, Geschichte bei Glen … Dr. Austen. Nicht, dass ich das Fach so besonders prickelnd fand, aber … na ja …«

»Sie dachten, dass Sie Glen toll finden?«

Nan sah Diana verdutzt an. »Woher wissen Sie das? Hat er Ihnen was gesagt?«

»Nein«, antwortete Diana, »hat er nicht.«

»Hm. Und wer dann?«

»Ich würde meinen, das ist unerheblich.«

»Penny etwa? Das müssen Sie mir sagen, wenn es Penny war.«

Diana störte der fordernde Ton des Mädchens nicht bloß, er machte sie auch misstrauisch. War Nan eigentlich hier, um Informationen über Penny zu bekommen, für Glen womöglich? Diana sollte erst einmal herausfinden, was Nan mit dieser Unterhaltung bezweckte. »Es war nicht Penny.«

»Ah.« Nan klang erleichtert. »Das ist gut.«

»Warum?«

»Na, ist es eben. Das verstehen Sie, sobald ich Ihnen meine Geschichte erzähle.«

Als es an der Tür läutete, erschrak Diana. Wagte sich Jeffrey Cavanaugh nach der Szene im Park allen Ernstes hierher? Diana wusste, dass Simon zur Tür gehen würde, wünschte allerdings, er täte es nicht. Wäre sie bei ihm, hätte sie ihn irgendwie davon abgehalten zu öffnen. Simon hielt sich für unbesiegbar, doch mit fünfundsiebzig dürfte er einem fast dreißig Jahre jüngeren, stämmigen und vor allem zornigen Mann kaum Paroli bieten können.

»Sie hören mir gar nicht zu!«, beschwerte Nan sich.

»Doch, tue ich. Ich war nur für ein paar Sekunden abgelenkt, weil es klingelte. Wir hatten heute ein bisschen Ärger mit Jeffrey Cavanaugh, und ich hoffe, dass er nicht an der Tür ist.«

»Was für Ärger?« Nans Gesichtsausdruck sprach eindeutig mehr für Angst als Neugier.

»Das ist egal. Sie wollten mir Ihre Geschichte erzählen.«

»Ja, also, wie gesagt, es fing im April an, als ich mich getraut habe, zu Glen – Dr. Austen – zu gehen. Ich tat so, wie wenn ich total Bammel wegen der Hausarbeit hätte, die ich bei ihm geschrieben habe, aber in Wahrheit wollte ich ihn sehen, das heißt sehen, ob er, na ja, sich für mich interessiert. Nicht nur als Studentin, verstehen Sie?«

»Ich denke, ich habe es begriffen«, antwortete Diana trocken.

»Also ...«

Simon erschien in der Küchentür. »Ach, hallo, Nan! Ich wusste gar nicht, dass Sie hier sind.«

»Nan dachte, Sie hätte gestern ihr Portemonnaie hier vergessen«, sagte hastig Diana , die Simon lieber später die Wahrheit erzählen wollte.

»Tja, und ohne ist es wohl schlecht. Kein Geld, kein Führerschein, wie unangenehm.«

Nan nickte und wandte sich wieder ihrer Limonade zu, nahm einen Schluck, den sie geräuschvoll herunterstürzte.

Simon sah Diana an. »Entschuldige die Störung, Diana, aber kannst du kurz in die Bibliothek kommen? Blake Wentworth ist hier und behauptet, dass er dich dringend sprechen muss und wenig Zeit hat.«

Simon dürfte klar sein, dass einer der letzten Menschen, die Diana momentan sehen wollte, Cavanaughs Laufbursche war. Dennoch musste Simon guten Grund gehabt haben, den Mann ins Haus zu lassen.

»Tut mir leid«, sagte Diana zu Nan, »aber ich bin nur ein paar Minuten weg. Bitte gehen Sie nicht.«

»Ja, also ...« Nan schien noch angespannter als vorher, so, wie ihre Mundwinkel zuckten. »Okay, aber ich kann auch nicht lange bleiben.«

»Ich bin sofort wieder da. Versprochen!«

Blake saß in dem einzigen unbequemen Sessel im ganzen Raum. Er hatte sich vorgelehnt, die Ellbogen auf die Knie und das Kinn auf die gefalteten Hände gestützt. Sein glänzendes schwarzes Haar war zerzaust, sein aristokratisches Gesicht war blass und angespannt. Als Diana die Bibliothek betrat, Simon dicht hinter ihr, stand Blake auf und lächelte unsicher. »Hallo, Miss Sheridan.«

»Ich wüsste wahrlich keinen Grund, weshalb Sie hier sind.«

Blakes Lächeln verschwand, und sein Gesicht nahm einen Ausdruck größten Unbehagens an. »Ich bin gekommen, um mich für Jeff zu entschuldigen.«

»Weil er selbst es nicht kann?«, fragte Diana, die sich auf ein Sofa setzte und betont kühl blieb. »Oder ist ihm schlicht nicht danach, sich bei mir zu entschuldigen?«

»Sowohl als auch«, antwortete Blake, der sich wieder gesetzt hatte und jetzt geknickt auf der Kante seines Sessels hockte. »Er ist mit Lenore im Hotel, darum kann ich nicht lange bleiben. Ich lasse Lenore ungern mit ihm allein, falls er beschließt, noch eine Dummheit zu begehen. Aber im Moment denkt er nicht einmal daran, dass er sich bei Ihnen entschuldigen sollte. Genau genommen glaube ich, dass er gar nicht ganz bei Sinnen ist.«

»Diana erzählte mir von der Szene im Park«, mischte Simon sich ein. »Ich kann kein Mitgefühl für Jeffreys emotionale Verfassung aufbringen, nachdem sein Verhalten seine Tochter in blanke Panik versetzt hat. Wir hatten große Mühe, sie halbwegs zu beruhigen, konnten sie aber schließlich überreden, sich mit Clarice zurückzuziehen und eine DVD anzugucken, die sie etwas von ihrem Schock ablenkt. Willow wird die heutige Szene nicht so bald vergessen, geschweige denn verwinden. Und uns allen ist offensichtlich geworden, dass Jeffrey sich nicht wie ein Mann verhält, der seine Tochter zurückgewinnen will. Er benimmt sich eher wie jemand, den die Gefühle seines Kindes nicht im Geringsten scheren.«

»Sie ist ihm nicht egal«, entgegnete Blake ernst. »Ich behaupte nicht, dass er jemals ein überragender Vater war. Er war nicht streng zu ihr, aber er weiß einfach nicht, wie er Zuneigung ausdrücken soll, vor allem nicht einem Kind gegenüber.

Jeff weiß nicht mit Kindern umzugehen, und sein eigenes Leben war bisher eher bizarr …«

»Lenore hat mir einiges erzählt«, unterbrach Diana ihn. »So traurig manches auch sein mag, es entschuldigt nicht, wie er seine Tochter behandelt. Und offen gesagt frage ich mich, wie er sich tatsächlich ihr gegenüber verhalten hat, als sie noch bei ihm zu Hause war. Sie sagen, er wäre nicht streng gewesen, aber woher wissen Sie das? Vielleicht ist Penny weggelaufen, um Willow vor ihm zu schützen.«

»Ich habe keine Ahnung, warum Penny weggelaufen ist. Zu der Zeit hatte ich meine Vermutungen, doch an denen zweifle ich, seit wir hier sind und Pennys Leben in Huntington etwas kennen. Heute denke ich, dass meine erste, spontane Idee richtig war.«

»Sie dachten, dass sie einen Liebhaber hatte«, sagte Diana.

»Ja, das dachte ich als Erstes, und ich denke es heute wieder.«

»Wieso?«, fragte Simon.

Blake zögerte. »Ich erzähle Ihnen, was heute Vormittag passiert ist. Eventuell verstehen Sie dann, in welcher Verfassung Jeff war, als wir in den Park kamen. Nachdem ich Lenore absetzte, wollte ich schnellstmöglich zu Jeff ins Krankenhaus. Ich war erst kurz dort, als Penny zu sich kam.«

»Sie ist bei Bewusstsein!«, hauchten Simon und Diana im Chor.

»Ja. Sie lächeln. Das würden Sie nicht tun, wenn Sie dabei gewesen wären.« Blake schloss für einen Moment die Augen, bevor er fortfuhr. »Ich habe noch nie jemanden mit solchen Schmerzen erlebt. Der Arzt sagte, einige der Verbrennungen reichten so tief, dass sie die Nervenenden zerstört haben und sie an den Stellen nichts mehr fühlt. Aber alle anderen … Ihr Um-sich-Schlagen, die Schmerzensschreie, ihr verbliebenes Auge schaute, als ob es aus dem Gesicht springen wollte, waren das Entsetzlichste, was ich jemals gesehen habe. Den Anblick werde ich nie vergessen.«

»Mein Gott«, flüsterte Simon betroffen.

Diana, die keinen Ton herausbrachte, hatte das Gefühl, ihr würde eine Glasscherbe ins Herz getrieben. Penny mit ihrem melodischen Lachen, dem fröhlichen Zwinkern. Penny.

»Jeff war aufgelöst, beinahe hysterisch. Der Arzt meinte, Penny könnte solche großen Schmerzen nicht verkraften. Er musste ihr ein Mittel geben, damit sie wieder einschlief. Ich erinnere mich nicht an den Namen, aber es war etwas sehr Starkes. Natürlich auf Befehl von Jeff, der verlangte, dass er es ihr sofort verabreichte.« Wieder zögerte Blake. »Dann sagte der Arzt zu Jeffrey, das Medikament würde womöglich dem Baby schaden.«

»Dem Baby?«, fragte Diana.

Blake nickte. »Wie sich herausgestellt hat, ist Penny im zweiten Monat schwanger.«

***

Glas klirrte draußen. Alle drei sahen einander verständnislos an, dann sprang Diana auf. »Entschuldigen Sie mich, Blake. Ich sehe nach.«

Diana fand ein zerbrochenes Glas in der Diele, nur einen halben Meter von der zweiten, hinteren, Tür zur Bibliothek entfernt. Eiswürfel lagen inmitten der Scherben, und die Küchentür wie die Hintertür standen ein Stück offen. Diana sah gerade noch, wie Nan in ihr altes Auto hechtete, das hinter dem Haus parkte. Das Seitenfenster war heruntergekurbelt, und Diana rief Nan hinterher, die jedoch nicht einmal in Dianas Richtung sah. Sie raste am Haus vorbei und die Auffahrt hinunter zur Straße.

Mal wieder gelauscht, dachte Diana. Alte Gewohnheiten stellten sich nicht innerhalb eines Tages ab, und Nans Hang zum Lauschen hatte sie abermals besiegt. Diesmal allerdings hatte sie gehört, dass Penny schwanger war, und das musste sie so geschockt – oder entsetzt – haben, dass sie ihr Limonadenglas fallen ließ und floh.

Diana beschloss, die Scherben später zu entfernen, wenn

Blake wieder weg war. Er hatte gesagt, dass er nicht lange bleiben könnte, und sie hatte noch Fragen an ihn. Als sie gerade in die Bibliothek zurückkehrte, läutete das Telefon, und sie bedeutete Simon, dass sie abnehmen würde. Nach ihrem »Hallo« fragte Glen aufgesetzt munter: »Wie geht es dir heute, Diana?«

Ihr huschte ein Bild von Glen durch den Kopf, der mit einer neunzehnjährigen Studentin im Bett lag, die ihn zweifellos anhimmelte, wohingegen er sie lediglich ausnutzte, um seine Lust zu befriedigen. Entsprechend schwer fiel Diana eine gelassene Erwiderung. »Heute war ein harter Tag.«

»Hart? Wieso?«

Zwar hatte sie nicht mehr mit Glen gesprochen, seit die Polizei Jeffrey Cavanaugh aufspürte, aber sie war sicher, dass Nan ihm haarklein berichtet hatte, wie Cavanaugh am Sonntagabend auftauchte und seine Tochter holen wollte. Diana jedoch wollte ihm nicht mehr sagen als nötig. »Penny ist zu Bewusstsein gekommen.«

»Was?!« Glen klang entgeistert. »Wie geht es ihr?«

»Furchtbar. Sie hat nur geschrien vor Schmerzen. Im Wachzustand kann sie die Verbrennungen nicht aushalten. Sie mussten sie wieder in künstlichen Schlaf versetzen, damit sie überlebt. Man kann nämlich vor Schmerz sterben.«

»Oh Gott, ja.«

»Und Nan war hier, um mit mir zu sprechen.«

Selbst durchs Telefon konnte Diana spüren, wie sich Glen verkrampfte. »Worüber?«

»Weiß ich nicht. Wir haben gerade Besuch, der nicht lange bleiben kann, und sie ist zwischendurch weggefahren.« Diana überlegte, konnte sich jedoch nicht verkneifen zu ergänzen: »Sicher ruft sie an oder kommt wieder. Jedenfalls schien sie sich unbedingt etwas von der Seele reden zu wollen.«

»Ach ja?« Glen versuchte sich an einem spöttischen Lachen, das aber eher zu einem Hühnergackern mutierte. »Ich kann mir nicht vorstellen, was die kluge und schöne Nan Murphy so dringend loswerden will.«

»Ich mir auch nicht. Also muss ich abwarten bis heute Abend oder morgen, wenn sie zur Arbeit kommt.« Diana blickte hinüber zu Blake, der leise mit Simon sprach. »Ich muss mich jetzt wieder um unseren Besuch kümmern. Ich will nicht unhöflich sein.«

»Wer ist denn da?«

»Ich melde mich wieder, Glen. Bis dann.«

Diana legte auf und musste beinahe schmunzeln bei dem Gedanken, was nun in Glen vorgehen mochte. Selbstverständlich wollte Nan ihr von der Affäre erzählen, und selbstverständlich wusste Glen es. Seine wohlkonstruierte Welt war im Begriff, aus den Fugen zu geraten: keine Diana mehr, kein Simon Van Etton mehr. *Egal, was ihm geschieht, es geschieht ihm recht.*

Nun galt ihre erste Sorge Penny. Diana kehrte zu Simon aufs Sofa zurück. »Abgesehen von den entsetzlichen Szenen im Krankenhaus, hat der Arzt etwas über Pennys Zustand gesagt?«

Blake sah mitfühlend zu ihr hinüber. »Er meinte, sie hätte eine Wundinfektion, womit wohl zu rechnen war. Sie geben ihr zu viele Antibiotika, als dass ich sie aufzählen könnte, aber angeblich haben sie schon Leute gerettet, die noch vor zwanzig Jahren keine Chance gehabt hätten. Der Arzt sagte aber auch, dass bei so schweren Verbrennungen wie Pennys die Antibiotika womöglich nichts gegen die Infektion ausrichten könnten.«

»Dann dürften die Bedenken wegen der Wirkung der Beruhigungsmittel auf den Fötus überflüssig sein.« Blake betrachtete Diana fragend. »Ich wusste nicht, dass sie schwanger war«, sagte sie, denn offensichtlich fragte er sich, was sie über den Kindsvater wusste. Was den betraf, hatte sie durchaus eine Vermutung, aber so wütend, wie sie auf Glen war, wollte sie ihm gewiss nicht einen vor Zorn tobenden, gefährlichen Jeffrey Cavanaugh auf den Hals hetzen. »Ich wusste nicht, dass Penny mit jemandem zusammen war.«

»Tja, die Nachricht hat Jeff regelrecht vernichtet. Er liebt sie immer noch. Ich glaube, er hätte sie zurückgenommen. Er hat immer vermutet, dass es einen anderen gab, doch es zu denken und es zu wissen ist zweierlei, von der Mitteilung, dass sie das Kind eines anderen trägt, ganz zu schweigen. Deshalb ist er heute vollkommen durchgedreht. Zuerst sagte der Arzt uns, dass die zu erwartende Infektion eingesetzt hat, dann wachte Penny auf und schrie, dass einem das Blut in den Adern gefror, und dann erfuhr Jeff von dem Baby. Er ist aus dem Krankenhaus gestürmt. Natürlich bin ich ihm sofort nach, konnte ihn aber nicht einholen, ehe er beim Wagen war und die Türen von innen verriegelte. Ich war sicher, dass er zu Ihnen fahren würde, Diana, und fuhr ihm nach, bis er am Park anhielt.«

»Ein Jammer, dass Sie ihn nicht abfangen konnten, bevor er bei uns war«, sagte Diana. »Willow fühlte sich bis dahin richtig wohl. Sie öffnete sich Lenore und weihte sie sogar in ihre Heiratspläne ein. Und sie hat sich mit einem Mädchen in ihrem Alter angefreundet. Endlich lachte sie wieder wie eine normale, sorglose Fünfjährige. Dann kam Jeffrey.«

»Es tut mir leid, Diana. Ich war so schnell bei ihm, wie ich konnte.«

»Ja, das ist mir jetzt auch klar. Aber seitdem sind wir hier alle angespannt und warten nur darauf, dass er wiederkommt.«

Blake lächelte verhalten. »Darüber müssen Sie sich keine Gedanken machen. Lenore hat ihn genötigt, zwei von ihren Beruhigungspillen zu schlucken. Er wurde schon deutlich ruhiger, als ich wegfuhr. Und ich habe ihm nicht gesagt, wohin ich wollte. Ich hoffe, er verschläft den Rest des Nachmittags, vor allem, weil er seit dem Anruf vom FBI am Samstagmorgen so gut wie gar nicht mehr geschlafen hat.« Er blickte mit seinem leeren Lächeln von Diana zu Simon und stand auf. »Ich muss jetzt zurück. Mir ist nicht wohl dabei, Lenore länger mit ihm allein zu lassen.«

»Befürchten Sie etwa, Ihre Frau könnte bei ihrem eigenen Bruder in Gefahr sein?«, fragte Diana misstrauisch. »Dann müssen Sie ihn gleichfalls für gefährlich halten.«

»Ich halte ihn für verwirrt. Schrecklich verwirrt und wütend, und Jeff kann schlecht mit Wut umgehen. In der Beziehung ist er ein bisschen wie sein Vater.«

Diana und Simon standen ebenfalls auf und gingen hinter Blake her zur Flügeltür der Bibliothek, an der er stehen blieb und sich zum Erkerfenster mit der Glasmalerei umdrehte. »Das ist unglaublich schön«, sagte er bewundernd.

»Ich habe meine Begeisterung für alles Ägyptische von meiner Mutter«, erklärte Simon. »Als ich jung war, erzählte sie mir die Sage von der blauen Seerose. Sie mochte die Geschichte so sehr, dass mein Vater das Erkerfenster danach gestalten ließ. Auf die Art sollte sie ihre blaue Seerose jeden Tag anschauen können.« Simon lächelte. »Mein Vater gab sich zwar stets sehr sachlich und vernünftig, aber ich denke, er war ein verkappter Romantiker.«

Blake lachte leise. »Ja, dasselbe denke ich von Jeff.«

***

Zur Abendessenszeit schien niemand Appetit zu haben. Simon überraschte Diana, indem er vorschlug, Pizza zu bestellen. Willow war begeistert, und erst jetzt erinnerte Diana sich wieder, wie gern die Kleine Pizza mochte. Also rief sie den Pizzadienst an und bestellte eine extragroße Pizza mit fünf verschiedenen Belägen und dazu zwei Liter Softdrinks.

Die Lieferung wurde mit großem Hallo entgegengenommen – überzeugend gespielt von Diana, Clarice und Simon, aber echt von Willow. Simon trug den Karton in die Küche, als handelte es sich um eine fünfstöckige Hochzeitstorte, und alle inhalierten tief, als Simon den Deckel öffnete. »Oh, die riecht superklasse!«, rief Willow. »Die ess ich ganz allein auf!« Nach ihrem dritten Stück verkündete sie allerdings, dass sie nicht mehr konnte. Alle anderen meinten, es ginge ihnen genauso, und so wanderte der Rest in den Kühlschrank.

Hinterher sahen sich Simon und Clarice die Wochennachrichten an, während Willow sich mit ihrem Malbuch und der großen Schachtel Buntstifte an einen der kleineren Tische in der Bibliothek setzte. Diana beschloss, im Internet nachzuschauen, was sie über Jeffrey Cavanaugh in Erfahrung bringen konnte.

Zunächst fand sie nichts als die Eckdaten: Cavanaughs Geburtsdatum und -ort; Eltern, Morgan und Cornelia Webster Cavanaugh; erste Frau, Yvette DuPrés, vor zehn Jahren gestorben, vermutlich Suizid; drei Jahre später Heirat mit Penelope Ann O'Keefe. Keiner der Artikel erwähnte Pennys Verschwinden. Cavanaugh hatte einen MBA an der Harvard-Uni gemacht und war mit dreißig Jahren, nach dem Mord an seinem Vater, zum Chef von Cavanaugh and Wentworth geworden. Der Mörder von Morgan Cavanaugh wurde nie gefasst.

In den meisten Artikeln war vermerkt, dass sich der scheue, zurückgezogen lebende Cavanaugh als Finanzgenie hervorgetan hatte, er mit fünfunddreißig den Kapitalwert von Cavanaugh and Wentworth verdoppelt hatte und seit dem Börsengang die Position des CEO bekleidete. Im selben Jahr wurde Blake Wentworth, der Sohn von Morgan Cavanaughs früherem Partner, Charles Wentworth, Chef des operativen Geschäfts. Da Jeffrey Cavanaugh unlängst ein Luftfahrtunternehmen gegründet hatte, wurde er in einigen Beiträgen als Howard Hughes des 21. Jahrhunderts bezeichnet.

Diana wusste, dass sie mehr finden könnte, aber sie hatte Mühe, sich zu konzentrieren. Immer wieder sah sie Jeffrey im Park vor sich, die Fäuste geballt und mit Tränen in den Augen. Und sie dachte an Blakes Bericht über Pennys schreckliches Aufwachen und die Eröffnung, dass sie im zweiten Monat schwanger war. Außerdem musste sie an Nan denken: die schlichte, unscheinbare und allzeit teilnahmslose Nan, die nervös schwitzend am Küchentisch saß, ihre sonst so leeren Augen voller Sorge.

Wie konnte ich sie in der Küche einfach allein sitzen lassen? Diana ärgerte sich. Ja, Blake hatte gesagt, dass er nicht lange bleiben konnte, und er schien ihnen etwas Wichtiges sagen zu wollen; aber dasselbe galt für Nan. Diana mochte Nan nicht, obwohl sie das Mädchen im Grunde gar nicht kannte. Was sie während der letzten Monate hier im Haus von ihr gesehen hatte, konnte nicht alles sein. Und selbst wenn doch, war Nan nun einmal Martha Murphys Tochter und Martha seit zwölf Jahren die treue, verlässliche Hausangestellte von Simon. Folglich verdiente Nan mehr Beachtung von Diana, und sei es nur um Marthas willen.

Dianas Gewissen meldete sich. Sie versuchte, es zu beruhigen, indem sie sich für ihr heutiges Verhalten Nan gegenüber rechtfertigte. Doch es klappte nicht. Abgesehen von ihrer Schuld empfand Diana einen Anflug von Sorge. Nan hatte gesagt, sie wollte ihre Geschichte von Anfang an erzählen, und das war ihre Affäre mit Glen gewesen; irgendwie musste der rote Faden von dort zu Penny führen.

Vielleicht wollte Nan Diana auch bloß erzählen, dass Penny ebenfalls etwas mit Glen gehabt hatte. Was Nan sehr wohl Kummer bereitet haben dürfte, jedoch kaum allein der Grund für ihre offensichtliche Angst sein konnte. Und als sie hörte, dass Penny schwanger war, hatte Nan ihr Glas fallen lassen. Diana konnte sich vorstellen, wie schockiert Nan von der Neuigkeit war, doch dass ihr gleich alles aus der Hand fiel und sie floh, so schnell sie konnte, schien unverhältnismäßig. Nein, eine solche Reaktion konnte einzig Angst auslösen. Aber Angst wovor?

Diana gab ihre Internetsuche auf und ging nach oben in ihr Zimmer. Dort schlug sie Nans Nummer in ihrem Adressbuch nach und wählte sie dreimal, um dreimal auf der Mailbox zu landen. Nan wohnte noch bei ihrer Mutter, also probierte Diana es unter deren Nummer, wo sie nach siebenmal klingeln auflegte. Anscheinend hatte Martha nicht einmal einen Anrufbeantworter.

Um acht Uhr, nachdem Willow schon eine Weile gähnte und Romeo seine Augen kaum mehr offen halten konnte, läutete Diana das übliche Ritual ein, indem sie Romeo mit

Willow im Fahrstuhl nach oben brachte, wo er in seinem Katzenkorb sofort einschlief. Dann zog sie Willow den hellblauen Pyjama an. Die Kleine schlüpfte direkt unter die Decke und murmelte bedauernd: »Ich glaub, ich bin viel zu müde für eine Geschichte.«

»Das macht nichts, Süße.« Diana hoffte, dass Willow ihre Erleichterung nicht bemerkte. Ihr spukte viel zu viel im Kopf herum, als dass sie eine auch nur halbwegs interessante Geschichte zusammenbekommen hätte. »Möchtest du, dass ich hier sitzen bleibe, bis du schläfst?«

Willow nickte, und Diana setzte sich in den bequemen Sessel, von dem aus Clarice so viele Kinderfilme mit angesehen hatte. Heute Abend hatte Diana sich vorgenommen, Clarice ihre Ruhe zu gönnen. Pennys Nachbarin saß unten und diskutierte mit Simon die jüngsten Ereignisse in der Welt. Als Diana mit Willow nach oben ging, waren die beiden gerade in eine lebhafte Diskussion über die Lage im Nahen Osten vertieft gewesen.

Binnen fünfzehn Minuten war Willow im Tiefschlaf. Diana schlich auf Zehenspitzen aus dem Zimmer und ließ die Tür einen Spaltbreit offen, damit sie Willow hörten, falls sie aufwachte und nach ihnen rief. Christabel, die Nachteule, begleitete Diana nach unten und in die Küche, wo Diana aus Gewohnheit den Kühlschrank öffnete und nach einem Snack suchte. Sie begnügte sich mit einem Glas Cola, bevor sie wieder nach oben in ihr Zimmer zurückkehrte und noch einmal Nans Nummer wählte. Nichts.

Sie versuchte, ihren neuesten Krimi zu lesen, konnte der Handlung aber nicht folgen, weil ihre Gedanken immerzu abschweiften. Also beschloss sie, ihren Kleiderschrank aufzuräumen, und schaffte es sogar, alle Sommertops ordentlich zu stapeln, bis sie keine Lust mehr hatte. Sie schloss die Badezimmertüren, die ihr Zimmer mit Willows verbanden, und legte eine CD ein. Auf dem Bett liegend, lauschte sie Evanescence und wartete auf »My Immortal«, einen Song, zu dem sie sonst lauthals mitsang. Heute Abend jedoch bekam sie dauernd den Text durcheinander, bis sie schließlich die CD wieder ausstellte.

Um neun probierte sie es ein weiteres Mal bei Nan. Immer noch nahm sie nicht ab. Obgleich es lächerlich war, sich Sorgen um eine Neunzehnjährige zu machen, die sich nicht auf ihrem Handy meldete, konnte Diana den ängstlichen Ausdruck in Nans Augen ebenso wenig vergessen wie das zerbrochene Glas. Beides wollte nicht zum trotzig zur Schau gestellten Desinteresses Nans an allem und jedem passen. Deshalb war es ja so verwunderlich gewesen, dass Nan unbedingt Diana ihr Herz ausschütten wollte. Und Diana ließ sie allein in der Küche hocken. Genauso gut hätte sie das Mädchen direkt an der Tür abweisen können! Dass Diana sich einem wichtigeren Besucher zuwandte, den sie so gut wie gar nicht kannte, fand sie im Nachhinein sowohl beschämend als auch verantwortungslos. Sie hatte Penny schon im Stich gelassen, und sie wollte nicht noch einen Menschen, der anscheinend ihre Hilfe brauchte, im Stich lassen.

Diana schnappte sich ihre leichte Jacke und ihre Tasche, die sie seit ihrem Ausflug ins Einkaufszentrum letzte Woche noch gar nicht geleert hatte, ging die Treppe hinunter und spazierte lässig in die Bibliothek, wo Simon und Clarice nun vor dem großen Flachbildfernseher saßen, den Simon vor einem knappen Jahr gekauft hatte, und sich einen Krimi ansahen. Beide blickten auf, als Diana mit ihren Schlüsseln klimperte.

»Willst du noch weg?«, fragte Simon.

Diana hatte nicht vor, ihnen von ihrer Sorge um Nan zu erzählen. Falls die beiden sie für berechtigt hielten, würden sie sofort versuchen, Diana von einer Fahrt zu den Murphys abzuhalten. Simon würde vorschlagen, die Polizei nach dem Rechten sehen zu lassen, obwohl Diana nicht glaubte, dass die Polizei es für nötig halten würde, um neun Uhr abends eine Streife zu einer Neunzehnjährigen zu schicken, weil sie nicht an ihr Mobiltelefon ging. Diana belog Simon und Clarice ungern, doch wenn sie ihnen die Wahrheit sagte und trotz der möglichen Einwände zu Nan fuhr, wäre der Abend für die beiden ruiniert. Zum ersten Mal in den letzten zwei Tagen wirkten beide entspannt und fast glücklich.

»Mir ist auf einmal nach Eis«, log Diana. »Und nach einem bunten Klatschblatt, vielleicht auch zweien. Ich bin hoffnungslos hinterher, was unsere reichen und schönen Freunde in Hollywood betrifft. Ich will kurz zum Supermarkt fahren und ein bisschen einkaufen. Und so rastlos, wie ich bin, schadet es sicher nicht, wenn ich etwas in der Gegend herumfahre. Kann ich euch irgendwas mitbringen?«

Clarice sah sie besorgt an. »Halten Sie es für klug, allein herumzufahren?«

»Ich lasse mich von Jeffrey Cavanaugh nicht im Haus einsperren, Clarice. Außerdem glaube ich nicht, dass er heute Abend noch komische Sachen versucht. Nicht einmal er dürfte so blöd sein, sein Schicksal herauszufordern.«

»Ist dein iPhone aufgeladen?«, fragte Simon.

Diana lächelte. »Aufgeladen und allzeit griffbereit in der Innentasche meiner Handtasche.«

»Na gut. Welches Eis schwebt dir denn vor?«

»Äh, Kirschcreme. Clarice, mögen Sie Kirscheis?«

»Ich esse selten Eis, aber Kirsche klingt köstlich.«

»Dann kauf einen großen Eimer«, sagte Simon. »Und nicht von dem billigen Zeug.«

»Daran würde ich nicht im Traum denken«, antwortete Diana lachend. »Ich bin bald zurück.«

Es war ein warmer Abend, aber weniger schwül als am Freitag. Diana atmete tief ein. Obgleich es erst Ende August war, glaubte sie, den nahenden Herbst zu riechen. Diana liebte den Herbst, wenn die Blätter sich verfärbten und die Morgen klar und frisch wurden, ohne kalt zu sein. Heute Abend leuchteten die Sterne so hell, dass sie fast zu blinzeln schienen, und der Dreiviertelmond strahlte. Doch weder die angenehme Luft noch der schöne Himmel konnten Dianas Unbehagen lindern.

Sie hatte das ungute Gefühl, dass die Nan, die sie heute zum ersten Mal gesehen hatte, sich etwas antun könnte. *Und alles wegen Glen,* dachte Diana wütend. Alles wegen dieses gewissenlosen, falschen Kerls, mit dem Diana sich seit Monaten getroffen hatte. Wie froh sie war, dass sie nie intimer mit ihm geworden war! Andererseits hatte ihn das vielleicht erst angetrieben, sich ein leichtes Ziel wie Nan auszuwählen.

Und Penny? *Sie war kein leichtes Opfer,* resümierte Diana, als sie die schmalen, kurvigen Straßen von Ritter Park hinunterschoss. Warum hatte Penny sich mit ihm eingelassen? Clarice hatte gesagt, dass sie Glen erstmals vor zwei Monaten zu Penny kommen sah. Und wie alt war das Baby, das Penny in ihrem kaputten Leib trug? Zwei Monate. War die Schwangerschaft der Grund, weshalb Penny fortwollte? Diana hatte keine Ahnung, wie Penny über Abtreibung dachte, aber sie war sicher, sollte Penny sich für eine entschieden haben, könnte sie es nicht ohne Schuldgefühle. Oder eben gar nicht.

Das Haus der Murphys stand auf viertausend Quadratmetern Land westlich von Huntington, auf einem kleinen Hügel, von dem aus man zur Interstate 64 sah. Haus und Grund hatten Nans Großeltern väterlicherseits gehört, die beides ihrem Sohn mit der Auflage vermachten, dass er keinen Quadratmeter verkaufte. Nachdem Nans Vater starb, sie war sieben, hatte ihre Mutter Simon erzählt, dass ihre Geldsorgen mit einem Schlag behoben sein könnten, dürfte sie die Hälfte des Landes verkaufen; doch sie hatte ihrem Mann dasselbe Versprechen gegeben wie der einst seinem Vater.

Diana bog in den kleine unbefestigte Straße ein, die zum Haus der Murphys führte, in dem Nan mit ihrer Mutter lebte. An der Straße standen noch drei Häuser, in zweien brannte Licht, das dritte lag in vollständiger Dunkelheit. Das Murphy-Haus befand sich ganz am Ende der Straße. Es war kaum größer als Pennys. Aus zwei Fenstern drang Licht. Bei einem vermutete Diana, dass es ein Schlafzimmer war. Das zweite Licht kam aus einem Raum weiter hinten im Haus. Diana parkte ihren Wagen in der Einfahrt hinter Nans altem Pontiac, stieg aus und ging die zwei Stufen hinauf zur Eingangstür des hässlich gelbgrün gestrichenen Hauses.

Sie schlug den Türklopfer. Niemand öffnete, aber Diana hörte von drinnen laute Musik. Vielleicht hatte ihr Klopfen den Krach nicht übertönen können. Also versuchte Diana es noch einmal, lauter. Nan musste zu Hause sein. Weshalb kam sie nicht zur Tür?

Diana schaute sich um. Ihr schien, als würden der Mond und die Sterne in dieser düsteren kleinen Straße weniger hell leuchten, und die beiden anderen Häuser, in denen Licht brannte, wirkten sehr weit weg. Dianas Hände begannen zu schwitzen, und auf einmal wurde ihr klar, dass sie nicht allein hätte herkommen sollen. Aber was blieb ihr anderes übrig? Nach Jeffreys Auftritt heute Nachmittag konnte sie Simon schlecht bitten, Clarice mit Willow allein im Haus zu lassen. Dianas einzige wahre Freundin lag sterbend im Krankenhaus, und ihr »fester Freund« kam nicht in Betracht.

Ebenso wenig Wegfahren, auch wenn sie am liebsten zu ihrem Wagen laufen und mit Vollgas davonbrausen würde. Seit wann kümmerte sie, was mit Nan war? Seit dem, was Penny passiert war, beantwortete Diana ihre eigene Frage. Sie hatte Pennys ängstliche Bitte am Telefon letzten Donnerstag nicht ernst genug genommen. Und sie wollte bei Nan nicht denselben Fehler machen.

Diana drehte den Türknauf, und zu ihrer Verwunderung schwang die Tür auf. Musik schallte ihr entgegen. Barry White sang mit seiner unendlich tiefen Stimme »Never, Never Gonna Give You Up«, als Diana in das kleine Wohnzimmer trat, das nur vom Flurlicht dahinter erhellt wurde. Rechts stand ein durchgesessenes Sofa mit wild geblümten Schonbezügen und daneben ein nicht minder durchgesessener Ruhesessel. Der Sofatisch sah aus, als könnte er jeden Moment unter dem Gewicht der Zeitschriften, Zeitungen, schmutzigen Tassen und Gläser, billigen Kitschromane und zweier übervoller Aschenbecher zusammenbrechen. Zweifellos war dieser Raum blitzsauber gewesen, als Nans Mutter letzte Woche nach Portland abreiste.

Diana rief laut »Nan!«, erhielt jedoch keine Antwort. Sie kam sich wie ein Einbrecher vor, und ihr war nicht wohl dabei, das Haus nach Nan abzusuchen. Aber nachdem sie schon einmal so weit gekommen war, konnte sie wenigstens versuchen, das Mädchen zu finden, ehe sie wieder wegfuhr.

Diana sah sich zur Haustür um und beschloss, sie offen zu lassen. Aus unerfindlichen Gründen empfand Diana ihr Eindringen auf diese Weise als harmloser. Und sie fühlte sich weniger abgeschnitten von der Außenwelt, so seltsam dunkel und still die auch sein mochte. Diana rief wieder nach Nan und entschied, in dem Zimmer nachzusehen, in dem sie Licht brennen gesehen hatte und von dem sie vermutete, dass es ein Schlafzimmer war.

Sie verließ das Wohnzimmer und ging den Flur entlang, wo sie eine heruntergelassene Ausziehtreppe bemerkte, die auf den Dachboden führte. Licht fiel durch die Luke in der Decke und auf einen staubigen Koffer am Fuß der Treppe. Vielleicht hatte Nan ihn vom Boden geholt und war wieder hinaufgestiegen.

Diana schaute in die beiden kleinen Schlafzimmer – da war niemand. Diana rief abermals nach Nan, und als wieder keine Antwort kam, beschloss sie seufzend, auf dem Dachboden nachzusehen. Als sie den Handlauf berührte, war ihr, als würde ihr ein Regentropfen auf den Kopf fallen. Diana befühlte die Stelle. Feucht. Sie schaute ihre Fingerspitzen an. Rot. Dann landete ein weiterer Tropfen an ihrer Schläfe und rollte ihr langsam übers Gesicht. Sie wischte ihn mit dem Handrücken weg und blickte nach oben, von wo die Tropfen jetzt schneller und schneller kamen.

Dianas Herz begann, wild zu klopfen. Ihr erster Gedanke war, aus dem Haus zu rennen, in ihren Wagen zu springen und so schnell wie möglich zu verschwinden. Aber das konnte sie nicht. Nan war verletzt – eventuell lebensgefährlich. Falls sie nicht tot war, konnte Diana nicht einfach weglaufen und sie verbluten lassen.

Diana stieg die Treppe hinauf. Ihre Angst umfing sie wie ein schwerer Umhang. Sie überlegte, die 911 anzurufen, aber denen könnte sie lediglich sagen, dass jemand – oder etwas – auf einem Dachboden blutete. Sie brauchte mehr. Und sie durfte keine Zeit verlieren. Sie musste ja nicht richtig auf den Dachboden steigen. Es reichte, wenn sie nur über den Lukenrand oben sah und …

Sobald sie weit genug gestiegen war, schaute sie sich um. Die nackte Glühbirne in der Mitte beleuchtete den schäbigen Boden wie eine Filmszene: Spinnweben, marode Kabel, alte Möbel aus mehreren Generationen und diverser Nippes, der auf dem schmutzigen Boden verteilt war.

Diana sah alles binnen fünf Sekunden. Dann stieg sie eine Stufe höher, die Füße immer noch auf der Leiter, die verschwitzten Hände auf den staub- und schmutzverkrusteten Boden gestützt. Sie sah nach links, von wo das Blut auf sie getropft war und der Anblick verpasste Diana einen Hammerschlag. Nan Murphy lag ein kleines Stück entfernt von der Luke, ihre leeren Augen auf Diana gerichtet, mit einem langen klaffenden Schnitt am Hals, der Kopf fast abgetrennt, in einer Lache von Blut, das sich ausbreitete und auf die Luke zufloss.

Vor Angst stockte Diana der Atem. Sie hätte nicht schreien können, nicht einmal, wenn es etwas genützt hätte. Ihr wurde schwindlig, sodass sie sich für einen Moment am Lukenrand festhalten musste, um sich wieder zu fangen. Hyperventilierend stieg sie bedächtig eine Stufe nach unten und griff vorsichtig nach dem Handlauf. Plötzlich hörte sie ein Rauschen, bevor ihr ein Schwall Staub und Schmutz in Gesicht und Augen flog. Dann hörte sie ein geradezu unmenschliches Stöhnen, als ihr jemand mit einem Schuh und ungeheurer Wucht gegen die Brust trat. Ihre schweißfeuchten Hände verloren den Halt, und die Treppe schien zu verschwinden. Diana hörte sich wie von fern schreien, als sie unten im Flur aufschlug.

13

Diana! Diana!« Eine gerade hörbare Stimme wehte ihr durch einen langen dunklen Tunnel entgegen. »Diana, kannst du mich hören?«

Ja, ich höre dich. Sie glaubte, dass sie es laut gesagt hatte, aber die Stimme fragte wieder, »Kannst du mich *hören?*« Eine Männerstimme. Tief. Vertraut. Sie näherte sich durch den Tunnel. *»Diana!«*

»Tyler?«, hauchte sie matt. »Tyler …«

»Gott sei Dank!« Eine Hand strich ihr das Haar aus dem Gesicht. Dann berührten sanfte Lippen ihre Wange. Sie wartete, dass sie es noch einmal taten, aber stattdessen fragte er: »Kannst du die Augen öffnen?«

Es kostete sie einige Anstrengung, die Lider zu heben, die sich anfühlten, als wögen sie fünf Pfund. Verschwommen konnte sie ihn sehen, wie er sich über sie beugte, dass ihm das sonnengebleichte blonde Haar ins gebräunte Gesicht fiel. Zwischen den dunklen Brauen über seinen stahlblauen Augen hatte sich eine steile Falte gegraben. »Wo sind wir?«, fragte sie benommen.

»Erinnerst du dich nicht?«

»N-Nein. Ich glaube, ich habe jemanden gesucht … Ja, das war es. Wen habe ich gesucht?«

»Das ist jetzt nicht von Bedeutung. Ich möchte, dass du ganz still liegen bleibst.« Prompt versuchte sie, den Kopf zu heben, und Tyler sagte streng: »*Still* liegen bleiben, verdammt!«

»Nicht böse sein«, murmelte sie. »Mein Kopf tut weh.«

»Oh ja, das tut er ganz sicher. Und ich bin nicht böse. Jetzt beweg dich nicht. Ich rufe einen Krankenwagen. Du musst ins Krankenhaus.«

»Okay. Was immer du wünschst, Tyler.« Sie lächelte matt, ignorierte seinen Befehl und strich ihm mit einem zittrigen Finger über den Wangenknochen. Das Letzte, woran sie sich erinnerte, war, wie sie verträumt sagte: »Verlass mich bitte nicht. Verlass mich nie …«

Diana konnte sich nicht mehr daran erinnern, wie der Krankenwagen ankam, sie in die Klinik fuhr oder sie in die Notaufnahme kam. Seltsam verzögert wurde ihr bewusst, dass ihr grelles Licht in die Augen schien, jemand sie auf etwas Hartes legte, bevor jemand anderes rief: »Tief einatmen, Luft anhalten und nicht bewegen.« Erst als sie einen stechenden Schmerz im Handgelenk spürte, schlug sie die Augen auf und jammerte: »Autsch!«

Freundliche dunkelbraune Augen sahen sie durch Brillengläser an. »Ah, Sie sind wieder bei uns, Miss Sheridan.«

»War ich denn weg?«, fragte Diana verwirrt. »Ich erinnere mich nicht, irgendwo hingegangen zu sein.«

»Im Moment sind Sie im Krankenhaus.«

»Oh«, sagte Diana. Sie sah den Mann genauer an. »Ich kenne Sie.«

Der Arzt lächelte. »Ja, tun Sie. Wir sind uns letzte Freitagnacht begegnet, als Sie hier waren, um die Tochter Ihrer Freundin zu besuchen, Willow.«

»Willow … Willow.« Diana blickte hinauf zur Decke, ehe sie triumphierend sagte: »Willow Conley, und Sie sind Dr. Evans!«

»Sehr gut! Erinnern Sie sich, was heute Abend mit Ihnen passiert ist?«

Diana überlegte. Es kam ihr vor, als würde sie versuchen, sich mit bloßen Händen durch Beton zu graben, der über ihren Erinnerungen an den Abend lag, und es war zu viel für sie. »Nein, das weiß ich nicht«, antwortete sie zunehmend beunruhigt. »Wieso erinnere ich mich nicht?«

»Nur die Ruhe. Das ist vollkommen normal.«

»Es ist normal, dass ich mich nicht erinnere, was vor wenigen Stunden passiert ist?« Sie wollte sich aufsetzen, doch eine Schwester drückte sie sanft nach unten. »Bleiben Sie still liegen, meine Liebe. Kein Grund zur Sorge.«

Diana sah zu der Frau mit den klugen dunkelblauen Augen. »Schwester Trenton!«

»Schon wieder richtig!« Die Schwester lächelte. »Ich war an dem Abend am Empfang, als Sie Willow besuchen kamen. Sie waren verärgert, weil ich Sie nicht gleich zu ihr ließ, denn Sie sind ja keine direkte Angehörige.«

»Regeln sind Regeln«, ahmte Diana ihre Stimme nach.

Miss Trenton und Dr. Evans sahen einander an und lachten.

»Auf jeden Fall hat Miss Sheridan ihren Humor nicht verloren«, bemerkte Dr. Evans.

»Aber einen großen Brocken meines Gedächtnisses«, stöhnte Diana. »Ich erinnere mich nicht an heute Abend, und das macht mir Angst. Ich bin ganz allein, habe Schmerzen und Angst.«

Dr. Evans blickte auf das Krankenblatt und sagte sanft: »Sie sind nicht allein. Ein junger Mann kam mit Ihnen her. Er hat sich sehr große Sorgen um Sie gemacht. Tyler Raines. Möchten Sie ihn sehen?«

Diana blickte zu Miss Trenton. »Darf ich? Er ist kein Angehöriger.«

Miss Trenton lachte wieder, dass sie ganz rosa Wangen bekam. »Meine Güte, ich wusste gar nicht, dass ich mich derartig tyrannisch anhöre!«

»Nicht tyrannisch«, erwiderte Diana lächelnd. »Nur streng. Und ich würde Tyler sehr gern sehen.«

Einen Moment später betrat Tyler Raines fast zögerlich das Zimmer. Obwohl Dianas Sicht nach wie vor ein bisschen verschwommen war, konnte sie erkennen, dass seine Brauen sorgenvoll zusammengezogen waren. Er sah weder den Arzt noch die Schwester an – nur Diana. »Hi«, sagte er unsicher. »Wie fühlst du dich?«

»Glänzend. Lass uns von hier verschwinden und tanzen gehen. Ach ja, und erzähl mir doch bitte, was mit mir passiert ist.« Sie streckte die Hand nach ihm aus. Tyler starrte sie zunächst verwundert an, ehe er begriff, dass sie seine Hand in ihrer halten wollte. Er kam näher an den Untersuchungsstisch und umfing ihre Finger mit beiden Händen. »Tyler, was ist geschehen?«

Tyler musterte unsicher ihr Gesicht und sagte: »Du bist böse gestürzt.«

»Gestürzt? Die Treppe zu Hause runter?«

»Eine Treppe runter, aber nicht zu Hause.«

»Und wo dann?«

»Ich denke, Tyler sollte Ihnen später erzählen, was passiert ist«, mischte sich Dr. Evans lächelnd ein. »Die meisten Patienten können es nicht erwarten zu hören, was ihnen fehlt.«

»Dann bin ich wohl eine Ausnahme, aber ich schätze, Sie sagen es mir sowieso.« Diana seufzte. »Also, schießen Sie los.«

»Zunächst einmal haben Sie eine Gehirnerschütterung. An Ihrem Kopf haben Sie das, was wir hier ein Gänseei nennen. Drei Stiche waren nötig, aber wir haben nur ein winziges Quadrat von Ihrem Haar weggeschnitten. Und Sie haben so dichtes Haar, dass es gar nicht auffällt.«

»Wieso habe ich eine Gehirnerschütterung?«

»Das haben wir doch gesagt: Sie sind eine Treppe heruntergestürzt.«

»Doktor?«, sagte Tyler, der sehr besorgt klang.

»Schon gut, Mr Raines. Das war zu erwarten.« Dr. Evans sah Diana an. »Gehirnerschütterungen können zu Verwirrung, Übelkeit, Kopfschmerzen, verschwommenem Sehen, vorübergehendem Verlust des Kurzzeitgedächtnisses und damit einhergehendem Beharren führen, was sich in der Wiederholung bereits gestellter Fragen äußert, die schon mehrfach beantwortet wurden.«

»Mir ist nicht schlecht«, sagte Diana. »Ich habe Kopfweh.«

»Und wir geben Ihnen gleich etwas gegen die Kopfschmerzen«, erwiderte der Arzt geduldig. »Was Ihre sonstigen Verletzungen betrifft …«

»Oh nein, nicht noch mehr!«, stöhnte Diana.

»Doch, ich fürchte schon.« Er fasste ihr linkes Handgelenk und drehte es leicht, worauf sie vor Schmerz ächzte. »Sie haben ein verstauchtes Handgelenk, weil Sie darauf gelandet sind. Mich wundert, dass Sie es sich nicht gebrochen haben, aber die Röntgenbilder sagen, dass Sie Glück gehabt haben. Wir werden es in eine feste Bandage packen, und Sie benutzen diese Hand bitte so wenig wie möglich. Sie sind Rechtshänderin, oder?« Sie nickte. »Dann sollte die Verletzung der linken Hand Ihnen keine allzu großen Schwierigkeiten bereiten. Und dann wäre da noch eine andere«, sagte Dr. Evans.

»Oh nein«, jammerte Diana.

»Sie haben eine Hüftprellung erlitten. Die kennen wir sonst vor allem bei Footballspielern. Sie wird durch direkte Stoßeinwirkung auf das Becken oder den Beckenkamm verursacht. Das ist der Oberrand des Beckens, den Sie unterhalb Ihrer Taille fühlen können. Der Muskel darüber wurde heftig geprellt. Wir haben Röntgenaufnahmen gemacht, und Sie haben wieder einmal Glück gehabt, da Sie keine Fraktur haben. Sie brauchen Ruhe, Eispackungen und ein entzündungshemmendes Mittel.«

»Und dann bin ich wieder wie neu?«, fragte Diana hoffnungsfroh.

»Bald, Diana, aber lassen Sie sich Zeit. Und immer an die Eispackungen denken.«

»Wir geben Ihnen eine Broschüre mit, in der alles erklärt wird«, sagte Schwester Trenton zu Tyler.

»Sehr freundlich.« Er schenkte ihr ein umwerfendes Lächeln – tiefe Grübchen, weiße Zähne, umrahmt von sonnengebräunter Haut, blitzende blaue Augen, das ganze Programm eben. Die Schwester errötete.

»Bin ich dann fertig? Ich möchte wirklich gern nach Hause.«

Der Arzt runzelte die Stirn. »Wir haben alle Tests abgeschlossen, aber es wäre sicherer, wenn Sie die Nacht bei uns verbringen.«

Die Nacht im Krankenhaus verbringen. Dianas Erinnerung unmittelbar vor dem Schlag auf den Kopf mochte brüchig sein, aber sie wusste noch jedes Detail der Freitagnacht, die sie bei Willow im Krankenhaus verbracht hatte: das mysteriöse Klimpern im Bad, die geschlossene Tür, die sich langsam öffnete, bevor Diana Willow packte und hinaus auf den Flur stürmte, wo die Knallerei einsetzte. Nein, eine weitere Nacht im Krankenhaus konnte sie nicht ertragen.

»Nein«, sagte sie entschlossen. »Ich bleibe heute Nacht nicht hier.«

»Diana, wenn der Arzt es für das Beste hält …«, begann Tyler.

»Nein! Kommt nicht infrage.«

»Das wäre eine Entlassung auf eigenes Risiko und gegen ärztlichen Rat«, sagte Schwester Trenton.

Tyler seufzte und sah den Arzt an. »Diana ist dickköpfig und temperamentvoll«, sagte er, als kennte er sie schon sein Leben lang, worauf sie ihn wütend anfunkelte. »Allerdings warten auch ein paar Cops, die mit ihr reden wollen.«

»Cops!«, rief Diana aus. »Die Polizei will wissen, wieso ich gestürzt bin?«

Dr. Evans beachtete sie gar nicht. »Sie ist nicht in der Verfassung, mit ihnen zu sprechen. Im Moment wäre sie ohnehin keine große Hilfe, denn sie erinnert sich an nichts.« Er sah Diana an. »Wissen Sie noch irgendetwas von dem, was heute Abend passiert ist?«

»Nein, ehrlich gesagt, nicht. Ich wollte mit jemandem reden, aber ich weiß nicht mal mehr, mit wem.« Sie wandte sich zu Tyler. »Wo war ich, als ich gestürzt bin?«

Er zögerte. »In Nan Murphys Haus.«

»Nans Haus!« Bilder von einem furchtbar unordentlichen Sofatisch flackerten vor Dianas geistigem Auge auf und versanken gleich wieder in einer Art Schlamm. »Ich habe keine Ahnung, wieso ich bei Nan war.«

»Das ist jetzt nicht wichtig«, sagte Tyler, der beinahe erleichtert wirkte und Diana keine Chance gab, weitere Fragen zu stellen. »Ich gehe raus und sage den … Leuten, die Diana sehen möchten, dass sie bis morgen warten sollen.«

Diana versuchte, sich aufzusetzen, stöhnte und sank zurück auf den Untersuchungstisch. »Ich fühle mich, als wäre ich überfahren worden.«

»Deshalb halten wir es ja für besser, dass Sie die Nacht über hierbleiben«, sagte der Arzt.

»Würde ich mich hier denn weniger mies fühlen als zu Hause?«

Dr. Evans lächelte. »Nein, das kann ich Ihnen leider nicht versprechen. Also gut, ich gebe Ihnen ein Rezept für einen Entzündungshemmer und ein Schmerzmittel. Und denken Sie daran, dass Sie sich unbedingt ausruhen müssen.«

Kurze Zeit später unterschrieb Diana, dass sie das Krankenhaus auf eigenen Wunsch und gegen ärztlichen Rat verließ. Miss Trenton half ihr, sich anzuziehen, während Tyler ihre Medikamente aus der Krankenhausapotheke abholte. Anschließend wanderten Tyler und Diana in Zeitlupe zu Tylers Wagen. Er hatte beide Arme fest um Diana gelegt, und sie machte keinerlei Anstalten, ihn abzuschütteln. Sie wusste nach wie vor nicht, was geschehen war, und Tyler wollte es ihr nicht sagen. »Nicht heute Nacht«, sagte er auf jede Frage. »Vielleicht morgen, falls du dich dann immer noch nicht selbst erinnerst.« Bevor Tyler losfuhr, rief er Simon an und erzählte ihm, dass Diana sich geweigert hätte, im Krankenhaus zu bleiben. Folglich musste er ihn vorher auch schon angerufen und ihm berichtet haben, was passiert war. Und er wies Simon auf ihren Gedächtnisverlust hin. »Diana und ich haben uns darauf geeinigt, vorerst nicht über das zu reden, was ihr passiert ist.«

»Lügner«, sagte Diana, als sie vom Parkplatz fuhren. »Ich

habe mich auf nichts mit niemandem geeinigt! Du hast einfach bestimmt, dass wir nicht darüber reden.«

»Ja, ich kann ziemlich bevormundend sein«, entgegnete Tyler gelassen. »Dickköpfig und temperamentvoll übrigens auch.« Er grinste sie an. »Kennst du noch so jemanden?«

»Onkel Simon«, antwortete sie prompt. »Sonst keinen.«

»Okay, Darling, wie du meinst. Ich rege dich lieber nicht auf und riskiere, dass dein Gänseei wieder pocht.«

Diana berührte die große Beule an ihrem Kopf. »Ich will doch nur wissen, wieso ich bei Nan war.«

»Und dein Gehirn will nur, dass du ihm Ruhe gönnst. Du wirst ja nicht für den Rest deines Lebens an Gedächtnisschwund leiden. Schließlich sind wir hier nicht in einer albernen Soap. In ein paar Tage ist alles wieder da. Vielleicht schon in ein paar Stunden. Also keine Sorge, gib einfach Ruhe und schließ dich der herrschenden Meinung an.«

»Der herrschenden Meinung anschließen«, murmelte sie gereizt.

Tyler seufzte. »Lassen wir die Fragen und hören ein bisschen Musik.« Er schob eine CD in den Player, und Nickelbacks »Someday« ergoss sich in den Wagen.

»Das ist einer meiner Lieblingssongs!«, rief Diana verblüfft. »Ich hätte nicht gedacht … Na ja, solche Musik hatte ich bei dir nicht erwartet.«

»Ah, weil du dachtest, ich höre nichts als Countrymusic? Tja, Überraschung!« Er sah lächelnd zu ihr. »Ich stecke voller Überraschungen, Diana.«

»Scheint so.«

Das Van-Etton-Haus schien vom Keller bis zum Dachgeschoss erleuchtet zu sein, und sogar sämtliche Außenlichter brannten. Als sie vor dem Haus hielten und Simon zum Wagen gelaufen kam, lachte Diana und fragte: »Was soll das ganze Licht, Simon? Erwartest du einen hohen Würdenträger?«

»Ja, dich.« Simon schlang die Arme um sie und drückte sie fest an sich. »Warum in aller Welt warst du …«

»Morgen«, fiel Tyler ihm ins Wort. »Morgen bleibt noch reichlich Zeit für Fragen.«

»Er macht mich wahnsinnig«, sagte Diana halb verärgert. »Ich erinnere mich an nichts, und Tyler sagt mir nicht, was passiert ist. Er lässt nicht mal zu, dass mir andere auf die Sprünge helfen.«

»Es ist sicher das Beste, wenn du dich hinlegst«, erwiderte Simon. »Komm rein. Du musst sofort nach oben ins Bett.«

Diana schüttelte vorsichtig den Kopf, als sie ins Haus trat. »Ich würde mich lieber erst mal eine Weile in die Bibliothek setzen. Und ich hätte sehr gern einen Cognac, Simon.«

»Oh ja, das möchtest du sicher, aber Cognac empfiehlt sich nicht für Leute mit Gehirnerschütterung, die Medikamente nehmen. Und außerdem ist offensichtlich, dass du gar nicht du selbst bist, denn du hast mich noch nie um einen Cognac gebeten.« Er sah strahlend zu Tyler. »Wen haben Sie mir da gebracht? Das ist nicht Diana.«

Simon half Diana auf ein Sofa, als wäre sie außerstande, sich selbstständig hinzusetzen, und Clarice erschien mit einer dicken, bunten Häkeldecke, in die sie Diana hüllte. Simon verschwand und tauchte gleich danach wieder mit einem Bier für Tyler und einem Eiswasser für Diana auf, zusammen mit einer ihrer entzündungshemmenden Tabletten und dem Schmerzmittel.

»Wo ist Willow?«, fragte Diana, nachdem sie brav ihre Medizin geschluckt hatte.

»Du hattest sie ins Bett gebracht, ehe du losgefahren bist, um *Eis* zu holen«, antwortete Simon mit einem Anflug von Sarkasmus. »Weißt du nicht mehr?«

»Sir, Dianas Kurzzeitgedächtnis ist vorübergehend blockiert«, erklärte Tyler rasch. »Ich sagte Ihnen schon …«

»Ja, sagten Sie, und man könnte fast glauben, ich wäre derjenige mit dem Gedächtnisschwund.«

»Möchten Sie ein Glas Milch oder mehr Eiswasser, Diana?«, fragte Clarice.

»Nein danke. Wenn Simon sich so mit seinem Cognac anstellt, gehe ich lieber ins Bett.« Diana bekam schlechte Laune, weil alle solch ein Theater um sie machten, und die Schmerzen in ihrem Kopf und ihrer Hüfte wurden schlimmer. Langsam richtete sie sich auf.

»Ach, lassen Sie sich doch von Tyler und Simon die Treppe hinaufhelfen, meine Liebe«, rief Clarice. »Nicht, dass Sie wieder fallen!«

»Ich erinnere mich nicht, dass ich schon mal die Treppe runtergefallen bin«, konterte Diana, die sich schämte, dass sie schroff zu der armen Clarice war. Die anderen wollten ihr doch nur helfen. Also rang sie sich ein Lächeln ab. »Ich nehme den Aufzug. Gute Nacht, Onkel Simon, Clarice. Und Tyler, danke für den netten Abend. Wir sollten das wiederholen, was wir heute gemacht haben, sobald ich mich erinnere, was es war.«

***

»Ich habe mich heute zum kompletten Idioten gemacht.« Jeffrey Cavanaugh saß mit einem Bourbon in seinem gedämpft beleuchteten Hotelzimmer und fuhr sich mit der Hand durchs zerzauste Haar. Er war aschfahl und hatte geschwollene Lider. »Jetzt müsstest du mir normalerweise sagen, es wäre gar nicht so schlimm gewesen.«

Blake Wentworth, der ihm gegenübersaß, sah seinen Schwager mit klaren, ebenholzfarbenen Augen an. »Das kann ich nicht, denn es war schlimm, Jeff. Du hättest beinahe Diana Sheridan geschlagen, was schon schlimm genug war, aber die Krönung war, dass deine Tochter alles mit angesehen hat.«

Jeffrey verzog das Gesicht und schloss die Augen. »Gott, wie konnte ich? Ich erinnere mich nicht mal mehr, was ich getan habe. Alles, was ich noch weiß, ist, dass ich rasend vor Wut war und mich betrogen gefühlt habe. Betrogen! Wie lächerlich. Penny hat mich schon vor langer Zeit betrogen. Wieso war ihre Schwangerschaft solch ein Schock für mich?«

»Vielleicht, weil du immer gesagt hast, sie wäre mit einem anderen durchgebrannt, es aber eigentlich nie glauben wolltest.«

»Doch. Ich denke, dass es von Anfang an andere gab, genau wie bei Yvette.«

»Tja, und heute lieferte man dir den Beweis. Vorher dachtest du bloß, dass es einen anderen Mann gibt. Heute wurdest du mit der Tatsache konfrontiert.«

»Mag sein, dass das mit eine Rolle spielte«, sagte Jeffrey unglücklich und trank einen Schluck von seinem Bourbon. »Aber meine wunderschöne Penny so grotesk verbrannt zu sehen – und dann, als sie wach wurde und so entsetzlich schrie.« Wieder kniff er die Augen zu. »Als der Arzt mir sagte, dass sie schwanger ist, stand fest, dass es einen anderen Mann gibt. Wäre sie nicht mit ihm weggelaufen, müsste sie jetzt nicht einen grausamen Tod sterben.«

Blake runzelte die Stirn. »Wie kommst du darauf, dass Penny wegen eines anderen stirbt?«

»Weil sie, wenn sie zu Hause bei mir geblieben wäre, wo sie hingehört …« Jeffrey schüttelte verwirrt den Kopf. »Wenn, wenn, wenn … Wie vieles könnte anders sein, wenn.«

»Zum Beispiel, wenn Yvette nicht gestorben wäre, wärst du nie mit Penny zusammengekommen.«

Jeffrey sah ihn streng an. »Wäre Yvette nicht gestorben, hätten wir uns scheiden lassen. Unsere Ehe war von vornherein ein Fehler. Wer hat nicht alles versucht, mich vor ihr zu warnen, mir zu erklären, dass sie unberechenbar war, labil und unfähig zu lieben. Aber ich sah bloß ihre Schönheit.« Er trank noch einen Schluck. »Sie war wirklich schön, nicht wahr, Blake?«

»Ja, das kann ich nicht abstreiten.«

»Sie war die schönste Frau, die ich je gesehen habe. Bis heute. Nicht einmal Penny war so schön wie Yvette.«

»Yvettes äußere Schönheit tarnte bloß die Hässlichkeit darunter.«

»Hässlichkeit ist maßlos überzogen!«, donnerte Jeffrey empört. »Sie konnte charmant, fröhlich und unsagbar witzig sein. Sie war kein hübsches Püppchen, das man herausputzte und vorführte, wie es ihre Eltern anscheinend dachten. Und was ihr Vater ihr antat, als sie noch ein Kind war! Mir wird schlecht, wenn ich nur daran denke.« Jeffrey senkte den Kopf. »Blake, sie war krank, und keiner war für sie da. Nicht mal ich. Die Psychiater sagten, sie wäre schizophren. Die wollten sie in eine Anstalt stecken, aber das konnte ich nicht. Es musste eine andere Lösung geben. Leider fand ich sie nicht rechtzeitig.«

Blake lehnte sich vor. »Jeff, sie wäre in einer Anstalt besser aufgehoben gewesen. Medikamente allein reichten nicht, vor allem, weil sie ihre Tabletten nicht zuverlässig nahm. Sie brauchte eine klar strukturierte Umgebung, keine durchfeierten Nächte, keinen Alkohol und keine Chance, sich so unmöglich aufzuführen, wie sie es in den letzten Monaten eurer Ehe tat.«

Jeffrey atmete langsam aus. »Ich sehe sie immer noch vor mir, an dem letzten Abend, bevor der Ärger begann. Yvette mit dem aufgesteckten blonden Haar, dem fließenden blauen Cocktailkleid, der Kette … Sie hat die Kette geliebt.«

»Kein Wunder. Welche Frau würde einen fünfkarätigen gelben Diamanten eingefasst mit unzähligen blauen Diamanten nicht lieben?«

»Ich habe sie für sie entworfen, weil sie so fasziniert war von der ägyptischen Legende vom blauen Lotus mit dem gelben Stempel.«

»Ich weiß, Jeff. Müssen wir schon wieder darüber reden?«

»Yvette nahm die Kette nie ab«, fuhr Jeffrey fort, als hätte er Blake nicht gehört. »Im Bett nicht, in der Badewanne nicht, nicht mal unter der Dusche. Doch als sie tot auf dem Gehweg in San Francisco lag, trug sie die Kette nicht.« Jeffreys Stimme wurde zornig. »Die Leute haben behauptet, ich hätte ihr die Kette abgerissen, bevor ich sie aus dem Hotelfenster stieß, aber das war ich nicht, Blake.«

»Ich weiß, dass du es nicht warst.«

»Nachdem sie gesprungen war, wuselten lauter Leute um sie herum. Einer von denen hat die Halskette geklaut. Das ist passiert. Ich habe sie ihr nicht weggenommen, und ganz sicher habe ich Yvette nicht umgebracht!«

Blake holte tief Luft und sah seinen Schwager streng an. »Jeff, immer wenn du zu viel getrunken hast, fängst du von Yvette und der verfluchten Kette an. Wir haben das schon tausendmal durchgekaut. Wen willst du überzeugen? Mich gewiss nicht, denn ich habe nie an dir gezweifelt. Das weißt du, also hör auf, mir deine Unschuld zu beteuern, und schütte um Gottes willen den Rest Bourbon weg. Danach solltest du versuchen, über Penny nachzudenken. *Sie* lebt noch.«

Nach einem Moment drückenden Schweigens sagte Jeffrey ruhig: »Ich habe Penny nicht vergessen, nicht eine Minute lang, seit sie mich verlassen hat, und heute erst recht nicht. Aber sowie ich an Penny denke, kommt mir automatisch die Erinnerung an Yvette. Für Mutter war Dad der Leibhaftige selbst, und sie glaubt, ich bin wie er. Vielleicht hat sie recht. Durch meine Schuld enden meine beiden Ehefrauen auf grausame Weise.«

»Jeff, du bist nicht bloß morbide, sondern redest wie ein Irrer. Du hast weder Yvette noch Penny etwas getan! Das Einzige, was man dir vorwerfen kann, ist, dass du zwei Frauen geheiratet hast, die nicht die richtigen für dich waren. Basta.«

»Zumindest nimmst du kein Blatt vor den Mund, Blake«, sagte Jeffrey ohne jeden Groll.

»Das tue ich nie, wenn ich mit dir oder Lenore rede.« Blake mühte sich vergebens, ein Gähnen zu unterdrücken. »Es ist fast Mitternacht, und ich könnte im Stehen einschlafen, würde ich stehen. Meinst du, du kannst jetzt schlafen?«

»Ich trinke nur noch aus, dann gehe ich ins Bett. Versprochen. Entschuldige, dass ich dich so lange mit Beschlag belegt habe. Ich vergaß, dass eine reizende Dame auf dich wartet.«

»Ehrlich gesagt wartet sie nicht auf mich. Deine Schwester ist immer noch sauer auf mich, weil ich dich im Park in den Würgegriff nahm. Sie hat sich ein eigenes Zimmer genommen.«

»Ein eigenes Zimmer?« Jeffrey sah ihn verwundert an. »Ist ihr nicht klar, dass du mich davon abgehalten hast, diese Frau zu attackieren? Dass du mir einen Gefallen getan hast?«

»Offenbar sieht sie es nicht so. Für sie zählt nur, dass ich gemein zu ihrem großen Bruder war.« Blake grinste spöttisch. »Sie hat sich sogar auf einer anderen Etage einquartiert.«

»Ich rufe sie an.« Jeffrey stand auf und ging zum Telefon. »Wie ist ihre Zimmernummer?«

»Vergiss es, Jeff. Manchmal ist sie eben so. Keiner ist perfekt, auch wenn sie dem sehr nahekommt, und ich schätze mich glücklich, mit ihr verheiratet zu sein. Deshalb gebe ich ihr gern die Zeit, die sie für sich braucht, wenn sie wütend auf mich ist. Sie kommt drüber weg … hoffentlich.«

***

Regentropfen schlugen ans Fenster …

Barry White beugt sich dicht zu Diana und singt mit seiner sagenhaft tiefen, sinnlichen Stimme »Never, Never Gonna Give You Up« in ihr Ohr. Rot. Rote Tropfen rinnen ihr übers Gesicht. Rot sammelt sich auf dem Boden, und ein Gesicht … leblose Augen … leere Augen …

Regentropfen, die ans Fenster schlugen …

Dianas Nase kribbelte. Sie rieb sie und drehte ihren Kopf leicht zur Seite. Mehr Kribbeln. Blind griff sie nach oben und packte Christabels bauschigen Schwanz. »Was machst du denn?«, murmelte sie. »Schlaf weiter.«

Die Katze manövrierte ihren kleinen Körper dicht an Dianas Ohr und schnurrte. Dann schnurrte sie lauter. Noch lauter. Schließlich verwandelte sich das Schnurren in ein forderndes »Quak«. »Romeo?«, murmelte Diana. »Geht weg, alle beide.« Wieder Schnurren, gefolgt von »Quak. Quak! *Quak!*«.

Auf einmal war Diana hellwach. Sie sah zum Fenster. Dunkel. Keine Regentropfen. Die Uhr zeigte 2:10. Christabel stand nun auf Dianas Brust und starrte ihr vorwurfsvoll in die Augen, und Romeo umkreiste quakend das Bett.

»Was ist mit euch beiden?«, fragte Diana, als könnten die Katzen ihr antworten. »Warum schlaft ihr nicht? Wieso seid ihr nicht bei …« Ihr Blick fiel auf die offene Badezimmertür. »Willow. Wo ist Willow?«

Christabel sprang vom Bett, als Diana die leichte Sommerdecke und das Laken beiseitewarf und durch das Bad in Willows Zimmer lief. Im schwachen Nachtlicht erkannte Diana sofort, dass Willow nicht in ihrem Bett lag. Sie schaltete die Deckenlampe ein und blinzelte im zunächst grellen Schein. Sobald ihre Augen sich angepasst hatten, suchte Diana das Zimmer ab – einschließlich des begehbaren Kleiderschranks. Dann bemerkte sie, dass der untere Flügel eines Schiebefensters ungefähr zwanzig Zentimeter weit nach oben geschoben war. Willow wollte nie, dass die Fenster über Nacht geöffnet waren.

Ein Angstschauer lief Diana über den Rücken, als sie Willows Tür aufriss, um hinaus zur Treppe zu laufen. Die Katzen, die mit ihr hatten kommen wollen, sperrte sie im Zimmer ein. Sie wollte Romeo nicht die Treppe hinuntertragen müssen und auch nicht riskieren, dass er fiel, weil er mit Christabel mitzuhalten versuchte. Unten überprüfte Diana die Bibliothek, den Salon, das Esszimmer, einen kaum benutzten Raum, der das »Büro« ihrer Urgroßmutter gewesen war, die Küche und die Speisekammer. Sie stand vor Clarice' Schlafzimmer und überlegte, sie zu wecken, entschied sich jedoch dagegen, weil die Gute, als Tyler und sie, Diana, aus dem Krankenhaus gekommen waren, so erschöpft ausgesehen hatte.

Wieder in der Küche, fiel Diana auf, dass die Hintertür ein kleines Stück offen stand. *Simon überprüft jeden Abend alle Türen, ehe er ins Bett geht. Er hätte die hier nie vergessen.* Sie zog die Tür weiter auf und schaute hinaus in die Nacht. Achtausend Quadratmeter Van-Etton-Besitz erstreckten sich bis zu einer großen Bewaldung – sehr viel größer als der Wald hinter Pennys und Willows Haus. Würde sie nachts dorthin gehen wollen?

Die Antwort erfolgte in Form eines Aufschimmerns hellen Stoffs am Waldrand. Es dauerte nur einen winzigen Moment, dann war es wieder fort. War das der neue hellblaue Pyjama, den sie Willow gekauft hatte? Hatte Willow ihn gestern Abend angezogen? Diana verfluchte ihre fehlenden Erinnerungen. Dann sah sie noch etwas Helles, das zwischen den Bäumen am Waldrand lief.

Willow. Eindeutig.

Diana schnappte sich einen alten Regenmantel, der am Garderobenständer neben der Tür hing, streifte ihn sich über und rannte zur Tür hinaus. Dass sie barfuß war, kümmerte sie nicht. Die Nachtluft war warm und irgendwie schwer, was allerdings auch an Dianas schmerzendem Schädel liegen konnte. Sie versuchte zu laufen, doch ihre Hüfte tat zu weh. Das kam vom Sturz, sagte sie sich, doch darauf konnte sie jetzt keine Rücksicht nehmen. Sie musste die Schmerzen vergessen und sich auf Willow konzentrieren.

Sie überquerte die Terrasse mit dem Zementbelag und trat auf den Rasen. Das Gras war kühl und taufeucht. Diana wollte schneller laufen, was das Stechen in ihrer Hüfte leider nicht erlaubte. Sie kam an dem Steinpodest mit der alten, wertvollen Sonnenuhr vorbei und blickte automatisch auf zu einer Eiche, wo ein Rotkehlchen in einer Astgabel hockte und seine vier Küken bewachte.

Dabei trat Diana versehentlich auf einen spitzen Stein, sodass ihr ein scheußlicher Schmerz das Bein hinauffuhr und sie fast hinfiel. *Hätte ich mir doch bloß Schuhe angezogen,* ging es ihr durch den Kopf. Aber sie war viel zu besorgt gewesen, als die Katzen sie weckten, um ihr mitzuteilen, dass etwas nicht stimmte. Wäre die Situation weniger beängstigend, würde sie sich mit Simon zusammen über die Vierbeiner wundern. Diana war sicher, dass Christabel aufgewacht war, als Willow das Fenster öffnete oder das Zimmer verließ. Die kleine Katze hatte sofort gespürt, dass etwas verkehrt war, und eine wahre Glanzleistung vollbracht, indem sie Romeo aus seinem Komaschlaf holte, damit er mit ihr zusammen Diana weckte. Bei Hunden war solch ein Verhalten fast normal, aber bei Katzen?

Diana hatte zwei Drittel des Weges bis zum Wald humpelnd und stolpernd zurückgelegt, als sie Willows helle Stimme hörte. »Wo bist du?«, rief sie. »Wo bist du denn? Du hast gesagt, dass du mich zu Mommy bringst.«

Sie zu Mommy bringen? Diana wurde eiskalt vor Angst. Jemand hatte Willow mit dem Versprechen aus dem Haus gelockt, sie dürfte zu Penny? Der Gedanke, ihre Mutter zu sehen, dürfte das Einzige sein, was Willow ihre Angst vor dem bösen Mann überwinden ließ und sie dazu bewegte, mitten in der Nacht allein nach draußen zu laufen.

»Willow!«, schrie Diana. »Willow, komm her!« Das Kind antwortete nicht. Diana trat auf etwas Langes, Schmales, Zappelndes – eine Schlange – und stieß einen schrillen Schrei aus. Sie hatte keine Angst vor ungiftigen Schlangen, aber deshalb schätzte sie es noch lange nicht, barfuß auf sie zu treten. Willow musste ihren Schrei gehört haben, denn sie rief: »Diana? Bist du das?«

»Willow, komm zu mir!« Diana blieb stehen, um Luft zu holen. Die Schmerzen in ihrer Hüfte und ihrem Kopf beeinträchtigten ihren Orientierungssinn, sodass sie nicht sagen konnte, aus welcher Richtung Willows Stimme kam. »Komm schnell zu mir, Süße. Ich schimpfe auch nicht mit dir. Ich möchte einfach nur, dass du bei mir bist«, rief sie, denn es war wichtig, dass sie die Kleine nicht verschreckte.

»Ich gehe zu Mommy!« Willows Stimme klang näher. »Mein Schutzengel bringt mich zu ihr.« Willow kam in ihrem hellblauen Pyjama und den Plüschpantoffeln, die Diana ihr gekauft hatte, aus dem Wald. Sie lief auf Diana zu und nahm ihre Hand. »Eigentlich sollte ich allein kommen, aber der Engel lässt dich bestimmt auch mitgehen, wenn ich ihn frage …«

Ein Schuss zerriss die nächtliche Stille. Vögel kreischten und schlugen mit den Flügeln, während Willow stumm aufschrie und sich an Diana klammerte. Eine zweite Kugel pfiff durch die Luft, so dicht, dass Diana sie an ihrem Kopf vorbeifliegen hörte. Sie warf sich mit Willow auf den Boden und rollte sich auf sie. Willow fing an zu schreien, aber Diana legte ihr eine Hand auf den Mund. »Pssst. Deine Stimme verrät sonst, wohin der Schütze zielen muss.«

Noch ein Schuss, unmittelbar über ihnen, und Willow schrie in Dianas Hand hinein. Diana senkte den Kopf und überlegte fieberhaft, wer auf sie schoss. Willow musste das Ziel sein. *Ich bin schlicht im Weg.* Und die Person, die Willow töten wollte, war dieselbe, die es schon mit der Explosion am Freitag versucht hatte.

Ein vierter Schuss, aus kürzerer Distanz, verfehlte sie nur um Zentimeter. Diana erwog, unter den Bäumen in Deckung zu gehen, doch bis dorthin waren es noch gut drei Meter. Sie konnte nicht rückwärtsrobben und gleichzeitig Willow abschirmen. Und im Moment war Dianas Körper Willows einziger Schutz.

Diana hörte Schritte im hohen, feuchten Gras. Sie beide waren ein leichtes Ziel: zwei Gestalten, die flach im Gras lagen und nur darauf warteten, dass der Tod sie fand. Für einen Sekundenbruchteil überkam Diana der Wunsch, aufzusehen und dem Killer in die Augen zu blicken, bevor er die tödlichen Schüsse abgab. Aber ihr letzter Anblick auf Erden sollte nicht das Gesicht ihres Mörders sein.

»Schließ die Augen, Süße«, flüsterte sie Willow zu. »Mach die Augen zu und denk an den schönsten Ort, den du jemals gesehen hast. Erinnere dich an die Farben, die Geräusche und wie du dich gefühlt hast. Das ist jetzt deine Welt. Das ist deine einzige Welt.«

Erstaunlicherweise wurde das Kind unter ihr vollkommen ruhig. Unter Dianas Hand bewegten sich Willows Gesichtsmuskeln, als sie den Mund schloss und die Augen fest zukniff. Diana tat es ihr gleich. Sie dachte an einen See in New England:

ein großer See an einem wunderschönen, sonnigen Tag. Die mit Gras bewachsene Uferböschung war voller Gänseblümchen und Wilder Möhre, und das Wasser war so ruhig gewesen, dass es den Himmel und die Schäfchenwolken spiegelte. An jenem Tag war Diana glücklich gewesen. So glücklich …

Ein weiterer Schuss knallte, der jedoch von weiter weg zu kommen schien. Dann noch einer. Diana musste die Augen öffnen, worauf sich ihre Vision vom schönen See auflöste und nasses Gras, Dunkelheit sowie plötzliches Licht an deren Stelle traten. Es war künstliches Licht, das aus dem Haus kam, gefolgt von der Terrassenbeleuchtung. Diana hörte Simon rufen, dessen Stimme ihr meilenweit weg vorkam. Dann hörte sie einen Schuss, der irgendwo zwischen ihr und dem Haus abgefeuert wurde, und schließlich das Donnern von Laufschritten, die immer näher kamen. Sie bildete sich ein, den Boden vibrieren zu fühlen, als ihr potenzieller Mörder gen Wald rannte. Dann rief jemand, nicht Simon, und wieder wurde geschossen.

Schließlich wurde alles still, bis sich ein Mann über sie beugte und leise sagte: »Er ist fort. Du bist jetzt in Sicherheit, Darling.«

Diana hob den Kopf und blickte in das schweißnasse, sorgenvolle Gesicht von Tyler Raines. Als sie aufstehen und ihn umarmen wollte, rief die weinende Willow, »Badge! Du hast mich schon wieder gerettet, genau wie Mommy gesagt hat!«

»Badge?«, murmelte Diana. Dann sah sie zu der Handfeuerwaffe, die neben ihm im Gras lag. »Darfst du in West Virginia eine Waffe tragen?«

»In allen Bundesstaaten«, antwortete Tyler ruhig. »Ich bin ein Polizist aus New York City im Undercover-Einsatz, Diana.«

14

War das vor deinem Fenster ein Mann oder eine Frau?«

Willow saß auf dem größten, bequemsten Sofa in der Bibliothek mit einer heißen Schokolade neben sich und sah Tyler vorwurfsvoll an. »Das war mein Schutzengel! Das habe ich doch schon allen erzählt!«

Die Polizei war seit einer Viertelstunde fort. Willow hatte sich bemüht, ihnen zwischen ihren Tränen, Angstschaudern und nervösem Schluckauf zu berichten, was in der Nacht geschehen war, aber ihre Geschichte war nahezu unverständlich gewesen. Nachdem sie sich ein wenig beruhigt hatte, beschloss Tyler, es noch einmal zu versuchen, solange Willows Erinnerungen frisch waren.

»War der Engel ein Mann oder eine Frau?«

»Engel sind keine Jungen oder Mädchen. Die sind eben Engel«, erklärte Willow mit tadelnder Miene. »Wieso weißt du das denn nicht?«

Tyler seufzte. »Da habe ich wohl nicht aufgepasst. Na schön, Süße, erzähl mir alles, was heute Nacht passiert ist.«

»Hab ich schon. Und ich habe es auch den Polizisten erzählt.«

»Ich weiß, aber ich würde es sehr gern noch mal hören. Bitte, Willow.«

»Ja, Süße«, sagte Clarice, als Willow zu ihr sah. Die Kleine schien drauf und dran, aus reinem Trotz zu schweigen. »Ich hatte nicht alles verstanden, was du zu den Polizisten gesagt hast. Du weißt ja, ich höre nicht mehr so gut.«

»Aber Katy sagt, du hast Ohren wie eine Fledermaus, und Fledermäuse können unglaublich gut hören.«

Clarice wirkte beleidigt, wohingegen Diana und Tyler sich

ein Grinsen verkneifen mussten. »Katy ist erst dreizehn und längst nicht so schlau, wie sie immer tut«, erwiderte Clarice spitz. Dann lächelte sie. »Bitte, erzähl die Geschichte noch mal, ja, damit ich alles höre.«

»Na gut.« Willow kuschelte sich tiefer in die bunte Häkeldecke, in die Clarice Diana vor Stunden gewickelt hatte. »Ich hab geschlafen, und dann bin ich ganz langsam aufgewacht, und dann hat was Geräusche gemacht an dem Fenster. Christabel hat das auch gehört, denn sie hat zum Fenster geguckt. Und dann bin ich aufgestanden und hab rausgeguckt, und dann hab ich den Engel gesehen.«

»Woher wusstest du, dass es ein Engel war?«, fragte Tyler. »Sah er wie ein Engel aus?«

»Nee, zuerst hab ich nicht gewusst, dass das ein Engel war. Er hatte aber ein weißes Kleid an, das ihm bis zu den Füßen ging, mit so ganz großen Flatterärmeln …«

»Entschuldige, dass ich dich unterbreche«, sagte Diana. »Aber meinst du mit Flatterärmeln, dass sie weit waren, oder war es eher ein Umhang?«

»Ich meine Flatterärmel«, antwortete Willow ungeduldig. »Und ein Licht schien auf sein Gesicht, und sein Gesicht leuchtete.«

»Es leuchtete?«, wiederholte Simon ungläubig.

»Es *leuchtete,* Onkel Simon. Wieso versteht denn keiner, was ich sag?«

»Tut uns leid. Wir sind wohl nur müde und hatten so große Angst um dich. Deshalb können wir nicht mehr richtig denken«, sagte Simon, um das erschöpfte und mürrische Kind zu beschwichtigen. »Nimm einen Schluck von deinem Kakao, solange er schön warm ist, und wir versprechen, dass wir dich nicht mehr unterbrechen, wenn du weitererzählst.«

Willow schlürfte ihre Schokolade und fuhr fort. »Ich habe das Fenster aufgemacht, aber ich habe nur geguckt, denn ich hatte ein bisschen Angst. Und dann hat der Engel gesagt: ›Du musst keine Angst haben, Willow. Ich bin dein Schutzengel, und ich bin gekommen, weil ich dich zu deiner Mommy bringen will.‹ Dann hab ich gesagt: ›Ich hab dich noch nie gesehen‹, und der Engel hat gesagt: ›Menschen sehen mich nicht, bis sie mich wirklich brauchen. Jetzt komm ganz leise nach draußen, und ich bringe dich zu deiner Mommy.‹ Christabel hat direkt neben mir gestanden. Sie würde euch alles erzählen, aber sie kann ja nicht sprechen. Dann hab ich zu dem Engel gesagt: ›Ich darf nachts nicht alleine nach draußen‹, und dann hat der Engel gesagt: ›Du bist ja gar nicht alleine, denn du bist ja bei mir.‹

Das stimmte, und ich dachte, dass keiner böse auf mich sein kann, weil ich nachts rausgegangen bin, weil ich ja bei meinem Engel bin. Und dann habe ich mir die Hausschuhe angezogen und meine Zimmertür zugemacht, damit Christabel nicht hinter mir herläuft. Ich konnte hören, wie sie drinnen miaut und an der Tür gekratzt hat. Das tat mir ganz doll leid, aber Diana hat gesagt, dass Christabel sich vielleicht im Wald verläuft und nicht wieder nach Hause findet.

Dann bin ich ganz leise nach unten und zur Hintertür. Ich habe sie aufgeschlossen und bin nach draußen gegangen. Ich hatte gedacht, dass der Engel da auf mich wartet, aber er war viel weiter weg vom Haus. Ich dachte schon, er geht ohne mich zu Mommy, weil ich zu langsam bin, aber dann hat er sich zu mir umgedreht und gewinkt, so wie man winkt, wenn einer zu einem kommen soll. Also bin ich zu ihm gelaufen. Er ist dann in den Wald gegangen, und ich bin hinter ihm her, aber ich konnte ihn nirgends mehr sehen. Ich bin aber auch nur am Waldrand längs gelaufen, weil ich nicht so gerne im Dunkeln in den Wald gehe, aber der Engel war nicht mehr da.

Und dann hab ich Diana gehört, die mich gerufen hat, und bin zu ihr gelaufen und hab ihr gesagt, dass sie auch mit zu Mommy kommen darf, und dann …« Willow verstummte, wurde sehr blass und begann zu zittern. »Und dann hat einer angefangen, mit einem Gewehr auf mich und Diana zu schießen, und sie hat mich auf den Boden gedrückt und sich auf mich gelegt.

Dann gab es noch ganz viel Geschieße, und Diana hat gesagt, ich soll meine Augen zumachen und an das Hübscheste denken, was ich jemals gemacht habe. Und ich dachte an das Mal, als Mommy, Badge und ich die ganzen hundert Treppenstufen im Ritter Park raufgegangen sind und den Rosengarten angeguckt haben, wo Rosen in allen Farben sind, die alle geblüht haben, und die Sonne ging gerade unter, und der Himmel war so dunkelblau mit rosa und orangen Streifen. Aber das Geschieße hörte gar nicht auf, und dann schrie Onkel Simon was, und überall ging das Licht an, und dann ist Badge gekommen.«

Willows Stimme versiegte wie ein Kurzzeitwecker, der ablief. Dann lächelte sie Tyler an und fragte: »Wieso bist du hier, wo du doch ein Geheimnis bist?«

»Es wurde Zeit, dass ich aufhöre, ein Geheimnis zu sein, Kleines«, sagte Tyler sanft. »Deine Mommy würde nicht wollen, dass ich weiter ein Geheimnis bleibe.«

Als Simon und Clarice mit Willow und deren Katzengefährten nach oben verschwunden waren, sagte Diana leise: »Ich weiß, dass Willow deine Tochter ist. Ich verurteile dich nicht, Tyler, aber es ist offensichtlich. Sie sieht dir sehr ähnlich.«

Tyler nahm ihre Hand und sah ihr in die Augen. »Sie sieht wie Penny aus.«

»Willow liebt dich«, sagte Diana. »Es ist nicht zu übersehen, dass sie dich schon ihr Leben lang kennt. Penny hat ihr gesagt, sie müsste dich geheim halten, aber ich hätte wissen müssen, dass es ein starkes Band zwischen euch gibt, so wie du dich bei der Explosion verhalten hast. Du warst nicht entsetzt, wie es ein Fremder gewesen wäre, was mir sogar auffiel, aber ich hatte nicht geschaltet. Dann kam Willow im Wald zu dir, nachdem sie sich vor allen anderen versteckt hatte. Und wenn ich dich erwähne, wird sie jedes Mal ganz ausweichend. Ich erzählte dir, dass sie Johannisfünkchen für ihre Mutter gesammelt hat, und jeder andere fragte, was das ist, aber du wusstest, dass sie die

Glühwürmchen so nennt.« Diana atmete tief durch. »Jetzt endlich geht mir auf, dass du und Penny …«

»Geschwister sind«, fiel Tyler ihr ins Wort. Diana, die im Begriff gewesen war, »ein Paar« zu sagen, war im ersten Moment sprachlos. »Nicht, dass wir blutsverwandt wären, aber wir könnten es ebenso gut gewesen sein«, sagte er ernst. »Als ich fünfzehn war und sie dreizehn, kam sie zu der Pflegefamilie, in die mich das Jugendamt gesteckt hatte.«

Nachdem Diana ihre Verwunderung halbwegs verkraftet hatte, fragte sie ungläubig: »Ihr wart in derselben Pflegefamilie? Das ist deine Verbindung zu Penny?«

»Ja, Diana. Aber unsere ›Verbindung‹, wie du es nennst, war mehr als das. Sie war ein hübsches kleines Ding, doch sie trieb mich fast in den Wahnsinn, weil sie sich dauernd an mich hängte, und ich wollte keine Dreizehnjährige im Schlepptau. Das war absolut nicht cool, und cool zu sein war mir damals sehr wichtig. Mit der Zeit gewöhnte ich mich daran, und später stellte ich zu meinem Entsetzen fest, dass ich sie liebte – nicht auf die romantische Art, eher so, wie ich eine kleine Schwester geliebt hätte. Na ja, wohl mehr, denn meine leibliche Schwester wäre nicht Penny gewesen, und ich denke, du weißt, wie unwiderstehlich Penny sein kann.«

Plötzlich sprudelten die Worte aus Diana heraus. »Sie hat mir gesagt, dass sie ein Einzelkind war. Dass sie bei Pflegeeltern aufwuchs, erfuhr ich erst, als Jeffrey Cavanaugh es uns erzählte. Aber er hat dich mit keiner Silbe erwähnt. Wenn sie dir so verbunden blieb, wieso wollte sie dann nicht, dass Jeffrey von dir weiß? Warum musstest du ein Schatten in ihrem und Willows Leben bleiben?«

Tyler schien mit sich zu ringen, wie viel er ihr sagen durfte. »Ich habe dir erzählt, dass ich einen Onkel hatte, der Polizist war. Das stimmte. Ich habe ihn bewundert und wollte sein wie er. Als ich achtzehn wurde und man mich aus der staatlichen Pflege entließ, hatte ich bereits ein Jahr College hinter mir – ich studierte Polizeiwissenschaft im Hauptfach – und hatte beschlossen, undercover arbeiten zu wollen. Ich wollte, dass Penny studierte, aber ihr fehlte die Geduld dazu. Sie wollte in die Welt hinaus und leben, wie sie immer wieder sagte. Zuerst hat sie sich als Verkäuferin und Kellnerin durchgeschlagen. Als sie einundzwanzig war, fing sie mit dem exotischen Tanz an. Ungefähr zeitgleich begann ich, undercover zu arbeiten, und angesichts der zwielichtigen Typen, mit denen sie in Kontakt kam, hielten wir es für sicherer, wenn niemand wusste, dass wir uns kannten – auch wenn ich im Job nie meinen richtigen Namen benutze.«

»Aber nachdem sie geheiratet hatte, warum habt ihr danach deine Identität vor Jeffrey Cavanaugh geheim gehalten?«, fragte Diana. »Er ist keine zwielichtige Gestalt.«

»Ach nein? Wie viel weißt du eigentlich über den Kerl?«

»Na ja, nicht viel, außer dass er die Firma übernahm, als sein Vater starb, und …«

»Und da fängt die Legende an. Möchtest du die ganze Geschichte hören oder dich lieber ins Bett legen und die nächsten zehn Stunden durchschlafen?«

»Ich könnte nicht mal schlafen, wenn man mich dafür bezahlt«, sagte Diana bedauernd. »Abgesehen davon, dass mir alles wehtut, kann ich mich an nichts von gestern Abend erinnern, bis ich im Krankenhaus aufgewacht bin. Ich habe keinen Schimmer, wer Willow und mich hier in unserem Garten umbringen wollte. Ich habe Angst, dass Jeffrey Cavanaugh jeden Augenblick hier reinstürmt, Willow verschleppt und ich sie nie wiedersehe. Meine beste Freundin stirbt einen langsamen, grausamen Tod …« Diana brach die Stimme, und ihr kamen die Tränen. »Mit anderen Worten: Ich bin ein Nervenbündel.«

Auf einmal erklang Simons Stimme hinter ihr. »Dann brauchst du eine Eispackung für deinen Kopf, eine für deine Hüfte, eine Schmerztablette, ein leichtes Beruhigungsmittel und ein schönes Glas …«

»Wein? Bitte?«

»Warme Milch.«

»Oh, das dürfte mich endgültig schaffen. Ich hasse warme Milch«, sagte Diana halb lachend, halb weinend.

»Macht nichts. Sie wird dir trotzdem guttun«, erwiderte Simon ungerührt. »Clarice und ich haben dich binnen einer Viertelstunde mit Medikamenten und allem versorgt. Danach ziehen wir uns zurück, und ihr beide könnt meinetwegen die ganze Nacht hier sitzen und reden. Und Tyler?«

»Ja, Sir?«

»Erstens, Sie müssen mich ab sofort Simon nennen, nicht ›Sir‹. Zweitens, Sie sehen aus, als könnten Sie einen Drink gebrauchen. Was ist Ihr Lieblingsgift?«

»Wodka.«

»Also einen doppelten Grey Goose. Ich serviere Ihnen das erste Glas und stelle die Flasche auf die Frühstückstheke, also bedienen Sie sich ruhig. Und drittens möchte ich Ihnen von ganzem Herzen danken, dass Sie Diana und Willow gerettet haben. Ohne die beiden wäre die Welt nicht dieselbe.«

Tyler sah lächelnd in Dianas tränenschwimmende Augen. »Darauf trinke ich ganz sicher, Simon.«

***

Diana saß zusammengerollt in Clarice' langärmeligem Fleecemorgenrock auf dem Sofa. Clarice hatte sie buchstäblich gezwungen, ihn anzuziehen, bevor die Polizei kam. Und da Diana trotz der lauen Nacht durch und durch kalt war, empfand sie den dicken Wintermorgenrock als Wohltat.

»Wie kommt es, dass du hier warst, als Willow und ich dich brauchten?«, fragte Diana.

»Ich bin schon seit Freitagabend euer Schatten. Ich dachte, das wüsstest du inzwischen.«

»In gewisser Weise tat ich es wohl auch.« Diana nahm brav ihre Tabletten, hielt sich die Eispackung an ihren lädierten Kopf und trank etwa ein Drittel der Milch. »Erzähl mir mehr über Penny *und* über dich.«

»Penny sprach nie mit mir über die Jahre, bevor sie meine Pflegeschwester wurde. Und mit einer Geschichte, in der es hauptsächlich um mich geht, würde ich dich bloß langweilen.«

»Ich möchte sie dennoch hören, wenn es dir nichts ausmacht.«

Tyler lehnte sich vor, nahm das Wodkaglas vom Sofatisch und trank einen kleinen Schluck. »Ich habe erst wenigen Menschen von meiner Kindheit erzählt. Aber du fängst endlich an, mir zu vertrauen, also wäre es wohl das Beste, wenn du alles erfährst.« Er lehnte sich wieder zurück und grinste, wobei seine Grübchen sich vertieften. »Jedenfalls alles, was für die Ohren einer Lady geeignet ist.«

»Mich schockiert nichts so leicht, Tyler. Ich verspreche dir, dass ich mich nicht entrüstet zurückziehe, solltest du mir eröffnen, dass du kein Chorknabe warst.«

»Tja, das ist beruhigend, denn der war ich gewiss nicht.« Er atmete tief ein und sah geradeaus, als wollte er ihren Blick meiden. »Meine Eltern wollten beide am Broadway groß rauskommen. Sie kamen aus einer Kleinstadt in den Südstaaten und waren sehr jung. Sie lernten sich bei einem Vorsprechen kennen und heirateten kurz danach. Ich glaube nicht, dass sie wirklich ineinander verliebt waren. Sie waren halt in einer Stadt gestrandet, die sie überforderte, weigerten sich aber, es sich einzugestehen und nach Hause zurückzukehren. Stattdessen wandten sie sich den Drogen zu.

Ich wurde geboren, als sie zwei Jahre verheiratet waren. Die Eltern meiner Mutter hatten sich von ihr losgesagt. Der Vater meines Dads war schon verwitwet, holte mich aber immer wieder zu sich, genauso wie Dads großer Bruder, Don. Er war der Cop. Don war sieben Jahre älter als mein Dad, und für mich war er ein Gott. Er lebte noch unten im Süden, in derselben Stadt wie Grandpa, und ich habe viel Zeit dort bei ihnen verbracht.«

»Daher der Südstaatenakzent«, sagte Diana.

Tyler nickte. »Meine Eltern haben ihren auch nie ganz abgelegt, und die glücklichsten Tage meiner Kindheit waren die im Süden, weshalb ich mich geradezu an den Akzent klammere. Bekloppt, aber wahr. Grandpa und Don wollten mich ganz bei sich behalten, aber sowie meine Eltern gerade mal wieder clean waren, holten sie mich ab. Leider blieben sie nie lange clean. Als ich zwölf war, waren sie beide auf Crack und hielten uns mit Ach und Krach über Wasser. Damals waren sie bereit, mich ganz zu Onkel Don und Grandpa zu geben. Leider wurde Don im Dienst ermordet, und drei Monate später erlitt mein Großvater einen tödlichen Herzinfarkt. Da war ich dreizehn, und meine Eltern kümmerten sich ausschließlich darum, Geld für ihre Drogen aufzutreiben.«

Tyler machte eine Pause und schluckte. Als er weitersprach, war seine Stimme belegt. »Eines Tages kam ich von der Schule nach Hause, und sie waren weg. Unsere Wohnung war ein Rattenloch, aber ich schaffte es, mich einen Monat lang dort allein durchzuschlagen, bis die Miete fällig war. Dann zog ich auf die Straße. Fast ein Jahr habe ich gebettelt, im Sommer in Pappkartons geschlafen und im Winter in verlassenen Häusern. Schließlich bekam ich einen Job als Putzkraft in einem Restaurant. Die Frau des Besitzers informierte das Jugendamt. Dafür hasste ich sie damals, aber es war das Beste, was mir passieren konnte.

Wenn ich bei meinem Großvater war, besuchten wir oft Al Meeks, der für mich so etwas wie ein zweiter Großvater wurde. Nach Grandpas Tod schrieb ich ihm, und als er zwei Jahre nichts von mir hörte, spürte er mich auf. Da war ich schon in staatlicher Obhut. Er wollte mich bei sich aufnehmen, doch er war kein Angehöriger und geschieden. Das Jugendamt wollte lieber eine intakte Familie; außerdem hatte er keine Genehmigung, Pflegekinder aufzunehmen. So landete ich bei einer Familie in New York. Zum Glück war es ein gutes Zuhause.« Er brach ab und lächelte Diana zu. »Etwa ein Jahr später kam Penny. Al besuchte mich mehrmals im Jahr bei der Pflegefamilie. Er vernarrte sich sofort in Penny. Zweimal brachten unsere Pflegeeltern Penny und mich nach Huntington zu Al. In einem Jahr gingen wir zu einem Footballspiel an der Marshall. Wir waren sogar mal im Ritter Park. Penny liebte Huntington.«

»Deshalb kam sie her, als sie Jeffrey verließ«, sagte Diana leise.

»Der Hauptgrund, aber nicht der einzige. Sie dachte, die Stadt wäre groß genug, um nicht aufzufallen, aber nicht zu groß, um anonym zu sein. Schließlich war sie noch nie alleinerziehende Mutter gewesen. Sie wusste, dass sie allein in einer großen Stadt zurechtkam, aber sie war nicht sicher, ob sie es allein mit einem Kind schaffte. Und sie hatte Jeffrey nie von ihren Ausflügen hierher erzählt, weil sie Angst hatte, versehentlich Al oder mich zu erwähnen.«

Während Tyler redete, hatte Diana den Rest der warmen Milch hinuntergewürgt; sie stellte das leere Glas ab und legte eine Hand auf Tylers Arm. »Ich habe Al Meeks angerufen.«

»Ich weiß. Er hat es mir gesagt.«

»Du weißt, dass ich dir nicht traute. Ich ahnte, dass du mich angelogen hast, als du behauptetest, du würdest Penny und Willow nicht kennen. Also dachte ich, du hast vielleicht auch bei Al gelogen. Jedenfalls hat er versucht, so wenig wie möglich zu sagen, aber er verriet, dass deinem Großvater das Herz gebrochen wäre, hätte er erfahren, was dir passiert ist, als du jünger warst. Er meinte sicher das letzte Jahr mit deinen Eltern und die Zeit, die du mit nur dreizehn Jahren auf der Straße gelebt hast.« Diana drückte seinen Arm. »Weißt du, was mit deinen Eltern geschah?«

»Ich weiß, dass meine Mutter an einer Überdosis starb, als ich sechzehn war. Aber das fand ich erst viele Jahre später heraus. Was mit meinem Vater war, weiß ich nicht. Wahrscheinlich wurde er zu einem der vielen Menschen, die sich auf den Straßen verlieren. Von denen sehe ich eine Menge in meinem Job.«

»Das tut mir leid, Tyler. Ehrlich.«

Tyler trank einen Schluck. »Genug von meiner traurigen Geschichte. Jetzt erzähl mir von Diana Sheridan.«

»Diana Sheridan ist nicht annähernd so interessant.«

»Das bezweifle ich. Raus mit der Sprache!«

»Mein Vater stammte aus reichem Haus. Er und meine Mutter heirateten jung, bekamen mich praktisch gleich nach der Hochzeit und wussten nichts mit einem Kind anzufangen. Also ließen sie mich meistens bei meiner Großmutter und reisten viel. Und gaben Geld aus. Zu viel Geld. Als ich zwölf war, war das meiste verprasst. Sie hörten auf zu reisen, Partys zu geben, das Leben zu genießen.

Als ich vierzehn war, hatte mein Vater bei der ersten Party, die er und meine Mutter seit Monaten besuchten, zu viel getrunken, und auf dem Nachhauseweg schleuderte er aus einer Kurve, und der Wagen stürzte einen Abhang hinunter. Sie waren beide sofort tot. Großmutter war am Boden zerstört, denn meine Mutter war ihr einziges Kind und erst vierunddreißig. Ich liebte meine Eltern und vermisste sie, aber ich war nicht so verloren, wie es die meisten anderen Vierzehnjährigen sind, wenn ihre Eltern sterben. Meine Eltern waren schon immer viel weg gewesen, sodass ich gelernt hatte, mich auf Großmutter und mich selbst zu verlassen. Und Simon natürlich. Außerdem wusste ich, wie unglücklich meine Eltern mit dem Leben waren, das ihnen bevorstand.«

»Also bist du ganz zu deiner Großmutter gezogen«, sagte Tyler. »Und ihr beide verbrachtet noch mehr Zeit mit Simon. Und als du achtzehn warst, nahm er dich mit auf eine Expedition nach Ägypten. Penny fand, das war das Spannendste, was sie je gehört hatte.«

Diana lächelte. »Es war großartig. Hart, ja, aber wundervoll.« Sie seufzte. »Penny und ich redeten viel darüber, eines Tages mit Willow auf eine Expedition zu gehen. Ich wusste immer, dass es nie dazu kommen würde, aber wir waren wie Mädchen, die planten, was sie tun würden, wenn sie groß sind. Das hat Spaß gemacht.«

Tyler grinste. »Ich weiß. Sie hat es mir erzählt. Du warst übrigens ihre erste richtige Freundin. Sie hörte sich immer an wie sechzehn, wenn sie über all die witzigen Sachen sprach, die ihr beide zusammen gemacht oder besprochen habt.«

»Das habe ich nicht gewusst, aber es freut mich, dass Penny unsere Freundschaft genossen hat. Auch für mich war sie die beste Freundin in meinem Leben.«

Eine Träne kullerte Diana über die Wange, und Tylers Augen schimmerten verdächtig im Lampenschein. Rasch blickte er zu seinem leeren Glas. »Ich denke, ich nehme Simons Angebot an und hole mir noch einen Wodka. Kann ich dir etwas mitbringen?«

»Ja, ein Glas Wein.«

Während Tyler in der Küche war, legte Diana die lächerliche Eispackung beiseite und lehnte ihren Kopf an die Rückenlehne des Sofas. Sie wusste nicht, wie es möglich war, aber sie war glücklich. Trotz allem war sie glücklich. »Du musst verrückt sein, Diana Sheridan«, sagte sie leise vor sich hin. »Nur du kannst glücklich sein, nachdem zwei Stunden vorher jemand auf dich geschossen hat.«

»Sprichst du mit mir?«, fragte das Objekt ihres Glücks beim Hereinkommen. Tylers Gesicht wirkte entspannter, und seine Augen schienen nicht mehr in jeden Winkel zu spähen und nach möglicher Gefahr Ausschau zu halten. Er reichte ihr ein Weinglas, ging zum vorderen Erkerfenster und guckte zwischen den Vorhängen durch. »Sehr gut. Die Wachposten sind noch da, obwohl ich sie gern näher am Haus hätte. Ich habe aus dem Küchenfenster geschaut. Sie suchen immer noch den Wald ab.«

Diana nippte an ihrem Wein. »Igitt! Tyler, das ist Willows Apfelsaft!«

»Ja, ist es. Dein Onkel hat gesagt, kein Alkohol zu den Schmerz- und Beruhigungsmitteln.«

»Es ist ein extrem leichter Tranquilizer.«

»Sei's drum«, sagte Tyler und setzte sich so dicht neben sie, dass sie seine Wärme spüren konnte. »Ich habe eben erst Simons Wohlwollen gewonnen. Das setze ich nicht für ein Glas Wein aufs Spiel.«

»Du hattest Simon schon gewonnen, als er dich kennenlernte.« Diana grinste. »Das weißt du auch. Er hat dir eines seiner Autos geliehen. Und ich glaube, Clarice hat sich in dich verliebt.«

»Tja, Clarice ist eine tolle Frau. Trotzdem ist sie nicht die, von der ich mir wünsche, dass sie sich in mich verliebt.«

Diana, die es nicht leiden konnte, wenn sich erwachsene Frauen wie schüchterne Mäuschen gebärdeten, konnte nicht umhin zu fragen: »Was für eine Frau schwebt dir denn vor?«

»Eine, die ehrgeizig ist und ihr Leben selbst in die Hand nimmt, statt es sich von einem Mann präsentieren zu lassen. Und die sich nicht ausschließlich auf ihre beachtliche Schönheit verlässt. Vor allem aber eine, die alles riskieren würde, um die Menschen zu schützen, die sie liebt. Du hast dein Leben riskiert, um Willow zu schützen.«

»Ja, und da habe ich doch eine echte Glanzleistung abgeliefert, nicht wahr?«

»Du bist aufgewacht und ihr nachgegangen. Du hast sie mit deinem Körper abgeschirmt. Ich würde das schon als die Tat einer Beschützerin bezeichnen.«

»Ich bin von den Katzen geweckt worden. Wer behauptet, Katzen wären heroischer Taten nicht fähig, hat noch nie gehört, wie Katzen ihre Besitzer vor Gefahr warnen. Und natürlich bin ich Willow nachgegangen und habe versucht, sie mit meinem Körper abzuschirmen. Wer würde das nicht tun?«

»Eine Menge Leute. Ich erlebe es immer wieder.«

»Tja, derjenige, der versucht hat, Willow und mich zu erschießen, muss derselbe gewesen sein, der auch Penny umbringen wollte. Dass zwei potenzielle Mörder hinter dieser Familie her sind, kann ich mir schwerlich vorstellen.«

Tyler lächelte und nahm wieder ihre Hand. »Mir gefällt, dass du Penny und Willow als Teil der Familie betrachtest.«

»Weil sie für uns zur Familie gehören. Wir lieben die beiden.« Diana sah ihn an. »Deshalb denke ich, dass du mir sagen solltest, warum Penny von Jeffrey weggelaufen ist, statt sich von ihm scheiden zu lassen. Wieso hat sie sich vor ihm versteckt?«

Tyler sah auf den Boden, und Diana meinte fast zu fühlen, wie er mit sich rang, mit dem Wunsch, etwas zu erzählen, was er wahrscheinlich geschworen hatte, niemals zu erzählen. Er war nicht der Typ, der leicht Versprechen brach. Entsprechend klang es zögerlich und verhalten, als er schließlich zu reden begann.

»Ich habe gehasst, was Penny vor ihrer Ehe tat. Sie war eine Stripperin, schlicht und einfach. Keine Prostituierte, wie manch einer hinterher behauptet hat, aber eine Stripperin. Dann lernte sie Jeffrey Cavanaugh kennen. Sie ging über einen Monat mit ihm aus, bevor sie es mir sagte. Sie war verliebt, ich entsetzt.

Ich wusste schon alles über Cavanaugh. Sein Vater, Morgan, war ein ungehobelter Kerl mit mehr Verbindungen zum organisierten Verbrechen, als die Behörden gewusst haben dürften. Er war so verschlagen, dass ihm nie irgendwas angehängt werden konnte. Und er war gerissen, jedenfalls gerissen genug, um zu wissen, dass er für ein legales Unternehmen einen Partner mit Prestige brauchte. Den fand er in Charles Wentworth, Blakes Vater. Alle vermuteten, dass Wentworth sein Geld mit einer schlechten Investition in den Sand gesetzt hatte, sonst würde er sich nie mit jemandem wie Cavanaugh einlassen. Ob was dran war oder nicht, die beiden gründeten jedenfalls Cavanaugh and Wentworth.«

Tyler trank von seinem Wodka. »Das Unternehmen ging ab wie eine Rakete. Morgan Cavanaugh gelang es sogar, sich einiges Ansehen als Unternehmer zu sichern, auch wenn ihn so gut wie niemand privat empfing. Er hatte eine Frau und zwei Kinder, aber nebenbei unterhielt er ständig mindestens eine Geliebte. Für seinen Sohn hatte er nichts als Verachtung übrig. Ich habe ein paar scheußliche Geschichten darüber gehört, wie er Jeffrey behandelte. So etwas hinterlässt bei jedem Narben.«

»Er tut dir leid?«

»Nein, ich denke, dass seine Kindheit ihn verdorben hat. Das ist schlimm, aber es ändert nichts daran, dass ich denke, der Typ hat ein paar ernste Probleme.«

»Verstehe. Wir reden nicht über Ursachen, sondern du sorgst dich um die Folgen.«

»Stimmt, vor allem, wenn die Folgen Penny betreffen«, sagte Tyler. »Ungefähr zehn Jahre nach Firmengründung brachte Wentworth sich um. Angeblich wurde er bei einer Veruntreuung erwischt und konnte nicht mit der Schande leben. Das wurde vielfach angezweifelt, denn Wentworth hatte einen makellosen Ruf, und das Unternehmen machte so horrende Umsätze, dass eine Unterschlagung überhaupt nicht nötig gewesen wäre. Nicht zu vergessen, dass Wentworth seine Frau und seinen Sohn anbetete. Die Polizei konnte allerdings nichts nachweisen.

Morgan war dann alleiniger Boss des Unternehmens. Er versorgte die Witwe und den Sohn gut, aber Wentworth' Frau hatte sechs Monate nach dem Selbstmord ihres Mannes einen Nervenzusammenbruch, von dem sie sich nie erholte. Sie lebt in einer Anstalt. Morgan nahm Blake auf und behandelte ihn wie den Sohn, den er sich gewünscht hatte, der besser als Jeffrey war. Er finanzierte Blakes Studium an der Harvard University, an der auch Jeffrey studiert hatte, und stimmte der Heirat mit seiner Tochter zu. Alle dachten, Jeffrey würde Blake abgrundtief hassen, aber das tat er anscheinend nicht.« Tyler zuckte mit den Schultern. »Soweit ich hörte, hatten sie vor Charles Wentworth' Tod kaum miteinander zu tun, aber hinterher wurden sie trotz des Altersunterschieds von sechs Jahren dicke Freunde.«

»Das spricht doch für Jeffrey«, sagte Diana. »Vorausgesetzt, dass es nicht gespielt war.«

»Bei Jeffrey kann man das nie wissen. Der Mann ist ein wandelndes Rätsel. Brillant, verschlossen und seltsam.«

»Wie seltsam?«

»Kommt drauf an, wer über ihn redet. Ich habe Dutzende Leute über Jeffrey Cavanaugh sprechen hören, und jeder beschreibt ihn anders. Manche sagen, er wäre ein bisschen exzentrisch, harmlos. Andere sagen, er wäre verrückt. Allerdings sagt keiner, er wäre einfach ein netter, normaler Typ.«

»Tja, das ist tröstlich«, murmelte Diana.

»Ja, nicht? Kurz nach Jeffreys dreißigstem Geburtstag wurde sein Vater ermordet – ein Schuss in den Kopf aus nächster Nähe. Es sah nach Mafia aus, aber nicht wenige hielten es für denkbar, dass Jeffrey seinen Vater loswerden wollte. Jeffrey hasste Morgan, und nachdem er weg war, fiel das Unternehmen an Jeffrey. Unter seiner Leitung wurde die Firma sehr erfolgreich, und später holte er sich Blake als Chef des operativen Geschäfts an Bord. In der Zwischenzeit heiratete Jeffrey eine junge Frau aus der feinen Gesellschaft, besser gesagt: Schickeria, Yvette DuPrés. Sie war auffallend schön, aber auch eindeutig irre. Ihr Gemütszustand war allgemein bekannt.

Die Ehe war von Anfang an ein Desaster. Fast sofort ging Yvette fremd. Im dritten Jahr schien es, als würde sie schlicht alles tun, um Jeffrey zu erniedrigen. Nach einem besonders schlimmen Auftritt in einem Hotel in San Francisco verließ sie den Saal. Sie fuhr nach oben in ihr Hotelzimmer, und eine halbe Stunde später sprang sie kopfüber aus ihrem Fenster im achten Stock.«

»Lenore hat mir von Yvettes Tod erzählt«, sagte Diana und erschauderte. »Sie sagte, die Polizei glaubte nicht an Selbstmord.«

»Wegen der Halskette.« Tyler schüttelte den Kopf. »Du kannst dir nicht vorstellen, was für einen Ärger diese verfluchte Kette Jeffrey eingehandelt hat. Nicht einmal ihm selbst ist das ganze Ausmaß klar.«

»Was ist denn so besonders an einer Kette?«

»Nun, wie es der Zufall will, war Yvette fasziniert vom alten Ägypten, von der Art, wie man damals lebte, dem Götterglauben, allem. Ich könnte mir vorstellen, dass sie sehr gern Simon kennengelernt hätte. Sie besaß sogar sein erstes Buch.«

Diana staunte. »Ich glaub's nicht! Tyler, das ist ja … ja …«

»Unheimlich, laienhaft ausgedrückt.«

»Genau.«

»Trotzdem ist es wahr. Also, Yvette hatte dieses Faible für ägyptische Kultur und eine spezielle Vorliebe für die Sage vom ägyptischen Lotus. Lotus oder Seerose? Kommt dir das bekannt vor?«

Im ersten Moment war Diana sprachlos. Was er sagte, hörte sich wie der Auftakt zu einer fantastischen Gutenachtgeschichte für Willow an, nur war es das nicht. »Kein Scherz?« Tyler verneinte stumm. »Sieh dir den mittleren Flügel des hinteren Erkerfensters an.«

»Habe ich schon«, sagte er, ging aber trotzdem zu dem Fenster. Er zog die Vorhänge zurück und neigte den Kopf. »Exakt, wie Penny es beschrieben hat.«

»Du müsstest es sehen, wenn die Sonne hereinscheint. Es ist überwältigend. Und Penny hat dir davon erzählt?«

»Und ob. Aber ich erinnere mich nicht an die Sage. Kannst du mein Gedächtnis auffrischen?«

Während Tyler dastand und wie gebannt auf das Fenster schaute, sagte Diana: »Es ist die Sage vom blauen Lotus, obwohl die Darstellungen in Tempeln eher eine Seerose zeigen. Nach einer ägyptischen Legende von der Entstehung der Welt und dem Ursprung der Götter gab es am Anfang nur dunkle Wasserwirbel. Dann tauchte die erste Seerose aus dem Urmeer auf. Sie öffnete ihre blauen Blütenblätter, und in der Mitte, auf dem goldenen Stempel der Blüte, saß ein göttliches Kind. Licht strömte aus seinem Leib und vertrieb die Dunkelheit. Diese erste Gottheit gilt als die Quelle allen Lebens.«

Tyler drehte sich ihr zu. »Hat Simon die Sage in seinem ersten Buch erwähnt?«

»In einem seiner Bücher schon, in welchem, weiß ich aber nicht genau, es kann das erste gewesen sein.«

»Das Buch, das Yvette besaß.« Er stieß einen leisen Pfiff aus. »Ich glaub's nicht, verdammt!«

»Okay, du bist verdammt, hoffnungslos, eine verlorene Seele. Und jetzt komm her und erzähl mir mehr über Yvettes Halskette.«

»Ich bin froh, dass dich mein Seelenzustand nicht in tiefe Betrübnis stürzt.«

»Ich mache mir nicht die geringste Sorge um deine Seele, denn du hast eine der schönsten, die ich kenne.«

»Ach, ich wette, das sagst du zu jedem Kerl.« Tyler grinste, doch Diana fand, dass er bewegt aussah.

Diana klopfte auf den Platz neben sich, und Tyler kehrte zum Sofa zurück, wo er sich wieder zu ihr setzte und diesmal seinen Arm um ihre Schultern legte. »Ungebildet, wie ich bin, weiß ich nur, dass die Halskette aus blauen und gelben Diamanten war, die Jeffrey für Yvette in Anspielung auf einen Mythos, von dem sie geradezu besessen war, entworfen hatte. Irgendjemand hat mir erzählt, es wäre eine chinesische Überlieferung. Aber egal, was die Cops am meisten interessierte, war, dass der Schmuck ein Vermögen gekostet hatte und Yvette die Kette immer trug, sie jedoch nach dem Sturz nicht bei der Leiche gefunden wurde. Im Hotelzimmer war sie auch nicht.«

»Was dachte die Polizei in San Francisco, das passiert war?«

»Sie glaubten, jemand hätte Yvette bei ihrem Sprung aus dem Fenster geholfen und die Kette behalten.«

»Ich gehe davon aus, dass Jeffrey nicht bei ihr war, als sie aus dem Fenster fiel.«

»Das ist nach wie vor strittig. Jeffrey, Yvette, Lenore und Blake waren auf einem Festessen anlässlich eines Jubiläums eines der größten Kunden von Cavanaugh and Wentworth in San Francisco. Auf der Dinnerparty, die im Ballsaal des Hotels stattfand, in dem sie logierten, machte Yvette eine ihrer vielen öffentlichen Szenen, nur war diese anscheinend die schlimmste. Sie kreischte, Jeffrey hätte seinen Vater umgebracht und er wäre ein Dieb, ein Perverser und so weiter. Dann schüttete sie ihm ihren Champagner ins Gesicht und marschierte aus dem Saal.

Alle auf der Party berichteten hinterher, Jeffrey hätte nur dagestanden, weder etwas auf Yvettes Anwürfe erwidert noch versucht, seine Frau zum Schweigen zu bringen, noch sich den Champagner aus dem Gesicht gewischt. Er hätte überhaupt keine Regung gezeigt. Es heißt, Lenore wäre zu ihm gelaufen und hätte versucht, ihm das Gesicht zu trocknen, aber er hätte sie weggestoßen. Darauf soll sie den Ballsaal ziemlich aufgelöst verlassen haben. Die Leute bemühten sich, so zu tun, als wäre nichts gewesen – als ob so etwas funktioniert. Schließlich hätte Jeffrey sich den Champagner abgewischt, noch ein Glas getrunken, mit ein paar Leute geredet oder, besser gesagt, sich so gesprächig gegeben wie üblich, und ungefähr eine halbe Stunde später wäre er gegangen. Alle hielten sein Benehmen für fast genauso bizarr wie Yvettes.«

»Lenore sagt, an Jeffreys seltsamem Verhalten wäre der Vater schuld, der ihn immerzu gequält hat.«

»Durchaus denkbar. Ich sagte dir ja, dass Morgan ein richtig mieser Typ war, und angeblich konnte er seinen Sohn nicht ausstehen, weil Jeffrey ihm überhaupt nicht ähnelte.« Tyler lächelte mitleidig. »Das Fiese ist, dass Jeffreys Mutter ihn auch nicht leiden kann, weil sie nämlich glaubt, er gliche seinem Vater bis aufs Haar.«

»Da kann er ja nur gestört sein. Er hat gar keine Chance.«

»Dennoch solltest du kein Mitgefühl mit ihm haben. Wir wissen nicht, welcher Elternteil recht hat oder hatte. Wie dem auch sei, Jeffrey ging kurz nach dem Vorfall direkt aufs gemeinsame Zimmer. Die Polizei war überzeugt, dass er, falls er vor Yvettes Sturz oben gewesen war, ihr das Schmuckstück abgenommen hatte, bevor er sie aus dem Fenster stieß, oder ihr es während des Kampfes abriss. Die Zimmernachbarn aber behaupteten, sie hätten gehört, wie Yvette jemanden anschrie, und zwar zehn Minuten bevor Jeffrey hätte dort sein können, und ein Mann in der Lobby sagte, er hätte Jeffrey um exakt die Zeit zu den Fahrstühlen gehen sehen, als Yvette fiel … oder sprang … oder gestoßen wurde. Folglich wurden die Ermittlungen gegen Cavanaugh eingestellt, denn wieder einmal gab es keine Beweise«, endete Tyler angewidert.

»Zwei Todesfälle, der eine angeblich ein Mafia-Mord, der andere ein vermeintlicher Suizid, und in beiden Fällen profitierte Jeffrey«, fasste Diana langsam zusammen. »Das strapaziert jede Zufallstheorie doch arg.«

»Du sagst es!«, bestätigte Tyler. Sein Verdacht gegen Jeffrey Cavanaugh und die Wut, weil ihm nie etwas nachgewiesen werden konnte, hätte nicht offensichtlicher sein können. »Du verstehst also, warum ich nicht wollte, dass Penny sich mit ihm einließ. Nach Yvettes Tod lebte er wie ein Einsiedler, bis er mit irgendeinem Kunden in die Show von ›Copper Penny‹ ging – das war ihr Künstlername – und auf einmal anfing, sich mit ihr zu verabreden. Ich brauche dir wohl nicht zu erzählen, was für ein Fest das für die Klatschblätter war.«

»Du liest Klatschblätter?«, fragte Diana schmunzelnd, die Tylers Stimmung entkrampfen wollte.

Und tatsächlich war sein Lächeln das echteste seit zwanzig Minuten.

»Selbstverständlich. Ich verschlinge sie nur so«, sagte er grinsend. »Wer gerade zum sechsten Mal geheiratet hat, interessiert mich weit brennender als ein fiktiver Captain Ahab, der einen weißen Wal jagt.«

»Für mich hört es sich an, als wäre Jeffrey zu deinem weißen Wal geworden.«

»Ja, ist er wohl.« Tyler wurde wieder ernst. »Seit der Geschichte mit Yvette wusste ich eine Menge über ihn. Dann zu erfahren, dass Penny mit ihm zusammen war, schlug für mich dem Fass den Boden aus, wie mein Grandpa zu sagen pflegte. Ich flehte Penny an, Jeffrey nicht mehr zu treffen. Stattdessen heiratete sie ihn. Diana, mir wäre es lieber gewesen, sie hätte weiter gestrippt, als ihn zu heiraten. Ich fürchtete um ihr Leben.«

»Kein Wunder. Aber du hast dich nicht eingemischt. Und du wolltest nicht, dass Jeffrey von dir weiß.«

»Nein, auf keinen Fall. Wegen der Unterweltkontakte, die er von seinem Vater übernommen hatte, musste ich es verhindern. Penny beteuerte mir dauernd, dass Jeffrey ein vollkommen ehrlicher Mann war, aber, mal ernsthaft, Penny konnte unglaublich naiv sein. Wenigstens begriff sie, wie wichtig es war, dass ich anonym blieb, und wahrte das Geheimnis. Wir telefonierten nur mit Prepaid-Handys, damit die Anrufe nicht zurückverfolgt werden konnten. Ab und zu trafen wir uns im Central Park. Später brachte Penny Willow mit, damit ich sie sah, und als sie älter wurde, lehrten wir sie, mich Badge zu nennen, damit Penny, falls Willow sich verplapperte, sagen konnte, dass sie die Cops meinte, die im Park patrouillierten.«

»Als Willow in der Notaufnahme etwas von Badge murmelte, dachten der Arzt und ich, dass sie von den Dienstabzeichen der Polizisten am Brandort sprach.«

»Willow kennt bis heute nicht meinen richtigen Namen. Penny sagte, sie könnte mich Tyler nennen, sobald die beiden in Sicherheit waren.«

»In Sicherheit wovor? Ich weiß immer noch nicht, warum Penny weggelaufen ist.«

Jemand betätigte leise den Klopfer an der großen hölzernen Haustür, und Diana zuckte zusammen. »Oh Gott, wer ist das?«, fragte sie und packte unwillkürlich Tylers Arm.

»Tja, die meisten Killer klopfen nicht an, also schätze ich, es ist ein Polizist.«

Diana kuschelte sich in die Polster des Sofas, während Tyler zur Tür ging. Er war mindestens eins neunzig mit breiten Schultern, einem durchtrainierten Körper und von einer fast katzenartigen Grazie – jener Geschmeidigkeit in der Bewegung, die blitzschnell in die starke, agile Wendigkeit eines gefährlichen Gegners umschlagen konnte. Diana wurde bewusst, wie viel sicherer sie sich fühlte, weil Tyler heute Nacht hier war. Wäre er nicht geblieben, hätte sie hellwach und zitternd in ihrem Bett gelegen. Kein Beruhigungsmittel der Welt hätte ihr die Angst nehmen können.

Tyler öffnete die Haustür, und Diana schlich sich zur Tür der Bibliothek. Ein Officer sagte gerade: »Für heute Nacht beenden wir die Suche im Wald. Ich wollte Ihnen nur Bescheid geben, dass wir jetzt verschwinden.«

»Haben Sie irgendwas gefunden?«, fragte Tyler.

»Ja, so einen weißen Morgenmantel in Übergröße. Ganz weit.« *Flatterärmel,* dachte Diana, die sich an Willows Beschreibung erinnerte. »Wir haben ihn eingetütet. Mal sehen, was die Kriminaltechniker damit anfangen können. Sonst war nichts zu entdecken. Aber gleich morgen früh beim ersten Tageslicht suchen wir noch mal alles ab.«

»Gut. Und Sie lassen das Haus rund um die Uhr bewachen?«

»Na ja, wir tun, was wir können, aber ich fürchte, uns fehlen die Männer für einen Vierundzwanzig-Stunden-Personenschutz.«

»Wollen Sie mir erzählen, nach dem, was passiert ist, lassen Sie diese Leute ungeschützt?«

»Das habe ich nicht gesagt«, erwiderte der Polizist gereizt. »Ich sagte, wir tun unser Bestes. Ich weiß, dass Sie aus New York City sind, und das hier ist nicht New York City, aber das heißt nicht, dass wir hier keine Verbrechen haben, und die beschränken sich nun mal nicht auf das Van-Etton-Haus.« Der Mann holte hörbar Luft. »Hören Sie, vielleicht sollten Sie die Sache morgen mit dem Sheriff besprechen.«

»Okay«, sagte Tyler versöhnlich. »Ich wollte Ihnen keineswegs an die Gurgel gehen. Mir liegt nur sehr viel an den Leuten hier.«

»Ja, das verstehe ich. Ich fahre jetzt, aber unten an der Auffahrt steht ein Wagen mit zwei Mann. Hoffentlich bleibt es für den Rest der Nacht ruhig.«

»Viel schlimmer kann es kaum mehr werden«, sagte Tyler trocken, und der Cop lachte, als Tyler die Tür schloss. Er drehte sich um und sah zu Diana, die an der Bibliothekstür stand. »Er sagte, sie haben ein weißes Gewand im Wald gefunden.«

»Ja, das habe ich gehört. Das Kostüm von Willows Schutzengel.«

Tyler musterte Diana in dem dicken blauen Fleecemorgenmantel. »Mann, du stehst auf scharfe Nachtwäsche, was?«

»Clarice und ich haben getauscht. Du hättest sehen müssen, was ich ihr für die erste Nacht hier gab. Es war ein Geschenk meiner Exschwiegermutter, das die erlahmende Leidenschaft ihres Sohnes neu entfachen sollte. Ich glaube, bei dem Anblick war Clarice ernsthaft versucht, doch lieber in den Resten ihres Hauses zu nächtigen.«

Tyler ging zu ihr und legte einen Arm um Dianas Taille. »Was sie dann aber doch nicht tat, und soweit ich es sehen konnte, scheint sie sich prima in den Van-Etton-Haushalt einzufügen.«

»Ganz besonders in das Leben des Haushaltsvorstands. Weißt du eigentlich schon, dass Simon sie gestern nicht bloß zur Kirche fuhr, sondern mit ihr im Gottesdienst war? Ich entsinne mich kaum noch, wann Simon das letzte Mal eine Kirche betreten hat.«

»Bei deiner Hochzeit?«

»Nein, ich wurde im Büro eines Richters getraut. Sehr nüchtern. Mir kam es vor, als wäre es gar keine echte Hochzeit gewesen.« Sie führte Tyler zurück zum Sofa, wo sie sich aneinanderkuschelten. »Jetzt erzähl mir von Pennys Heirat.«

Tyler griff nach seinem Glas und trank den restlichen Wodka. »Na gut. Im ersten Jahr wirkte Penny richtig glücklich. Sie stürzte sich voller Elan in ihre neue Rolle. Als Erstes nahm sie Sprechunterricht, um ihren New Yorker Akzent loszuwerden, der recht ausgeprägt war. Stundenlang las sie in Büchern über Etikette, Gourmetessen und edle Weine. Ihr schien es viel wichtiger, eine echte ›Lady‹ zu werden, als herumzulaufen und teure Klamotten und Schmuck zu kaufen. Sie wünschte sich, dass Jeffrey stolz auf sie war. Natürlich würde sie, die ehemalige Stripperin, nie in den vornehmsten Kreisen der Gesellschaft akzeptiert werden, aber das war ihr Gott sei Dank nicht klar. Es hätte ihr das Herz gebrochen, denn sie glaubte, dass Jeffrey ein fester Bestandteil jener Welt war.« Tyler verdrehte die Augen. »War er nicht. Blake Wentworth sehr wohl, aber nicht Cavanaugh.«

Diana runzelte die Stirn. »Hat Jeffrey sich darüber geärgert?«

»Ich glaube nicht. Er ist kein sonderlich sozialer Typ, wie dir wohl schon aufgefallen sein dürfte. Aber Wentworth machte sich in seinen Kreisen etwas rarer. Ich schätze, er tat es aus Rücksicht auf Jeffrey.«

»Und Lenore?«

»Wahrscheinlich. Sicher wurde sie von der gesellschaftlichen Elite auch nie anerkannt. Jedenfalls war Penny überglücklich, als Willow geboren wurde – oder Cornelia, wie Jeffrey sie taufen ließ. Penny vergötterte das Baby, und sie war enttäuscht, dass Jeffrey es nicht tat. Mir gegenüber beteuerte sie, er würde Willow genauso lieben wie sie, könnte es eben nur nicht so zeigen. Trotzdem ging es von da an mit der Ehe rapide bergab. Jeffrey war kaum noch zu Hause. Er arbeitete bis abends um zehn und ging morgens um sieben. Auf Geschäftsreisen nahm er Lenore und Blake mit, nicht aber Penny. Ich merkte, wie unglücklich sie war. Dann engagierte Jeffrey einen Leibwächter für Penny, ohne den sie keinen Schritt mehr aus dem Haus tun durfte.«

»Es könnte doch sein, dass er übertrieben besorgt um sie war, vor allem wegen des Babys.«

»Penny glaubte, dass er sie verdächtigte, eine Affäre zu haben.«

»Hatte sie?«

»Falls ja, hat sie mir nichts davon gesagt.«

»Bist du sicher, dass sie es dir erzählt hätte?«

»Nein. Im Gegenteil. Ich denke, sie hätte es mir nicht verraten. Sie hätte sich keine weitere Standpauke von mir anhören wollen, dass sie mit dem Feuer spielte, erst recht nicht, weil sie nicht besonders geschickt darin war, etwas zu verbergen. Ob es einen Liebhaber gab oder nicht, wissen wir also nicht. Vor ungefähr anderthalb Jahren jedenfalls rief sie mich an, vollkommen panisch. Penny war schon immer von einem Wandsafe in Jeffreys Arbeitszimmer fasziniert gewesen, in den er sie jedoch nie hineinsehen ließ. Er sagte ihr, in dem Safe wären bloß langweilige Geschäftsunterlagen. Als er auf einer seiner Kurzreisen war, durchsuchte Penny sein Arbeitszimmer, und unter einer schweren Skulptur fand sie einen Zettel mit Zahlen, die sie für die Safekombination hielt.

Sie hatte recht. In dem Safe fand sie Yvettes Halskette. Penny hatte so viel von der Kette gehört, dass sie sie auf Anhieb erkannte. Der Verschluss war kaputt und die Kette selbst so verdreht, dass sie beinahe durchgebrochen war. Penny meinte, es sähe nicht wie eine Beschädigung aus, die der Sturz verursacht haben könnte. Für sie sah es aus, als wäre die Kette Yvette gewaltsam vom Hals gerissen worden.

Die fehlende Halskette war der einzige Grund, weshalb die Polizei Yvettes Tod nicht gleich als Suizid wertete. Sie glaubten, wäre Yvette gesprungen, hätte die Kette an der Toten sein müssen. Aber Jeffrey und seine Anwälte behaupteten, der Schmuck wurde ihr unten auf der Straße gestohlen. Bevor die Polizei eintraf, hatten sich einige Leute um Yvette geschart. Jemand versuchte sogar, sie zu reanimieren, fühlte ihren Puls und wer weiß was sonst noch alles. Außerdem war Yvette an dem Abend betrunken, und sie hatte schon oft mit Selbstmord gedroht – zuletzt am Tag vor ihrem Tod. Draußen waren keine fünfzehn Grad, aber ihr Fenster stand weit offen. Alles außer der fehlenden Halskette deutete auf einen Suizid hin.«

Tylers Miene verhärtete sich, und auch seine Stimme klang verbitterter. »Über die Jahre sprach Jeffrey dauernd von der Kette, fragte sich angeblich, was damit geworden war, und tat so ratlos wie alle anderen. Und die ganze Zeit war sie in seinem

Safe. Als Penny sie fand, hieß das für sie, dass Jeffrey mit Yvette gekämpft und sie aus dem Fenster gestoßen haben musste.

Das allein ängstigte und entsetzte Penny schon, aber vor allem glaubte sie nun alles, was die Leute über ihn sagten – dass er seinen Vater und Yvette ermordet hatte. Sie war fast hysterisch, als sie mir schilderte, wie Jeffrey sich neuerdings ihr gegenüber verhielt: seine Stimmungsschwankungen, sein Misstrauen, dass er sie praktisch in der Wohnung einsperrte und dass er weder sie noch das Baby beachtete, wenn er zu Hause war. Sie ahnte, dass er glaubte, sie hätte einen anderen, und fürchtete, sie könnte sein nächstes Opfer werden.«

»Warum ist sie nicht mit der Halskette zur Polizei gegangen?«

»Ich sagte ihr, dass die Kette Jeffrey nicht als Mörder überführen würde. Er hatte die Party unten eben erst verlassen, als die Leute im Nachbarzimmer hörten, wie Yvette jemanden in ihrem Zimmer anschrie. Nicht zu vergessen der Mann in der Lobby, der behauptete, Jeffrey gesehen zu haben, wie er zum Fahrstuhl ging, Sekunden bevor Yvette aus dem Fenster stürzte. Jeffrey hätte es unmöglich rechtzeitig ins Zimmer schaffen können, geschweige denn mit Yvette ringen, sie aus dem Fenster stoßen und die Kette verstecken. Dass er das Schmuckstück Jahre später besaß, musste nichts heißen. Jeffrey könnte sagen, er hätte es erst nach dem Mord zurückbekommen, womöglich von dem Dieb gekauft.

In erster Linie aber wollte ich nicht, dass Pennys Wissen publik wurde, denn ich hatte Angst, Jeffrey könnte immer noch Beziehungen zur Mafia haben. Und wenn er Penny nicht selbst zum Schweigen bringen wollte, täten die es.«

»Also hast du ihr gesagt, sie soll weglaufen.«

»Nein!«, entgegnete Tyler. »Ich sagte ihr, sie soll die Scheidung einreichen. Da Jeffrey sich sowieso nicht für Willow interessierte, würde er auch keinen Sorgerechtsstreit anfangen. Aber Penny meinte, er würde es sehr wohl, um sie zu quälen, doch eher vermutete sie, dass er es gar nicht erst so weit kommen ließe. Sie glaubte, dass er sie töten würde, bevor er sie aufgab, zumal, wenn er glaubte, dass es einen anderen gab. Ich sagte ihr: ›Penny, du kannst weglaufen, aber du wirst nie sicher sein.‹ Sie war trotzdem wild entschlossen und flehte mich an, ihr zu helfen. Weigerte ich mich, würde sie es allein durchziehen.«

Tyler lächelte Diana an. »Penny ist klug, aber sie hatte keine Ahnung, wie man von der Bildfläche verschwindet. Garantiert hätte sie jeden Fehler gemacht, den man nur machen kann, Jeffrey hätte sie erwischt, und ich möchte mir nicht ausmalen, was er mit ihr getan hätte. Also gab ich nach.

Ich besorgte ihr eine falsche Identität und kaufte einer Obdachlosen die Sozialversicherungsausweise ab. Die Frau war derart verzweifelt, dass sie mir die Ausweise mit Freuden verkaufte. Ich konnte mein Glück kaum fassen, als ich feststellte, dass sie ein Kind fast im Alter von Willow hatte.« Ein betrübtes Lächeln huschte über sein Gesicht. »Penny bestand darauf, dass ich ihr das Doppelte des geforderten Preises gab. Sage niemand, Penny wäre nicht großzügig.« Er wurde wieder ernst. »Penny erzählte mir, dass sie nach Huntington wollte, um in Al Meeks' Nähe zu sein und auch aus anderen Gründen. Und so kam es, dass Jeffreys Frau und Kind bei dessen Rückkehr spurlos verschwunden waren.«

»Das würde einem grausam erscheinen, wenn man Jeffreys Vorgeschichte nicht kennt«, sagte Diana. »Aber ich weiß nicht, ob ich nicht dasselbe getan hätte, wäre ich an Pennys Stelle gewesen.«

»Meiner Ansicht nach reichte das alles nicht aus, um Pennys und Willows Sicherheit zu gewährleisten, aber ich denke eben wie ein Cop. Jedenfalls blieben wir in Kontakt, und ich besuchte die beiden sogar ein paarmal in Huntington, was nicht weiter schwierig war, weil ich bei Al wohnen konnte.«

Tyler wandte das Gesicht ab. »Vor etwa zwei Wochen rief Penny mich völlig hysterisch an. Sie sagte, jemand würde zu viele Fragen stellen. Ich hatte das Gefühl, da war noch mehr, aber sie nannte keine Einzelheiten. Sie war nur sicher, dass sie enttarnt worden war, und wollte dringend weg. Es brach ihr das Herz, dich und Simon zu verlassen. Natürlich versprach ich, ihr wieder zu helfen. Ich konnte nicht sofort herkommen, denn zuerst musste ich ihr neue Papiere beschaffen. Als ich endlich hier war, lag Willow mit einer Blinddarmentzündung im Krankenhaus. Wir wollten am Sonntagmorgen verschwinden.« Tyler atmete tief durch. »Aber das war zu spät.«

Tränen glänzten in seinen stahlblauen Augen. Diana schlang die Arme um ihn und lehnte den Kopf an seine Brust. Er schloss Diana in seine Arme, und sie fühlte eine Träne auf ihrer Stirn, während ihre Tränen auf sein T-Shirt tropften.

Schließlich, als sie wieder sprechen konnte, fragte Diana: »Hast du eine Ahnung, wer Penny aufgespürt hat?«

»Nein. Aber sie wusste es. Sie wollte es mir sagen, sowie wir von hier weg wären. Ich glaube, sie hatte Angst, dass ich mir die betreffende Person vornehmen könnte, sogar töten. Was ich natürlich nicht getan hätte, aber Penny hat leider einen Hang zur Übertreibung.« Er seufzte. »Allerdings übertrieb sie nicht, als sie behauptete, dass sie in Gefahr war.«

»Jeffrey kann es nicht gewesen sein, denn er erfuhr erst, wo sie war, nachdem sie ins Krankenhaus eingeliefert wurde und man ihre Fingerabdrücke in der nationalen Datenbank überprüfte.«

»Selbst wenn er nicht unmittelbar für die Bombe verantwortlich war, ist er schuld an dem Anschlag auf Penny. Hätte er die Halskette nicht gehabt, hätte er ihr keinen triftigen Grund gegeben, um ihr Leben zu bangen …«

»Ich weiß.« Diana hob den Kopf. »Ja, ich weiß.«

Tyler strich ihr übers Haar, schob es ihr hinter die Ohren und küsste ihren Hals. Mit sanften Küssen malte er eine Linie von Dianas Schlüsselbein bis zu ihrem Ohrläppchen. Diana schloss die Augen. Hitze durchströmte sie, als sie mit den Fingerspitzen über Tylers markante Züge wanderte und auf seinen Lippen verharrte.

»Vor einigen Jahren sagte Penny mal, auf der Welt gäbe es genau die richtige Frau für mich«, murmelte Tyler. »Sie sagte: ›Irgendwo da draußen ist sie, Tyler, und ich weiß, dass du sie findest.‹« Diana öffnete die Augen und begegnete seinen, die bis in ihre Seele zu sehen schienen. »Nach ungefähr drei Monaten, die sie für Simon arbeitete, erzählte sie mir am Telefon: ›Deine Frau existiert, Tyler, und ich habe sie kennengelernt. Ihr Name ist Diana.‹«

Wieder kamen Diana die Tränen, obwohl sie lächelte. »Sie hat gedacht, dass ich die Richtige für dich bin?«

»Unbedingt. Als ich dich in der Nacht der Explosion zum ersten Mal sah, kam es mir vor, als würde ich dich schon kennen. Ich glaube, ich war von der ersten Minute an halbwegs in dich verliebt.«

»Und jetzt?«

Tyler schmunzelte verführerisch, sodass sich die kleinen Fältchen in seinen Augenwinkeln vertieften. »Und jetzt weiß ich, dass Penny recht hat. Ich habe die Frau für mich gefunden. Leider habe ich keinen Schimmer, ob sie denkt, dass ich der richtige Mann für sie bin.«

»Oh, das denkt sie«, sagte Diana ungewöhnlich gefühlvoll. »Ja, das denkt sie ganz sicher.«

»Wir kennen uns erst seit drei Tagen.«

»Penny hat dir gesagt, es gibt die eine Frau für dich auf der Welt. Meine Großmutter hat mir erzählt, Liebe würde wie ein Blitz einschlagen. Es ist egal, ob wir uns seit drei Tagen oder drei Jahren kennen. Bei mir hat der Blitz eingeschlagen.«

Tyler senkte den Kopf und küsste Diana so leidenschaftlich, dass sie sich fühlte, als wäre sie noch nie zuvor richtig geküsst worden. Seine Finger tauchten in ihre langen Locken; ihre Hand umfasste seinen festen, heißen Nacken. Sie küssten sich, bis die alte Standuhr dreimal schlug. Dann wich Tyler atemlos und mit gerötetem Gesicht zurück. »Ich bin unfassbar egoistisch«, raunte er verlegen. »Du solltest nach oben gehen und versuchen, ein bisschen zu schlafen.«

»Ich verlasse dieses Sofa nicht«, flüsterte Diana ihm ins Ohr.

Er lächelte. »Und ich verlasses dieses Haus nicht.«

Sie setzte sich auf, griff nach der dicken bunten Häkeldecke und zog sie über sie beide. »Was für ein Glück, dass das Sofa breit genug für zwei ist.«

Kurze Zeit später legte Diana ihren Kopf auf Tylers Brust, wo sie seinen Herzschlag spürte. Ihre Lippen kribbelten noch von seinem Kuss. Trotz allem, was geschehen war, hatte sie sich noch nie so sicher und glücklich gefühlt wie hier in seinen Armen.

15

Irgendwann glitt Diana in einen Traum, in dem sie auf ihrem Bett saß, während Clarice ihr eine Geschichte über Glen und Penny erzählte, über Glen, der mehrmals bei Penny gewesen war. Clarice war in Sorge gewesen, dass es Diana verletzen könnte, aber Diana war lediglich verwundert, dass Penny ihr nichts erzählt hatte.

In Traumzeit wechselte Diana in den Park, einen Picknickkorb neben sich. Während sie Willow fotografierte, plapperte eine Frau neben ihr. Dann stürmte ein Mann auf sie zu, ein zorniger Mann. Er verlangte einen Namen von Diana, den sie jedoch nicht wusste. Er glaubte ihr nicht. Er wollte sie schlagen, als er plötzlich auf der Erde kniete, und die Frau schimpfte.

Wieder verschoben sich die Bilder, und Diana stand Nan gegenüber in der Küche. Nan schien verändert, ungewöhnlich höflich und unglücklich. »Ich muss Ihnen etwas sagen«, sagte sie. Sie redete von Glen. Nan wollte ihr auch von jemand anders erzählen. Von Penny.

Als Nächstes saß Diana in der Bibliothek. Ein gut aussehender, schwarzhaariger Mann sprach mit Simon und ihr. Er entschuldigte sich für das Benehmen des anderen Mannes im Park. Er sagte, der Mann hätte einen Schock erlitten, weil der Arzt sagte, Penny wäre schwanger. Schwanger.

Und dann war draußen ein Glas zerbrochen.

Diana wachte erschrocken auf. Sie sah Tyler an, der halb auf dem Sofa lag. Seine Füße hingen über der Armlehne. Er hatte die Schuhe ausgezogen, seine Socken aber anbehalten. Einen Arm hatte er besitzergreifend über Diana gelegt, und blondes Haar fiel ihm über das eine Auge. Der Mund stand ihm ein klein wenig offen, doch er schnarchte nicht. *Dem Himmel sei*

Dank, er schnarcht nicht!, ging es ihr durch den Kopf. Sie wollte Tyler wecken und ihm sagen, dass ihre Erinnerungen wieder da waren. Nur … erinnerte sie sich überhaupt an irgendetwas Wichtiges? Wusste sie wieder, was gestern Abend mit ihr passiert war, warum sie stürzte? *Nein, lass ihn schlafen.* Er sah friedlich aus. Eingeengt, aber friedlich.

Diana hingegen wusste, dass sie keine Minute länger auf diesem Sofa liegen konnte. Sie war zu rastlos. Ihre Gedanken bewegten sich unaufhörlich im Kreis. Außerdem musste es bald Tag werden. Das spürte sie. Langsam und vorsichtig nahm sie die Häkeldecke herunter und deckte Tyler damit zu. Genauso behutsam bewegte sie seinen Arm. Er murmelte etwas, ohne die Augen zu öffnen. Dann glitt Diana vom Sofa und musste einen Schmerzensschrei unterdrücken, als sie aufstand. Ihr war, als würde ihr ein glühender Schürhaken in die Hüfte und den halben Rücken hinauf gerammt. Dianas verstauchtes Handgelenk pochte, ihr Kopf tat weh, und ihr Mund war trockener als die Wüste. Herumzulaufen und den Kugeln eines Mörders auszuweichen war nicht gerade die Therapie erster Wahl gewesen, dachte sie ironisch. Aber eine Schmerztablette würde es ungleich erträglicher machen. Ja, sie brauchte eindeutig ein Schmerzmittel, ein Glas Eiswasser und mindestens eine Tasse heißen Kaffee. Sofort.

Diana schlurfte in die Küche. Sie nahm eine Tablette und trank durstig ein ganzes Glas Wasser. Dann griff sie nach der Kaffeedose und stutzte. An der Dose lehnte ein Briefumschlag, auf dem DIANA stand. Das war Nans Handschrift. Was könnte Nan ihr in einem Brief mitteilen wollen, das sie ihr nicht persönlich sagen konnte?

***

Blake hörte ein Klappern an der Hotelzimmertür und öffnete die Augen. Lenore schleppte zwei kleine Gepäckstücke herein. »Ist mir vergeben?«, fragte er.

»Wenn du dich ein bisschen anstrengst, wird es.« Lenores Haar hing ihr zerzaust um das müde Gesicht. Sie hatte etwas rosa Lippenstift aufgetragen, der weder ihre aschfahle Gesichtsfarbe noch ihre Augenringe zu lindern vermochte. »Ich weiß, dass ich unterirdisch aussehe. Ich habe schlecht geschlafen.«

Blake setzte sich auf, bot ihr allerdings nicht an, ihr mit dem Gepäck zu helfen. »Du schläfst nie gut, wenn du nicht bei mir schläfst. Ich denke nicht, dass ich so etwas Schreckliches tat, das deine Flucht aus dem Ehebett rechtfertigte.«

Lenore drehte sich ihm zu, die Hände in die Hüften gestemmt. »Du hast beinahe meinen Bruder erwürgt, weil er vollends verständlicherweise wütend auf Diana Sheridan war!«

Blake riss die dunklen Augen weit auf. »Ich habe Jeff nicht beinahe erwürgt, und seine Wut auf Diana war keineswegs verständlich! Was hat sie denn getan, seinen Zorn auf sich zun ziehen?«

»Sie enthielt ihm Informationen vor, auf die jeder Ehemann ein Anrecht hat. Hätte sie Jeff von Pennys Liebhaber erzählt, wäre die Nachricht von ihrer Schwangerschaft kein solcher Schock für ihn gewesen. Diana wusste Bescheid, aber sie besaß nicht den Anstand, Jeff zu warnen!«

»Du hast entschieden, dass Diana Bescheid wusste. Beweisen kannst du es nicht, Lenore.«

Sie warf das kleinere Gepäckstück auf einen Stuhl und fuhr sich mit der Hand durchs wirre Haar. »Und jetzt nimmst du sie in Schutz. Wieso? Was hast du mit ihr, Blake? Warum bist du auf ihrer Seite und nicht auf der deiner eigenen Frau?«

»Weil die Seite meiner Frau …« Blake verstummte.

Lenore sah ihn herausfordernd an. »Was ist mit der Seite deiner Frau?«

»Ich kann nicht mit dir reden, wenn du so bist. Womöglich sage ich etwas, das ich später bereue.« Blake schloss die Augen und schüttelte den Kopf, als wollte er ihn freibekommen. »Ich bestelle uns Frühstück. Was möchtest du?«

»Kaffee.«

»Das ist alles? Nur Kaffee?«

»Ja«, antwortete Lenore schnippisch. »Du wunderst dich wohl, weil ich auf mein übliches Holzfällerfrühstück verzichte.«

Blake sah sie einen Moment an, dann lachte er laut los. »Holzfällerfrühstück! Lenore, was redest du da?«

»Du wünschst dir doch, dass ich so gut wie nichts esse, damit ich nur noch Haut und Knochen bin wie Diana Sheridan. Oder Penny.«

Blake stützte den Kopf in die Hände und stöhnte. »Oh Gott, jetzt geht das wieder los! Ich hätte es mir denken können.« Er nahm die Hände wieder herunter. »Denkst du, ich wollte Penny? Eine Exstripperin, die aus weiß Gott welchem Loch gekrochen kam?«

»Ich sage ja nicht, dass du sie heiraten wolltest. Ich sage, dass du eine Affäre mit ihr wolltest.«

Blakes Geduld schwand bedenklich. »Penny war – ist die Frau deines Bruders. Niemand hat mir je vorgehalten, blöd zu sein, und eine Affäre mit der Frau deines Bruders anzufangen wäre *sehr* blöd gewesen. Nicht zu vergessen, dass dein Bruder mein bester Freund ist. Und vergessen wir auch nicht, dass ich Penny nie ansehen könnte, ohne sie an einer Stripperstange herunterrutschen zu sehen, was ich alles andere als sexy finde. Gott allein weiß, mit wie vielen Männern sie vor Jeff im Bett war.«

»Andererseits hast du erst kürzlich eine leidenschaftliche Ansprache vor Jeff gehalten, wie sehr sie ihn liebte.«

»Und was genau hat das mit mir zu tun? Er war zufrieden mit ihr. Schön für ihn. Ich hätte keine Nacht mit ihr verbringen können, aber er braucht nicht zu wissen, was ich von ihr halte.«

Lenore starrte ihn eine Weile sprachlos an, während Hoffnung, Zweifel und Unglück in ihr rangen. Schließlich sagte sie: »Ich denke trotzdem, dass du lieber eine andere hättest. Wenn nicht Penny, dann Diana. Und ich kann mir nicht vorstellen, dass Diana jemals an Stripperstangen herumgerutscht ist.«

Blake wich ihrem Blick nicht aus. »Lenore, ich will Diana Sheridan nicht. Und du benimmst dich wie eine Fünfjährige. Ach was, wahrscheinlich verhält sich Willow reifer als du!«

»Ihr Name ist Cornelia! So hat Jeffrey sie genannt, und so werde ich sie auch nennen.«

»Na, wenn das nicht erwachsen ist. Du machst mich unglaublich stolz, wenn du so entschieden Partei ergreifst – einfach verflucht superstolz!«

Lenore funkelte ihn wütend an. »Ich weiß, dass du das alles äußerst spaßig findest …«

»Nein, ich finde es überhaupt nicht spaßig. Vielmehr kommt es mir erbärmlich vor. Lenore, wir sind seit zwölf Jahren verheiratet, und seit zwölf Jahren unterstellst du mir, ich würde eine Jüngere wollen. Du bist vier Jahre älter als ich. Vier Jahre. Das ist nichts! Ich weiß, dass bei unserer Heirat manche Ignoranten tuschelten, ich würde dich wegen deines Geldes heiraten und weil ich in die Firma wollte. Nur, Len, ich war zufällig Jeffs bester Freund, folglich hatte ich bereits einen Fuß in der Firmentür, egal, ob wir zwei jemals mehr als einen flüchtigen Gruß austauschten. Und ich bestand darauf, dass wir von dem leben, was *ich* verdiene. Dein Geld ist fest in Aktien, Rentenpapieren und Treuhandfonds angelegt. Ich gab dir niemals Grund, mir zu misstrauen, zu glauben, dass ich dich ausnutze oder Affären habe. Und allmählich bin ich diese Szenen gründlich leid.«

Lenore ließ die Schultern fallen, und ihre steife Haltung lockerte sich insgesamt, als würde mit ihrer Wut auch ihr Selbstvertrauen schwinden. »Was ist mit Jeffrey? Geht es ihm gut?«

»Als wir gegen Mitternacht miteinander redeten und er Bourbon trank, war er okay.«

»Dann hast du ihn im Park nicht schwer verletzt?«

Blake holte tief Luft. Er hatte eindeutig Mühe, die Fassung zu wahren. »Ich schnitt ihm vorübergehend die Luft ab, und er sank auf die Knie. Ich habe ihm nicht das Genick gebrochen, Lenore. Und ich verrate dir, was ich für ihn tat: Ich hinderte ihn daran, die Frau zu schlagen, denn in dem Fall wäre er wegen tätlichen Angriffs verhaftet worden. *Er* begreift das, Lenore. Wieso kapierst du es nicht?«

Es klopfte an der Tür. Lenore sah zu Blake, der sagte: »Ich habe den Zimmerservice noch nicht angerufen.«

Fast sofort hörten sie Jeffreys Stimme: »Hi, ich bin's. Ich weiß, dass ihr wach seid. Ich kann euch streiten hören.«

Lenore öffnete die Tür, und Jeffrey kam hereinmarschiert. Er trug Freizeitkleidung, und sein dichtes Haar war noch feucht vom Duschen, sein Gesicht gerötet vom Rasieren. Seine Lider aber wirkten schwer, und seine Augen waren leicht blutunterlaufen.

»Du bist doch nicht aufgeblieben und hast durchgezecht, oder?«, fragte Blake.

»Nein. Ich konnte bloß nicht schlafen.«

»Wie Lenore auch nicht. Sie hat Angst, ich hätte dir gestern bleibende Schäden zugefügt.« Blake warf die Decke beiseite. Er trug nur eine schwarze Pyjamahose, und sein attraktives Gesicht hatte einen verärgerten Ausdruck.

Lenore blickte zu ihrem Bruder auf. »Er hat dich zu Boden geworfen!«

»Er hat mich *nicht* zu Boden geworfen. Ich wiege gute dreißig Pfund mehr als er, Lenore.«

Jeffrey legte seiner Schwester beide Hände auf die Schultern. »Ich finde deine Sorge um mich rührend, aber wie ich Blake gestern Abend schon sagte, hat er mir einen Gefallen getan. Ich hatte mich nicht unter Kontrolle. Fast hätte ich einen sehr großen Fehler begangen.«

»Weil du Diana Sheridan schlagen wolltest? Ich bin nicht sicher, ob das ein Fehler gewesen wäre.«

Jeffrey hielt Lenore auf Armlänge von sich weg und sah sie fragend an. »Ich dachte, dass du die Frau nett findest. Immerhin warst du mit ihr zum Picknick.«

»Ich habe versucht, ein Picknick mit meiner Nichte zu machen.«

»Und Diana über Penny auszuhorchen«, ergänzte Blake, der in dem Kleiderhaufen am Fußende nach seinem Morgenmantel suchte. »Ich schätze, Lenores plötzliche Abneigung gegen Diana rührt daher, dass sich Miss Sheridan nicht ganz so plapperhaft zeigte, wie Lenore erwartet hatte.« Lenore sah ihn erschrocken an und wurde rot. »Bingo.« Blake lachte.

»Es fing sehr vielversprechend an«, verteidigte Lenore sich. »Ich war harmlos charmant, was ich laut meinem Mann perfekt beherrsche. Auf einmal änderte sich der Ausdruck in Dianas Augen. Sie wusste genau, was ich wollte. Ich habe keine Ahnung, was passiert war. Der Trick hat schon Hunderte Male bei Leuten funktioniert, die sehr viel intelligenter sind wie sie.«

»Vielleicht waren sie doch nicht intelligenter *als* sie«, bemerkte Blake.

Lenore warf ihm einen vernichtenden Blick zu und sagte zu ihrem Bruder: »Er glaubt nicht bloß, dass er mich verbessern darf; er beweist uns zweien auch noch, wie *abgöttisch* er Diana anbetet.«

»Ich sagte nur …«

»Lenore, du bist müde und gereizt«, sagte Jeffrey verständnisvoll. »Mein Gott, wer wäre es nicht? Du hast fast zwei Wochen bei Mutter verbracht, was mich in den Tod getrieben hätte. Und dann warst du gerade auf dem Weg nach Hause, als ich dich anrief, dir von Penny erzählte und darauf bestand, dass du und Blake mich herbegleitet. Du hast alles getan, was du konntest, um zu Cornelia durchzudringen.« Er umarmte seine Schwester. »Du bist erschöpft, meine Liebe. Das sind wir alle.«

»Was schlägst du vor?«, fragte Lenore. »Dass wir nach Hause fahren?«

Jeffrey lächelte sie an. »Ausnahmsweise will ich mal nicht egoistisch sein und schlage vor, dass du und Blake nach Hause fahrt.«

Lenore blinzelte verwundert. »Und dich einfach hierlassen?«

»Ich bin kein Teenager, Lenore. Mit sechsundvierzig sollte ich imstande sein, mich in einer Stadt wie Huntington zurechtzufinden.« Er senkte die geschwollenen Lider. »Außerdem fahre ich nicht weg, solange Penny noch lebt.«

»Und was ist mit der kleinen Cornelia?«, fragte Lenore besorgt. »Sie hat schreckliche Angst vor dir und würde nie mit dir mitgehen.«

Jeffreys Gesicht bekam einen harten Ausdruck. »Vielleicht kommt sie nicht freiwillig mit mir, aber sie wird. Van Etton und seine Nichte benehmen sich, als gehörte sie ihnen. Doch ich habe eine Geburtsurkunde, die besagt, dass sie *meine* Tochter ist. Kein Gesetz ändert daran etwas, und ich habe gewiss nicht die Absicht, sie noch viel länger bei diesen Leuten zu lassen.«

***

Diana ahnte nichts Gutes, als sie den Brief betrachtete, während der Kaffee durchlief. Sie wusste instinktiv, dass sie starken Kaffee brauchte, um mit dem umzugehen, was Nan ihr schrieb. Sie konnte nicht sagen, warum ihr der Brief unheimlich war, aber er war es. Sobald der Kaffee durchgelaufen war, schenkte sie sich einen Isolierbecher voll ein, denn eine kleine Porzellantasse reichte ihr nicht. Dann setzte sie sich an den großen Küchentisch, riss den Umschlag auf und zog drei Blätter gelben, linierten Notizpapiers heraus. Nans Brief begann mit,

> Liebe Miss Sheridan,
> da ich nicht sicher war, ob Sie zu Hause sind, wenn ich komme, oder Zeit haben, mit mir zu reden, habe ich alles aufgeschrieben und lasse Ihnen notfalls diesen Brief da, falls ich keine Chance habe, Ihnen

zu sagen, was ich Ihnen erzählen muss. Ich komme nicht mehr zur Arbeit zurück. Ich muss fortgehen. Weit, sehr weit fort, und ich verrate nicht einmal meiner Mama, wohin ich gehe. Erst mal nicht.

Ich werde direkt zur Sache kommen. Seit April habe ich eine Affäre mit Glen Austen. Er sagte, dass er in mich verliebt ist und Angst hat, Sie könnten sich das Leben nehmen, wenn er mit Ihnen Schluss macht. Deshalb sollte unsere Affäre geheim bleiben.

»Glen, du Schwein!«, rief Diana empört aus, worüber sie sofort erschrak, und hoffte, dass sie Tyler nicht geweckt hatte. Dass Glen tat, als würde er Diana sonst was bedeuten, war eine Frechheit. Und eine Affäre mit einer Studentin anzufangen, das war gewissenlos; doch ein so unbedarftes Mädchen wie Nan auszunutzen, das war schlicht widerlich. Diana las zähneknirschend weiter.

Ich habe Glen gesagt, dass wir Ihre Gefühle ja nicht ewig schonen können. Irgendwann mussten Sie es erfahren. Und da hat er mir von seinem anderen Problem erzählt. Der Spielsucht. Er hat gesagt, es fing an, als er auf dem College war, und hat ihn eben völlig gepackt. Er hat versucht, sich zu beherrschen, aber er konnte einfach nicht. Er sagte, dass er inzwischen über hunderttausend Dollar Schulden hat! Mit seinem Gehalt vom College kommt er gerade so aus, und er bezahlt jeden Extrapenny an einen Kredithai, aber das hilft nicht viel, und er hat Angst, dass sie ihm was tun. Er sagte, dass er jeden Tag schreckliche Angst hat und dass er mich zu sehr liebt, um mich in die Sache mit reinzuziehen. Mir tat er leid. Ich habe mir die ganze Zeit solche Sorgen gemacht und überlegt, wie ich Geld auftreiben kann, um ihm zu helfen.

Ich weiß, dass Sie vielleicht nicht verstehen, was ich jetzt erzähle, aber ich dachte zuerst, dass ein Wunder geschehen ist. Mama hatte ihren Herzanfall im Mai, und sie zwang mich, bei Ihnen zu arbeiten. Ich weiß, dass ich Sie nicht beleidige, wenn ich sage, dass ich den Job nicht mochte. Ich mag es nicht, wenn man mir sagt, was ich tun soll. Jedenfalls habe ich es gemacht, um Mama einen Gefallen zu tun und weil wir das Geld brauchten. Da traf ich Penny. Ich konnte ihr ansehen, dass sie mich genauso wenig leiden konnte wie Sie, und ich mochte sie nicht. Sie war dauernd so vergnügt, und ich hasse vergnügte Leute.

Jedenfalls hatte ich meinen ersten Tag hinter mir, der sich wie drei Tage anfühlte. Ich lag zu Hause auf meinem Bett und dachte, ich kann nie wieder zur Arbeit gehen. Ich war so deprimiert, dass ich alle Zeitschriften rausholte, die ich jahrelang aufbewahrt hatte. Mama nennt die Dinger Schund, aber ich lese nun mal gern von den Filmstars und den Reichen und all den verrückten Sachen, die die tun und die ich nie tun kann.

Ich hatte so um die sechs Zeitschriften durchgeblättert, als ich zu einer kam, die schon über ein Jahr alt war. In der entdeckte ich einen Artikel über die Frau eines Millionärs, eine Exstripperin, die ihm einfach weglief und die kleine Tochter der beiden mitgenommen hat, aber kein Geld. Ich habe mich gefragt, wie blöd eine Frau sein muss, die so eine Nummer bringt. Eine Exstripperin, die einen Millionär geheiratet hat? Die ist doch auf eine Goldader gestoßen! Dann guckte ich mir das Foto genauer an, wo der Mann und die Frau drauf waren. Er war ganz okay, aber nichts Besonderes, irgendwie alt, aber sie sah total klasse aus. Langes blondes Haar, richtig blaue Augen, fette Diamantohrringe, tolles Make-up. Und dann kam mir irgendwas an ihr bekannt vor. Das Haar war es nicht. Und die Diamanten bestimmt nicht. Ich habe das Haar mit den Fingern zugedeckt, und da hat es bei mir geklingelt. Ich habe mir einen Stift genommen und ihr Haar kürzer und dunkler gemacht, die Augen auch dunkel, nicht mehr blau. Und auf einmal war das Bild tatsächlich Penny Conley.

Zuerst konnte ich es gar nicht glauben. Es war ja viel zu schräg, um wahr zu sein. Ich dachte, ich guck nicht richtig. Deshalb habe ich den Artikel mit zu Glen genommen. Er hat sich das Bild aus allen Richtungen angeguckt und sagte, ja, das sieht Penny ähnlich, aber nicht richtig. Dann meinte er, das sie das nicht sein kann. Aber er hatte Penny genauso viel gesehen wie ich. Und was war mit Willow? In dem Artikel stand, dass sie das Kind mitgenommen hatte, ein dreijähriges Mädchen. Im Artikel hieß es, dass sie Cornelia oder so heißt, aber ich dachte mir, dass sie inzwischen so um die fünf sein muss, wie Willow. Mir war egal, was Glen sagte. Ich wusste, was ich ganz allein entdeckt hatte!

Diana unterbrach das Lesen und nahm zitternd ihren Kaffeebecher auf.

Im Geiste rechnete sie: Glen und sie hatten Penny Anfang Mai mit in den Country Club genommen. Da hatte sie keinerlei Spannungen zwischen Penny und Glen bemerkt – lediglich Faszination aufseiten von Glen, die sie nicht weiter verwundert hatte. Nan hatte Ende Mai angefangen, für Simon zu arbeiten, und kurz danach entdeckte sie den Artikel über Penny und Jeffrey, von dem sie Glen erzählte.

Etwas nagte an Diana. Ein Gedanke, der nicht recht herauswollte. Eine wiederkehrende Erinnerung. Jemand, der etwas sagte … Clarice! Irgendwann, wahrscheinlich gestern, hatte Clarice ihr erzählt, dass Glen im Juni bei Penny gewesen war. War er zu ihr gefahren, weil er sich in sie verliebt hatte? Nein, das glaubte Diana nicht. Penny hätte es ihr erzählt, weil sie wusste, dass Diana nicht verletzt wäre, wenn Glen sich anderweitig umsah. Nein, Glen war bei Penny gewesen, weil er Nan glaubte. Er wusste, dass es ihr gelungen war, die vermisste Frau des Millionärs Jeffrey Cavanaugh aufzuspüren. Was hatte er an jenem Abend zu Penny gesagt? Hatte er Geld für sein Schweigen gefordert? Nein. Glen wusste, dass Penny kein Geld besaß.

Also, was könnte er von ihr verlangt haben? *Sex,* dachte Diana. Wenn Glen skrupellos genug war, die arme, unbedarfte Nan Murphy zu verführen, wäre er dann auch fähig, Sex von Penny im Austausch gegen sein Schweigen zu fordern? Oder spielte er mit ihr das Spiel, das Katzen mit Mäusen veranstalteten, die sie gefangen hatten?

Diana wollte Nans Brief nicht weiterlesen, aber leider hatte sie keine andere Wahl. Sie, von der Polizei ganz zu schweigen, musste alles wissen, was Nan über Glen zu erzählen hatte.

> Ich war sauer, weil Glen mir nicht geglaubt hat. Er hat sich benommen, wie wenn ich ein kleines Kind bin, das sich Sachen einbildet. Aber ich wusste doch, dass ich recht hatte, und deshalb habe ich mehr über diesen Millionär Jeffrey Cavanaugh rausgefunden, über seine Riesenfirma in New York City mit Adresse und allem. Zuerst traute ich mich gar nicht, aber Ende Juli habe ich dann allen meinen Mut zusammengenommen und Mr Cavanaugh geschrieben, dass ich weiß, wo seine Frau und sein Kind sind, und dass ich nicht so eine Durchgeknallte bin. Ich schrieb ihm, wenn er mir 150 000 Dollar an ein Postfach schickt, gebe ich ihm die Adresse. Ich hätte mehr verlangen können, aber ich wollte

nicht gierig sein wie jemand, der unzuverlässig ist, und außerdem war das genug, dass Glen alle Probleme loswurde und noch was übrig blieb. Ich wollte Mama 10 000 Dollar abgeben. Also habe ich ein Postfach gleich auf der anderen Seite vom Fluss in Ohio gemietet, damit Mr Cavanaugh denkt, ich bin aus Ohio, und habe den Brief losgeschickt.

Ich habe an die drei Tage gewartet, ehe ich es Glen erzählt habe. Und der wurde vielleicht mal sauer! Er hat gesagt, ich würde erwischt und garantiert verhaftet werden. Ich hab ihm erklärt, dass ich das nur für ihn gemacht habe, aber da wurde er noch saurer und meinte, ich hätte ihn in alles mit reingezogen und jetzt würden sie ihn auch verhaften. Ein paar Wochen lang hat er nicht mal mit mir geredet.

Ich guckte immer wieder ins Postfach, aber da war nie was, weder Geld noch ein Brief von diesem Mr Cavanaugh. Und ich war immer ganz vorsichtig und habe aufgepasst, dass keiner bei der Post rumlungerte und guckte, wer nach dem Postfach guckt. Ich habe es Glen erzählt, aber er war gar nicht enttäuscht. Er hat gesagt, er war froh, dass ich einfach abgeblitzt war wie eine geldgierige Kuh. Das hat mir echt wehgetan. Aber ich habe ihm trotzdem gesagt, dass ich das Geld schon noch auftreibe und dass ich ihn nie, nie gehen lasse!

Dann fiel mir auf, dass er immer mehr mit Penny redete, wenn er bei Ihnen zu Hause war. Wenn Sie gerade draußen waren und Penny nicht gearbeitet hat, hat er mit ihr geredet. Und er kam so oft vorbei, wenn er wusste, dass Sie gar nicht da sind. Ich weiß nicht, ob Simon das gemerkt hat oder nicht, denn er ist ja schon ziemlich alt. Ich wurde jedenfalls misstrauisch, und ich fing an, Glen nachzufahren, wenn ich konnte. Und dann sah ich, wie er zu Penny fuhr. Ich wollte hingehen, an ihre Tür donnern und ihr sagen, was Sache war, aber ich wusste ja, dass Glen dann sauer wird. Außerdem konnte die alte Schachtel, die Sie letzten Freitag mit nach Hause gebracht haben, von ihrem Haus aus alles sehen. Wieso kann die eigentlich nicht fernsehen wie normale Leute? Jedenfalls war das Donnerstagabend. Und Sie wissen ja, was Freitag passiert ist. Ich hatte meinen Polizeifunk an und alles mitgehört. Da habe ich Glen angerufen und ihm das mit der Explosion gesagt. Er hat einfach aufgelegt. Auch am nächsten Tag, als er zu Ihnen gekommen ist, wollte er nicht mit mir reden, nicht mal am Sonntag drauf, als er bei mir war.

Diana, ich glaube, er hat die Bombe gelegt. Entweder er oder Mr Cavanaugh. Vielleicht war das Postfach doch zu nahe bei Huntington. Ich weiß es nicht, aber ich bin nicht so blöd zu glauben, dass die Bombe nichts mit meinem Plan zu tun hatte. Ich mag Penny nicht, aber ich wollte doch nicht, dass ihr so was passiert. Das tut mir richtig leid. Ich weiß, dass mir das auf ewig zusetzen wird, das habe ich im Gefühl. Entweder Glen oder Mr Cavanaugh wissen, dass ich alles ausbaldowert hab, und die werden mich umbringen. Deshalb muss ich weg. Ich habe gelernt, die Klappe zu halten.

Nanette Murphy (Ich änder meinen Namen,
also versuchen Sie nicht, mich zu finden.)

Diana zitterte so heftig, dass sie sich nicht rühren konnte, nachdem ihr das letzte Blatt aus der Hand gefallen war.

Mit erschreckender Klarheit sah sie alles vor sich: Wie sie zu Nan fuhr, die Musik hörte, ins Haus ging und die heruntergezogene Bodentreppe vorfand.

Ihr Magen drehte sich um, als ihr das Blut einfiel, das auf ihren Kopf tropfte, und wie sie, vollkommen unvernünftig, die Treppe hinaufstieg und in Nans leblose Augen blickte. Dann hatte ihr jemand Schmutz ins Gesicht getreten und sie die Treppe hinuntergestoßen, sodass sie hart auf dem Holzfußboden aufschlug.

»Oh mein Gott«, murmelte sie. Dann schrie sie: »Tyler!«

16

Zwanzig Minuten später saß Diana mit Tyler und Simon in der sonnigen Küche. Beide hatten Nans Brief gelesen. »Simon, Clarice hat mir erzählt, dass sie Glen bei Penny gesehen hat und auch Nan, die die beiden einen Abend lang beobachtet hat«, sagte Diana, nachdem Simon den Brief zu Ende gelesen hatte. »Es war Zufall, dass Nan gestern Nachmittag hier war und mir alles über ihr Verhältnis mit Glen erzählen *wollte.* Aber viel bekam sie nicht heraus, außer dass die Affäre seit April geht. Dann kam Blake zu uns, und ich ließ sie in der Küche sitzen. Ich wusste, dass sie mir mehr erzählen wollte, und ich ließ sie einfach hier warten, während wir mit Blake redeten.« Sie sah Tyler an. »Er hat uns erzählt, dass Penny schwanger ist.«

Einen Moment lang sah Tyler sie verständnislos an, dann sagte er tonlos: »Ich hatte keine Ahnung, dass Penny schwanger ist.«

»Ich bin sicher, dass es Glens Kind ist«, sagte Diana matt. »Die Ärzte glauben, sie ist im zweiten Monat. Clarice sagte, dass sie Glen sah, wie er zum ersten Mal vor zwei Monaten bei Penny war. Dank Nan wusste Glen, wer Penny war. Ich vermute, dass er sich sein Schweigen mit Sex bezahlen ließ.«

»Gütiger Himmel«, stöhnte Simon angewidert.

»Ich glaube, deshalb hat Penny mir nie erzählt, dass sie sich mit Glen traf«, fuhr Diana fort. »Ich denke, sein Wissen über ihre Vergangenheit und die Schwangerschaft waren der Grund, weshalb sie wegwollte. Aber Nan war hier, als Blake uns von der Schwangerschaft erzählte, und ich hörte, wie Nan ein Glas fallen ließ. Sie hatte gelauscht, wie immer. Ich bin sicher, dass sie bis dahin keine Ahnung hatte, dass Penny schwanger ist.

Ich weiß nicht, ob es für sie ein Schock war, sie verletzt war oder beides, aber irgendwie führte es sie direkt zur Hintertür.

Und als wäre alles noch nicht schlimm genug, rief Glen an, und ich erzählte ihm blöderweise, dass Nan hier gewesen war und mir etwas Wichtiges erzählen wollte.« Diana unterbrach ihren Monolog, um Luft zu holen. »Ich glaube, Glen wusste, dass Nan das mit ihm und Penny spitzgekriegt hatte. Und für ihn wäre es peinlich gewesen, hätte Nan mir erzählt, dass er eine Affäre mit Penny hatte. Aber ich denke, er ging davon aus, dass ich um Pennys willen den Mund gehalten hätte.

Nur wie wäre er damit umgegangen, hätte Penny von Erpressung gesprochen? Du kennst Glen, Simon. Für ihn ist Reputation alles. Ihm war klar, dass ich es dir erzähle und dass du die Universitätsleitung informieren würdest. Und nicht auszudenken, sollte ich vermuten, dass er mit dem Anschlag auf Penny zu tun hat, und zur Polizei gehen. Noch dazu Nan, die ihn nicht loslassen will und viel zu viel wusste.« Diana blickte in Simons nachdenkliche dunkelgrüne Augen auf. »Falls Glen die Bombe in Pennys Haus gelegt hat, was glaubst du, wie viel noch kommen muss, dass er sich genötigt fühlt, Nan ebenfalls loszuwerden?«

***

»Wer will Nan loswerden?«

Simon, Tyler und Diana sahen Willow mit einer Mischung aus Verwunderung, Verwirrung und Schreck an. Simon reagierte als Erster: »Nans Mutter kommt nächste Woche wieder zur Arbeit, und wir freuen uns alle auf sie. Ich auf jeden Fall. Wie steht es mit dir, Willow?«

»Ich finde es soooo viel schöner«, sagte die Kleine. Dann blickte sie zu Tyler und kräuselte die Stirn. »Wieso bist du denn noch hier?«

»Ähhh … weil Diana wollte, dass ich bleibe.«

Willow wurde sofort missstrauisch. »Diana? Wieso?«

Tyler holte tief Luft, stand auf und kniete sich vor das Mädchen.

»Deine Mommy wollte nicht, dass du mit anderen Leuten über mich redest, denn ich sollte ein großes Geheimnis bleiben. Aber jetzt muss es kein Geheimnis mehr sein.« Er grinste. »Jeder hier weiß alles über mich, und deine Mommy ist sicher sehr froh darüber. Sie hat dir gesagt, dass du mich Badge nennen sollst, genau wie sie es gemacht hat. Mein richtiger Name ist Tyler, aber Badge ist ihr Spitzname für mich, weil ich Polizist bin. Ich wohne in New York City, wo ihr früher auch gewohnt habt. Deine Mutter und ich sind wie Bruder und Schwester, und deshalb bist du für mich, wie für Simon auch, so etwas wie meine Nichte. Wir alle haben dich sehr lieb und sind hier, um dich zu beschützen. Aber ich bin der Polizist, den die Leute einen Undercover-Cop nennen, und deshalb trage ich keine Uniform und kein Emblem. Die Bösen sollen mich nicht als Cop erkennen.«

Willow streckte die Hand nach seinem Ohrläppchen aus. »Hast du deshalb da ein kleines Loch? Machst du da immer mal einen Ohrring rein, sodass die Bösen denken, du bist so wie die?«

»Ja, das hast du klug erkannt. Und egal, ob ich eine Uniform trage oder einen Ohrring, es ist mein Job, die bösen Menschen von den guten fernzuhalten. Das habe ich gründlich gelernt, und so konnte ich euch letzte Nacht helfen, weißt du noch?« Willow nickte. »Und es hat dich auch nicht gewundert. Du hast gesagt, dass du wusstest, ich würde dich retten.« Er tippte ihr an die Stupsnase. »Irgendwie hast du gemerkt, dass es meine Lebensaufgabe ist, hübsche, kluge kleine Mädchen wie dich zu beschützen.«

Sie kicherte. »Ja, Mommy hat das nie gesagt, aber ich hab gleich gewusst, dass du alles kannst. Und ich hab gewusst, dass du mich beschützt.«

Hinterher schien Willow so weit beruhigt durch Tylers Anwesenheit, dass sie drei Donuts hinunterschlang, ehe Diana sagte: »Vielleicht sollten wir noch ein paar für später aufheben, Süße. Du willst ja keine Bauchschmerzen kriegen.«

»Okay«, stimmte Willow bereitwillig zu. »Und danke, dass ich Donuts essen durfte statt Rühreier, Onkel Simon.«

Simon strahlte. »Gern geschehen, Kleines. Ich finde übrigens auch, dass Kuchen viel leckerer ist als Eier, nur manchmal brauchen wir auch Rührei.«

»Das sagt Clarice auch immer.« Willow rutschte von ihrem Stuhl. »Ich geh mal nach oben und guck nach den Katzen. Ich muss denen bestimmt helfen.«

Kaum war sie aus der Küche, läutete das Telefon. Simon nahm das Gespräch in der Küche an, sodass Diana die laute, aufgeregte Frauenstimme hörte. Simon blieb ruhig und sagte: »Ja … Natürlich … Das verstehe ich … Sie muss jetzt auf ihre Gesundheit achten … Ich hole Sie beide am Flughafen ab. Rufen Sie mich an und sagen Sie mir, mit welchem Flug Sie ankommen.«

Dann legte er auf und sah Diana an. »Das war Martha Murphys Schwester. Sie sagte, Martha wäre heute in einer miserablen Verfassung. Nun, wer wäre das nicht, wenn die eigene Tochter brutal ermordet wurde? Wir hatten sie gestern Abend informiert, Diana, bevor du dich erinnertest, was geschehen war. Jedenfalls rät der Arzt, dass sie nicht vor morgen von Portland zurückfliegt. Ihre Schwester begleitet sie, Gott sei Dank. Das Letzte, was die Ärmste jetzt gebrauchen kann, ist, allein zu sein. Ich hole die beiden am Flughafen ab. Sie sollen sich nicht mit dem Gepäck abmühen und ein Taxi suchen müssen.« Er blickte an dem eleganten Seidenmorgenmantel hinab, den Diana ihm letztes Jahr zu Weihnachten geschenkt hatte. »Und jetzt ziehe ich mir etwas Richtiges an und lasse euch jungen Leute allein.«

Nachdem Simon gegangen war, blickte Tyler zu Diana und zog eine Braue hoch. »Also, junge Frau, was denkst du?«

»Ich denke, dass ich der Polizei unbedingt Nans Geständnis geben muss, wenn ich heute meine Aussage mache.« Tyler nickte. »Und mittlerweile habe ich noch mehr Angst vor Jeffrey Cavanaugh als vorher. Durch Nan könnte er schon seit Monaten gewusst haben, wo Penny wohnte.«

»Und warum ist er dann nicht früher aufgekreuzt?«

»Du klingst, als würdest du ihn in Schutz nehmen.«

»Ich wäre sicher der letzte Mensch, der Jeffrey Cavanaugh in Schutz nimmt. Ich hasse den Kerl. Aber das ist meine emotionale Reaktion. Mein Verstand sagt mir, dass irgendetwas nicht passt.« Seufzend strich er sich mit einer Hand über Stirn und Wangen, betrachtete Diana mit leicht blutunterlaufenen Augen und lächelte. »Es war ein wundervoller Abend, Miss Sheridan. Noch nie habe ich eine Nacht mit einer Frau auf einem Sofa so genossen wie diese.«

Diana grinste. »Ich bin nicht sicher, wie ich das verstehen soll.«

»Nimm es als Kompliment. Aber, mein Schatz, ich muss mich duschen, rasieren und mir frische Sachen anziehen gehen. Danach fahre ich mit dir zur Polizei, damit du deine Aussage machen kannst.«

»Ach, Tyler, ich habe dich wahrlich genug mit Beschlag belegt.«

»Schhh. Du kennst noch längst nicht den ganzen Plan. Wir fahren nämlich nicht allein, sondern nehmen Willow mit.«

»Zur Polizei? Das wird ihr Angst machen.«

»Ich wette dagegen. Sie wird es klasse finden. Danach gehen wir mit ihr essen, und vielleicht kannst du mir dann die Marshall University zeigen. Simon hat dort gelehrt und du studiert, stimmt's?«

»Ja, klar. Genau wie Penny.«

»Also wird Willow gern mal über den Campus streifen. Und du kannst sie fotografieren.«

Diana runzelte die Stirn. »Bei allem, was derzeit vor sich geht, wäre es doch eigentlich sicherer, wenn Willow hierbleibt, meinst du nicht?«

»Nein. Jeffrey oder seine Verwandten dürften inzwischen

aus der Zeitung wissen, dass Nan ermordet wurde. Ich hatte mit ein paar Reportern gesprochen und sie gebeten, deinen Namen als die Person, die sie fand, nicht zu erwähnen, aber als Ortsfremder habe ich hier nichts zu melden. Und sollte Jeffrey Wind davon bekommen, was hier letzte Nacht los war, wird er demnächst auftauchen und so lange gegen die Tür hämmern, bis er Willow hat. Nach der Szene gestern im Park könnte er Probleme bekommen, wenn er sie mitnehmen will, doch Willow muss nicht noch mehr verschreckt werden. Sie sieht schon ganz blass und angegriffen aus. Vergessen wir nicht, dass sie erst letzte Woche eine Operation hatte, und jetzt durchlebt sie die Hölle, ohne sich richtig erholt zu haben. Sie muss dringend raus, Diana, und sie sollte ein bisschen Spaß haben. Ich weiß, dass du das gestern geplant hattest, es aber leider nicht funktionierte. Also versuchen wir es heute noch mal.«

»Indem wir sie in der Öffentlichkeit präsentieren?«

»Genau darum geht es. Gestern tobte Jeffrey vor Zorn, sonst hätte er dich nicht beinahe in aller Öffentlichkeit geschlagen. Den Fehler wird er nicht wiederholen wollen. Und wer sonst würde *irgendwas* vor Hunderten von Zeugen versuchen?« Er senkte die Stimme. »Bleibt Willow hingegen hier, sind ihre einzigen Beschützer ein Mann und eine Frau in den Siebzigern. Willst du, dass sie vor Jeffrey Cavanaugh in die Knie gehen müssen?«

Diana brauchte keine Minute, um sich zu entscheiden. »Okay, komm in einer Stunde wieder, dann sind Willow und ich startbereit.«

»So gefällst du mir«, sagte er, stand auf, zog sie in seine Arme und gab ihr einen langen, innigen Kuss. »Das ist das Mädchen, von dem Penny gesagt hat, dass es das richtige für mich ist.«

***

Diana erzählte Simon, was Tyler und sie vorhatten, wobei sie nicht erwähnte, dass er und Clarice kein adäquater Schutz für

Willow wären. Falls Simon von allein darauf kam, ließ er es nicht durchblicken. »Das ist eine gute Idee«, sagte er begeistert. »Clarice würde sich gewiss den ganzen Tag um Willow sorgen, viertelstündlich nach ihr sehen wollen und sie gnadenlos betüteln. Und die Gute braucht endlich mal ein wenig Ruhe. Das gestern war ein bisschen viel für sie, zumal ihre Arthrose ihr zu schaffen macht. Und Willow kann allemal frische Luft und etwas Spaß vertragen. Ihr drei gönnt euch ruhig einen schönen Tag.«

Tyler fuhr los, und Diana ging nach oben, um Willow zu erzählen, was sie für heute geplant hatten.

Bei der Aussicht, einen Ausflug mit Diana und Tyler zu machen, lebte die Kleine sichtlich auf und suchte sich umgehend ihre Garderobe für den Tag aus: knallgelbe Shorts und ein gelb, weiß und blau geringeltes T-Shirt. Nach dem Baden bat sie Diana, ihr das rotblonde Haar mit einem gelben Band zum Pferdeschwanz zu binden. Gemeinsam begutachteten sie das Resultat im Spiegel.

»Du siehst umwerfend aus, *Mademoiselle*«, sagte Diana. »*Très elegante.*«

Zu ihrer Überraschung schwand Willows Lächeln. »Was für eine Sprache ist das?«

»Französisch. Ich hatte es am College, spreche es aber nicht sehr gut. Warum?«

»Weil Mommy auch versucht hat, eine andere Sprache zu lernen. Sie hat auch schon mal Mamadosel zu mir gesagt, also muss das wohl Franzisch gewesen sein.« Ihre Stirn kräuselte sich. »Und der andere hat mal so welche Wörter gesagt, glaub ich.«

»Wer?«, fragte Diana.

»Weiß ich nicht mehr. Mommy wollte, dass er ihr hilft, die Wörter zu lernen.« Gewöhnlich war Willow von allem fasziniert, was Penny tat, doch nun schien sie die vage Erinnerung zu bedrücken. »Mommy hat gesagt, bald kann ich auch in der Sprache reden.«

Diana drehte das kleine Mädchen zu sich. »Und das war ein Mann, der in der Sprache mit dir gesprochen hat?«

»Ja.«

»Weißt du noch, wer?«

»Hab ich doch gesagt! Ich weiß nicht mehr, wer das war.«

»Habt ihr da schon in eurem Haus hier gewohnt?«

»Ja, aber das ist ganz lange her. Vielleicht war es, gleich nachdem wir eingezogen waren.«

»Und Badge war es nicht?«

»Tyler«, korrigierte Willow. »Wir sollen jetzt Tyler zu ihm sagen. Nee, der war's nicht.« Willows Stimmung verfinsterte sich rapide. »Vielleicht hab ich das auch bloß geträumt oder im Fernsehen gesehen.« Sie rieb sich die Stirn. »Mir tut der Kopf ein bisschen weh.«

»Was hältst du davon, wenn du dich ein bisschen aufs Bett setzt und ferngucks t?«, schlug Diana vor. »Ich mache mich eben frisch, und wenn dir danach immer noch der Kopf wehtut, gebe ich dir eine Tablette dagegen.« *Lenk sie vom Thema ab,* dachte Diana, denn etwas an der Erinnerung verstörte Willow eindeutig. »Ach, und erinnere mich doch bitte, dass ich der netten Krankenschwester die Sachen bringe, die sie dir geliehen hat. Ich habe alles gewaschen, und die kleine Tochter der Krankenschwester will ihr Kleid sicher bald wieder anziehen. Die Sandalen dürfen wir auch nicht vergessen.«

»Müssen wir in dem Krankenhaus bleiben?«, fragte Willow ängstlich.

»Nein. Du musst nicht einmal mit reingehen. Ich gebe alles vorn am Empfang ab.«

Willow sah erleichtert aus, dass sie nicht mit ins Krankenhaus musste. Kein Wunder, denn wahrscheinlich erinnerte sie sich bloß an die Knallerei und das darauffolgende Chaos.

Diana ließ Willow allein, die den Katzen erklärte, was sie heute vorhatten und warum es das Beste wäre, wenn sie nicht mitkämen – weil es in den Straßen von Huntington viel zu heiß und zu voll war und ganz bestimmt jemand versehentlich auf Romeo treten würde. Schmunzelnd stieg Diana unter die Dusche und stellte sich die beiden Katzen vor, die wie Touristen durch die Stadt bummelten.

Gedankenverloren nahm sie sich viel zu viel Shampoo und brauchte fünf Minuten, um es aus ihren Haaren zu spülen, sowie weitere fünf, bis ihre brennenden Augen halbwegs seifenfrei waren.

Schließlich stieg sie aus der Dusche, föhnte sich die dicken goldbraunen Locken, die denen ihrer Mutter so ähnlich waren, und zähmte sie mit einem Glätteisen.

Da ihr der Sinn nicht nach einer dunklen Jeans stand, suchte sie sich eine weiße Baumwollsatinhose aus, die ihren flachen Bauch zeigte, und dazu ein lavendel, hellgrün und blau gemustertes Tanktop, über das sie eine Bluse aus weißem Seidengeorgette zog. Danach legte sie etwas hellgrünen Lidschatten auf, goldapricotfarbenes Rouge, zarten Lipgloss mit aprikosenfarbenem Schimmer und schwarzen Mascara. Als Letztes strich sie ihr Haar über den Ohren nach hinten und steckte es mit zwei Kunstperlmuttkämmen fest.

»Na, was sagst du?«, fragte sie, als sie in Willows Zimmer kam und eine Drehung vollführte.

Willow krabbelte eilig vom Bett. »Wow, Diana, du siehst ja superklasse aus!«, rief sie. »Wenn ich groß bin, will ich auch solche hohen Schuhe anziehen wie du.«

»Nachdem du erst mal einen Tag auf den Dingern gelaufen bist, überlegst du es dir eventuell noch mal«, sagte Diana und blickte auf ihre Sandalen mit den neun Zentimeter hohen Korkkeilabsätzen.

»Und du hast sogar die Zehen rosa lackiert!« Willow gluckste vergnügt. »Mommys sind immer rosa oder rot angemalt. Immer!«

»Dann sollten wir dir deine Zehennägel heute Abend auch lackieren. Möchtest du das?«

»Oh ja«, seufzte Willow. »Hoffentlich bin ich ganz bald groß.«

»Wünsch dir das lieber nicht zu schnell, Süße«, sagte Diana leise. »Erwachsen zu sein ist nicht nur einfach oder spaßig.«

Willow sah sie ernst an. »Ein Kind zu sein auch nicht.«

***

»Wollen die uns ganz bestimmt nicht ins Gefängnis sperren, Badge, ähm, ich meine, Tyler?«, fragte Willow, als sie vor dem Gebäude hielten, das die Kriminalpolizei des Cabell County Sheriff's Department beherbergte. »Ich hab noch nie was richtig Schlimmes gemacht, aber vielleicht haben die eine Akte über mich.«

»Eine Akte?«, wiederholte Tyler verwundert.

»Ja. Im Fernsehen haben die Cops immer Akten über Leute.«

Tyler und Diana bemühten sich, nicht zu grinsen. »Ich glaube, die meisten dieser Leute sind älter als fünf, Willow. Wir beide sehen uns nur drinnen um, solange Diana mit einem Detective redet.«

Willow sah Diana an und warnte sie: »Du darfst nichts sagen, was dich verführt.«

Tyler musste das Gesicht abwenden, damit Willow ihn nicht lachen sah, aber Diana bewahrte tapfer die Beherrschung. »Gut, dass du mich erinnerst, Willow. Du musst ziemlich viele Krimiserien sehen.«

»Ja, na klar, denn ich will ja mal Polizistin werden.«

»Aha? Ich dachte, du willst Fotografin wie ich werden. Oder Sängerin in einer Rockband.«

»Das kann ich alles«, sagte Willow voller Zuversicht. »Tyler hilft mir, ein Cop zu werden, und du hilfst mir, Fotografin zu werden. Und abends singe ich mit meiner Rockband.« Sie holte sehr tief Luft. »Hoffentlich geht das da drinnen schnell, und wir können bald Mittag essen gehen.«

Drinnen erklärte Tyler Diana, dass sie mit Detective Silver sprechen würde. »Erzähl ihr alles, was du weißt. Ach ja, und pass auf, dass du dich nicht aus Versehen selbst überführst, äh, verführst.«

»Ich versuch's, aber ich bin so nervös, dass ich nichts verspreche, was Letzteres betrifft. Womöglich lasse ich mich zu allem Möglichen verführen, nur um es hinter mich zu bringen.«

Detective Miriam Silver – eine schlanke Frau in den Vierzigern mit silbernen Strähnen im kurzen schwarzen Haar und munteren braunen Augen – sorgte dafür, dass Diana sich sofort entkrampfte.

»Sie sind also Diana Sheridan, die Fotografin«, sagte Detective Silver lächelnd und beugte sich zu Diana, die neben ihr an einem Schreibtisch voller Papierstapel in einem großen Raum mit mehreren Detectives an anderen Schreibtischen saß. »Mein Mann und ich haben im Februar eine Ausstellung von Ihnen im Huntington Museum of Art gesehen. Wir haben uns beide in ein Bild mit dem Titel ›Der Wind und Willow‹ verliebt.«

»Ja, das ist auch eine meiner Lieblingsaufnahmen.« Diana dachte an den Tag Anfang November, als sie Fotos von den roten, goldenen und bronzefarbigen Blättern im Wald nahe Simons Haus gemacht hatte. Plötzlich war Willow ins Bild gewandert. Sie hatte eine gelbe Chrysantheme in der Hand gehalten. Ein sanfter Wind war aufgekommen, und Willow hatte den Kopf nach hinten geneigt und die Augen geschlossen. Ihr Profil war perfekt gewesen, und ihr Haar schien vor dem Hintergrund des bunten Laubs zu fließen. Diana hatte sofort geknipst und gleich mehrere Frontlichtaufnahmen von ihr gemacht.

Als sie Penny das Foto zeigte, das später in der Ausstellung hing, war die Freundin zuerst begeistert gewesen. Dann aber hatte sie Diana gebeten, es nicht in einer der großen Städte wie New York auszustellen. Zwar verstand Diana zu der Zeit nicht, was das Problem wäre, aber sie sicherte ihr zu, es lediglich in ihrer kleinen Museumsausstellung im Februar zu zeigen. Nach der Ausstellung hatte Diana das gerahmte Bild Penny geschenkt, die Diana weinend um den Hals fiel. *Ich hätte merken müssen, dass etwas nicht stimmte,* dachte Diana jetzt. *Ich hätte schalten müssen, als sie auffallend besorgt war, das Bild könnte außerhalb Huntingtons ausgestellt werden.*

»Geht es Ihnen gut?«, fragte Detective Silver.

»Ja, ich dachte nur gerade an das Bild. Die Mutter des Mädchens, Penny Conley oder Cavanaugh, wollte nicht, dass ich es in New York City ausstelle. Im Nachhinein verstehe ich es, denn dort leben ihr Ehemann, seine Schwester und deren Freunde. Der richtige Name des Mädchens ist Cornelia, aber Penny nannte sie Willow. Willow liebt das Buch *Der Wind in den Weiden,* deshalb habe ich im Titel darauf angespielt.«

»Wunderschönes Foto, wunderschöner Titel, wunderschönes kleines Mädchen.« Ohne viel Aufhebens reichte Detective Silver ihr ein Papiertaschentuch.

Diana tupfte sich die Augen. »Eigentlich flenne ich nie viel, aber die letzten Tage kommt es mir vor, als würde ich dauernd entweder heulen oder schreien.« Sie putzte sich die Nase. »Entschuldigen Sie.«

»Schon gut. Weinen ist entspannend. Außerdem schnäuzen Sie sich ja nicht in ein edel besticktes Seidentaschentuch – so was besitze ich nämlich gar nicht.« Diana lachte. »Willow ist das kleine Mädchen, auf das letzte Nacht vor Ihrem Haus geschossen wurde, nicht?«

»Ja. Seit der Explosion wohnt sie bei uns. Ihre Mutter liegt mit schwersten Verbrennungen im Krankenhaus, und Willow konnte sonst nirgends hin. Dann fand die Polizei heraus, dass Penny die als vermisst gemeldete Ehefrau von Jeffrey Cavanaugh aus New York City ist und Willow seine Tochter. Jeffrey, seine Schwester Lenore und sein Schwager Blake Wentworth trafen am Samstag hier ein.« Diana war sicher, dass Detective Silver das bereits wusste, aber sie brauchte die Einleitung, um zu dem zu kommen, wovor ihr am meisten graute. »Jeffrey Cavanaugh wollte Willow am selben Abend mitnehmen, aber sie bekam einen regelrechten Anfall. Das Kind hatte entsetzliche Angst vor ihm, und er machte es gestern noch schlimmer, als Willow, Lenore und ich versuchten, ein Picknick zu machen, und er plötzlich erschien. Er schrie mich an, ich hätte ihm willentlich Wichtiges verschwiegen, und er hätte mich beinahe geschlagen.«

»Ja, Tyler Raines rief uns aus dem Park an und berichtete von dem Vorfall.« Fast hätte Diana gelächelt. Ihre Ahnung, dass er die Polizei gerufen hatte, war also richtig gewesen. »Was ist letzte Nacht passiert, Miss Sheridan?«

»Ich habe am Sonntagabend noch das Haus verlassen, und irgendwas passierte dann. Später am Abend konnte ich nicht mehr sagen, was, denn als ich im Krankenhaus zu mir kam, hatte ich eine Gehirnerschütterung und konnte mich an nichts erinnern. Inzwischen weiß ich das meiste wieder. Ich erinnere mich, dass ich zum Haus unserer Aushilfshaushälterin gefahren bin, Nan Murphy. Ich fand sie tot auf dem Dachboden. Ihr Kopf sah aus, als wäre er beinahe vollständig vom Hals abgetrennt ...« An dieser Stelle fing Dianas Stimme an zu zittern. Detective Silver legte eine Hand auf Dianas, und Diana atmete langsam ein und wieder aus. »Derjenige, der Nan umgebracht hat, muss noch auf dem Boden gewesen sein. Er fegte mir Staub und Schmutz ins Gesicht, sodass ich nichts sehen konnte. Dann stieß er mich die Ausziehtreppe hinunter.«

»Als ich gestern Abend aus dem Krankenhaus nach Hause kam, wusste ich nichts mehr von alledem«, fuhr Diana fort. »Dann, gegen zwei in der Nacht, weckten mich die Katzen auf. Das heißt, eigentlich glaube ich, dass ich von einem Geräusch wach wurde, aber das kann ich nicht mehr genau sagen. Ich denke dauernd, dass ich Regentropfen gehört habe, aber es regnete gar nicht. Ich lief in Willows Zimmer, und sie war weg. Außerdem war ihr Fenster hochgeschoben, und sie schläft nie bei offenem Fenster, deshalb begriff ich sofort, dass etwas nicht stimmte.

Ich bin nach draußen und glaubte, Willow am Waldrand zu

sehen. Ich bin ihr gefolgt. Kaum war ich bei ihr, fing jemand an, auf uns zu schießen. Ich habe sie auf den Boden geworfen und versucht, sie mit meinem Körper abzuschirmen. Dann hörte ich, wie die Schüsse näher kamen, und ich fühlte, dass jemand fast vor uns stand. Ich dachte, wir hätten keine Minute mehr zu leben. Aber dann wurde vom Haus aus geschossen und gerufen. Die Lichter drinnen und draußen gingen an, und ich hörte, wie jemand zu uns gelaufen kam ... Es spielte sich alles so schnell ab. Als Nächstes hörte ich Tyler Raines' Stimme, die Willow und mir sagte, wir wären in Sicherheit. Er erzählte mir auch, dass er Detective in New York City und Pennys Pflegebruder ist. Er hatte ihr geholfen zu verschwinden.«

Silver nickte. »Ich weiß. Natürlich wird seine Beteiligung bei der Beschaffung von Penny Cavanaughs falscher Identität Folgen haben.«

»Was für Folgen?«, fragte Diana erschrocken.

»Das müssen die New Yorker Behörden entscheiden. Er verhalf ja keinem Kriminellen zur Flucht. Und bisher gibt es nicht den geringsten Vermerk in seiner Akte. Er wurde sogar schon für Tapferkeit ausgezeichnet.«

»Das hat er mir nicht erzählt«, sagte Diana schmunzelnd. »Clarice dürfte entzückt sein.«

»Clarice Hanson?«

»Ja. Sie wohnt ebenfalls bei meinem Großonkel und mir, seit ihr Haus bei der Explosion beschädigt wurde. Sie hilft uns, uns um Willow zu kümmern.«

»Das ist nett. Ich bin sicher, dass sie es genießt.« Detective Silver lächelte versonnen, dann fragte sie: »Miss Sheridan, warum sind Sie zu Nan Murphy gefahren?«

»Nan war an dem Tag bei uns gewesen und hatte gesagt, sie müsste mir etwas Wichtiges über Penny erzählen. Ich dachte, ich wüsste schon, was es war. Wie Sie sicher wissen, war Nan neunzehn Jahre alt und studierte an der Marshall. Sie war in Glen Austens Geschichtskurs. In den letzten sieben Monaten habe ich mich häufiger mit Glen verabredet. Nan erzählte mir, sie und Glen hätten seit April eine Affäre.«

»Waren Sie deshalb verärgert?«

»Mich machte wütend, dass ein fünfunddreißigjähriger Collegeprofessor eine neunzehnjährige Studentin ausnutzt. Ich weiß, dass Affären zwischen Studentinnen und Professoren dauernd vorkommen, aber ich hielt Glen für zu, na ja, ich weiß nicht, anständig. Verletzt war ich allerdings nicht.«

»Nein? Sie erfahren, dass ein Mann, mit dem Sie seit einem knappen Jahr eine Beziehung haben, mit einer Studentin schläft, und sind nicht verletzt?«

»Nein, war ich nicht.« Diana beugte sich weiter vor, weil sie bemerkte, dass an anderen Schreibtischen mitgehört wurde. »Ich fing erst im Januar an, gelegentlich mit Glen auszugehen, also nicht vor einem Jahr. Und ich hatte nie eine ernste Beziehung im Sinn. Wir waren zu keinem Zeitpunkt intim, was wohl ein Grund sein könnte, weshalb er sich jemand anders suchte. Und ich hätte Verständnis dafür, wäre er eine Affäre mit einer anderen Frau eingegangen statt mit einem Teenager. Ja, ich wäre wohl eher froh gewesen, denn ich überlegte schon, wie ich die Sache elegant beenden könnte. Immerhin lebe ich bei meinem Großonkel, und er und Glen sind befreundet. Oder waren es.«

»Dann haben Sie Ihrem Onkel von Glen und Nan erzählt?«

»Genau genommen war das Clarice. Sie hatte einen Mann gesehen, der einige Male zu Penny nach Hause kam, und anscheinend freute Penny sich nicht, ihn zu sehen. Clarice hatte keine Ahnung, dass der Mann mein ›Verehrer‹ war, wie sie es ausdrückte, bis sie ihn bei uns im Haus sah. Wie dem auch sei, Nan und ich unterhielten uns gestern Nachmittag in der Küche, wo sie mir von sich und Glen erzählte.

Sie wollte noch anderes erzählen, aber Blake Wentworth' Besuch kam dazwischen. Wentworth meinte, dass er nur wenige Minuten bleiben könnte und mich unbedingt sprechen müsste. Also entschuldigte ich mich bei Nan und bat sie zu warten. Er wollte sich für das Benehmen seines Schwagers mir gegenüber im Park entschuldigen. Er erklärte, dass er und Jeffrey Cavanaugh direkt aus dem Krankenhaus gekommen waren, sie Pennys Aufwachen erlebt hatten und der Arzt ihnen gesagt hatte, dass Penny schwanger ist. Bei dem Wort schwanger hörte ich draußen vor der Tür Glas klirren. Als ich aus der Bibliothek lief und in die Küche, sah ich Nan in ihrem Auto davonbrausen. Ich fuhr an dem Abend zu ihr, weil ich sie telefonisch nicht erreichte und wissen wollte, was sie mir noch hatte erzählen wollen.«

Detective Silver zog die dunklen Brauen zusammen. »Glauben Sie, dass Nan von Pennys Schwangerschaft wusste?«

»Nein, glaube ich nicht. Ich glaube, dass sie es mitbekam, wie Blake es Simon und mir erzählte, und vor Schreck ließ sie ihr Glas fallen.«

»Verstehe. Also wollte sie Ihnen nicht mitteilen, dass Penny schwanger ist.«

»Nein, das kann ich mir nicht vorstellen.«

»Sie wissen, dass es im Haus der Murphys Hinweise darauf gab, dass Nan verreisen wollte?«

»Mir fiel ein Koffer im Flur neben der Ausziehtreppe auf. Ich glaube, sie hatte ihn vom Dachboden geholt.«

»Denken Sie, dass sie wegen Mr Austen wegwollte? Könnte es sein, dass sie seine Nähe nicht mehr ertrug, weil sie sicher war, dass er eine Affäre mit Penny hatte?«

»Ich glaube, sie wollte einfach fort. Aber ich denke nicht, dass die Schwangerschaft der Grund war. Sie hatte ihr Verschwinden bereits geplant, ehe sie hörte, dass Penny schwanger ist.« Diana griff in ihre Tasche und holte den Brief heraus, den Nan ihr geschrieben hatte. »Heute Morgen fand ich diese Nachricht von ihr an mich in der Küche. Darin heißt es, dass sie alles aufschreibt, falls ich nicht zu Hause bin, wenn sie vorbeikommt, oder keine Zeit habe, mir die ganze Geschichte anzuhören.«

Diana atmete tief durch. »Zuerst konnte ich kaum glauben,

was Nan geschrieben hat. Ich tue mich eigentlich immer noch schwer damit. Vor allem möchte ich mir nicht ausmalen, welche Folgen ihr Handeln gehabt haben könnte. Natürlich lasse ich Ihnen den Brief als Beweisstück hier, aber es wäre mir lieb, wenn Sie ihn jetzt gleich lesen.« Sie reichte Detective Silver den Brief.

Anfangs saß Diana ganz still da. Dann wühlte sie in ihrer Tasche, ohne etwas Bestimmtes zu suchen. Detective Silver war ganz auf Nans Schreiben konzentriert. Schließlich stand Diana auf und ging hinüber zum Fenster. »Möchten Sie einen Kaffee?«, fragte Detective Silver. Diana bejahte, und die Frau nickte zu einer Kaffeemaschine, neben der Styroporbecher, Süßstoff und Kaffeeweißer standen. Diana war froh, dass die Kanne frisch aufgebrüht war, schenkte sich einen Becher ein und trank sofort einen Schluck. Sie verbrannte sich die Zunge und fluchte leise. Ihr war, als würden alle Detectives an ihren Schreibtischen sie beobachten. Sie errötete wie ein Schulmädchen, murmelte eine Entschuldigung und eilte verlegen zu ihrem Stuhl zurück, wo sie sich hinsetzte und sich vornahm, keinen Mucks mehr von sich zu geben.

Detective Silver blickte auf. »Nun, nach allem, was ich bisher über Nan Murphy gehört habe, überrascht mich, was ich hier lese. Ich hätte sie nicht für den zupackenden Typ Mädchen gehalten.«

»Sie war wahnsinnig verliebt«, sagte Diana. »Mit Betonung auf wahnsinnig. Ich glaube, sie hat gar nicht mehr klar gedacht.«

»Oder das war überhaupt nicht ihr Plan, sondern Glen Austens.«

»Mag sein. Mag sein, dass Nan begriff, wie alles schiefging, und entschied, die Schuld jemand anders zuzuweisen. Vielleicht ist das Ganze auch bloß eine Lüge, um Glen so schlecht wie möglich aussehen zu lassen.« Diana stellte ihren dampfenden Kaffeebecher ab. »Aber wenn sie nicht lügt, kann Jeffrey Cavanaugh schon vor Wochen erfahren haben, wo sich seine Frau und seine Tochter aufhalten.«

»Warum hat er dann nichts unternommen?«

»Hat er womöglich. Woher wissen wir, dass nicht er die Bombe in Pennys Keller deponiert hat? Er hat sein Leben lang mit dem Bau zu tun. Ich bin sicher, dass er weiß, wie man eine einfache Bombe baut.«

Detective Silver sah sie einen Moment lang an und fragte streng: »Haben Sie Kinder?«

»Sie wissen, dass ich keine habe.«

»Ja, aber wenn Sie welche hätten, wüssten Sie, wie unwahrscheinlich es ist, dass Cavanaugh ein Haus in die Luft jagt, in dem seine Tochter schläft. Seine fünfjährige Tochter! Ich würde tausend Tode sterben, bevor ich eines meiner Kinder verletze.«

Diana wusste, dass Silver ihre Idee aus purem Reflex abschmetterte. Sie verwies Diana nicht bloß in ihre Schranken, sondern stellte außerdem klar, was es bedeutete, Kinder zu haben. Dabei atmete sie schneller und bekam einen roten Kopf.

Diana lehnte sich auf ihrem Stuhl zurück. »Detective, ich weiß, dass Sie gut in Ihrem Job sind, wohingegen ich keinerlei Erfahrung mit Mordfällen habe, aber ich glaube, Sie sind ein bisschen voreingenommen. Sie scheinen anzunehmen, weil ich keine eigenen Kinder habe, kann ich mir unmöglich vorstellen, wie sehr Eltern ein Kind lieben können. Ich glaube, ich kann es. Ich glaube, ich liebe Willow genauso, wie ich ein eigenes Kind lieben würde. Und außerdem setzen Sie sich mit Jeffrey Cavanaugh gleich, nur weil Sie beide Eltern sind.

Letzte Nacht hörte ich die Geschichte eines Dreizehnjährigen, dessen cracksüchtige Eltern einfach aus der Wohnung auszogen, während er in der Schule war. Sie überließen es ihm, sich allein und auf der Straße durchzuschlagen. Würden Sie das tun? Nein. Aber die Leute waren Eltern, sie taten es. Also, nur weil Sie tausend Tode sterben würden, ehe Sie einem Ihrer Kinder wehtun, bedeutete das nicht automatisch, Cavanaugh empfindet ebenso. Nicht alle Eltern sind gleich, Detective Silver.«

Die Frau hatte ihre Arme vor der Brust verschränkt, die Augen verengt und die Miene verhärtet. Antipathie, sogar Feindseligkeit flackerte in den braunen Augen auf. Aber in der Minute, die beide schwiegen, nachdem Diana ausgeredet hatte, wurde Silvers Gesichtsausdruck wieder weicher, die Feindseligkeit weniger. Am Ende blickte sie auf ein paar Papiere auf ihrem Tisch, dann wieder zu Diana. »Okay, Miss Sheridan, ich habe verstanden, was Sie meinen. Und so ungern ich zugebe, unrecht zu haben« – ein winziges Lächeln zeigte sich –, »kann ich Ihre Argumente nicht von der Hand weisen.«

»Tut mir leid, wenn ich Sie beleidigt habe.«

»Ich werde drüber wegkommen, aber falls Sie sich bei mir richtig beliebt machen wollen, überlassen Sie mir einen Schluck von dem Kaffee, den Sie nicht trinken.« Diana nickte lächelnd. Miriam Silver trank einen großen Schluck von dem dampfenden Kaffee, ohne einen Hauch von Schmerz zu zeigen. »Zunächst einmal möchte ich zwei Dinge mit Ihnen durchgehen. Beides sind Beweisstücke. Eines wurde letzte Nacht gefunden und ist bereits in der Kriminaltechnik. Es handelt sich um ein weißes Gewand, ähnlich einem Chorhemd, aus einem schweren Baumwoll-Polyester-Gemisch. Wir fanden Haare darauf, die wir noch auf DNS-Spuren untersuchen, aber die Ergebnisse haben wir erst in ein paar Tagen. In Wirklichkeit geht so etwas nicht über Nacht – wie im Fernsehen. Wir konnten allerdings schon eine weiße Farbe identifizieren, die Sorte, die leuchtet, wenn man Schwarzlicht darauf hält.«

»Der Engel!«, rief Diana aus, und Detective Silver sah sie fragend an. »Willow wurde von jemandem aus dem Haus gelockt, der sich als ihr Schutzengel ausgab. Sie sagte, er habe ein weißes Kleid angehabt und ein Licht schien auf sein Gesicht, und sein Gesicht leuchtete. Das waren ihre Worte.«

»Jemand hat sich Leuchtfarbe ins Gesicht geschmiert und sich mit Schwarzlicht angestrahlt«, fasste Detective Silver zusammen. »Man kann kleine Schwarzlichtlampen kaufen, die nur dreizehn bis fünfzehn Zentimeter lang sind. War die Person ein Mann oder eine Frau?«

»Bei der Frage reagierte Willow recht ungehalten. Sie sagte, Engel sind keine Jungen oder Mädchen; sie sind einfach Engel.«

»Hat sie nichts über die Art gesagt, wie sich der Engel bewegt hat? Seine Stimme?«

»Er ist gelaufen. Und er rief ihr zu, dass sie ihm folgen soll. Aber sie hat nicht darauf geachtet, ob er wie ein Mann oder eine Frau lief. Auch nicht auf die Stimme. Sie ist erst fünf.«

»Und als dieser *Engel* Ihnen näher kam?«

»Ich sah und hörte nichts von ihm, bevor der *Engel* anfing, auf uns zu schießen. Und nach dem ersten Schuss warf ich mich mit Willow auf den Boden.«

Detective Silver trank den restlichen Kaffee, und Diana fragte sich, ob die Frau eine Asbestschicht am Gaumen hatte. Silver warf den Styroporbecher weg und nahm eine kleine Plastiktüte auf. »Ich weiß, dass Sie sich auf Jeffrey Cavanaugh eingeschossen haben, aber unsere Männer waren heute Morgen noch einmal in dem Waldstück und haben alles abgesucht. Sie fanden das hier.«

Sie reichte Diana die versiegelte Plastiktüte. Darin lag ein Armband aus rostfreiem Stahl mit einem Faltverschluss. In das Armband war ein erhabenes rotes Emblem graviert mit dem silbernen Hermesstab in der Mitte. Ein medizinisches Notfallarmband. Diana bewegte das Band in der Tüte, bis sie den Namen des Besitzers auf der Unterseite sehen konnte: GLEN AUSTEN PENIZILLIN.

Er hatte ihr erzählt, dass er das Armband ständig trug, seit dem Tag, als er mit fünfzehn beinahe an einer allergischen Reaktion auf Penizillin gestorben wäre.

17

Ooo, ich finde Heritage Village sooo schön!«, rief Willow aus, als die drei – Willow an der Hand von Tyler und Diana – in das Shoppingcenter am Veterans Memorial Boulevard gegenüber vom Harris Riverfront Park schlenderten. »Hier war ich schon ganz lange nicht mehr!«

Diana schmunzelte. »Du warst vor zwei Monaten mit deiner Mutter und mir hier.«

»Ja, und das ist ganz lange her«, beharrte Willow. »Tyler, warst du früher auch mit Mommy hier?«

»Nein. Leider haben wir nicht viel Sightseeing gemacht, wenn ich zu Besuch war. Erweist du mir die Ehre, meine Fremdenführerin zu sein, Diana?«

»Hm? Ach so, klar.« Der Besuch bei der Kriminalpolizei hatte Diana arg zugesetzt. Obwohl sie mit erdrückenden Beweisen gegen Glen hineinmarschiert war, hatte sie der Anblick seines Armbands geschockt. Seitdem sah sie Glen in dem bizarren weißen Gewand, mit weiß angemaltem Gesicht über ihr und Willow stehen, bereit, sie beide zu erschießen. Offenbar hatte er keinen Grund, Willow zu ermorden. Er hatte Kiesel gegen Willows Fenster geworfen, um sie zu wecken, und dann gegen Dianas Fenster. Schließlich konnte er nicht wissen, dass die Katzen sie wecken würden. Ihm war klar gewesen, dass Diana nach Willow sehen würde, sowie sie wach war, und nach ihr suchen. Sie, Diana, war Glens eigentliches Ziel gewesen, weil er glaubte, sie hätte ihn im Haus der Murphys gesehen, oder weil er nicht wollte, dass sie jemandem von seiner Beteiligung an dem Plan, Jeffrey Cavanaugh Informationen über Penny zu verkaufen, erzählte. Oder beides. Willow wäre bloß ein Kollateralschaden gewesen.

»Ma'am«, sagte Tyler laut. »Ich muss mich über den Service beschweren. Sie sind ja sehr hübsch, aber eine lausige Fremdenführerin.«

»Oh! Tut mir leid.« Diana wurde verlegen, als müsste sie tatsächlich eine ganze Gruppe Touristen führen. Sie verdrängte ihre Befragung durch Detective Silver. »Ich fürchte, ihr zwei überwältigt mich derart, dass ich gar nicht weiß, wo ich anfangen soll.«

»Sie hat Lampenfieber«, sagte Willow weise zu Tyler. »Das ist, wenn man Angst hat und nicht vor anderen reden kann. Clarice hat mir das erklärt. Sie hat gesagt, dass ihr das mal bei einem Krippenspiel passiert ist, als sie noch klein war. Das muss aber richtig ganz lange her sein.«

Tyler grinste. »Ja, muss es, aber wir wollen sie nicht daran erinnern, wie lange genau, okay?« Er sah verständnisvoll zu Diana, als wüsste er, was ihr durch den Kopf ging. »Vielleicht können Sie damit anfangen, uns etwas über die Geschichte dieses Ortes zu erzählen, Ma'am.«

»Wie Sie wünschen«, sagte Diana strahlend und spielte mit. »Wie ihr wahrscheinlich wisst, war der Stadtgründer Collis P. Huntington, der die Chesapeake and Ohio Railroad kaufte und die Eisenbahnstrecke von Richmond, Virginia, zum Ohio River baute – mit dem 1870 gegründeten Huntington als westlicher Endstation. Huntington wurde zu einem Umschlagplatz zwischen den Flussschiffen und der Eisenbahn.«

Willow riss sich von den Händen der beiden los und klatschte. »Das war super, Diana! Was heißt das?«

Tyler und Diana lachten. »Es heißt, dass mit den Zügen und den Schiffen viele Waren in die Stadt kamen, mit denen gehandelt werden konnte, also, man kaufte und verkaufte sie und dadurch wiederum zogen mehr Leute her, sodass Huntington bald sehr viel größer und wichtiger war als zuerst. Wie wichtig gerade die Eisenbahn für die Stadt war, zeigen« – sie schwenkte die Hand im Bogen – »der restaurierte Bahnhof, die echte alte

Lokomotive und der renovierte Pullmanwagen. Pullman baute die ersten ganz toll ausgestatteten Reisezugwagen, die dann nach ihm benannt wurden.«

Die drei besichtigten diese Attraktionen, und Willow fragte höflich, wieso Leute in einem Zug herumfahren wollten, wo sie doch in einem Jumbojet fliegen und bis nach oben in die Wolken kommen könnten.

Dann besichtigten sie Huntingtons erste Bank, die im Jahr 1873 gegründet worden war. Diana erzählte Willow, dass Jesse James sie angeblich 1875 ausgeraubt hat. Hierauf hagelte es Fragen an Tyler über Jesse James, die James-Gang und ob Tyler sie gejagt hätte.

Um ein Uhr verkündete Tyler, er würde gleich vor Hitze und Hunger umfallen. Sie ließen Willow das Restaurant auswählen – The Boston Beanery Restaurant and Tavern – und betraten das kühle, antike Ambiente. Sie gingen an der langen Bar vorbei und nach hinten in den dämmerigen Speiseraum. Diana hatte den dicken, dunkelgrünen Teppich, die Ziegelwände und vor allem die geprägten Zinnplatten an der Decke schon immer sehr gemocht.

Sie bestellte sich einen Salat mit gegrilltem Hühnchen, während Tyler und Willow Cheeseburger wollten.

»Ich warne euch«, sagte Diana. »Das sind keine normal großen Cheeseburger.« Beide versicherten ihr, sie würden sie bis zum letzten Krümel verputzen.

»Wie hieß noch mal der Polizist, der mit dir geredet hat?«, fragte Willow.

»Ich habe meine Aussage bei einem weiblichen Detective namens Miriam Silver gemacht.«

»Ein *weiblicher* Detective«, wiederholte Willow voller Ehrfurcht. »War die nett?«

»Sehr. Und klug. Sie hat mir erzählt, dass sie Kinder hat.«

»Wow! Erlauben die einem, Detective zu sein, wenn man Kinder hat?«

»Das will ich schwer hoffen«, sagte Tyler mit einem sehr

vielsagenden Blick zu Diana. »Ich bin ein Detective, und ich möchte irgendwann Kinder haben.«

»Du hast doch mich.« Es war halb eine Feststellung, halb ein Flehen.

»Ja, natürlich, aber du bist offiziell nicht meine Tochter, Süße. Manche Leuten würden sagen, du bist meine Nichte.«

Willow senkte den Blick, und ihr Lächeln verschwand. »Die Leute sagen bestimmt, dass ich das Kind von dem bösen Mann bin, und dann muss ich mit ihm mitgehen. Das *weiß* ich.«

Nun bebte ihre Unterlippe. Tyler sah hilflos zu Diana. Leider fiel ihr nichts ein, was tröstlich und dennoch wahr war, also beschloss sie, das Thema weiterzuverfolgen. »Willow, wer hat dir gesagt, dass Jeffrey Cavanaugh ein böser Mann ist?«

»Mommy.«

»Aha. Hat sie dir ein Bild von ihm gezeigt?«

»Ja, nur ein Bild, aber das ganz oft. Sie hat gesagt, dass ich nirgends mit ihm hingehen darf. Und wenn mich jemand zwingt, mit ihm zu gehen, soll ich nicht mit ihm reden, weil er sooo böse ist. Sie hat gesagt, dass ich Angst vor ihm haben muss.«

»Hat dir der Mann auf dem Bild denn jemals wehgetan?«, fragte Diana. »Hat er dich mal gehauen, dir einen Klaps gegeben oder Dinge getan, die du nicht mochtest?«

Willow schien verwirrt. »Was für Dinge?«

»Na ja, dich angefasst oder …« Diana war befremdlich verlegen. »Hat er etwas getan, dass du dich nicht gut gefühlt hast?«

»Diana«, sagte Tyler beinahe warnend. Willow dachte sichtlich angestrengt nach.

Schließlich sagte sie: »Ich glaube, der hat gar nichts gemacht. Ich weiß nichts mehr.«

»Hat er deine Mommy gehauen?«

»Hmm, kann sein, aber das weiß ich auch nicht mehr. Wieso fragst du mich das?«

»Ich möchte nur wissen, wieso deine Mommy denkt, dass der Mann böse ist.«

»Du weißt doch selbst, was er im Park gemacht hat!«, sagte Willow trotzig. »Er wollte dich boxen. Außerdem weiß Mommy, wenn Leute böse sind. Sie würde mir nicht sagen, einer ist böse, und der ist das gar nicht.«

Ihr Eistee wurde serviert, und für einen Moment löste sich die Spannung. Tyler machte eine ziemliche Show daraus, Willow zu fragen, ob ihr Eistee süß genug, kalt genug und hinreichend zitronig wäre, wobei er immer wieder halb lächelnd, halb mahnend zu Diana sah. Sie wünschte, sie hätte Willow nicht nach ihrem Vater gefragt, doch sie hatte es nicht bedacht. Oder vielmehr ging ihr die Frage, warum Penny ihre Tochter lehrte, den Vater zu fürchten, seit dem Gespräch mit Detective Silver durch den Kopf.

***

»Als eure Fremdenführerin präsentiere ich euch … die Marshall University!«, sagte Diana betont feierlich. »Willow, hier hat Onkel Simon früher gelehrt, und ich habe hier studiert, genau wie deine Mommy im letzten Jahr. Die Universität war zuerst ein College, das 1873 als Marshall Academy von einem Bürger der Stadt zu Ehren seines Freundes, des Präsidenten des Obersten Bundesgerichts, John Marshall, gegründet worden war. Ihr steht vor dem ältesten Gebäude, bekannt als Old Main. Wenn ihr euch dann bitte aufstellt, ich möchte euch fotografieren.«

Willow, die allzeit gern posierte, stellte sich ungewöhnlich ehrfürchtig vor dem dreigeschossigen Bau mit den zwei gotisch angehauchten Türmen und der Büste von John Marshall in Positur. Nach der ersten Aufnahme bestand sie allerdings darauf, dass Diana noch ein Foto machte, auf dem »ich aussehe, wie wenn ich hier auch zur Universität gehe, so wie Mommy und du«. Also stattete Diana sie mit einem Stenoblock aus, den sie in den Tiefen ihrer Umhängetasche fand, und Willow stieg mit äußerst konzentrierter Miene die Stufen zum Eingang hinauf. Diana brachte es nicht übers Herz, ihr zu sagen, dass Old Main nur noch ein Verwaltungsgebäude war und keine Seminarräume und Hörsäle mehr beherbergte.

»Du bist eine glänzende Schauspielerin«, sagte Tyler hinterher. »Du sahst richtig wie eine junge Studentin aus, die zu einer sehr schweren Prüfung geht.«

»Danke«, antwortete Willow scheu. »Ich habe nur genauso geguckt wie Mommy immer, wenn sie zu einer Prüfung geht. Da hat sie immer Bammel, dass sie es nicht schafft.«

»Und sie hat jede Prüfung mit Bravour bestanden.« Diana lächelte. »Es wäre schön gewesen, könnte sie mehr Kurse als nur einen pro Semester belegen.«

»Aber dann würde sie doch nicht für Onkel Simon arbeiten, und ich würde dich und ihn und Romeo und Christabel gar nicht kennen. Das wäre tragisch«, erklärte Willow ernst.

Diana schmunzelte. »Oh ja, das wäre wahrlich tragisch für uns vier, wenn wir dich und deine Mommy nicht kennengelernt hätten.« Zu Dianas Verdruss kündigten sich mal wieder Tränen an, weshalb sie rasch sagte: »Jetzt sehen wir uns an, was es sonst noch auf dem Campus gibt.«

Ein leuchtend wasserblauer Himmel erstreckte sich tief und klar über ihnen, und Diana konnte nicht widerstehen, mehr Fotos zu machen, als sie vorgehabt hatte. Natürlich auch noch weitere von Willow und Tyler. Sie fing die beiden vor der eleganten Drinko-Bibliothek ein und erzählte ihnen, dass das Gebäude wegen seines vielen Glases nachts von unten bis oben hell war.

Tyler schlug vor, dass sie in das Memorial Student Center gingen, von dem Penny ihm erzählt hatte. Willow stimmte freudig zu und sagte, ihre Mutter hätte ihr versprochen, sie im nächsten Semester einmal mit dorthin zu nehmen. Tyler und Diana sahen einander an, und Diana schluckte, denn sie wusste, dass Penny nicht in zwei Wochen wieder an die Uni zurückkehrte. Willow machte große Augen, als sie das Gebäude betraten und sie die riesige, im Zentrum gelegene Lounge sah.

Diana erzählte ihr, dass es in dem Center auch noch eine Cafeteria und drei Speisesäle gäbe.

Ein paar Studenten waren bereits aus den Ferien zurück und besuchten den Buchladen im Center, und Willow wurde sehr verlegen, als eine hübsche junge Studentin mit langem schwarzen Haar und zerrissener Jeans ausrief: »Nein, was für eine süße Kleine! Da seid ihr beide sicher mächtig stolz!«

Tyler sagte: »Und ob wir das sind«, wohingegen Willow und Diana rot wurden. Anscheinend wurde Willow erstmals wieder bewusst, dass sie erst fünf war, nicht achtzehn, und Diana wurde auf einmal klar, dass sie wie eine kleine Familie wirkten.

Diana scheuchte die beiden nach unten zur Besichtigung der Pooltische – wo Tyler Diana zu einem Spiel herausfordern wollte, was sie leider ablehnen musste, da sie es nicht beherrschte –, der Tischtennisplatten, der Lounge und des Großbildfernsehers. Momentan war keiner der Tische besetzt, aber Diana wusste, dass sich das in zwei Wochen ändern würde.

Als sie das Studenten-Center auf der Campusseite verließen, zeigte Willow auf den monumentalen, künstlerisch gefassten Brunnen, aus dessen Pfosten, der wie ein dicker Stängel aussah, Fontänen aufstiegen, die von einem Bronzewerk umgeben waren, das an eine riesige Knospe erinnerte. »Wieso steht hier ein Springbrunnen?«

»Dieser Platz ist die Memorial Student Center Plaza«, antwortete Diana. »Das Studenten-Center wie der Brunnen wurden zum Gedenken an das Marshall-Footballteam erbaut, das im November 1970 bei einem Flugzeugabsturz im Südosten von Huntington ums Leben kam.«

»Das ganze Footballteam?«, hauchte Willow.

»Ja, zusammen mit den Trainern, mehreren Fans und der Besatzung. Alle fünfundsiebzig Menschen, die an Bord waren, starben.«

Tyler schüttelte den Kopf. »Seit ich alt genug bin, um mich für Football zu interessieren, las ich von dem Absturz. Soweit ich mich erinnere, streifte das Flugzeug im Landeanflug ein paar Baumwipfel etwa eine Meile vom Flughafen entfernt. Sie waren so kurz davor, am sicheren Boden zu sein.«

»Hast du jemanden von denen im Flugzeug gekannt?«, fragte Willow Diana.

»Nein. Das passierte, bevor ich geboren wurde. Onkel Simon kannte einige. Meine Großmutter erzählte, dass er sehr traurig war. Siehst du die Punkte oben auf der Bronzeskulptur?« Willow nickte. »Jeder Punkt steht für einen der Toten.«

»Oh«, sagte Willow traurig.

»Vor einigen Jahren hat man den Platz renoviert und das Amphitheater dazugebaut und den Zementbelag gegen Ziegelsteine getauscht. Ich finde, es ist ein sehr schönes Denkmal.«

Willow drehte sich Diana zu. »Kannst du mich mit Tyler vor dem Brunnen fotografieren?«

Diana lächelte. »Es wäre mir ein Vergnügen.«

»Heißt das Ja?«, fragte Willow. Diana nickte. »Prima. Dann haben Tyler und ich ein Bild von uns beiden hier, das wir Mommy geben können, wenn es ihr besser geht.«

Auf den ersten Aufnahmen am Brunnen sahen Willow und Tyler entschieden zu betrübt aus. Diana hörte auf zu knipsen und rief ihnen zu: »Ihr dürft ruhig lächeln, ihr beiden. Das würde ein sehr viel schöneres Bild geben.«

Zunächst wirkten ihr Lächeln und die Posen steif. Als Diana nochmals rief, sie sollten probieren, etwas munterer zu sein, so wie das Wasser, das glitzernd hinter ihnen tanzte, hob Tyler Willow kurz entschlossen auf seine Schultern. Das war die rettende Idee, denn nun bekam Diana mehrere Schnappschüsse von den beiden, auf denen sie fröhlich aussahen – auf einem sogar regelrecht ekstatisch.

»Das letzte Bild war das beste«, sagte Diana. »Auf den ersten seht ihr zwei aus, als würde euch das Gesicht durchbrechen, wenn ihr lächelt.«

»Wir professionellen Models müssen erst in die richtige Stimmung kommen, Diana«, erklärte Tyler übertrieben hochnäsig. »Wir können unser Charisma schließlich nicht an- und ausknipsen wie einen Lichtschalter. Dafür sind wir viel zu zartfühlende Wesen.«

»Tja, aus dem Grund mache ich am liebsten Landschaftsaufnahmen, Schnösel.«

Die ganze Zeit, die sie über den Campus liefen, hielt Diana Ausschau nach Glen. Sie wusste, dass die Polizei sein Notfallarmband erst heute Morgen gefunden hatte, und vermutete, dass der Fund lediglich eine Befragung rechtfertigte. Nans Geständnis hatte sie vor etwas über drei Stunden bei Detective Silver abgeliefert. Würde die Polizei so schnell reagieren? Schließlich stand nur Nans Wort gegen Glens. Trotzdem wollte Diana ihm lieber nicht über den Weg laufen. Die Herbstkurse hatten noch nicht begonnen, würden es jedoch in zwei Wochen, und die Professoren, die keine Sommerkurse gaben, begannen oft jetzt schon, in ihren Büros auf dem Campus zu sitzen und das Semester vorzubereiten.

Professoren wie Glen, der nachgerade fanatisch organisiert war. Viele bewunderten seine strenge Ordnung, während Diana glaubte, dass sie einzig Glens mangelndem Selbstbewusstsein entsprang. Wenn er nicht alles bis ins Letzte plante, war er verloren. Unvorbereitet konnte Glen weder sprechen noch handeln. Sein Leben bestand aus festen Abläufen, Stundenplänen, Gewohnheiten und einer Planung, die ans Pathologische grenzte.

An Glen zu denken weckte Unbehagen in Diana und den plötzlichen Wunsch, nach Hause zu fahren. Sie wollte Willow allerdings nicht verschrecken, weshalb sie möglichst unbekümmert sagte: »Ich weiß ja nicht, wie es euch beiden geht, aber ich werde allmählich ein bisschen müde.«

»Oh mein Gott!«, platzte Tyler heraus. »Dein Kopf! Deine Hüfte! Du sollst dich doch ausruhen, und ich zerre dich quer durch die Stadt. Dr. Evans bringt mich um.«

Diana lachte. »Ich würde nicht sagen, dass wir quer durch die Stadt gezogen sind, und ich glaube noch viel weniger, dass Dr. Evans irgendjemanden umbringen würde. Nein, ich genieße den Tag ehrlich, und ich brauchte dringend frische Luft und ein bisschen Spaß, genau wie Willow. Aber ich fürchte, ich stoße an meine Grenzen. Macht es dir etwas aus, wenn wir jetzt nach Hause fahren, Willow?«

»Oh nein. Du musst dich ausruhen, meine Liebe«, sagte Willow und klang ganz wie Clarice. »Nächste Woche kommen wir einfach wieder her und gucken uns den Rest an. Tut dir dein Kopf doll weh?«

»Noch nicht, aber meine Hüfte ein bisschen. Und meine Füße.« Sie hob einen Fuß. »Ich habe dir ja gesagt, dass solche Absätze kein reiner Spaß sind.«

Sie alle lachten, als jemand rief: »Diana? Diana Sheridan?«

Diana sah auf. Ein Kollege von Glen schritt über den Platz auf sie zu. Verzweifelt versuchte Diana, sich an seinen Namen zu erinnern, aber ihr fiel nur der Vorname ein: Frederick. Der Mann blieb vor ihnen stehen und sah Diana fragend an.

»Äh, ja, ich bin Diana Sheridan. Frederick, nicht wahr?«

»Ich fasse nicht, dass Sie das noch wissen. Erst war ich mir gar nicht sicher, dass Sie das sind, als ich Sie mit einem kleinen Mädchen und diesem Supersportler sah statt mit Glen.« Frederick selbst war klein, rund und jovial. »Sie gehen doch noch mit Glen aus, oder?«

»Nun …«

»Ja, klar. Er hat mir ja erst erzählt, dass Sie zusammen zu so einer Veranstaltung im Country Club wollten. Ich bin schrecklich durcheinander wegen … Haben Sie Glen heute schon gesehen?«

»Nein, habe ich nicht.«

»Mit ihm telefoniert?«

»Nein. Stimmt etwas nicht?«

Fredericks Miene wechselte von »verhalten« auf »verzweifelt«. »Ist es in Ordnung, wenn wir vor dem kleinen Mädchen reden?« Ohne eine Antwort abzuwarten, sprudelte Frederick los: »Das Geschichtsdepartment hatte eine Fakultätssitzung für ein Uhr anberaumt. Glen kam nicht. In den fünf Jahren, die er hier ist, hat er noch nie einen Termin verpasst. Er rief nicht mal an, um sich zu entschuldigen.«

»Vielleicht hat er die Sitzung vergessen«, sagte Tyler.

Frederick sah ihn an, als wäre er ein Störenfried. »Und Sie sind?«

»Tyler Raines. Ein guter Freund von Glen.«

Willow blickte verwundert zu Tyler auf, was Frederick nicht registrierte. »Aha? Er hat Sie nie erwähnt«, tat Frederick ihn ab. »Jedenfalls, Diana, als Glen nicht erschien, bat der Dekan einen von uns, in seinem Büro nachzusehen. Manchmal ist Glen so in seine Ablage oder seine Notizen vertieft, dass er … Na ja, Sie kennen ihn ja. Ich ging hin und klopfte. Keine Reaktion. Da die Tür nicht verschlossen war, sah ich hinein und …«

Alle drei beugten sich zu dem rundlichen Mann vor. »Und was?«, fragte Tyler.

»Drinnen war alles kurz und klein geschlagen. Nicht bloß durchwühlt, nein, kurz und klein geschlagen!«

»Oh Gott!«, rief Diana aus. »Haben die Vandalen noch andere Büros zerstört?«

»Nein. Zumindest nicht in unserem Fachbereich. Wir haben alle nachgesehen. Es war nur Glens Büro!« Frederick schüttelte den Kopf. »Das Kissen von seinem Schreibtischstuhl war aufgeschlitzt, jemand hatte etwas in seinen Schreibtisch geritzt, und alle Bücher waren aus den Regalen geworfen. Dieses Foto, das Sie ihm geschenkt haben, von der Hängebrücke in der Stadt bei Sonnenuntergang, war mit Tinte vollgeschmiert. Überall war Tinte verspritzt. Tinte! Wer hat denn heute noch Tintenfässer?«

»Wie konnte jemand in das Büro kommen?«, fragte Diana schockiert. »Er schließt immer ab.«

»Ja, und das ist bloß eine Sache, die daran komisch ist. Das Schloss wurde nicht aufgebrochen. Jemand hatte einen Schlüssel. Und es muss nachts verwüstet worden sein, denn sonst hätte die Sekretärin was gehört. Wir haben versucht, Glen zu erreichen, um ihm von der Verwüstung zu erzählen, aber bei ihm springt nur der Anrufbeantworter an.«

»Haben Sie die Polizei gerufen?«, fragte Tyler.

»Selbstverständlich!«, antwortete Frederick in einem Ton, der Tyler bedeuten sollte, dass der Professor ihn für unterbelichtet hielt. »Ich will gerade zurück und nachsehen, ob sie endlich da sind.«

»Vielleicht sollten Sie der Spurensicherung lieber nicht im Weg stehen«, sagte Tyler.

Frederick ignorierte ihn. »Ach, Diana, und da ist noch etwas, also, im Grunde sind da noch zwei Sachen.« Er legte wieder eine Pause ein, was alle anderen als sehr anstrengend empfanden. »Überall waren Bilder von zwei Mädchen verteilt. Eines mit hellbraunem Haar, nicht besonders hübsch. Ich glaube, sie ist eine Studentin. Die andere hat dunkles, kurzes Haar und ist ein echter Hingucker. Oh, verzeihen Sie, Diana«, fügte er fahrig an. »Das waren Polaroidbilder, aber es müssen mindestens zwanzig von jedem Mädchen gewesen sein – in unterschiedlichen Posen.«

»Sie haben die Bilder angefasst«, raunte Tyler verärgert. »Haben Sie nicht bedacht, dass Sie Beweise vernichten?«

»Es gibt mehr als genug Beweise in dem Büro, die von der Polizei gesichert werden können«, erwiderte Frederick beleidigt. »Und dann, Diana, Sie glauben es nicht, war noch was in Rot an die Wand gesprüht. Da stand: ›Sie haben mein Leben zerstört.‹«

18

Nach Fredericks Beschreibung der Schäden in Glens Büro, die kaum zu einem ungünstigeren Zeitpunkt hätte kommen können, erwartete Diana fast, von Willow mit Fragen bombardiert zu werden. Natürlich hätten sie beide, Tyler und Diana, nicht gewollt, dass das Kind alles mit anhörte, aber Frederick hatte ihnen keine Chance gegeben, ihm zu sagen, dass Diana lieber allein mit ihm sprechen wollte. Frederick war derart übergesprudelt vor Neuigkeiten, dass er einfach alles erzählte, was er wusste – unaufhaltsam wie eine Flutwelle. Und was Diana am meisten zu schaffen machte, war, dass er eher schadenfroh gewirkt hatte als entsetzt.

Nachdem sie von Glens Büro gehört hatten, dass er unerreichbar war, waren sie zum Wagen zurückgegangen. Diana wünschte, sie hätte sich zehn Minuten früher über ihre Schmerzen beklagt, sodass sie Frederick gar nicht begegnet wären, aber sie konnte nicht mehr ändern, was geschehen war. Ihr blieb nur, den Schaden möglichst gering zu halten.

Sie sah nach hinten zu Willow, die still in ihrem Kindersitz saß, den Gurt umgelegt. Ihre Freude von vorhin war verpufft. Sie war blass, und ihr Kindergesicht hatte sich verkrampft. Sie schaute auf das blau-weiße Stretcharmband hinunter, das Diana ihr gekauft hatte, und drehte es langsam um ihr Handgelenk.

»Hat dir der Ausflug heute Spaß gemacht?«, fragte Diana munter.

Willow blickte auf. »Ja. Ganz viel. Danke.«

Ihre Stimme war matt, ohne einen Anflug von Kleinmädchenfreude. Diana versuchte es noch einmal. »Ich kann es gar nicht abwarten, die Bilder zu entwickeln, die ich von dir gemacht habe. Ich werde sie noch vor denen entwickeln, die ich letzte Woche für diesen fürchterlichen Mann vom Tourismuscenter geknipst habe. Falls er anruft und seine Bilder sofort will, sage ich ihm einfach, er soll warten, weil ich nämlich zuerst die von dem hübschesten Mädchen der Welt entwickele.«

»Das bin ich gar nicht«, sagte Willow viel zu traurig. »Mommy und du, ihr seid die hübschesten auf der Welt.« Sie sah ängstlich auf. »Glaubst du, einer hat Glen wehgetan, so wie einer Mommy wehgetan hat?«

»Nein. Ich glaube, jemand hat sein Büro verwüstet – vielleicht ein Student, der mächtig sauer war, weil Glen ihm eine schlechte Note gegeben hat.«

»Ruinieren schlechte Noten einem denn das Leben? Dieser Mann hat gesagt, dass jemand an die Wand geschrieben hat, dass sein Leben ruiniert ist.«

Diana versuchte, nicht zu Tyler zu sehen. »Ein Student, der richtig sauer ist, meint vielleicht, dass sein Leben ruiniert wurde, aber das ist dumm.«

»Eigentlich sollte Glen doch zu einer Sitzung gehen, und da ist er nicht gewesen. Wieso nicht?«

»Weiß ich nicht. Süße, du musst dir keine Sorgen um Glen machen, okay? Warum auch? Ich dachte, du magst ihn nicht besonders.«

»Nee, ich mag ihn auch nicht so. Aber ich glaube, er ist ganz okay. Er mag eben bloß keine Kinder, und deshalb hab ich immer versucht, ihm nicht auf die Nerven zu gehen. Ich hab's Mommy erzählt, und sie hat gesagt, das ist bestimmt besser so. Ich habe gesagt: ›Wieso mag Diana einen Mann wie den? Wenn sie den jetzt heiratet?‹ Und Mommy hat gesagt: ›Sie liebt Glen überhaupt nicht. Sie geht nur mit ihm aus, bis sie den Richtigen gefunden hat, jemand ganz Besonderen, den ich für sie ausgesucht habe. Wenn die beiden sich kennenlernen, dann lieben die sich wie verrückt, heiraten und kriegen so ein kleines Mädchen wie dich.‹« Willow verstummte für einen Moment.

»Diana, meinst du, Mommy hat Badge gemeint, ähm, ich meine, Tyler? Seid ihr beide verliebt?«

Diana wurde rot und brachte keinen Ton heraus, aber Tyler verkündete laut und deutlich: »Ich bin so verliebt in Diana, dass ich platzen könnte! Sie ist die wundervollste, schönste Frau, die ich kenne, und ich würde sie gleich morgen heiraten, wenn sie mich lässt. Aber du musst natürlich zu unserer Hochzeit kommen, Willow, denn keiner von uns will eine Hochzeit feiern ohne dich. Und die Katzen, versteht sich. Denkst du, Romeo würde mein Trauzeuge sein wollen?«

Er hat es geschafft, dachte Diana, als Willow strahlend in die Hände klatschte. Er hatte die Kleine wieder glücklich gemacht. Aber war das der einzige Grund gewesen, weshalb er sagte, er wolle Diana heiraten? Sie sah ihn an, immer noch verlegen, und er ergriff ihre Hand. »Verrate mir, wie groß der Diamant an deinem Verlobungsring sein soll, Mrs Raines in spe.«

Diana wusste nach wie vor nicht, ob Tyler es ernst meinte, also antwortete sie: »So groß und protzig wie möglich. Die Leute sollen sich Sonnenbrillen aufsetzen müssen, um ihn anzugucken. Und Willow wird meine Brautjungfer und Christabel das Blumenmädchen.«

»Und was ist, wenn Christabel und Romeo dann auch heiraten wollen?«, fragte Willow.

Tyler tat, als würde er überlegen. »Dann müssen wir eben eine Doppelhochzeit feiern! Reisen wir auch zusammen in die Flitterwochen? Was denkst du, wo Christabel und Romeo gern hinfahren würden, Diana?«

Um Willow eine Freude zu bereiten, setzten Diana und Tyler das alberne Gerede fort, bis sie das Van-Etton-Haus erreichten. Drinnen fanden sie Simon und Clarice in der Bibliothek, wo sie Eistee tranken und sich ruhig unterhielten. Während Willow sich zu ihnen setzte und sofort begann, Clarice von allem zu erzählen, was sie in der Stadt gesehen hatte, ging Simon mit Tyler und Diana in die Küche.

»Es ist etwas passiert«, sagte Simon. »Ihr zwei könnt so viel lächeln, wie ihr wollt, ich ahne trotzdem, dass etwas nicht stimmt. Also, raus damit.«

Rasch erzählte Tyler ihm, dass Glen nicht zur Fakultätssitzung erschienen war, telefonisch nicht erreicht werden konnte und man entdeckte, dass sein Büro verwüstet wurde. Die Sache mit den Fotos verstörte Simon am meisten. »Die waren alle von Nan und Penny?«

»Ich vermute, ja«, antwortete Tyler. »Dieser Frederick, der vor lauter Aufregung nicht an sich halten konnte, beschrieb die eine Frau als hellhaarig, nicht besonders hübsch und vermutlich eine Studentin. Die andere hatte kurzes dunkles Haar und war, in seinen Worten, ›ein echter Hingucker‹. Wie er sagte, waren zwanzig Fotos von jeder Frau dort. Was er übrigens nicht wissen könnte, hätte er sie nicht alle angefasst und abgezählt. Das dürfte ein Spaß für die Kriminaltechniker werden. Wir wissen allerdings nicht, ob die Fotos die beiden in den gleichen Posen zeigen oder in unterschiedlichen. Er sagte bloß, dass es Polaroids waren.«

»Ich kann mir gut vorstellen, dass Glen keine Mühe hatte, Nan zu fotografieren, aber Penny?«, fragte Diana. »Entweder hat er sie gezwungen, oder er nahm die Bilder heimlich auf.«

»Wie ein Stalker«, murmelte Tyler.

Diana erschauderte. »Ich fasse nicht, dass ich sieben Monate lang mit diesem Perversling ausging und ihn für weiter nichts als langweilig hielt! Mein Gott, wie konnte ich so unglaublich blöd sein?«

»Nicht unglaublich, nur ein bisschen blöd«, bemerkte Simon trocken. »Und du darfst nicht vergessen, dass er sich dir gegenüber von seiner Schokoladenseite präsentiert hat. *Du* warst die Frau, die er heiraten wollte.«

»Wieso? Ich habe ihm doch nie … Er kannte mich überhaupt nicht.«

»Status, mein Mädchen. Du bist die schöne, faszinierende, weltbekannte Fotografin, die noch dazu aus ›guter Zucht‹ stammt, für seine Begriffe.«

Diana verzog das Gesicht. »Ich glaube nicht, dass mich der Direktor des Tourismuscenters für faszinierend und weltbekannt hielt.«

»Tja, der Mann war ein Idiot. Wie dem auch sei, als ich Glen kennenlernte, fand ich sein jungenhaftes Streben, in einer Welt zu leben, wie sie nur noch in alten Filmen vorkommt, charmant. Es war, als würde er glauben, die Filmfiguren aus *Dinner um acht* oder *Die Nacht vor der Hochzeit* existierten wirklich. Später machte ich mir Sorgen um ihn. Er schien schlicht nicht reifer zu werden, das Leben klarer zu sehen. Entsprechend war ich nicht gerade begeistert, als du anfingst, mit ihm auszugehen, Diana, aber ich dachte mir, dass es ohnehin nichts Ernstes würde.« Er schüttelte den Kopf. »Hinterher ist man immer klüger.«

»Ich bin nur froh, dass Diana nicht gleich hin und weg von ihm war«, sagte Tyler. »Was, wenn die Beziehung ernster geworden wäre und du ihn geheiratet hättest?«

»Er wäre enttäuscht worden«, antwortete Simon für sie.

Diana sah ihn an. »Dan-ke!«

Ihr Onkel lachte und legte einen Arm um ihre Schultern. »Mein Schätzchen, er wäre von jeder Frau enttäuscht gewesen, weil ihm keine das Leben zu dem machen könnte, was er sich erträumte. Ich bin sicher, selbst wenn du wahnsinnig in ihn verliebt gewesen wärst, hätte er nie die Finger von den Nan Murphys dieser Welt gelassen, weil er ewig nach etwas suchen würde, das er sich so verzweifelt herbeisehnt.«

»Okay, so viel zur Psychoanalyse«, sagte Tyler. »Ich rufe Detective Silver an und horche mal, ob sie was Neues hat.«

»Würde sie dir das erzählen?«, fragte Diana.

»Hängt von ihrer Laune ab. Vielleicht steht ihr der Sinn danach, Informationen mit jemandem vom Fach zu teilen, vielleicht sagt sie mir aber auch, dies wäre nicht mein Zuständigkeitsbereich und ich soll sie verdammt noch mal in Ruhe lassen. Wenigstens kann ich ihr einiges über Glens Büro erzählen, für den Fall, dass Frederick irgendetwas ausgelassen hat.«

»Hat er ganz sicher nicht«, sagte Diana. »Das dürfte das Aufregendste sein, was er seit Jahren erlebt hat.«

Diana schenkte drei Gläser Eistee ein, während Tyler telefonierte. Anscheinend vertraute Detective Silver ihm hinreichend, um ihm ihre Mobiltelefonnummer geben zu lassen, denn sie war nicht mehr im Büro. Tylers Fragen waren knapp, und er sprach ingesamt sehr gedämpft. Diana wusste, dass er fürchtete, Willow könnte jeden Augenblick in die Küche kommen.

Schließlich legte er auf und drehte sich ihnen zu. Diana reichte ihm ein Glas Eistee, von dem er einen großen Schluck nahm, eher er zu reden begann. »Ich weiß nicht, ob das alles ist, was die Polizei bisher hat, aber mehr wollte Silver mir nicht verraten. Zuerst einmal aber, wie *du* ja schon weißt, hat die Spurensicherung heute Morgen ein Notfallarmband gefunden.«

Simon sah Diana an. »Glens Armband, das ihn als Penizillin-Allergiker ausweist? Das nimmt er nie ab.«

»Die Polizei fand es heute Morgen im Wald«, sagte Diana. »Tut mir leid, dass ich es dir nicht erzählt habe, Tyler, aber wir waren die ganze Zeit mit Willow zusammen und ...«

»Du musst dich nicht entschuldigen. Ich wollte nicht andeuten, dass du mir etwas vorenthältst.«

»Bist du sicher, dass es Glens war?«, fragte Simon.

»Auf der Unterseite des Bandes, unter dem roten Emblem mit dem Hermesstab war sein Name eingraviert.«

Simon zog die Brauen hoch. »Tja, ich denke, das sagt alles.«

»Schon, aber ...«

Tyler und Simon sahen Diana an. »Was aber?«, fragte Tyler. »Willst du mir weismachen, es könnte zwei Glen Austens geben, die beide eine Penizillin-Allergie haben, und der zweite, uns gänzlich unbekannte Austen hätte sich letzte Nacht in eurem Wald herumgetrieben?«

»Nein, natürlich nicht. Trotzdem fällt es mir schwer, mir Glen in einem weißen Hemd herumlaufend vorzustellen und

Willow vorspielend, ihr Schutzengel zu sein. Mir kam er nie fantasievoll vor. Andererseits stelle ich fest, dass ich Glen gar nicht kannte. Also, was hat Detective Silver gesagt?«

»Sie waren bei Austen zu Hause – keiner da. Das Armband reichte als Grund für eine Hausdurchsuchung, aber sie haben nichts Außergewöhnliches feststellen können. Sie haben kein Gepäck gefunden, sein Kleiderschrank sah ein bisschen mager aus; und anscheinend benutzt der Mann keinerlei Seifen oder Pflegeprodukte.«

»Er ist abgehauen«, hauchte Diana matt.

»Ja, wie es aussieht. Sein Wagen war nicht da, und sie haben sogar am Flughafen danach gesucht, obwohl niemand namens Glen Austen gestern oder heute auf einen Flug gebucht war. Was sein Büro betrifft, müssen sie haufenweise Spuren überprüfen. Sie nehmen auch die Fingerabdrücke unseres übereifrigen Fredericks, denn er scheint so ziemlich alles angefasst zu haben. Sieht der Mann nie fern? Weiß er nicht, wie wichtig es ist, einen Tatort unangetastet zu lassen?«

»Wahrscheinlich sieht er nur den History Channel«, sagte Diana. »Und selbst wenn er es wusste, war er viel zu aufgedreht, um daran zu denken.«

Simon runzelte die Stirn. »Ich muss an das denken, was an die Wand gesprayt wurde. ›Sie haben mein Leben ruiniert.‹ Das muss sich auf Nan und Penny beziehen, deren Fotos überall verstreut waren.« Tyler nickte. »Warum waren da keine Bilder von Diana?«

»Du klingst ja richtig enttäuscht«, sagte Diana schmunzelnd.

»Oh, keineswegs, mein Kind, keineswegs. Worauf ich hinauswill, ist, dass er zu glauben scheint, Nan und Penny hätten sein Leben ruiniert – Nan mit ihrem fragwürdigen Plan, an Geld zu gelangen, und Penny mit … Ich weiß nicht, womit. Vielleicht weil sie der zentrale Teil von Nans Plan war, oder weil sie sich nicht von ihm beschützen lassen wollte, ihn selbst dann noch abwies, als sie in größte Schwierigkeiten geriet. Aber was ist mit Diana?«

Tyler trank seinen Eistee aus. »Ich kann nur sagen, ich bin froh, dass keine Bilder von Diana dort waren, denn es scheint ziemlich offensichtlich, dass Glen sein Büro selbst verunstaltet hat, und mit ›Sie haben mein Leben ruiniert‹ meinte er die Frauen, deren Fotos auf dem Fußboden verteilt waren.«

»Und was ist mit dem Anschlag auf Willow und mich letzte Nacht?«, fragte Diana.

»Ich schätze, er hat immer noch versucht, unbescholten aus dem Schlamassel herauszukommen, was er nicht konnte, solange du da bist, denn du könntest ihn auf Nans Dachboden gesehen haben. Du warst eine Zeugin, die er aus dem Weg räumen musste. Als ihm das nicht gelang, hat er das Handtuch geworfen und die Flucht ergriffen. Zumindest nehme ich das an.«

»Ja, das ergibt auch Sinn«, sagte Diana. »Aber ich habe immer noch das Gefühl, dass wir etwas übersehen.«

»Wir übersehen wahrscheinlich eine ganze Menge«, antwortete Tyler. »Wir raten nur auf Basis der wenigen Beweise, die wir haben. Aber was bleibt uns anderes übrig?« Als er sein Glas abstellte, klimperten die Eiswürfel darin leise. »Detective Silver bat mich, dir etwas auszurichten, Diana.«

»Mir? Wieso?«

»Keine Ahnung. Ich vermute, weil du heute Morgen mit ihr gesprochen hast. Jedenfalls ist es wichtig. Silver hat mit den Leuten im Krankenhaus über die Woche geredet, in der Willow ihre Operation hatte, und gefragt, ob außer Penny noch jemand bei dem Kind gewesen war oder angerufen und sich nach Willow erkundigt hätte. Eine junge Schwester, die frisch von der Schule kam, gestand, dass am Donnerstag jemand anrief, der behauptete, Pennys Bruder *Tyler* zu sein, und wissen wollte, wann Willow entlassen würde. Es war die erste Dienstwoche der jungen Schwester, und vor lauter Aufregung machte sie einen Fehler. Sie erzählte diesem Tyler, dass Willow erst am Samstagmorgen entlassen würde statt am Freitagmorgen. Das heißt, wer immer die Bombe in Pennys Haus platziert hat, glaubte Willow zu dem Zeitpunkt sicher im Krankenhaus.«

***

Diana stieß einen stummen Schrei aus. »Tyler, du und Penny, ihr habt geglaubt, dass keiner von eurer Verbindung weiß! Aber der Anrufer hat sich als Willows Onkel ausgegeben. Wer konnte Bescheid gewusst haben?«

»Jeffrey Cavanaugh könnte Bescheid gewusst haben«, antwortete Tyler. »Ich war ziemlich sicher, dass ein Mann wie Jeffrey seine zukünftige Frau überprüft. Ich ließ Penny lediglich in dem Glauben, dass er nichts von mir wusste. Und ich hoffte, dass er annahm, unsere Verbindung wäre abgebrochen, nachdem ich aus der Pflegefamilie auszog. Anscheinend habe ich Jeffrey unterschätzt.«

»Detective Silver und ich gerieten über Jeffrey Cavanaugh ein bisschen aneinander, Simon. Deshalb wollte sie, dass Tyler mir diese Information weitergibt. Sie hatte Glen praktisch schon des versuchten Mordes an Penny verurteilt und überführt, während ich weiter auf Jeffrey Cavanaugh als Verdächtigen beharrte. Da fragte sie mich, ob ich Kinder hätte, und erklärte mir, Eltern würden *niemals* versuchen, ihr eigenes Kind umzubringen. Ich gab ihr mehr oder minder zu verstehen, dass ich zwar keine eigenen Erfahrungen vorweisen könnte, aber dennoch bezweifelte, dass sie wüsste, worüber sie redete. Vielleicht täten die meisten Eltern ihren Kindern nichts, doch es gäbe durchaus einige wenige, die imstande wären, sie nicht bloß zu verletzen, sondern auch umzubringen.«

»Und nun denkst du, dass du falschlagst?«, fragte Simon ungläubig. »Du denkst, kein Elternteil wäre fähig, das eigene Kind zu töten?«

»Ich denke, wenn Jeffrey Cavanaugh die Bombe legte, nahm er an, dass seine Tochter nicht im Haus war.«

»Ach, was für ein netter Kerl«, sagte Simon sarkastisch. »Er würde seiner Tochter nicht wehtun, aber seine Frau zerfetzen lassen. Keiner von uns muss ihn fürchten. Er stellt keinerlei Bedrohung dar. Er …«

»Onkel Simon«, fiel Diana ihm ins Wort. »Detective Silver wollte nur etwas klarstellen. Wir können uns in puncto Cavanaugh nicht einigen. Ich war von Anfang an überzeugt, dass er schuldig ist, und sie ist überzeugt, dass Glen es ist.« Sie überlegte. »Tyler, was ist mit Glen? Was ist, wenn er derjenige war, der Penny umbringen wollte. Wie könnte er von dir gewusst haben?«

Tyler zuckte mit den Schultern. »Weiß ich nicht. Vielleicht wurde er zudringlich, und Penny hat in ihrer Hysterie die ›Mein Bruder, der New-York-City-Cop‹-Karte gezogen, um ihm Angst zu machen.«

Das Telefon läutete, und Simon nahm ab. Vor Dianas Augen schrumpfte ihr Großonkel buchstäblich in sich zusammen. Das Feuer in seinen Augen erlosch, und sämtliche Farbe wich aus seinem Gesicht. »Ja, vielen Dank«, sagte er und legte auf.

Diana und Tyler sahen ihn besorgt an. »Zwar dürfen sie nur die Angehörigen über Pennys Zustand informieren, aber ich konnte jemanden im Krankenhaus überreden, mir Bescheid zu geben, wenn eine kritische Verschlechterung eintritt.« Simons sonst so kräftige Stimme klang leblos. »Nun, es geht ihr schlechter. Die Ärzte sagen, dass Penny im Sterben liegt.«

Diana, Tyler und Simon gingen zurück in die Bibliothek, wo Clarice allein in einem Sessel saß und mit ernster Miene und gedankenverloren aus dem Fenster blickte. Sie bemühte sich zu lächeln, als die anderen hereinkamen, doch es gelang ihr nicht recht. »Willow muss sich ausruhen«, sagte sie. »Das Kind hat sich mächtig angestrengt, glücklich und sorglos zu tun, aber die Kleine ist müde und verängstigt. Sie will nicht, dass wir sehen, wie viel Angst sie hat, und mir bricht es das Herz, dass ein kleines Mädchen sich bemüht, auf die Erwachsenen Rücksicht zu nehmen.« Tränen traten Clarice in die Augen. »Ich habe sie mit dem Aufzug nach oben gebracht. Sie sagte, sie wollte ein bisschen schlafen und mit den Katzen allein sein, also ließ ich sie. Sie soll nicht das Gefühl haben, reden zu müssen, mich unterhalten zu müssen …«

Clarice' Gesicht war tränenüberströmt. Diana wollte auf sie zugehen, doch Simon war als Erster bei ihr und kniete sich neben ihren Sessel. »Wir dürfen nicht uns die Schuld an dieser Situation geben. Ich sage das, weil ich weiß, dass du es aus unerfindlichen Gründen tust. Dabei hast du mehr für dieses Kind getan, als es eine echte Großmutter könnte. Du hast ihr Liebe geschenkt, sie getröstet und unzählige Stunden mit ihr vor diesen quietschbunten Filmen verbracht.«

Simon schaffte es, Clarice ein Lächeln zu entlocken. »Ja, meine Filmkenntnisse haben weidlich zugenommen.«

»Du warst wunderbar, Clarice.«

Sie stutzte. »Du hörst dich an, als wäre es vorbei.«

»Nicht ganz.« Simon nahm ihre Hände. »Wir erhielten eben einen Anruf aus dem Krankenhaus. Penny stirbt.«

»Oh nein!«, rief Clarice aus.

Simon hob ihre Hände an seine Lippen, während Clarice weinte. »Wir haben alle geahnt, dass das kommen würde, aber selbst wenn man es weiß, ist man nie darauf vorbereitet. Penny war ein Lichtstrahl in unser aller Leben, der sie jedoch nicht wieder werden könnte. Und ich weiß, dass sie so nicht weiterleben wollte, vor allem wegen Willow nicht. Sie würde wissen, wie entsetzlich unglücklich ihre Tochter jedes Mal wäre, wenn sie ihre Mutter ansieht. Meinst du nicht auch?« Clarice nickte bedächtig. »Ich fahre ins Krankenhaus. Auch wenn ich kein Angehöriger bin und sie mich wohl nicht zu ihr lassen, habe ich das Gefühl, dass ich dort sein sollte.«

»Genau wie ich«, sagte Tyler, dessen Stimme tiefer als sonst und belegt klang, denn er kämpfte mit den Tränen. »Zwar bin ich nach dem Gesetz nicht ihr Bruder, aber in jeder anderen Hinsicht schon.«

Simon nickte und sah erst Diana, dann wieder Clarice an.

»Ihr zwei müsst hier bei Willow bleiben. Ist es für euch in Ordnung, dass wir hinfahren?«

»Selbstverständlich«, antwortete Diana. »Aber ruft bitte an und … haltet uns auf dem Laufenden.«

»Ja, machen wir«, versprach Simon. »Ich rufe dich auf deinem iPhone an, damit das Haustelefon Willow nicht weckt. Also behalte es bei dir und verriegel die Türen.«

Diana begleitete sie nach draußen zur Garage. »Nimm den Porsche, Onkel Simon«, sagte sie. »Penny hat ihn schon immer geliebt.«

Er lächelte und holte den Schlüssel vom Brett. Derweil nahm Tyler Diana fest in die Arme. »Es tut mir leid«, flüsterte sie ihm zu.

»Ich weiß. Und mir tut leid, dass du das mit durchmachst. Du solltest wissen, dass du und dein Onkel Penny die besten Jahre ihres Lebens geschenkt habt. Vergiss das nie, Diana.«

Tyler küsste sie, bevor er zum Porsche ging und auf der Fahrerseite einstieg, weil Simon darauf bestand, dass Tyler fuhr.

19

Um sechs Uhr abends schlief Willow noch, und weder Diana noch Clarice hatten Appetit. Sie tranken jeder eine Tasse Kaffee und setzten sich wieder in die Bibliothek, wo sie sich leise über alles Mögliche außer Penny unterhielten. Clarice erzählte Diana von ihren Flitterwochen mit Henry, wie sie zu den Niagara-Fällen fahren wollten und Henrys alter Wagen hundert Meilen außerhalb von Huntington den Geist aufgab, sodass sie in einer winzigen Kleinstadt ausharrten, in der es ein Schnellrestaurant und ein Kino gab, während der Wagen in der einzigen Werkstatt repariert wurde. Diana beschrieb, wie ihr Mann zwei Tage nach der Hochzeit an Masern erkrankte. Beide versuchten zu lachen, aber eigentlich konnten sie sich gar nicht auf die Geschichten konzentrieren.

Um sieben Uhr rief Simon an und berichtete, dass Penny noch lebte, ihre Vitalfunktionen jedoch rapide schwächer wurden. Im Grunde hielten sie und die Familie bereits die Totenwache. Er erzählte, Jeffrey säße einfach da wie eine Statue, hatte aber immerhin nichts gegen Tylers und Simons Anwesenheit eingewandt. Simon betonte, dass Jeffrey nicht einmal gefragt hätte, wer Tyler war, als wüsste er es schon. Blake und Lenore wären ebenfalls dort. Lenore rührte sich nicht von Jeffreys Seite, und Blake schien sich für ein bevorstehendes Donnerwetter zu wappnen. »Ich habe keine Ahnung, wann wir nach Hause kommen, Diana«, sagte Simon. »Wie geht es Clarice?«

»Ganz gut. Wir haben gerade über alte Zeiten geredet.«

»Du bist doch viel zu jung, um dich an die alten Zeiten zu erinnern«, entgegnete Simon. »Und was macht Willow?«

»Schläft noch. Wir wollten sie nicht wecken und ihr ein Abendessen aufzwingen.«

»Das war sicher besser so. Also, ich rufe dich an, sobald … na ja, bald.«

Sobald Penny tot ist, vervollständigte Diana in Gedanken. Sie fühlte sich seltsam betäubt. Wahrscheinlich konnte der Körper nur ein gewisses Maß an Belastung ertragen und schaltete dann auf Winterschlafmodus, bis er genug Kraft getankt hatte, um sich dem nächsten Schlag zu stellen.

»Clarice, Penny lebt noch, aber nicht mehr lange«, erzählte Diana ihr sanft. »Jeffrey macht Gott sei Dank keinen Aufstand, weil Simon und Tyler dort sind. Die beiden müssen jetzt bei ihr sein.«

»Ja, das müssen sie. Und ich denke, wir zwei sollten es auch, aber ich bin ein solcher Schwächling. Ich schäme mich so. Was für eine Freundin bin ich Penny denn, ihr in dieser Stunde nicht beizustehen?«

»Die gleiche Art Freundin wie ich«, erwiderte Diana. »Wir lieben sie. Das weiß Penny, doch ich glaube nicht, dass sie uns bei sich im Krankenhaus haben möchte. Ich denke, dass sie wollen würde, dass wir hier bei ihrer kleinen Tochter sind.«

Clarice weinte gute fünf Minuten lang in ein Paket Papiertaschentücher. Diana bemühte sich gar nicht erst, Clarice zu trösten, denn es gab keinen Trost. Als die Schluchzer verstummten, sagte Diana: »Sie sollten in Ihr Zimmer gehen und sich ein wenig ausruhen, Clarice. Ich weiß, dass Ihre Arthritis wieder schlimmer ist, und Sie sehen erschöpft aus. Ich setze uns Kamillentee auf. Der soll angeblich beruhigen. Wollen wir sehen, ob an der Behauptung was dran ist?«

»Ist es, meine Liebe. Ich habe schon Kamillentee getrunken, und auf einmal habe ich das Gefühl, ich könnte eine Tasse vertragen. Oder eine ganze Kanne.«

Selbst mit Dianas Hilfe brauchte Clarice den Rollator, um zu ihrem Zimmer zu kommen. Diana schlug ihr das Bett auf, half ihr, die Schuhe auszuziehen, und steckte Clarice unter die Decken wie ein Kind. »Bin gleich mit dem Tee wieder da.«

Später saß Diana bei Clarice, wo sie Tee tranken und noch

ein wenig plauderten. Bald wirkte die ältere Frau schläfrig. Diana sagte Clarice, sie sollte ein Nickerchen machen, wenn sie könnte, und Clarice widersprach ihr nicht. Sie nickte bloß und schloss die Augen. Diana ließ ihre Zimmertür einen Spaltbreit offen und kehrte in die Bibliothek zurück. Kaum hatte sie sich hingesetzt, hörte sie den Fahrstuhl, der nach unten fuhr. Sie sprang auf und erreichte ihn in dem Moment, als Willow mit Romeo und Christabel ankam.

»Du bist noch nie allein mit dem Aufzug gefahren«, sagte Diana.

»Ich wollte keinen stören.« Willows Kleidung war zerknautscht, und auf der Wange hatte sie einen Kissenabdruck. »Ich hab schon lange nicht mehr Tyler und Simon reden gehört. Sind die weg?«

»Ja.« Dianas Gedanken überschlugen sich, als sie sich auf die Frage nach dem Wohin gefasst machte. Stattdessen hielt Willow eine von Dianas CDs in die Höhe. »Die habe ich aus deinem Zimmer. Hoffentlich bist du nicht böse, dass ich da reingegangen bin. Das Bild von der großen gelben Sonne und dem Strand vorne drauf ist dasselbe wie auf einer von Mommys CDs. Die ist ihre Lieblingsmusik von diesen Sängern, die alle am Strand wohnen. Kannst du die für mich spielen, Diana?«

Diana nahm die CD: ein Best-of-Album von den Beach Boys, das *Sounds of Summer* hieß. »Klar spiele ich sie für dich, Süße. Komm mit, Onkel Simon hat eine große Stereoanlage in der Bibliothek.«

Diana legte die CD ein und entsprach Willows Bitte, dass sie beide sich auf die Polsterbank in der Nische unter dem Fenster mit der Seerose setzten. Willow lehnte sich an Diana, die ihr über das Haar strich, und sie beide lauschten den fröhlich-leichten Klängen von »California Girls«, »Surfin' Safari« und »Fun, Fun, Fun«. Als »In My Room« begann, fühlte Diana Tränen, die ihr auf die Arme tropften. Sie legte einen Finger unter Willows Kinn und hob es behutsam.

»Mommy mag dieses Lied am liebsten«, schluchzte Willow. »Sie spielt es aber immer, wenn sie traurig ist. An dem Tag, als unser Haus gebrannt hat, hat sie es gehört. Deshalb hab ich gewusst, dass was nicht gut war. Und deshalb bin ich rausgegangen, um ihr Johannisfünkchen zu fangen. Sie mag die fast genauso gern wie ich.« Willow senkte den Kopf. »Und jetzt hat sie die gar nicht mehr gesehen.«

»Wärst du nicht rausgegangen, um sie zu fangen, wäre dir bei der Explosion was Schlimmes passiert, und das hätte deine Mommy sehr, sehr unglücklich gemacht.«

»Ja, hätte es wohl.« Willow streichelte Christabel, die ihr auf den Schoß gesprungen war. »Du, Diana, als ich heute Nachmittag geschlafen hab, da hab ich einen Traum gehabt.«

»Was für einen Traum?«

»Von Mommy. Ich hab wirklich ganz doll versucht, nicht traurig zu sein, weil dann alle immer so besorgt gucken, aber heute kann ich das gar nicht gut. Als ich zu dir gesagt hab, dass du ein Foto von mir und Tyler machen sollst, damit ich es Mommy geben kann, hab ich schon gewusst, dass ich es ihr bestimmt gar nicht mehr gebe. Dann, als ich geschlafen habe, habe ich von Mommy geträumt, wie sie tanzt. Hast du schon mal gesehen, wie Mommy tanzt?«

»Nur im Country Club mit Glen.«

»Das war bestimmt kein richtiges Tanzen. Manchmal tanzt Mommy zu Hause nur für mich. Sie zieht sich ein Kleid an, das einen ganz breiten roten Rock hat. Und sogar Rüschen. Und dann macht sie sich roten Lippenstift auf die Lippen und hängt sich so lange Ohrringe an, und sie tanzt so schön, wie du es dir überhaupt nicht vorstellen kannst. Sie sagt, ein bisschen was davon ist Ballett, und das andere heißt was mit Latein. Dann sieht sie immer richtig glücklich aus, viel glücklicher als irgendwann sonst. Und am Ende tanzt sie zu mir und verbeugt sich ganz tief vor mir. Ich klatsche jedes Mal. Sie versucht auch, mir zu zeigen, wie ich genauso tanzen kann wie sie, aber ich kann das nicht so gut. Sie sagt, wenn ich größer bin, geht das leichter.«

Willow machte eine Pause. »In meinem Traum vorhin hat sie auch getanzt, aber sie ist dabei nicht zu mir gekommen. Sie ist von mir weggetanzt, immer weiter und weiter weg. Ich wollte hinter ihr herlaufen und hab gerufen, dass sie nicht wegtanzen soll, aber sie hat gesagt: ›Sei nicht traurig. Wir tanzen ein andermal zusammen.‹ Und sie hat gesagt, dass sie mich lieb hat, und dann war sie weg.« Willow blickte mit großen, kummervollen Augen zu Diana auf. »Meine Mommy stirbt heute Abend, oder?«

Diana wünschte sich inständig, sie könnte dem Kind sagen: *Nein, natürlich stirbt deine Mommy nicht!* Aber sie wusste, das wäre das Grausamste, was sie tun könnte. Simon und Tyler würden nach Hause kommen, wenn Penny gestorben war, und wenn Diana nun log, wäre Willow später vollkommen unvorbereitet.

»Willow, Liebes, ich fürchte, du hast recht«, sagte sie leise. »Vor einer Weile rief das Krankenhaus an. Tyler und Simon sind hingefahren, um bei ihr zu sein. Deine Mommy ist noch nicht fort …«

»Aber sie ist es bald. Ich hab's gewusst. Diana, ich will nicht, dass Menschen und Tiere sterben müssen«, sagte Willow traurig.

»Ich auch nicht, Willow. Ich auch nicht.«

»Können wir einfach hier sitzen und Musik hören, bis Onkel Simon und Tyler nach Hause kommen?«

»Süße, wir können die ganze Nacht hier sitzen und Musik hören, wenn du es möchtest.«

***

Fast eine Stunde später spielte die Musik immer noch. Diana saß in der Nische auf der Fensterbank, und Willow lag schlafend neben ihr, den Kopf auf Dianas Schoß. Das Kind hatte nicht geweint. Knapp zwanzig Minuten zuvor hatte sich die Kleine einfach hingelegt und war eingeschlafen. Diana war erleichtert, dass Willow schlief. Sie selbst hingegen glaubte nicht, jemals wieder schlafen zu können.

Trotz der Sommerzeit wurde es allmählich dunkel. Simon hätte längst die Lampen in der Bibliothek, dem Wohnzimmer, an der Treppe und im oberen Flur angestellt, wäre er hier. Ohne die Lichter und Simons starke Präsenz, die das Haus mit Leben füllte, wirkte alles leer, verlassen. Bisher hatte Diana noch niemals Angst hier gehabt, aber heute Abend fühlte sie sich klein und einsam in dem großen, dunklen Haus. Und irgendwie bedroht. Für einen flüchtigen Moment dachte sie, das Haus wolle, dass sie ging; dann sagte sie sich, dass es absurd war. Von dem vielen Kummer und Aufruhr der letzten Tage war sie offenbar närrisch geworden.

Als ihr iPhone läutete, zuckte sie zusammen und griff rasch danach, ehe das Klingeln Willow weckte. Sie erwartete, Simons Stimme zu hören, doch stattdessen herrschte zunächst Stille. »Hallo?« Nichts. »Simon?«, fragte sie.

Schließlich kam eine dünne, wispernde Stimme. »Diana. Diana.«

Ihr Herz pochte, und sie sah auf die Anrufer-ID. Dort stand: GLEN AUSTEN.

20

Mindestens zwei Minuten lang war Diana starr vor Schreck, das iPhone an ihrem Ohr. Glen. Er kam. Oder er war schon hier. Was hatte er vor? Was *konnte* er schon tun? Das Haus war verriegelt, und ein Polizeiwagen stand unten an der Auffahrt. Die Polizei musste dennoch erfahren, dass Glen sie angerufen hatte.

Über die Musik hinweg hörte sie das Röhren von Simons Porsche und war unsagbar froh. Er hatte gesagt, dass er sie vom Krankenhaus aus anrufen würde, aber vielleicht entschied er, nach Hause zu kommen und allen persönlich zu sagen, dass Penny tot war. Vorsichtig hob Diana Willows Kopf von ihrem Schoß auf das Polster der Bank, stellte die Musik ab, legte ihr iPhone auf einen Tisch und eilte zur Haustür.

Durch eines der schmalen Fenster neben der Tür erkannte sie Blake Wentworth, der aus dem Porsche stieg, den er vorm Haus geparkt hatte. Ausnahmsweise sah er groggy und ein bisschen zerzaust aus, nicht ganz so elegant wie sonst, aber auf eine verlebte Weise gut aussehend.

Diana öffnete die Tür. »*Sie* hatte ich nicht erwartet«, rief Diana beinahe.

Blake blieb stehen und blickte zu ihr. »Diana, ist alles okay bei Ihnen?«

»Glen hat eben angerufen.«

»Glen?«

»Glen Austen. Der Mann, von dem wir fest annehmen, dass er Penny und Nan umgebracht und letzte Nacht versucht hat, Willow und mich zu töten. Sie wissen nichts von letzter Nacht – wir wollten nicht, dass Jeffrey es erfährt –, aber die Polizei weiß Bescheid. Sie haben ihn bisher nicht gefunden, aber er ist irgendwo hier in der Nähe. Jedenfalls denke ich das. Ich weiß nicht, was er tun wird. Ich muss die Polizei rufen …«

Blake hielt eine Hand in die Höhe. »Sie müssen erst mal Luft holen, ehe Sie in Ohnmacht fallen. Unten an der Auffahrt steht ein Polizeiauto. Ich fahr runter und informiere die Cops. Wenn Sie 911 anrufen, müssen Sie erst die gesamte Vorgeschichte herunterbeten.« Er lief zum Porsche zurück. »Schließen Sie die Tür ab und verriegeln Sie sie, solange ich weg bin. Ich komme gleich wieder, Diana. Bin sofort wieder da, versprochen.«

Diana schloss die Tür und verriegelte sie, wie Blake gesagt hatte. Derweil stieg er in den Porsche, wendete und fuhr die Auffahrt hinunter. Vom vorderen Erkerfenster aus konnte Diana sehen, wie der Porsche hinter dem Einsatzwagen hielt, Blake ausstieg und an das Polizeiauto trat, redete, gestikulierte und sich einmal nach unten beugte; wahrscheinlich stützte er die Arme in das geöffnete Fenster der Wagentür, während die Cops Meldung erstatteten. Diana kam es wie eine Stunde vor, bis Blake wieder oben war. Sie schloss ihm auf und bedeutete ihm hereinzukommen.

»Okay, Auftrag ausgeführt. Diese Jungs sollen bleiben, wo sie sind, aber sie haben den Anruf gemeldet. Wenn wir Glück haben, ist bald Verstärkung hier. Und ich bin froh, dass ich gerade kam. Sie müssen ja halb verrückt vor Angst sein.«

»Ja. Er hat mir nicht gedroht, aber …«

»Aber jeder würde sich in Ihrer Situation fürchten. Lenore wäre wahrscheinlich laut schreiend runter zu dem Streifenwagen gerannt. Sie ist sehr viel leichter zu ängstigen als Sie, Diana.«

»Ach, ich weiß nicht«, sagte Diana, die eigentlich keinen Gedanken an Lenore verschwendete. »Mein Gott, was ist mit Penny?«

Blake nickte traurig. »Penny ist vor ungefähr einer halben Stunde gestorben.«

»Simon wollte doch anrufen.«

»Simon steckt mitten in einer sehr unschönen Auseinandersetzung darüber, was mit Pennys Leichnam zu geschehen hat.« Diana riss die Augen weit auf. »Ich weiß. Es ist furchtbar, aber wahr. Darf ich reinkommen und mich setzen, bevor ich umkippe?«

»Oh ja, natürlich«, sagte Diana, die ihn ins Wohnzimmer führte, nicht in die Bibliothek.

»In diesem Zimmer war ich noch nie«, bemerkte Blake.

»Wir nutzen es selten. Meine Urgroßmutter nannte es den Salon, und mir kam der Raum immer unerträglich kalt und förmlich vor. Vielleicht lässt Simon mich irgendwann mal alles neu gestalten. Wie dem auch sei, Willow schläft in der Bibliothek, und ich würde gern mit Ihnen sprechen, ehe ich sie wecke.«

»Verstehe. Und bevor Sie mir etwas zu trinken anbieten, nein danke. Mir brennt die Magenschleimhaut von dem scheußlichen Krankenhauskaffee aus dem Automaten.« Er atmete tief durch. »Wir waren Stunden im Krankenhaus. Ich entsinne mich nicht, dass Jeff ein einziges Wort sagte, bis der Doktor ihm mitteilte, dass Penny ihre letzten Atemzüge tat. Er ging hinein zu ihr und stand neben ihrem Bett. Lenore hielt es nicht aus, und ich wollte Penny nicht noch einmal so sehen. Ihr Onkel und dieser Kerl namens Tyler Raines sind bei Lenore und mir geblieben.« Er sah sie an. »Sagte ich gerade, Jeff hätte kein Wort gesprochen? Das stimmt nicht. Als Raines mit Ihrem Onkel kam, fragte ich Jeff, wer das ist, und er antwortete: ›Tyler Raines. Er ist Pennys Pflegebruder.‹ Wussten Sie, dass sie einen Pflegebruder hat?« Diana nickte. »Sind Sie ihm je begegnet?«

»Ja, in der Nacht der Explosion. Er tauchte aus dem Nichts auf, trug Clarice aus ihrem Haus, das in Brand geraten war, übergab sie mir und half der Feuerwehr bei der Brandbekämpfung. Und später fand er Willow im Wald. Ich wusste zu der Zeit nicht, wer er war, kannte nur seinen Namen. Erst letzte Nacht erfuhr ich, dass er Pennys Pflegebruder ist.«

»Und was tut er hier?«

»Er war immer mal wieder zu Besuch, seit Penny hergezogen ist. Und diesmal war er gekommen, um ihr zu helfen wegzuziehen.«

»Wieso wollte sie wegziehen?«

»Sie dachte, dass jemand ihr wahre Identität herausgefunden hatte. Das ist alles, was ich weiß, Blake. Bitte, erzählen Sie mir, was im Krankenhaus passiert ist.«

»Ja, nun ja, als der Arzt Penny für tot erklärte, benahm Jeffrey sich genau wie an dem Tag, als sie kurz zu sich kam, nur schlimmer. Wie ein rasender Stier ist er an uns vorbeigestürmt. Er ist ziemlich groß, wie sie wissen, folglich war das schon Angst einflößend. Zuerst stand Lenore wie angewurzelt da, dann ist sie hinter ihm her. Sobald sie draußen war, fragte der Arzt, wohin der Leichnam gebracht werden soll. Jeff war fort, Lenore auch, also trat Raines vor und sagte, er wäre Pennys Pflegebruder und würde sich um alles kümmern. Der Arzt meinte, das käme gar nicht infrage, denn Raines wäre kein direkter Angehöriger. Ihr Onkel wies darauf hin, dass Pennys einzige Angehörige soeben verschwunden waren. Dann sagte der Arzt, man würde Penny erst einmal in die Leichenhalle der Klinik bringen.

Tyler wurde wütend. Er blieb dabei, dass sie seine Schwester sei, egal, was die Gerichte sagen, und sie würde nicht in irgendeiner schrecklichen Leichenhalle liegen, bis Jeffrey Cavanaugh entschied, was mit ihr passieren sollte. Ein anderer Arzt kam, der dasselbe sagte wie sein Kollege. Ich dachte, Tyler würde auf sie losgehen. Wie es aussah, war er mit seinem Latein am Ende. Dann rief Ihr Onkel seinen Anwalt an, er solle umgehend kommen und alles klären.«

»Oh mein Gott«, stöhnte Diana. »Wie schrecklich, dass das unmittelbar nach Pennys Tod passieren muss. Ich hoffe, der Stress ist nicht zu viel für Simon.«

»Ich fand, dass er sich recht wacker hielt. Ich sagte ihnen, dass ich herfahren und Sie und Willow informieren würde, und Simon war einverstanden. Raines brüllte noch die Ärzte und den Verwaltungschef des Krankenhauses an. Als ich zum Parkplatz kam, waren Jeffs Wagen und mein zweiter Mietwagen weg. Ich vermute, dass Lenore Jeff nicht rechtzeitig eingeholt hat und ihm in dem anderen Wagen nachgefahren ist. Ich bin wieder nach oben und erzählte es Ihrem Onkel, der wieder mit seinem Anwalt telefonierte. Er warf mir die Schlüssel zu und sagte: ›Nehmen Sie den Porsche.‹ Und so kommt es, dass ich im Auto Ihres Onkels hier vorfuhr. Ehrlich gesagt, habe ich höllische Kopfschmerzen. Ich weiß, dass ich nichts zu trinken wollte, aber könnte ich eventuell ein paar Aspirin bekommen oder, noch besser, Excedrin und ein Glas Wasser?«

»Ja, sofort.« Diana sprang auf und lief in die Küche. Sie war froh, sich auf etwas anderes konzentrieren zu können als auf das Tohuwabohu im Krankenhaus, ganz zu schweigen von der Tatsache, dass Penny wirklich tot war. Seit Freitagnacht hatte sie geahnt, dass ihre Freundin nicht überleben würde. Trotzdem war die Nachricht von ihrem Tod ein entsetzlicher Schock.

Blake schluckte die Tabletten mit einem halben Glas Wasser. »Gott, was für ein Tag«, murmelte er. »Das muss unverzeihlich egoistisch klingen. Mir tut das mit Penny leid. Dass sie bei dieser Explosion so grausam verletzt wurde, nicht, dass sie tot ist. Auch wenn Sie es womöglich eiskalt von mir finden, sie ist von ihrem Leiden erlöst, und hätte sie überlebt …«

»Ich weiß. Ihr Leiden wäre nicht in wenigen Wochen oder Monaten vorbei gewesen. Die körperlichen Schmerzen hätten sie über Jahre gequält, die psychischen für immer. Ich möchte mir nicht einmal vorstellen, wie ihr Leben geworden wäre.« Blake lächelte ihr mitfühlend zu. »Würden Sie mir trotz Ihrer Kopfschmerzen einen Gefallen tun?«, fragte Diana.

»Natürlich. Welchen?«

»Ich habe gehört, dass Willow sich rührt, und würde sie gern nach oben in ihr Bett bringen, sie aber nicht richtig aufwecken. Könnten Sie sie für mich in den ersten Stock tragen? Ich habe ein verstauchtes Handgelenk, und ich muss einen Kater tragen.«

»Einen Kater?«

»Sie verstehen es, wenn Sie ihn sehen«, sagte Diana.

Leise gingen sie in die Bibliothek. Romeo hatte sich auf dem Boden zu einem undefinierbaren grauen Pelzknäuel zusammengerollt. Christabel saß neben ihm und betrachtete abwechselnd ihn und Willow, ihre beiden Schützlinge. Willow lag weniger klein zusammengerollt auf der Polsterbank unterm Seerosenfenster, das sie so gern mochte. Sie war nicht wach, doch sie murmelte und bewegte sich unruhig im Schlaf. Jeden Moment könnte sie von der Fensterbank fallen.

Blake stand da und sah sie einen Moment an, ein sanftes Lächeln in seinem hübschen Gesicht. »Sie ist ein wunderschönes Kind«, flüsterte er.

Plötzlich drehte Willow sich um und fiel beinahe von der Bank. Diana bückte sich und fing sie auf. Als sie sich wieder aufrichtete, wollte Blake die Kleine übernehmen. Diana hatte sie in einem ungünstigen Winkel erwischt und hielt sie nur sehr unsicher. Deshalb kam Blake näher, sodass er Diana fast berührte, als sie ihm Willow übergab. Diana und Blake beugten sich gleichzeitig vor, um Willow auf die Stirn zu küssen. Versehentlich begegneten sich ihre geschürzten Münder bis auf wenige Millimeter.

Und plötzlich stand Lenore mitten in der Bibliothek, mit wutverzerrtem Gesicht und vorgehaltener Waffe.

21

Sie sollten sich dringend angewöhnen, die Haustür abzuschließen, Diana«, sagte Lenore. »Oder waren Sie so aufgeregt, als *mein* Mann auftauchte, dass Sie es glatt vergessen haben?«

Diana und Blake waren wie erstarrt, beide Willow haltend, die nun ihre Augen öffnete, aber nicht richtig wach war. *Ich habe vergessen, die Tür abzuschließen,* dachte Diana. Sie hatte solche Angst wegen Glen gehabt, dass sie, als Blake von dem Polizeiauto zurückkam, viel zu abgelenkt gewesen war, um an die Tür zu denken.

»Was denn, habt ihr gar nichts zu sagen? Keiner von euch? Wollen Sie mir keinen Tee oder was von dieser herrlichen Limonade oder ein Erdnussbutter-Marmeladen-Sandwich anbieten, Diana?«

Schließlich fing Blake sich wieder und fragte ruhig: »Lenore, wie kommst du hierher?«

»Jeffrey ist im Hotel. Ich habe ihm ein paar Beruhigungstabletten gegeben und habe den Lincoln genommen – den *schönen* Wagen, den er sich gemietet hat. Ich bin geradewegs hierhergefahren.«

»Warum?«

»Um meinem Schmerz ein Ende zu bereiten.« Ihre Stimme war laut, und ihre blauen Augen wirkten ein wenig hektisch, orientierungslos. »Pennys Leiden ist vorbei. Warum sollte meins es nicht auch sein?«

Ihre Worte machten Diana sprachlos. Blake hingegen fragte vollkommen ruhig und gefasst: »Wovon redest du, Schatz?«

»Ich rede von dir, *Schatz.* Von dir und deinen Affären. Solange wir verheiratet sind, finde ich mich damit ab, weil ich dich so sehr liebe. Ich redete mir ein, dass ich es ertrage, wenn du nur bei mir bleibst. Aber *das* ist zu viel! Ich weiß seit Jahren, dass du eine Affäre mit Penny hattest, egal, wie oft du es geleugnet hast. Und jetzt ist sie noch keine Stunde tot, und du bist hier, umschwärmst eine andere und küsst sie, während ihr zwei Pennys Kind in den Armen haltet! Um Gottes willen, kennst du denn gar keine Scham? Kennt ihr beide keine?«

Blake verlagerte Willow vorsichtig in Dianas Arme. Dabei murmelte das Kind schläfrig, »Was is' 'n los?«

»Nichts, Süße. Sei ganz leise«, flüsterte Diana. »Sag nichts.«

»Nein, sag *nichts,* Willow«, höhnte Lenore. »Ich werde dich nicht Cornelia nennen, denn das ist der Name meiner Mutter, und du bist nicht blutsverwandt mit ihr! Was allerdings Blakes Mutter betrifft, das ist eine andere Sache. Du hast deine Großmutter Wentworth nie kennengelernt, weil sie in einer Irrenanstalt ist!«

»Lenore!« Blakes Stimme knallte wie eine Peitsche. »Willst du behaupten, Willow wäre *mein* Kind?«

»Ich *weiß,* dass sie es ist. Ich weiß es schon, seit Penny sie entbunden hat. Was blieb mir anderes übrig, als sie zu vergöttern, weil sie dein Kind ist und ich dir nun mal keines schenken kann. Ich bin ja unfruchtbar, eine Wüste, wie meine Mutter immer sagt. Angeblich ist das das Kreuz, das ich tragen muss, weil ich das Kind von Morgan Cavanaugh bin.«

»Bei Gott, Lenore, deine Mutter gehört eher in eine Anstalt als meine!« Diana hörte, wie sehr Blake sich zusammennehmen musste. »Eine Wüste? Ich wusste schon bei unserer Hochzeit, dass du keine Kinder bekommen kannst. Das war aber unwesentlich für mich.«

»Nein, weil du mich geheiratet hast, um dir den Platz in der Firma zu sichern. Du konntest jederzeit andere Frauen finden, die deine Kinder kriegen. Frauen wie Penny. Und Diana? Sie sieht auch ziemlich gebärfreudig aus.«

»Es reicht, Lenore«, sagte Blake frostig. »Willow ist nicht mein Kind. Und zwischen Diana und mir ist nichts. Wir sind nicht einmal befreundet. Du hingegen bist seit zwölf Jahren meine Ehefrau. Ich habe alles getan, was in meiner Macht stand, um dich glücklich zu machen. Nur leider kannst du nicht glücklich sein, weil deine Eifersucht und deine bodenlosen Unterstellungen dich zerfressen.«

»Es sind keine Unterstellungen!«, schrie Lenore, die näher kam und dabei mit der Waffe fuchtelte. »Es ist alles *wahr!*«

Willow, die mittlerweile hellwach war, begann zu weinen. Diana wiegte sie wie ein Baby und flüsterte ihr zu, dass alles gut wäre, was absurd war. Das Kind konnte schließlich hören!

»Diana belügt sogar dich, Willow!«, brüllte Lenore. »Gar nichts ist gut für dich. Penny ist tot! Deine Mutter ist tot!« Lenore machte noch zwei Schritte auf sie zu. Die Waffe zitterte in ihrer Hand. »Du siehst sie nie wieder, Willow! *Niemals!*«

Willow stieß einen markerschütternden Schmerzensschrei aus, und plötzlich ging die Waffe in Lenores Hand los. Im ersten Moment fühlte Diana nichts. Dann überfiel sie ein teuflischer Schmerz in ihrer linken Schulter und fuhr hinunter in ihre Hand. Unweigerlich verlor Diana den Halt und stürzte mit Willow im Arm zu Boden. Lenore schrie, und geschmeidig wie eine Katze machte Blake einen Satz auf Lenore zu, die er binnen eines Sekundenbruchteils entwaffnete.

Diana beobachtete, wie Blake die Waffe auf Lenore richtete. Die stand weiß wie eine Wand und zitternd vor ihm, und Diana dachte: *Gott sei Dank. Blake hat uns gerettet. Lenore könnte als Nächstes Willow getroffen haben. Ich bin bloß verwundet. Alles wird wieder gut, wenn er erst mal die Polizei gerufen hat.*

»Das iPhone ist auf dem Tisch hinter Ihnen, Blake«, sagte Diana. »Rufen Sie die Polizei. Lassen Sie uns nicht allein, um zum Streifenwagen zu rennen.«

Blake sah sie nicht einmal an. Er machte auch keinerlei Anstalten, nach dem iPhone zu greifen. Stattdessen starrte er Lenore an, und ein kleines, zufriedenes Lächeln erschien auf seinem Gesicht. »Du bist so unsagbar dämlich, Lenore. Was hattest du gehofft, mit diesem lächerlichen Auftritt zu erreichen? Hattest du gedacht, mit Angst könntest du mich zurück in deine Arme treiben? Denn ich weiß, dass du mich nicht erschossen hättest. So leicht würdest du mich nicht freigeben. Oder wolltest du mich zum Krüppel schießen? Mich womöglich zum Querschnittgelähmten machen? Dann hättest du mich ganz und gar für dich, nicht wahr? Du hättest mich für immer, vollkommen auf dich angewiesen, unfähig, dir zu entfliehen. Das hast du dir stets gewünscht, Lenore, doch du wirst es nicht bekommen. Du hast mich nie wirklich besessen und wirst mich niemals besitzen.«

Die Lenore von vor zehn Minuten war in sich zusammengefallen wie ein Blüte im Frost. »Blake, es tut mir leid«, jammerte sie. »Ich weiß nicht, was über mich gekommen ist.«

»Eine verblüffende Verteidigung, Schatz. Nein, aus dieser Nummer redest du dich nicht heraus, indem du das unschuldige kleine Mädchen mimst. Du wanderst ins Gefängnis, genau wie es dein Vater verdient gehabt hätte. Die Leute denken, Morgan und Jeffrey wären dieselbe Sorte Mistkerl, aber sie irren. Du und Morgan, ihr beide gleicht euch wie ein Ei dem anderen. Du warst schon immer wie er.«

»Bin ich nicht!«, erwiderte Lenore. »Ich weiß, dass mein Vater furchtbare Dinge getan hat, aber ich nicht.«

»Ach nein? Und was ist mit deiner Hilfe, den Tod meines Vaters wie Selbstmord aussehen zu lassen?«

Diana stockte der Atem. Was sagte Blake? Was zum Himmel tat er? Er sah aus, als würde er sich amüsieren. Stumm vor Entsetzen begriff sie, dass er nicht beabsichtigte, die Polizei zu rufen.

»Ich soll meinem Vater geholfen haben, den Tod deines Vaters wie Selbstmord aussehen zu lassen?«, wiederholte Lenore. »Ich weiß nicht, was du meinst. Ich war damals bloß ein Teenager ...«

»Ein Teenager, der sich um Daddys Gunst bemühte. Und du hast es getan, Lenore. Du warst der Sohn, den Morgan nie hatte.« Blake sah sie mit kaltem, erbarmungslosen Hass an.

»Geh da rüber und setz dich zu Diana auf den Boden. Rück schön nahe zu der Frau, die du für deine Rivalin hieltest. Sie war übrigens nie deine Nebenbuhlerin. Nicht, dass ich sie nicht extrem attraktiv fände. Nicht, dass ich mir nicht ausgemalt hätte, wie sie im Bett wäre. Fantastisch, keine Frage. Aber ich habe seit Jahren einen Plan, und ich bin nie schlichter Bettfreuden wegen davon abgewichen. Diana passte nicht in meinen Plan. Und achte darauf, dass du dich auf ihre rechte Seite setzt, Lenore. Ihre linke Schulter blutet recht stark.«

Lenore krabbelte auf Diana zu, ohne sie anzusehen, und hockte sich neben sie. Willow schluchzte nicht mehr. Seit sie gehört hatte, dass ihre Mutter tot war, war sie vollkommen still geworden und hatte sich in ihre eigene Welt zurückgezogen. *Gut so,* dachte Diana. *Ich will nicht, dass sie das hier hört oder sieht.*

»Was meinten Sie damit, dass Lenore Morgan geholfen hat, den Tod Ihres Vaters wie Selbstmord aussehen zu lassen, Blake?« Diana erschrak fast selbst über den Klang ihrer Stimme. Sie hatte nicht vorgehabt, etwas zu sagen, sondern lediglich überlegt, dass sie Zeit schinden musste, bis die Polizisten unten an der Straßen merkten, dass im Haus etwas nicht stimmte.

»Was ich meinte? Ich dachte damals, alle hätten Charles Wentworth vergessen. Sie kehrten ihn und seine Schande einfach unter den Teppich«, antwortete Blake.

»Seine Schande?«

»Vater tätigte ein paar schlechte Investitionen und verlor viel Geld. Er war verzweifelt, sonst hätte er nie Morgan Cavanaughs Angebot angenommen, sein Partner zu werden. Er hatte Übles über Cavanaugh gehört, und er traute ihm nicht. Aber Vaters Stolz und seine Sorge um die Familie trieben ihn in die unheilvolle Allianz. Er wurde Cavanaughs Partner, und erstaunlicherweise war das Unternehmen ein Riesenerfolg.«

Blake schüttelte kaum merklich den Kopf, und seine dunklen Augen wirkten vorübergehend glasig. »Doch als Cavanaugh and Wentworth selbst Morgan Cavanaughs kühnste Erwartungen übertraf, beschloss er, keinen Partner mehr im Geschäft haben zu wollen. Ich würde nichts davon wissen, hätte mein Vater sich nicht eines Abends sinnlos betrunken und mir alles erzählt. Er sagte mir, dass Morgan die Bücher manipuliert hatte, damit es aussah, als hätte Vater über eine Million veruntreut. Morgan machte einen gewaltigen Zirkus, versuchte angeblich, alles zu vertuschen, aber natürlich durchschaute der Aufsichtsrat die Sache sofort, weil die Zahlen so dilettantisch gefälscht wurden.

Vater trat zurück. Er sprach von einem Umzug, denn all unsere Freunde – diese feine Gesellschaft – wandten sich von uns ab. Mutter bekam einen Nervenzusammenbruch, und Vater wusste nicht, wie er mein Studium an der Harvard University bezahlen sollte.« Blake verstummte nachdenklich. »Aber in jener Nacht gab mein Vater sich nicht geschlagen. Er war verletzt, doch nicht k.o. Er machte Pläne, wie er von vorn anfangen könnte. Dann erzählte er mir, dass er eine Verabredung mit Morgan hatte. Er wollte irgendeinen Deal mit ihm machen. Ich war besorgt. Es schneite heftig, und mein Vater war betrunken. In der Nacht kam er nicht wieder nach Hause. Lenore, ich bin sicher, du erinnerst dich an den nächsten Tag. Jemand fand meinen Vater in seinem Wagen in einer kleinen Seitenstraße etwa zwei Meilen von unserem Haus, wo er sich dem Anschein nach in den Kopf geschossen hatte.«

»Das ist furchtbar«, sagte Diana matt.

»Ich verrate Ihnen, was furchtbar ist«, raunte Blake verärgert. »Mein Vater beging keinen Selbstmord. Morgan Cavanaugh brachte ihn um, weil er befürchtete, mein Vater könnte seine Geschichte anderen erzählen, denn irgendwer hätte Vater eines Tages geglaubt!«

»Gab es keine polizeiliche Ermittlung?«, fragte Diana, die fühlte, wie Willow neben ihr zu zittern anfing. »Hat Morgan der Polizei nicht gesagt, dass er mit Ihrem Vater verabredet war?«

»Nein, hat er nicht. Er sagte vielmehr, dass er nichts von

einer Verabredung wüsste. Morgans Frau und Jeffrey waren an jenem Abend nicht zu Hause, Lenore schon. Unsere kleine Lenore, die auf die Bibel schwor, dass ihr Vater den ganzen Abend zu Hause gewesen war. Sie hätten zusammen ferngesehen, sagte sie aus, als hätte Morgan sich jemals mit einem seiner Kinder hingesetzt und ferngesehen!«

Diana blickte verstohlen zu Lenore, die mit gesenktem Kopf auf dem Boden hockte, und wusste, dass Blake die Wahrheit sagte. Wie viel Druck musste Morgan auf sie ausgeübt haben, damit sie einen Meineid für ihn leistete? Diese Frage schien Blake nicht zu interessieren.

»Meine Eltern waren überzeugte Christen«, fuhr Blake fort. »Mein Vater war *gläubig.* Er hätte niemals Selbstmord begangen, denn dann konnte er nicht in geweihter Erde bestattet werden und, wie er glaubte, nie in den Himmel kommen. Für meine Mutter stand fest, dass er in der Hölle schmorte; das war es, was sie um den Verstand brachte. So schaffte Morgan es, zwei Fliegen mit einer Klappe zu schlagen, wie es so hübsch heißt. Und was war seine Strafe? Er hatte Cavanaugh and Wentworth ganz für sich.«

»Lenore hat mir erzählt, dass Morgan Sie bei sich aufgenommen hat und Ihnen dieselbe Ausbildung finanzierte wie seinem eigenen Sohn«, sagte Diana.

»Selbstverständlich tat er das. Die Leute hielten ihn fortan für einen Heiligen. Sein Geschäftspartner bestiehlt ihn, bringt sich um und hinterlässt eine geisteskranke, mittellose Witwe sowie einen Sohn. Und Morgan wird zu Blakes Retter. Was für ein nobler Geist!«

Diana hörte Schlurfen, einen stummen Schrei und Gemurmel aus der Eingangshalle, bevor Clarice durch die hintere Tür der Bibliothek hereinhumpelte. Diana hatte gar nicht mehr an sie gedacht, aber nun stand sie in dem scheußlichen rosa Morgenmantel da, den Diana ihr gegeben hatte. Sie blickte erst verständnislos zu Blake, dann zu Diana. »Was ist das für ein Lärm? Was geht hier vor?«

Blake richtete die Waffe auf sie. »Und falls Sie am Leben bleiben wollen, halten Sie den Mund.«

»Oh! Da ist schrecklich viel Blut!« Clarice' Stimme wurde schleppend. Sie schwankte, eine winzige Frau in Unmengen rosa Satin, die ihre Hände hinterm Rücken verschränkt hielt. »Ich bin schon still«, flüsterte sie. Ihre Lider flatterten, und ihre veilchenblauen Augen rollten nach hinten, ehe sie neben Diana auf den Boden sank.

***

»Ich glaube, sie hatte einen Herzanfall!«, rief Diana.

»Sie ist bloß ohnmächtig. Und wenn nicht …« Er zuckte mit den Schultern. »So spare ich eine Kugel.«

Diana wollte ihn anschreien, aber sie wusste, dass das ihren sofortigen Tod bedeuten könnte. Also schluckte sie, sah für einen Moment nach unten und wieder zu ihm hoch. »Blake, ich weiß, Sie tun das hier wegen Jeffrey«, sagte sie sanft. »Warum? Jeffrey ist Ihr Freund.«

»Jeffrey Cavanaugh? Mein *Freund?*« Blake lachte verbittert. »*Ich* bin ein Wentworth. Wer ist er? Nicht mehr als ein Mann von mittelmäßigem Intellekt, schlechtem Benehmen und niederer Geburt, der sich einzig durch sein Vermögen aus der grauen Masse hervorhebt. Er kommt aus der Gosse, ein skrupelloser Wurm, genau wie sein Vater. Und ich musste mich ihm dankbar zeigen – wie seinem Vater! Ich hasste es noch mehr, Jeff etwas zu schulden, als ich seinen Vater hasste. Deshalb entschied ich, Morgan *und* Jeffrey für die Vernichtung meiner Familie und die Verletzung unseres Stolzes bezahlen zu lassen.

Ich halte mir eine Menge darauf zugute, dass ich so lange gewartet, so sorgfältig geplant habe. Es war nicht einfach, aber es hat funktioniert. Zuerst umwarb ich die alles andere als liebreizende Lenore. Sie hatte Freunde, aber sie wusste, dass die sie nur wegen ihres Geldes wollten. Was könnten sie auch sonst von ihr wollen? Außerdem war sie in mich verliebt, seit ich zwanzig war. Sie konnte es nicht verbergen. Als ich bei Morgan um ihre Hand anhielt, war er völlig aus dem Häuschen. Seine unscheinbare, gewöhnliche Lenore heiratete einen Wentworth!«

»Oh, Blake, bitte, sag solche Sachen nicht«, flehte Lenore. »Ich habe dir etwas bedeutet.«

»Ich habe dich toleriert. Und bilde dir nicht ein, ich hätte dich nicht geliebt, weil du keine Kinder kriegen kannst. Ich hätte dir niemals gestattet, die Mutter *meines* Kindes zu sein. Du bist dessen nicht würdig.«

Lenore senkte wieder den Kopf und weinte. Angewidert verdrehte Blake die Augen und warf seinen Kopf nach hinten. In dem Moment rutschte Clarice ein winziges Stück näher an Diana heran. Fast hätte Diana zu ihr hinübergesehen, ehe sie begriff, dass sie immer noch dalag wie bewusstlos, aber unter den Falten ihres gewaltigen Morgenrocks etwas Kaltes, Hartes gegen Dianas linke Hand schob. Diana tastete den Gegenstand vorsichtig ab. Es war ein Revolver – der Revolver.

Plötzlich waren Blakes Augen wieder auf Diana gerichtet, und sie fürchtete, er hätte ihre Handbewegung bemerkt. Rasch fragte sie: »War Morgans Tod wirklich ein Auftragsmord der Mafia?«

»Nein. Ich wusste, dass Morgan jeden Dienstagabend in eine kleine, schmierige Bar ging. Also sorgte ich dafür, dass Jeff *allein* beschäftigt war, ohne Alibi, und wartete einfach, bis Morgan aus der Art Spelunke getorkelt kam, in der er sich wahrhaft zu Hause fühlte. Ich trat aus einer Seitengasse neben der Bar, hielt ihm eine Waffe an den Kopf, wie er es bei meinem Vater gemacht hatte, und drückte ab. Natürlich profitierte Jeff am meisten vom Tod seines Vaters. Er und sein alter Herr hassten einander, was alle wussten, und Jeff hatte kein Alibi. Ich stellte allerdings sicher, dass es keine allzu erdrückenden Beweise gegen Jeff gab. Und ich brachte das Gerücht vom Mafia-Mord in Umlauf. Jeffrey sollte auf keinen Fall im Gefängnis landen und meine Pläne ruinieren.«

»So übernahm er die Firma mit dreißig, als Sie Ihr MBA-

Studium an der Havard beendet hatten, und gab Ihnen einen netten Posten bei Cavanaugh and Wentworth. Und kurz darauf heiratete er«, beendete Diana die Geschichte für ihn.

»Sie haben sich die zeitlichen Abläufe gemerkt, Diana?«

»Diese Familie fasziniert mich. Waren Sie eifersüchtig, als Jeffrey Yvette heiratete?«

»Eifersüchtig? Sie war die schönste Frau, die ich je gesehen hatte, und sie heiratete Jeffrey natürlich nur seines Geldes wegen, aber ich hätte sie nicht für eine Million geheiratet. Sie war schizophren. Ich weiß, dass manche Schizophrene in der Gesellschaft ganz gut zurechtkommen, wenn sie verlässlich ihre Medikamente nehmen und den ärztlichen Anweisungen folgen, aber Yvette tat nur, was Yvette wollte. Sie nahm ihre Pillen nicht, weil sie meinte, die würden sie müde machen. Sie trank mehr, als ich dachte, dass irgendwer trinken konnte, ohne umzukippen. Doch sie hatte auch ihre Vorzüge. Abgesehen von ihrem umwerfenden Aussehen war sie eine fantastische Geliebte. Die beste von allen, die ich hatte.

Dennoch siegte am Ende ihre Krankheit. Sie konnte weder ihr Verhalten noch ihre Zunge im Zaum halten. Mir war klar, dass sie Jeffrey von uns erzählen würde. Ich sah es kommen. Auf der Party in San Francisco redete ich ihr ein, dass Jeffrey sie einliefern lassen wollte, sowie wir zurück in New York waren. Sie machte ihm eine Szene. Als sie den Ballsaal verließ, fing ich sie ab und sagte ihr, sie soll aufs Zimmer gehen und Champagner bestellen. Ich ging wieder in den Saal und verwickelte Jeffrey in ein Gespräch mit einem unglaublichen Schwätzer. Auf die Weise war er mindestens zwanzig Minuten beschäftigt. Dann ging ich nach oben in Yvettes Zimmer. Sie war so besoffen, dass sie gar nicht mitbekam, wie ich das Fenster öffnete. Nach einem kleinen Kampf, bei dem ich ihr die fantastische, wertvolle Kette entreißen konnte, stieß ich sie aus dem Fenster. Bye-Bye, Yvette. Und wieder einmal konnte die Polizei Jeffrey fast festnageln, aber nicht ganz. Ich wollte ja nicht, dass man ihn einsperrte, weil ich noch Pläne mit ihm hatte.«

Blake war derart in seiner Prahlerei gefangen, dass er nicht bemerkte, wie Diana den Revolver hinter sich schob. Sie verfluchte die Wunde an ihrer linken Schulter. Sie tat schrecklich weh, und Diana konnte die Hand kam mehr richtig steuern. Trotzdem musste sie die Waffe vorsichtig auf ihre rechte Seite schieben.

»Und dann kam Penny«, sagte Lenore auf einmal. »Ich habe mich immer gewundert, wieso du nichts gegen die Heirat gehabt hast. Jetzt verstehe ich. Penny war die nächste Yvette.«

»Richtig, Lenore. Zuerst war offensichtlich, dass sie Jeff wirklich liebte. Na ja, es hat ja auch nie jemand behauptet, Penny wäre intelligent gewesen. Ich wartete ab. Nach Willows Geburt entwickelten sich die Dinge in die gewünschte Richtung. Sie war unglücklich darüber, wie Jeff auf das Baby reagierte. Sie hatte sich gewünscht, dass er flennend im Kreißsaal steht, wenn das Kind geboren wird. Nur leider gehörte er nicht zu den Männern, die freiwillig bei einer Entbindung zuschauen. Und sie ahnte ja nicht, wie viel er über das Baby redete. Ununterbrochen. Ich dachte schon, ich verliere den Verstand deshalb.

Penny begriff einfach nicht, dass er Willow vergötterte und trotzdem Angst vor ihr hatte – dass er sie verletzen könnte, wenn er sie im Arm hatte, dass er so ein Vater werden könnte wie sein eigener und sie seelisch zerstörte. Deshalb wollte er lieber auf Abstand zu ihr bleiben. Es war verrückt … und ideal für mich. Penny fing an, mit mir über das Problem zu reden. Jeffrey verbrachte immer mehr Zeit außer Haus. Zugleich behandelte er Penny wie eine Gefangene. Je unglücklicher sie mit ihm wurde, umso besser wurden meine Chancen bei ihr.« Er betrachtete die vier Gesichter vor sich. »Ich schätze, ich muss euch nicht erzählen, was passierte.«

»Penny lief weg, weil sie Yvettes Halskette in Jeffreys Wandsafe fand«, sagte Diana ruhig.

»Ah, Tyler hat Geheimnisse ausgeplaudert! Penny hatte beschlossen, in mich verliebt zu sein und Jeffrey meinetwegen zu verlassen. Das konnte ich nicht erlauben! Jeffrey hätte mich schneller aus der Firma katapultiert, als ich mir ausmalen möchte. Umbringen konnte ich sie auch nicht. Ein ermordeter Vater und zwei ermordete Ehefrauen hätten Jeffrey endgültig erledigt. Wäre er verhaftet und wegen Mordes angeklagt worden, hätte die Firma enormen Schaden genommen.

Stattdessen nutzte ich Pennys Angst. Ich wusste, dass sie nicht glaubte, Jeffrey sei ein Unschuldslamm, also brachte ich die Sprache beiläufig immer wieder auf Jeffrey und Yvette. Als Jeffrey auf einer längeren Geschäftsreise mit Lenore war, deponierte ich Yvettes Kette in seinem Safe und lenkte das Gespräch unauffällig auf den Schmuck. Ich wusste, dass Penny immer schon neugierig gewesen war, was in dem Safe sein mochte. Ich gab ihr sogar einen Hinweis, wo sie die Kombination finden könnte. Prompt fand sie beides und war außer sich vor Angst.

Ich überredete sie, nicht zur Polizei zu gehen, und erklärte ihr, dass es sicherer wäre wegzulaufen. Sie hatte mir von Tyler erzählt, und ich wusste, dass er ihr eine falsche Identität besorgen konnte. Ich habe ihr das Haus gekauft und ihr beim Umzug geholfen.«

»Ich habe Sie gesehen!«, rief Clarice aus, die sich vorbeugte und mit den Armen wedelte. »Ich dachte gleich, dass Sie mir bekannt vorkommen. Ich sah Sie, als Penny einzog, aber nur kurz, und Sie hatten eine Kappe auf!« Clarice fiel wieder nach hinten, als wäre sie von ihrem Ausbruch geschafft, aber es gelang ihr, noch mehr von dem weiten rosa Stoff auf Dianas Schoß zu bugsieren. So konnte Diana den Revolver ein gutes Stück weiter nach rechts schieben, ohne dass Blake etwas sah.

»Mir war klar, dass ich Penny über kurz oder lang loswerden musste, aber sie bloß verschwinden zu lassen hatte die erwünschte Wirkung auf Jeffrey. Er war am Boden zerstört, nur gab es diesmal keine polizeiliche Ermittlung gegen ihn. Er war zu der Zeit in Frankreich. Und Penny wurde mit Willow an dem Tag gesehen, als sie verschwand, zu einer Zeit, in der Lenore und Jeff im Haus eines Kunden waren.

Eine Weile lang ging alles gut. Penny fand einen Job, der ihr gefiel, fühlte sich in der Stadt wohl. Ich kam sie ungefähr einmal im Monat besuchen. Dann fielen Lenore meine regelmäßigen Reisen auf. Ich konnte nicht mehr so oft kommen. Penny wurde ungeduldig: Wann würde ich es Lenore sagen, wann Jeffrey, dass wir verliebt waren und heiraten wollten? Vor einem Monat verkündete sie mir, sie wäre schwanger – schwanger mit meinem Kind! Ich wusste, dass es von mir war, denn ich war sicher, dass Penny sich von keinem anderen Mann anfassen ließ. Und sie hat mir selbstverständlich erzählt, dass Glen Austen seit Ende Mai zunehmend zudringlicher wurde.

Dann kam ein Brief für Jeffrey. Er hatte mal wieder einen seiner üblichen Anfälle und arbeitete nur von zu Hause, also öffnete ich seine Post. In der Nachricht stand, dass eine *verlässliche* Person den Aufenthaltsort von Penny und Cornelia Cavanaugh für 150 000 Dollar preisgeben würde. Der Absender schickte ein Bild mit, das mit einer Einwegkamera aufgenommen wurde. Es zeigte Penny und Willow beim Ballspielen in einem Garten. Die Aufnahme war eindeutig von drinnen gemacht worden, denn man sah die Glasmalerei, die Seerose. Penny hatte mir von der Seerose erzählt. Sie sagte, sie sei eine ständige Erinnerung daran, wie grausam Jeffrey zu Yvette gewesen war, daran, wie er sie ermordete.« Blakes Lachen klang dreckig und unbeherrscht. »Penny konnte ein solcher Einfaltspinsel sein! Wie dem auch sei, ich hatte verdammtes Glück, dass ich den Brief abfing, aber ich war sicher, dass noch mehr Briefe in die Firma kommen würden. Es war also Zeit, Penny loszuwerden.«

Dianas iPhone klingelte. Fünf Augenpaare richteten sich auf den winzigen Apparat – vier hoffnungsvolle und ein verärgertes. »Das ist Onkel Simon«, sagte Diana.

Blake seufzte. »Ich weiß. Der enervierende Onkel Simon ruft endlich an, um Ihnen mitzuteilen, dass Penny vor fast zwei Stunden gestorben ist.«

Das dritte Klingeln. »Er wird wissen, dass etwas nicht stimmt.«

»Er wird denken, dass Sie das Telefon verlegt haben. Sie sind unachtsam, Diana. Bedenken Sie doch nur, dass Sie die Tür offen ließen, als ich von dem Einsatzwagen zurückkam, und Sie so Lenore den Zugang zum Haus leicht machten.«

»Und wenn ich abgeschlossen hätte, hätten Sie keine Waffe«, sagte Diana.

Blake grinste hämisch. »Denken Sie etwa, ich hätte keine Waffe bei mir? Nun ja, Pennys, genau genommen. Ich nahm sie mit.« Das iPhone schrillte weiter. »Ach, gib's auf, Simon!«, schrie Blake das iPhone an, zielte darauf und schoss es in Stücke. »Na, wer sagt's denn? Jetzt ist Ruhe.«

»Sie waren es, der die Bombe deponierte«, sagte Diana rasch. »Während Penny bei Willow im Krankenhaus war, gingen Sie in ihr Haus und platzierten die Bombe.« Blake nickte unübersehbar selbstzufrieden. »Und Sie haben im Krankenhaus angerufen und sich erkundigt, wann Willow entlassen wird. Warum?«

»Ich wollte Penny töten, nicht Willow. Der Tod seines Kindes wäre Jeffreys Ende gewesen und somit auch das Ende von Cavanaugh and Wentworth. Es hat den Anschein, dass einige Leute nicht glücklich damit sind, wie ich meinen Job mache, aber Jeff gibt mir uneingeschränkte Rückendeckung. Ich hatte nicht geplant, ihn jetzt schon zu verlieren.«

Obwohl Willow in ihrer eigenen Welt zu sein schien, hielt sie Dianas rechte Hand umklammert. Diana versuchte, sich zu befreien, doch Willow ließ nicht los. »Und was war mit Nan?«

»Penny hatte mir schon alles über Sie und Simon und Nan erzählt. Als ich die Glasmalerei auf dem Foto sah, wusste ich, dass jemand hier im Haus es gemacht haben musste. Und wer würde sich wohl als *verlässliche* Person bezeichnen? Dieses bekloppte Mädchen natürlich! Penny hatte mir auch erzählt, dass sie glaubte, Glen hätte etwas mit Nan. Sie wollte es Ihnen nicht erzählen, ehe Nan aufhörte, hier zu arbeiten, und ihre Mutter wieder anfing. Angeblich wäre das eine blöde Situation für Sie gewesen. Aber ich dachte, dass Glen wahrscheinlich mit diesem brillanten Plan der 150 000-Dollar-Beschaffung zu tun hatte.«

Er verdrehte die Augen. »Nach der Explosion wurde Jeff verständigt, und wir drei Musketiere rückten an. Ich konnte nicht darauf zählen, dass Nan ihren Mund hielt, was ihren Brief an Jeff betraf. Sie *wusste,* dass sie mit ihrer Geldbeschaffungsmaßnahme etwas Übles in Gang gesetzt hatte. Und ich wusste, dass sie Glen eingeweiht hatte. Beide standen mitsamt ihren Adressen im Telefonbuch. Ich fuhr zu Nan, die gerade beim Packen war, aber sie war zu spät. Ich erwischte sie vorher.

Als ich zu meinem Wagen ging, der eine Straße weiter geparkt war, sah ich, wie ein Mann bei Nan vorfuhr. Er ging rein. Ich wusste, dass es Glen war. Ich wollte ihm gerade nach, als *Sie* ankamen, Diana. Sie gingen hinein. Anscheinend haben Sie Glen mit einer Toten auf dem Dachboden überrascht. Keine schöne Situation. Kurz darauf kam er aus dem Haus gelaufen, und ich wartete in seinem Wagen auf ihn. Ich zwang ihn, uns in eine abgeschiedene Gegend zu fahren. Danach musste ich mir keine Sorgen mehr um Glen machen.«

»Glen ist seit Sonntagabend tot?«, fragte Diana. Blake nickte. »Wer ist dann …«

»An Ihrem Fenster gewesen? Ich. Sie wussten entschieden zu viel über alles. Ich musste Sie umbringen. Mir blieb keine andere Wahl. Deshalb zog ich mir das bescheuerte Kostüm an und gab vor, Willows Schutzengel zu sein. Dann warf ich Kiesel gegen Ihr Fenster, damit Sie wach wurden. Ich wusste, dass ich Sie mit Willow aus dem Haus locken konnte. Aber leider erschien Tyler als Ihr Retter.«

»Und Sie haben uns nicht erwischt«, zischte Diana, was sie sogleich bereute. Blakes Augen verengten sich. »Sie haben Glens Notfallarmband in den Wald gelegt.«

»Und die Polizei hat es gefunden.«

»Das Armband machte mich stutzig«, sagte Diana, der vom

Blutverlust schwindlig wurde. »Glen beschwerte sich häufig, wie schwer es aufzumachen war. Er sagte, dass er es fast nur mit einem Schraubenzieher aufgehebelt bekam. Trotzdem sollten wir glauben, es wäre ihm einfach so vom Handgelenk gefallen.«

»Mir war egal, was *Sie* glaubten. Die Polizei glaubte, dass er es verloren hätte, und ich habe Sie vorhin von seinem Mobiltelefon angerufen.«

»Damit die Polizei und ich denken, er wäre noch in der Gegend. Deshalb sind Sie runter zu dem Einsatzwagen und haben den Beamten diesen Bären aufgebunden.«

»Da war nur ein Cop, und unglücklicherweise ist er tot, Diana. Gleich nachdem er Glens angeblichen Anruf per Funk durchgab, war ich gezwungen, ihn zu töten. Ich hatte keine andere Wahl.«

»Die Polizei glaubte, dass Glen hinter allem steckte. Wieso sind Sie dann hergekommen?«

»Als ich Nan auf ihrem Dachboden erwischte, sagte sie, Sie würden mich verdächtigen. Sie sagte, Sie wüssten, dass ich versucht habe, Penny zu töten, und Sie wüssten auch, dass ich Nan umgebracht habe, sollte sie tot aufgefunden werden.«

»Das war gelogen«, sagte Diana matt. »Ich hatte nie einen Verdacht gegen Sie, abgesehen von dem, dass Ihre Geduld gegenüber Jeffrey und Lenore nicht ganz so groß war, wie Sie gern vorgaben.«

»Ich dachte mir schon, dass Nan log, aber ich wusste, dass ich keine Ruhe finden würde, solange der Hauch eines Zweifels blieb. Ich überlasse nichts dem Zufall, Diana. Die Polizei sollte denken, dass Glen hier erschien und Sie in seiner Rage umbrachte, weil Sie ihm das Herz gebrochen haben.« Er verstummte, holte mit zusammengebissenen Zähnen Luft. »So oder so, mein Schatz von einer Gattin hat mir den Plan versalzen. Keiner wird mich jemals finden. Sie sollten es lieber gar nicht erst versuchen, denn das würde Hunderttausende von Arbeitsstunden und Dollars verschwenden. Ach, ich sollte mich vielleicht geschmeichelt fühlen.« Er lächelte. »Wen soll ich als Erstes töten? Willow?«

Er richtete seine Pistole auf das Kind, das laut und schrill aufschrie. Während er zielte, riss Diana den Revolver hinter sich hervor und feuerte. Leider sah sie nur noch verschwommen, sodass die Kugel bloß Blakes Oberschenkel streifte, aber immerhin verfehlte Blakes Kugel ihr Ziel und traf die Wand. Mit einem Wutschrei zielte er erneut auf Willow. Diana feuerte nochmals, diesmal ging das Geschoss dicht an seinem Ohr vorbei.

Inzwischen zitterte und schwitzte sie so heftig von dem Schmerz in ihrer Schulter, dass ihr der Revolver aus der Hand rutschte. Das Zimmer schien sich um sie zu drehen, und sie blinzelte angestrengt, um klarer sehen zu können. Sie erkannte, dass Blake auf sie zielte. Mit letzter Kraft schob Diana Willow zur Seite und schloss die Augen, bevor sie den nächsten Schuss krachen hörte. Sie fühlte nichts, und als sie ihre Augen wieder öffnete, sah sie Blake schwanken, seine Pistole auf sie gerichtet. Sie blickte an ihm vorbei. Vorn, am Eingang der Bibliothek, stand Tyler Raines mit seiner Waffe in der Hand.

»Waffe runter, Wentworth«, sagte er streng.

Auf Blakes nächsten Schuss folgte sofort einer von Tyler. Blake zuckte nur, schaffte es jedoch, aufrecht stehen zu bleiben, bereit, abermals abzudrücken.

»Ich sagte: *Waffe runter!*«, brüllte Tyler.

Blake lachte röchelnd. »Im Leben nicht, Mr Raines.«

Er richtete seine Pistole auf Willow. Diana schloss die Augen, und ihr Atem stockte, als noch ein Knall durch den Raum hallte. Als sie wieder hinsah, war Blake befremdlich starr – und lächelte. Dann, sehr langsam, zuckte sein Lächeln, die schönen ebenholzfarbenen Augen wurden leer, und er drehte sich halb, ehe er mit dem Gesicht voran auf den polierten Holzboden schlug.

Epilog

Zwanzigster Dezember

Ich hätte mir nie träumen lassen, dass ein Brand meines Hauses *hierzu* führen könnte!«

»Ist das die Stelle, an der ich sagen soll, die Wege des Herrn sind unergründlich?«, fragte Diana und steckte Clarice eine kleine Strähne ihres silberweißen Haars in den French Twist, der von einem Kamm mit schimmernden amethystfarbenen Perlen gehalten wurde. »Perfekt! Willst du es dir ansehen?«

Diana gab ihr den Handspiegel, und Clarice betrachtete ihren Hinterkopf im Spiegel der Frisierkommode. »Das hast du hervorragend hinbekommen, Diana! Beim Friseur stecken Sie mein Haar oft so fest, dass ich mich fühle, als wäre mir der Mund zu einem fiesen Grinsen gespannt.«

Diana lachte. »Vielleicht habe ich meine Berufung verfehlt. Ich sollte Hairstylistin werden.«

»Lass das ja nicht Simon hören! Schon gar nicht nach deiner letzten Ausstellung in New York. Tourismusbroschüren knipst du jedenfalls nicht mehr.«

»Nicht schade drum. Dieser schnieke Tourismuscenter-Boss mit seiner Fliege sagte mir doch allen Ernstes, meine Bilder hätten ›nicht mithalten können‹.«

»Der ist ein Idiot, würde Simon sagen.« Clarice legte den Handspiegel hin und drehte sich zu Diana um. »Wie sehe ich aus? Und sei ehrlich!«

Clarice trug ein amethystfarbenes Etuikleid aus Satin mit U-Boot-Ausschnitt und langen Ärmeln, um den Hals eine lange Perlenkette, und Perlengehänge schmückten ihre Ohren. Die Schmuckstücke hatten Simons Mutter gehört, und er hatte sie

Clarice zusammen mit einem auf antik gemachten Diamantverlobungsring geschenkt. Clarice hatte Diana gestattet, ihre veilchenblauen Augen mit ein bisschen rosa und violettem Lidschatten zu betonen, einem Hauch Eyeliner und Mascara. Clarice' Füße steckten in blassvioletten Pumps mit sechs Zentimeter hohem Absatz, und heute brauchte sie keinen Rollator.

»Clarice, du siehst absolut bezaubernd aus! Kein Wunder, dass sich ein fünfundsiebzigjähriger, eingeschworener Junggeselle bewegt fühlte, dir einen Antrag zu machen.«

Clarice lächelte und wurde rot. »Ich war so überrascht.«

»Ich nicht. Ich glaube, ich hatte schon in der Woche, die du bei uns warst, damit gerechnet.«

Das Lächeln schwand aus Clarice' Gesicht. »Was war das für eine Woche! Furchtbar. Jeden Tag passierte etwas Schreckliches. Und« – ihre Miene erhellte sich wieder – »sieh uns jetzt, nur kein halbes Jahr später, an, wie glücklich wir alle sind. Vor allem die kleine Willow. Es ist unglaublich, wie das Kind aufblüht.«

Auch Diana konnte es kaum glauben. Seit der furchtbaren Szene mit Blake hier im Haus wussten sie alle nicht nur, wie Jeffrey Cavanaugh als Kind von seinem Vater behandelt worden war, sondern auch wie Blake systematisch Jeffs Leben zerstören wollte. *Blake* hatte Morgan ermordet. *Blake* hatte Yvette umgebracht. *Blake* hatte Penny dazu gebracht, einen Mann zu verlassen, den sie für einen Mörder hielt, um von dem einzigen Mann, dem sie neben Tyler vertraute, getötet zu werden.

Zunächst war Jeffrey wie gelähmt gewesen, als er die Wahrheit über Blake erfahren musste, dass er gar keinen Wunsch verspürte, Willow zu sich zu nehmen. Willow hatte nach wie vor Angst vor ihm, und Jeffrey sagte, er hätte Angst vor sich selbst, insbesondere vor seinem erbärmlichen Urteilsvermögen, das zur Ermordung seiner beiden Ehefrauen geführt hatte. Nicht einmal seine Schwester war die, für die er sie gehalten hatte. Er war nach New York zurückgereist und hatte sich direkt in eine

Therapie begeben. Unterdessen hatten Simon und Diana dafür gesorgt, dass Willow ebenfalls die psychologische Hilfe erhielt, die sie brauchte.

Langsam hatten dann Vater und Tochter begonnen, einander näherzukommen. Zuerst kam Jeffrey einige Wochenenden nach Huntington. Dann war Diana mit Willow zu kurzen Besuchen nach New York gereist. Jeffrey hatte Thanksgiving bei Simon, Clarice und Diana verbracht, und nach Weihnachten würde Willow für eine Woche zu ihrem Vater fahren, während Diana die Zeit endlich allein mit Tyler verbringen würde, dem Jeffrey versprochen hatte, dass er stets ein Teil von Willows Leben sein könnte – auch wenn die beiden Männer wohl nie mehr als höflich zueinander sein dürften. Sie alle hofften, dass Willow ab Frühsommer wieder ganz bei ihrem Vater leben wollte.

Lächelnd verließ Diana das Schlafzimmer im Erdgeschoss, in dem Clarice seinerzeit eine Woche gewohnt hatte, und ging in die Küche, um nach den Leuten vom Caterer zu sehen. Tyler stand im Smoking an der Frühstückstheke, das Haar nach hinten gekämmt. »Du siehst teuflisch gut aus«, sagte Diana.

»Und du umwerfend«, entgegnete er. Sein Blick wanderte über ihr grünes Samtkleid. »Bist du sicher, dass es dir nichts ausmacht, nicht Brautjungfer zu sein?«

»Himmel, nein! Clarice hat eine Tochter und zwei Enkelinnen für den Job. Dich hat Simon allerdings nicht vom Haken gelassen. Trauzeuge, wie beeindruckend!«

»Mein erstes Mal.« Er runzelte die Stirn. »Oh Gott, hoffentlich verlier ich den Ring nicht!« Tyler wirkte ehrlich beunruhigt, und Diana begann, seine Taschen abzuklopfen, bis er den diamantenbesetzten Ehering hervorholte. »Ah, da ist er ja! Aber du darfst gern weitersuchen.«

Diana zog eine Grimasse. »Wir müssen die Gäste begrüßen.«

Gemeinsam gingen sie in die Bibliothek, die ein wahres Blumenmeer war. Bei dem Anblick konnte Diana beinahe vergessen, was hier im August geschah, als Blake mit vorgehaltener Waffe vor Willow und ihr stand. Später, nachdem die Sanitäter gekommen waren und Diana mal wieder notversorgt hatten, hörte sie, dass Simon Blake mit dem Porsche im Krankenhaus zurückerwartet hatte. Als er nicht kam, hatten er und Tyler Simons Anwalt gebeten, sie zum Van-Etton-Haus zu fahren. Derweil hatte Simon versucht, Diana auf dem iPhone zu erreichen. Da sie nicht abnahm und es dann gar keine Verbindung mehr gab (weil Blake auf das iPhone geschossen hatte), war ihnen klar gewesen, dass etwas nicht stimmte.

Sie hatten den Anwalt die kurvigen Hügelstraßen von Ritter Park hinaufgehetzt. An der Einfahrt zum Van-Etton-Grundstück hatten sie den wachhabenden Polizisten in seinem Wagen tot aufgefunden. Simon hatte schon Hunderte Male erzählt, wie sein Anwalt vor Schock wirr redend an dem Polizeiwagen stand, während Simon und Tyler zurück in seinen Wagen sprangen, Tyler das Gaspedal durchtrat und die Zufahrt hinaufraste und hinter dem Porsche stoppte, ehe er mit gezogener Waffe aus dem Auto sprang, ins Haus stürmte und alle rettete. »Diese Geschichte wird er den Rest seines Lebens erzählen«, hatte Diana zu Tyler gesagt. »Das ist genau das, was er sich immer vorgestellt hat, selbst einmal zu tun.«

Alle Möbel waren aus der Bibliothek geräumt worden; dafür füllten Stühle den Raum, durch deren Mitte ein mit Teppich ausgelegter Gang zu einem kleinen Altar führte. Der Pfarrer von Clarice' Kirche sollte die Trauung vornehmen. Es hatten sich schon reichlich Gäste eingefunden – auf der Seite des Bräutigams mehr als auf der der Braut, doch Diana wusste, dass es Clarice nichts ausmachte. Ihre Tochter in dem taubengrauen Kleid mit der unechten Perlenkette sah reizend aus. Clarice' jüngste Enkelin stand schüchtern ein wenig abseits und bewunderte ihr Bouquet. Die dreizehnjährige Katy zupfte fortwährend an ihrem Haar, von dem Willow behauptet hatte, es sähe »immer wie ein Vogelnest« aus.

Schließlich traf Jeffrey Cavanaugh ein. Seit Pennys Tod hatte er mindestens zwanzig Pfund abgenommen, und sein ständig zorniger, frustrierter Gesichtsausdruck war fort. Sogar seine Augen wirkten freundlicher, ihre Farbe war wärmer, nicht mehr stahlgrau. »Hallo, Diana – Tyler«, begrüßte er sie mit einem zaghaften Lächeln. Er war sich bis heute nicht sicher, ob alles vergeben und vergessen war. Aber das würde noch kommen, dachte Diana, denn Simon und sie hatten nicht vor, Jeffrey aus ihrem Leben zu verbannen, und das nicht bloß wegen Willow.

»Wie geht es Lenore?«, flüsterte Diana.

»Viel besser. Ihre Kur endet Anfang Januar. Für die ersten paar Monate habe ich eine Krankenschwester engagiert, die ihr hilft, bis sie ihre Depression überwunden hat. Aber sie hat schon große Fortschritte gemacht. Meine Schwester ist stark.« Er senkte den Blick. »So wie meine Tochter.«

Willow erschien an der Tür. In ihrem dunkelblauen Samtkleid mit der passenden Haarschleife, die ihr Haar zurückhielt, sah sie wie ein Engel aus. Ihr Gesicht hatte wieder Farbe, die Verkrampfung hatte sich gelöst, der gehetzte Ausdruck war verschwunden. Nun leuchteten ihre blauen Augen wieder, und ihre Wangen hatten jenen rosigen Glanz, den kein Make-up imitieren konnte.

»Hi ... Daddy.« Jeffrey blinzelte. Noch nie zuvor hatte sie ihn Daddy genannt. »Du siehst sehr schön aus.«

»Ah, danke«, sagte Jeffrey unsicher. »Du siehst wunderschön aus.«

Willow lächelte. »Feiern wir die große Silvesterparty, wie versprochen?«

»Nun, sie wird vielleicht nicht ganz so groß, wie du denkst, aber eine Party wird es geben. Die Einladungen sind schon verschickt.«

»Das weiß ich, weil nämlich Diana eine gekriegt hat.« Sie blickte zu ihr auf. »Kommst du mit Tyler?«

»Und ob«, sagte Diana. »Clarice und Simon sind dann noch in den Flitterwochen, und ich bleibe gewiss nicht hier und langweile mich. Und Tyler bringe ich mit, weil er behauptet, er wäre ein echter Partytiger.«

»Du willst doch immer überall mit Tyler hin«, erklärte Willow und sah zu ihrem Vater. »Diana zieht ganz bald nach New York.«

»Ich weiß. Das ist auch gut, denn so kannst du sie ganz oft sehen, wenn du wieder bei mir wohnst.«

»Ja, und sie und Tyler heiraten!« Sie drehte sich Diana zu. »Ihr heiratet doch, oder?«

»Falls er sich bis Mai anständig benimmt«, antwortete Diana.

»Ach, das tut er bestimmt, denn er will dich ja ganz doll heiraten, und ich will zu der Hochzeit kommen, wie du gesagt hast, darum muss er sich anständig benehmen. Außerdem hat Mommy mir mal im Geheimen gesagt, dass sie sich wünscht, dass Diana und Badge heiraten.« Willow strahlte. »Sie würde sich sooo freuen, dass ihr Wunsch in Erfüllung gegangen ist!«

Keiner der Erwachsenen wusste, was er sagen sollte. Deshalb wollte Diana vor Freude einen Luftsprung machen, als Christabel und Romeo auftauchten, die sich ihren Weg zwischen unzähligen Beinpaaren hindurch gebahnt hatten und Willow begrüßten.

Diana hatte sie eben erst entdeckt, bevor Romeo ein ziemlich lautes »Quak!« vernehmen ließ. Alle Leute drehten sich verwundert zu ihnen um, aber Willow kicherte, bückte sich und gab jeder Katze einen Kuss auf den Kopf.

»Sehen sie nicht toll aus, Daddy? Sie haben sich richtig fein gemacht.«

Jeffrey blickte nach unten zu den beiden Katzen, die breite Satinschleifen um den Hals trugen, und lachte. »Ich glaube, das ist das erste Mal, dass ich Katzen in Abendgarderobe sehe.«

Der Organist begann zu spielen, und Willow zwinkerte Diana zu, ehe sie ihren Vater zu den Plätzen auf Clarice' Seite führte. Als sie saßen, flüsterte sie ihm etwas zu, worauf Jeffrey sich zu ihr beugte und sie auf die Wange küsste.

Tyler zog Diana an sich. »Erinnerst du dich an den Tag nach der Explosion, als ich dir sagte, Wunder gäbe es, und du mich fragtest, was Pennys Wunder sein sollte?«, raunte er ihr leise ins Ohr. Sie nickte, und er sah zu Willow und Jeffrey, die Hand in Hand nebeneinandersaßen. »*Das* ist Pennys Wunder: ihre außergewöhnliche Tochter, die mit einem guten und liebevollen Vater Händchen hält.«